序

纪宝成

2007年元月,一场瑞雪喜降北京,古城银装素裹,把人带入一个清新、宁静的境地。当我走进中国人民大学校门,映入眼帘的"实事求是"校训石,像一只洁白的小船,驶进了新的一年。师生们从这个端庄朴实的校门进进出出,转眼已过去几代人。一队队新生满怀希望地踏进校门,一批批毕业生又恋恋不舍地告别校园。光阴荏苒,岁月如流,总有一些珍贵的记忆留在心里。很早以前,我就有这样一个念头:让我们的师生与员工,把经历的岁月做一些点滴记录,将时光赠与我们的珍珠美玉寻找出来,传于后人。

于是,在有了《求是园诗词选集》之后,又有了今天这本《就恋那一星星绿——求是园散文选集》。学校多方征集,广大师生踊跃投稿。静心细读,我真切地感受到,许多美好的心声,穿越了岁月之河与历史风尘,汩汩滔滔地向我涌来。

先是"送您一盆水仙花"。这盆"水仙"原本只是从前的大学生在冬日里互赠情感与温暖的礼物;经历了数十年,如今已化为美好感情的信物,见证了许多人大人在成长过程中的种种人生体悟;她历久弥新,芳香袭人。

从无到有,从小到大,从一份美好的感情到一片博大的胸怀。人大人不仅将最美的诗情画意,毫无保留地赠与我们,又让我们领略了人生"大无大有"的崇高境界:有国有家,有梦有心;无私无畏,但求真理。

回首逝去的岁月,如同"难忘的陕公校歌"唱道:

这儿是我们祖先发祥之地，
　　今天我们又在这儿团聚……

　　如今天各一方的师生，是否可以因为这些精致的短文，团聚在对昔日温暖岁月的回忆里？

　　一代人有一代人的生活，一代人有一代人的情感表达方式。纸上的墨迹湿了又干，干了又湿……伴随着岁月流淌，"墨余随笔"记录着不同时代人们的生活感受和那份特殊的心境。

　　雪还在零零星星地飘落，莘莘学子在眼前进出校园。经过这块"实事求是"的沧桑岩石，他们或许还不懂得其中的血泪与艰辛，但他们却把它当做一只乘风破浪的航船，又扬帆启程。"一直在路上寻找远方"，岂不令人快哉！

　　平时开玩笑，和同学们一起讨论人大的特点。我说人大人大，就是人之伟大、心灵高大、理想远大，哪怕处于再弱小、低微的境地，也不放弃对知识与真理的追求。我们当年的陕北公学，不正是在最艰难困苦的境地中，创造出了一段新中国的神话与佳话吗？

　　记得有一年秋天，人大迎新生时，校门口挂着这样一条横幅："天大地大，融入人大"。我说不对，请他们反过来，改为"融入人大，天大地大"。人大在北京、在中国、在全世界只是方寸之地，面对江河湖海，仅仅只是一条小溪，但我们微小的生命却如冬日水仙，常绿常新，亭亭玉立；我们的生命之河如涓涓细流，汇入人心——"比大海更广阔的是人的心灵。"

　　——就恋那一星星绿，就恋那永远的生机；星星点点，生生不息。

2007 年 1 月

目　录

送您一盆水仙花

飞水潭的风景 ……………………… 陈娉舒 3
林中速写 …………………………… 张守仁 4
我家门前的那片树林 ……………… 李建松 6
燕归来 ……………………………… 胡兆燕 9
难忘小站 …………………………… 张　鹏 11
情独钟书 …………………………… 殷　耀 14
东湖夏雨 …………………………… 黄蔚云 16
珍藏 ………………………………… 秦海波 19
卖车买书记 ………………………… 叶旭端 21
邀你到江南 ………………………… 萧　篱 24
负笈岁月 …………………………… 叶旭端 27
访莎翁故居 ………………………… 程卫平 30
乡居的日子 ………………………… 贺晓玲 32
秋日片思 …………………………… 李晓军 35
就恋那一星星绿 …………………… 殷　耀 38
泥泞 ………………………………… 赵　涛 40
漂泊之声 …………………………… 周　舒 43
白衣飘飘的年代 …………………… 胡玲莉 45
苗寨情思 …………………………… 马小龙 47
访泰姬陵 …………………………… 孟向京 51
草原魂 ……………………………… 张国辉 54
春之性别 …………………………… 石　谨 57
龙舟 ………………………………… 陈建栋 59

蒙古袍 ……………………………………	劳 马	61
圆 ………………………………………	朱 辇	63
访问以色列随感 …………………………	周新城	65
在六月的阳光下 …………………………	李晶晶	70
眼镜 ………………………………………	劳 马	73
尼加拉瀑布十绝 …………………………	高 放	75
阳光的味道 ………………………………	曹 涵	79
绿杨城郭忆扬州 …………………………	冯其庸	82
老树 ………………………………………	郭增营	87
故乡棋阵 …………………………………	郭增营	89
四十不惑 …………………………………	毛 军	91
吾与富士山神交久矣！ …………………	杨钢元	94
生命如此透明 ……………………………	杨 钧	96
哈瓦那散记 ………………………………	吴 超	99
敢爱敢当		
——一个新妈妈的手记 ………………	张洁宇	100
静静的白马寺 ……………………………	张洁宇	116
奥林匹亚访古 ……………………………	周炳成	121
关于结婚 …………………………………	黄 岩	124
树叶 ………………………………………	苏叔阳	127
故乡的雨 …………………………………	雷 洋	131
送您一盆水仙花 …………………………	晓 博	133
某年某月的某一夜 ………………………	胡 娟	136
不朽师魂 …………………………………	乔 衍	139

大无大有

谈谈"科研观" ……………………………	纪宝成	145

毛主席批示之后
　　——纪念毛泽东同志诞辰一百周年 ········· 吴　微 149
我所见到的中国留学生 ················· 刘向兵 152
谒访聂耳终焉之地 ··················· 郭锦梓 155
怀念邓小平同志 ···················· 许崇德 158
台湾印象 ······················· 解玺璋 163
剃头痛史 ······················· 李　乔 167
大无大有周恩来
　　——纪念周恩来诞辰一百周年 ··········· 梁　衡 170
觅渡，觅渡，渡何处 ·················· 梁　衡 187
心醉树下 ······················· 程天权 193
说真话和勇气与智慧
　　——《不再沉默——人文学者论王小波》序 ······· 王　毅 201
恐惧　帮你窥见生命的真相 ··············· 吴　菲 206
不怕、不恨、不悔 ··················· 吴　菲 209
老百姓是个冤大头 ··················· 吴　思 214

难忘的陕公校歌

回忆扭秧歌的日子
　　——联大生活片段 ················· 彭　明 225
连搭杂记 ······················· 牛　鹏 227
奔向根据地
　　——访原总务处处长何夷平 ············ 陈军波　宋建超 229
抬棺小记
　　——访图书馆原馆长程德清 ············ 宋建超　王永东 233
夜闯平汉线
　　——档案系原党总支副书记刘正业的回忆······ 姜广武　程　瑞 236

幸存者	胡晓柯 胡颂文	239
选择		
——徐伟立老人谈走上革命道路	李永强	242
珍贵的纪念	包　慧	244
吴老和司机	张茂秋	246
记忆中最为壮丽的篇章	吴　微	248
人民大学的精神气质	周兴旺	252
难忘的陕公校歌	杨宪先	256
石兽	许崇德	258
我的老师何干之	宋　涛	262
陕北三章	王乐乐	265
哦，"织染局"！令人怀念的"织染局"！	孙国华	270
文老师写的"班歌"	王思治	273
并非遥远的岁月	王振民	275

墨余随笔

无尽的怀念	冯其庸	279
李多奎轶闻	叶君远	287
板书	叶君远	289
百家廊记	李永祜	292
天路流浪——高更	张　法	294
拜访余光中先生	詹杭伦	296
科学研究的艰苦岁月		
——怀念胡华老师	彭　明	298
我选择了历史专业	戴　逸	306
圆明园与大观园	戴　逸	311

"奇异果"的奇异变迁
　　——猕猴桃漂洋过海回归散记 ·············· 高　放　315
满城尽带黄金甲 ································ 尹文胜　319
好大一本书 ···································· 袁济喜　323
你横着切过苹果吗？ ···························· 袁新文　331
有志者事竟成 ·································· 张宝瑞　333
我的昆虫记 ···································· 李　成　341
故乡草木状 ···································· 李　成　349
"女性拯救人类"的悲剧性
　　——读《劳伦斯评论》 ···················· 杨慧林　355
文人难得身后名
　　——忆念赵澧先生 ························ 杨慧林　358
我的读书生涯 ·································· 卫兴华　361
书斋回首 ······································ 方汉奇　369
瓷片的回音 ···································· 马欣然　372
大足石刻的美学断想 ···························· 杨念群　375
墨余随笔 ······································ 吴　方　377
斜阳系缆
　　——漫谈历史中的俞平伯 ·················· 吴　方　384
帝王心理与文字狱 ······························ 郭成康　392

一直在路上寻找远方

家居北京 ······································ 翟凤林　401
大三情缘 ······································ 邵　晶　403
父亲与儿子 ···································· 叶国标　405
洮河流珠时 ···································· 牛　鹏　408
向往人大的孩子 ································ 彭凯雷　410

期望	陈发宝 413
雪中废园	那兰忆 415
老榕树	符建平 417
让我们举杯	汤新颖 420
父亲的第一个电话	李继先 422
筒子楼的喜剧	刘建军 424
走进音乐	史文芳 426
有你陪伴的六年	路蒙佳 429
一直在路上寻找远方	胡苏莞 432
关于一只松鼠的札记	魏 姣 439
说吧，记忆	张立宪 447
回家	胡苏莞 457
惊蛰	王以培 461
沉默的祈祷	方 叒 465
桥	康子兴 468
含羞草的蜕变	李若宁 470
梦	文湘慧 472
等火车	文湘慧 476

后记 ……………………………………………… 481

送您一盆水仙花

飞水潭的风景

陈娉舒[*]

近了近了,未见其"潭",先闻其声。还有几百米远,已听见"哗哗哗"的流水声。

这就是闻名已久的"飞水潭"!一条白练兀然飞泻,悬崖崚嶒,山石暗褐,更显出瀑布的雪白与晶莹。山石并不高,但置身于这山谷围成的小潭,人们望望四周,仰视上空,却感到在默默间进入了深谷幽泉的意境。

随意或立或坐,或卧于潭边,听着水声,或许感觉不出有何惊心动魄的震撼,但你一定有清新、豁然开朗之感。——虽然,没有白莲般溅起的浪花,也看不到鱼儿在欢跃,但你看到了这泉水,你明白了"清澈"的内涵,从而理解了"纯净";更重要的是你目睹了最美、最生活化的"风景"——人的活动,人的欢笑。

你瞧,潭里欢快地游动着几十条"小人鱼"。五彩的泳装,衬托着一个个愉快的笑颜、矫健的身姿。有的甚至已冲到瀑布之下,接受自然界之灵——水的洗礼,脸上是胜利者的微笑,笑意中有一种信心与希望。是不是飞泉的欢乐只属于"小字辈"?不,那边,两三位长者,正小心翼翼伸出双腿,踏进潭水。旋即,舒服惬意的神情已将适才的犹豫一扫而光,于是放开手脚,使出了看家本领,重现他们在逝去岁月里的奋发、拼搏。在奋臂游进中,他们另有一份成熟、一份洒脱。

立在潭边,恰与对面山石平视,"孙中山游泳处"几个宋庆龄亲笔题写的大字,映入眼帘。端详这字迹,望望潭里潭边的人们,聆听潺潺流水中夹杂着的欢声笑语,我忽然感到一种无可名状的激动,我领略到只有这个时代才有的风景的美妙。

---

[*] 中国人民大学新闻学院 1989 级本科生。

林中速写

张守仁[*]

这里是方圆百里的原始森林。空中，叠翠千丈，遮荫蔽日；地面，葛藤缠绕，落叶盈尺；地下，盘根错节，根须如网。这几乎是一个密封的世界。这里有巨栋大梁，珍禽异兽，奇葩硕果，灵芝妙药。高大挺拔的望天树是林中巨人，直冲云霄，傲视碧海。大青树广展绿冠，庇荫着众多伙伴。松杉竞生。乔灌咸长。荆棘丛集。低层杂草繁密。荫翳处蕨类葳蕤，卧倒的枯树上覆盖着苔藓，又有小树从苔藓中探出新苗。巨蟒似的绞杀植物盘绕于树干。大蚜趴伏在枝杈上吸吮汁液。野雉在林梢飞翔。猴子在树冠摘果。孔雀在泉边开屏。野蜂在花丛中采蜜。蚁群在腐殖质上蠕动。这里蚊蚋成阵。蚂蚱跳跃。长虫在拥挤的空间里扭曲穿行。林间流泻着婉丽的鸟鸣。更有山溪潺潺，叶丛滴翠。幽暗的草丛中，兰花放出馨香，海芋叶旁，龙舌兰伸出锐利的绿剑。开放红白花朵的茑萝，在枯枝上攀缘盘旋。阔叶下的蛛网上缀着露珠。蜗牛驮着贝壳在湿地上爬行。远处林边大象甩动长鼻，悠然踱步。层林之上，鹞鹰在蓝天里滑翔，用它那对犀利的眼睛，窥伺着下界的猎物。如果你仔细观察，就会惊骇于万千动植物形体结构是那么完美：随便一茎小草，一朵鲜花，一颗果实，一株树木，一只飞鸟，一头走兽，它们的躯体组织，它们的色泽、形态，是那么气韵生动，血脉通畅，和环境之间显得和谐无间，浑然天成。啊，那是大自然孕育的杰作。须知每一物种要经过多少万年的演变、适应、竞争、完善，才能达到目前这种鬼斧神工、天衣无缝的状

---

[*] 中国人民大学新闻学院 1957 级本科生，《十月》杂志原副主编。

态！和自然界生物的完美结构相比，人间一切科技、文艺作品，都显得相形见绌。万千物种在这里多层次、高密度地滋生、繁衍、更新、斗争。岁岁年年，世世代代，永不停息。物竞天择，各司其职。相克相生，相辅相成。相互依赖，相互补充。如果上帝偏爱某一物种，要求纯粹、划一，这无异于毁灭某一物种自身。在这里，同一就是同灭，差异才能互补，共生方能共荣。如果它们分离，许多物种将因失去相互制约、转化、补偿、交换等生存条件而死亡。它们只有集结、混生在一起，才能生机蓬勃，旺盛葱茏，荒蛮野性。在这里，每一瞬间，都在发生亿万次的新陈代谢。腐烂与新生、繁荣与枯萎，都在这生命的大舞台上演替。这里有最美妙的天籁，这里有最丰富的色彩，这里有最生动的形象。而当暴风袭来，林海枝舞叶涌，俯仰起伏，万千树干就是万千根摇曳的琴弦，弹奏出惊心动魄的交响乐；云雾涌来，一切淹没在白茫茫的浪涛之下，变成一片摇摆晃动的海底森林；但当热带雨倾泻过后，太阳重又照耀，亿万叶片上的水珠，闪烁出亿万颗晶亮的星星，炫人眼目。哦，森林，地球上最繁密、复杂的生物群落，只有用一种不分段、头绪有点混乱的文字，才能充分表达出杂乱成一个板块的整体感受。且让我以身边潮湿的树墩当书桌，迅速记下这篇即兴式的短文……

我家门前的那片树林

李建松*

我家门前有一片树林。

我不知道这片树林萌生于何年何月，听爷爷说，她和世世代代生活在这里的人们一块儿生、一块儿长。庄稼人盖房子、打家具、修犁把……都赖于她。爷爷还说，我们村风水好，就是因为这片树林的缘故。因此，我从懂事起，就对她怀着一种对母亲一样的心情。

这片树林很大，谁也没有丈量过有多少亩，反正从北向南是望不到尽头的。听大人们说，树林里还生长着灵芝，人吃了它，会成仙的。于是，我常常独自一个人跑到里面去，找呀找呀，但终归没有找到过灵芝。

每年杨柳吐芽的时候，树林里就开始热闹了。在这里栖息的越冬的鸟儿，抖抖身上的尘土，开始引吭高歌；陆续而来的候鸟，不断加入这支歌唱大军。于是，这片树林里便整天传来抑扬顿挫的歌声。树林中间，穿过一条小河，它一年四季细流涓涓，家乡的老人便给她起了一个富有诗意的名字：涓河。在离小河很远处的树林里，仍能听见河水哗哗而流的声音，宛如旷野里传来的小夜曲，悠扬清脆，悦耳动听。这时，你只要学几声鸟鸣，便立刻引来各种鸟儿的吟唱，有时像波涛此起彼伏，有时像二胡缠绵独奏，有时像碟儿铮铮作趣，真是别有一番情趣。

这片树林，也是我和我的小伙伴们的乐园。春天掏鸟窝，夏天捣蜂窝，秋天采蘑菇，冬天雪地里捉野兔。只要一走进树林，里面便有无尽的乐趣。我们有时搞爬树比赛，皮肤划出了血也毫不在

---

* 中国人民大学信息资源管理学院 1987 级本科生。

乎。有时摇旗呐喊把一只野兔吓得落荒而逃，其乐融融。有时捉迷藏捉不到人，气得号啕大哭。在这里，我们度过了无忧无虑的童年时代。当我的母亲第一次把我抱到学校里的时候，我立刻意识到我的乐园离我而去了，心里十分难过。然而，学校究竟关不住我的童心。我常常不顾一切地逃学，跑到树林里玩上一天，因为我实在舍不下我的小鸟、野兔和潺潺而流的渭河……

然而，我九岁的那年冬天，第一场雪刚过，我正要和我的小伙伴们去树林里捉野兔，父亲叫住我，沉痛地对我说："不要去了，树林今天就开始伐了。"我不明白人们究竟要干什么，跑出去看，只见一棵棵树轰然而倒，我心疼地流下了眼泪。我的乐园，就在这个阴沉的冬天，被粉碎得无影无踪了。

第二年春天，这里只剩下一片白花花的河滩。我的可爱的渭河，也像得了病似的，奄奄地时断时续地流着。我无数次跑到这片河滩上，寻找我逝去的乐园，可是眼前只有一片被大风卷起的尘土……

今年暑假回家，脚一踏上故土，我便惊呆了：原先那一片白花花的干裂的沙地，被一条条纵横交错的水渠包围着。绿油油的玉米刚刚盖过地面，充满勃勃生机；渭河两岸犬牙交错的河滩和淤泥，也已经不见了，取而代之的是整整齐齐的平地，上面覆盖着一排排葱郁的杨树。

我几乎不敢相信眼前的事实。十多年了，我每次见到的都是一片白花花的沙土和荒凉的沙滩。如今旧貌变新颜，我恍惚中觉得自己回到了童年时代，在那片清凉的树林中悠闲地唱歌，欢畅地追逐着野兔……

惊喜中，我兴奋地走向那片幼林，在一块碑前，我读着：

"……公元一九八九年中秋，渭河两岸的人民还未从农忙中歇过身来，一万五千人就挥汗上阵了。他们有白发苍苍的老人，有稚气未脱的少年，为着涓河的新生，奋战了 40 天，疏通了 20 公里河道，动用了 500 多万方土石，营造了 5 000 亩河滩地。第二年春天又奋战了 20 天，不辞辛苦，迎着烈日和干风，植上了 50 万株小树，绿化了 5 000 亩河滩。他们像关心自己的孩子一样施肥、浇水，使树苗成活率近 100％。汗水没有白流，涓河两岸的人民用自己的双手筑起了一座绿色工厂，为家乡大地谱写了一首壮丽的诗篇，也为我们的子孙后代留下了一笔丰硕的财富……"

燕 归 来

胡兆燕[*]

两年前一个春天，树还没有绿透，一对燕子飞到我家的阳台，沿着废弃的灯罩用唾液和草叶垒了个坚固的巢。

不久，它们不再害怕晾晒在阳台上的衣服，每次回巢，它们总是在离得很远的天空啾地啼一声。像我每次回家都要说"我回来了"一样。

夏初，小燕子诞生了，四只。老燕子不辞辛劳地往返数十回，捕来小虫，一口一口地喂等在巢口的雏燕。累极了，就在阳台的铁丝上站一会儿，把头埋在翅膀下。偶尔脱落下来的羽毛飘在地上，有红红的颜色，我怀疑是血。母亲在地上撒了些小米，可燕子不吃，非要自己亲自捕虫来喂孩子。母亲有次看呆了，讷讷地说："咋和人一样呢？"

母亲总觉得这小生灵是披着羽毛的神仙，一个心眼儿认定它是冥冥中超自然力送给我家的礼物。小燕子练飞回来晚了，她要关切地问一句"小燕子怎么还不回来？"（因为这恰巧是我的小名，我常常惊愕一下，才懂得母亲的意思。）白天麻雀来占巢，她大呼小叫急忙赶走它们。

冬天很快就来了，第二窝雏燕也已羽翼丰满。适逢假期，我在南方游山玩水，接到父亲来信，"你母亲身体欠佳，刚退烧，平日无事就看咱家的燕子，它们总是忙忙碌碌，有意思。小燕子已会飞了。"我想起父母亲的白发，马上提前买票回家。

第二年春天，母亲早早把燕巢打扫干净，怕麻雀再来侵占，往

---

[*] 中国人民大学文学院1991级本科生。

里面塞上棉花。终于，一个阳光明媚的下午，老燕带着一家飞回来了。窗外又响起了啾啾的燕声。父亲说："没错，是它们，声音还是一样。"母亲说："回来了好，燕子考试就有把握了。"

接下来的是高考的拼搏。沉重的书包，沉重的大脑，沉重的心。心绪烦乱时，走到阳台上，看看小燕子，它们根本不害怕我，踩着铁丝像个杂技演员，晃呀晃的，晃得我的心立刻喜悦起来。

八月发榜，我如愿以偿。正收拾行囊，父亲忽然惊呼："哎呀，燕子吊在窝上了。"天哪，燕子的一只后腿不知怎的被粘在窝上，腿拉得老长，两个翅膀像被狂风吹动的树叶一样，拼命地拍打，燕子一家都急坏了，大叫不停。一声声惨叫直揪我心，我急得掉下泪来。母亲忙得团团转，够又够不着，眼睁睁看着它的翅膀无力地垂向地面，肚子一起一伏，微微地抽搐。我飞快地借来梯子，才发现狭小的阳台根本无法安放。燕子已经不再扑腾了，哀鸣已细微得听不见了，它的黑眼睛里有什么一闪一闪。我的泪涌了出来。

没办法，我终于下了决心，把窝捅掉！母亲一个劲儿地嚷："少捅点儿，少点儿啊！"巢被捅下一大块，燕子的眼里垂下了两点莹亮的晶体，这是燕子仁慈的、智慧的、吉祥的、精灵的眼泪啊！这是对爱的回答！我的泪又下来了。

燕子终于得救了。

远望疾飞而去的燕群，我依偎着父母亲，静默……

一个有露水的美丽的早晨，窗外忽然响起了呢喃燕歌。我惊喜地朝窗外望去，一只燕子正盈盈落在铁丝上唱歌。我家的燕子又回来了。

难忘小站

张 鹏[*]

离开小站的那天中午,天有些阴。我背着旅行包站在月台上,望着青藏高原上这座孤零零的小站哈尔盖:一块站牌,两排平房,无尽的荒原,天边白茫茫的青海湖。再见了,陌生又熟悉的小站!刺骨的风吹着,我的心中却升涌一种温暖的、难舍的依恋,使我想流泪。

两天前,哈尔盖对于我们确实是一个陌生的地方。我们四个第一次离家远行的年轻人,在荒原上走了二三十里,才找到这么一座能避风的房子,候车室冰冷的硬木椅对累极了的我们已是莫大的享受。小站空无一人。

一阵脚步声,走出一个穿蓝制服的人,他走过来上下打量我们,眼光中带着疑惑,又有点好奇。过了半晌,突然说:"你们跟我来。"

他领我们进了一间小屋,让我们围着火炉坐下,又给我们每人沏了一杯茶。温暖使我们恢复了精力,大家打开了话匣子。原来这位突然出现的陌生人就是小站的王站长。王站长听说我们从北京到西宁,又沿着青藏铁路旅行,吃惊得似乎有些不信,"你们胆子也真够大,在这儿可不像你们想的那么容易。"他停了停,接着说:"前几天这儿冻死一个人,就坐在候车室你们刚才坐的地方,夜里死的。"我不由得哆嗦了一下,外面天已经黑了,风声和犬吠勾勒出高原的夜。看着我们有些害怕的样子,他笑了:"别怕,高原上有人的地方就有救,这种地方要是谁都不帮,谁都活不下去,那原

---

[*] 中国人民大学社会与人口学院 1982 级本科生。

始人不还群居吗？"刚说完，忽然一个人推开门，看见一屋子的人吃了一惊，说："哟，王站长，来同学了吧？""是啊，来同学了。"王站长笑着回头冲我们挤挤眼："咱们就算同学吧，我28岁，比你们高几级。"

当晚，我们睡在王站长给我们找的招待所里，做了一夜回家的梦。第二天大家去了青海湖，奔波一天，回来已是傍晚，推开王站长小屋的门，一阵暖暖的香气迎面扑来，他的从不开伙的小屋里乱七八糟地摆着案板和油盐酱醋，一锅蒸好的米饭放在火炉旁，盆里还泡着四条湟鱼。

"来，别站着，大家帮忙。青海湖的湟鱼配哈尔盖的水最正宗。"王站长招呼我们，大家跟着七手八脚地忙碌起来。

夜色渐浓，诱人的香味飘满一室，晚餐摆上了临时借来的小桌，大家席地而坐，这是离家以来的第一顿热饭。我们贪婪地、大口大口地吃着，湟鱼真是美味，在那之前和之后我都没吃过那么香的鱼。两瓶白酒，在大家手里传着喝，纵酒最能显示高原人的热情豪放，烈烈的辣辣的酒沾在唇上、滴在襟上，我醉了。在这温暖如家的气氛中大家都微微醉了，醉在这离家5 000里的异乡小站，醉在陌生而又极为亲切的地方。

"你们这些孩子，看着就憨，西边乱，当心！"王站长也醉了，但话里的关切我们都明白。"既然来了，就走到头，我等你们回来！"酒瓶与酒瓶清脆地相撞，草原上升起半个月亮。

高原上的两天就像两年，足以使陌生人成为朋友。然而我们终于要走了，走向旅途的下一站。临走前，王站长亲手给我们煮了一锅肉丝面，上面浮着西部不多见的木耳和青菜，他看着我们吃，又一转身把一袋我们留给他的橘子悄悄塞回我们的书包。

离开了，告别了，温暖的小屋，共醉的夜晚。终于，我们登上了火车。我们那样急切地趴在车窗前找那个熟悉的身影，却找不到。然而他却忽然出现在车厢里了。他挤过来说:"这是你们的吗?我在屋里找到的。"他手里握的是我们保温壶上的一个塑料扣,只是一个无关紧要的塑料扣。他起码挤了三节车厢,我的泪落下来。

我们继续旅行,我知道我们不过是一群很憨的孩子,冲动、幼稚、过于自信又毫无经验。但是高原上有人的地方就有温暖、就有希望。我们终于走完了艰难的旅程。

一个寒冷的夜里,归去的列车又经过小站哈尔盖,我们把一张条子留在王站长熄着灯的屋门外:

"我们回来了!——您的四位朋友。"

情 独 钟 书

殷　耀[*]

　　书卷多情。春日秋朝，晨昏忧乐，关情者莫过于书了。

　　一卷好书在手，眼前晃动的并不是简单的文字。而如步入芳菲苑中，遍览东风花柳，撷秀采芬，其乐无穷；又如聆听细雨润物，汇聚心田，活水源流，注满胸襟。而好书阅罢，不啻夏日饮冰，肺腑清凉，神清气爽；冬日向火，周身暖彻，心舒身颐。天长日久，常有好书相伴，如处芝兰之室，馨香竟体；又若采得补天遗石，砌出胸中丘壑，织就五彩云锦。

　　常记起上初中时在家中，看到苏舜钦以《汉书》下酒的故事，深羡其雅量高致。于是，我也把一本《三国演义》摊开在桌上。又从柜子里找出父亲喝剩的那半瓶二锅头，拿出那个大白瓷盅来摆到了小书桌上，平时不胜酒力的我居然也一杯复一杯，喝得有滋有味的。看到精彩处，也居然要拍拍桌子，喝上一口。尤其读到"青梅煮酒"那一回，不禁拍桌拈来一句词："余子谁堪共涵杯"，接着一杯下肚。然而，一会儿我便酣酣然：我醉欲眠君且去，明朝有意……抱着书沉沉睡去了。

　　醉过这次后，就再没敢学苏舜钦那样去看书了。酒不喝，书却是不能离手的。每当中夜静寂，独坐桌前，以茶代酒，也觉乐趣无穷。还有一次家乡久旱，禾苗欲枯，终于盼来一场甘霖，许多农民竟忘情地跑到了田头地垄。我独自在家中，一边听淅沥雨声，一边看《古文观止》。读到苏东坡《喜雨亭记》时，竟也手舞足蹈，跑到了雨地中。不慎脚下一滑，摔倒在地，滚了满身泥水，爬起来口

---

[*] 中国人民大学毕业生，作品摘自《春笋集》。

中犹念念有词:"五日不雨可乎?曰'五日不雨则无麦'……"此趣从雨中来,也是由书中得。

来到京华,琉璃厂、海淀、王府井等大书店都留下了自己的脚印。每次去书店,只能望书兴叹:想买书而囊中羞涩。然而,一次去琉璃厂的中国书店,看到一套钱钟书先生的《管锥编》。考虑再三,爱不能释。于是咬牙跺脚,掏出半月生活费买下了这套书。不过书到手后,那一个月到学校食堂打饭却省事了,只需说:面条四两。

说实在的,时下书价昂贵,真是"书非借不能读"了。好在学校图书馆汗牛充栋,典籍丰裕,足供自己作掣鲸碧海之戏。

独处京华,故园遥在千里,落日天涯,碧山阻隔,有时难免乡愁缭乱,绾结心头。每当此际,书便可为我遣忧解闷,一册在手,烦恼顿消。

哦,书卷多情似故人。我无棋牌之好,亦无趣流连影院舞场,因为:情独钟书!

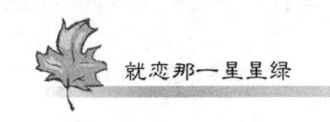

东湖夏雨

黄蔚云[*]

在六月，火一样的夏天，那一天不可多得地清凉。阵阵默然拂过的凉风，好像使我内心深处的什么东西苏醒了。于是，我从书堆里抬起头来，又拉起了沉在题海中的友人，直赴东湖——一个很大的水库公园。

那里有的是广阔的绿野，许许多多青翠欲滴的树木沉静地站着。我们沉醉在清风绿意中了，挽手轻行在树丛间，几乎目眩于自然之美。我为了临近的高考，以及不满于别人为我设计的前程而忧虑，已把自然忘却得太久了。

有株树像塔一样尖尖的，针样的叶子上挂满晶莹的水珠——那是清晨小雨洒下的。友人轻轻一触，一颗珍珠样的水滴便直滚下来。有的树灿然托出鲜黄的花朵；有的树冠好似撑起的伞儿一样；还有一棵大树枝繁叶茂，清风徐来，无数碧叶簌簌地响着。"纷叶乱树怀"——我轻吟出一句诗来。友人并未像平常一样接吟，而是深深一笑。

风愈紧，云愈浓了。远处有轰轰的轻雷和闪影。突然头上霹雳一声，一条枝状的闪电划过长空，把云幕劈裂了个口子：雨便倾泻而下。

我们都没有躲雨的意思，继续安然漫步。好畅快的夏雨啊！打湿了衣裙，淋透了发辫。雨滴起初是令人舒畅的沁凉，到后来却仿佛成了暖流。四周见到的只是依稀的树影。雨幕，苍苍茫茫，罩住我们，我们在里面走着……友人轻声念出一句泰戈尔的诗："你拥

---

[*] 中国人民大学新闻学院1991级本科生。

抱我，却又给我以全部的自由。"

这可人的雨呀，好像在洗着世上一切尘埃，也洗着我们心中藏着的焦虑与烦恼。

走着走着，我们逐渐离开游人较多的地方，到了公园边缘冷僻的去处。骤雨渐歇，一条水湿的通路延伸着，任意行去，不久听到汩汩的水响。那是一条清澈的溪，唱着歌儿在淌。水中有几个方头方脑的石墩。我们各立在一方石上，望着脚下水石相激起的白浪花。许久沉默，心有灵犀，便不需要语言。

绕过一座小土山，见着几座低矮的房屋，这房屋引起了我对童年的一点回忆。相信友人也是如此。我们的经历是很相似的，我们的心灵也由此相连。不知不觉间，天上的云帷又厚了。

渐渐地遥望见水坝了，长长地横卧在江上。坝上有很多结伴而行的游人。这时，雨又骤然泼洒下来。看呀，就像是一阵风把坝上游人忽然吹走了：他们都立即东逃西散，没了影踪。我们继续走去，雨打在脸上，风吹在发间。

到坝上了，只见江水缓缓绕山而来，映出青山的倩影。江波翻起白浪与旋涡，江面几乎没有雨花。我望见坝下沙滩上，有一根长长的旧桅，于是又吟："临江一杆败落桅，瘦骨长天看浪追……"

可是友人轻轻握着我的手，止住了我："看浪追？不要这么忧郁！看看滩上的圆石头，它们以前全是尖的山石。这是江水的力量，可是水本是最柔和的……"

雨小了。我们静立着，一任细雨轻抚。天边的薄云裂开个狭长的口子，一轮金灿灿的斜阳，顿时洒下一地清辉。映下我们瘦削的影子。友人忽然跑下滩去，湿漉漉的长发，沉沉地垂在她腰际。我随着她。她拾了根树枝，静静地在地上画字。是一首短诗：

我问地上的影子

你是谁?
你受缚而不叫喊
你疲惫而又流连
粗心的
你是谁?

  我懂得她的意思了。本应抛却忧愁,像夏雨一样爽朗,像江水一样坚强……阳光映着水面,水痕仿佛欢快地跳跃的金色小鱼儿。
  我们沐着夕阳,寻一条新路返回。半途遇着条沟,不宽,可也不窄。友人轻灵地一跃而过,立在那旁微微一笑。我起初略一踌躇,然后也跃过去了。
  我对前路的抉择,就是从那场夏雨,和那一次东湖游之后开始的。

珍　藏

秦海波[*]

随着时间之翼飞掠而过的晨昏寒暑挽留住一些风景，而后在日渐荒芜的心里觅得一个幽深而美丽的地方珍藏起来，这不光是一种雅致，更是一种幸运。

包裹着抚摸着呵护着品味着心爱之物，自私而不卑琐，占有而不猥亵；有童稚的欣喜，甚至有如同无边暮色的苍凉。这种境界好比姑娘将初恋存放于心灵深处，永远有一种朝霞般瑰丽温润的感觉，抑或丁香般的哀怨。而把一块稀世灵玉压在百宝箱底层，嗜之如命，狡黠地守候着，这就与珍藏的佳境判若云泥了。

幼时曾集得一套精美的舞剧火花，那"红色娘子军"的芭蕾舞静止在纸上，但在眼里在梦里无数次跃动着旋转着。后来火花虽然丢失了，但是留下了对美的最初感受和神往。不知为什么，有时珍爱不已的东西荡然无存，但那份记忆却能在收藏者的心里被精心地保护着，生命也因此而增添些许绚丽。若是实物消失了，它的蕴涵也随之枯竭，那么这种东西根本不值得珍藏。

温馨的情意，友善的劝勉，清澈的童贞，一片绿叶一捧月色或是一次邂逅一种目光，摇荡心旌的一回回感动和追寻，带着体温的极朴素的赠品，一句句照亮人生之路的箴言，乃至使人感伤使人崇敬使人追寻的遗物……对这些像泥土一样真淳、像大海一样深沉、像野花一样清纯的东西，难道不应当腾出一方心灵的圣地珍藏起来吗？

细心的远客给一位流落异国缠绵病榻的老人捎来一包故乡的泥

---

[*] 中国人民大学新闻学院 1995 级本科生。

土，饱经沧桑的游子双手接过这天下最贵重的赠礼，含泪凝眸，用苦涩的目光抖抖索索地抚摸着，在心中埋藏半个多世纪的情感骤然迸发。老人当即立下悲壮的遗嘱：将这包象征家乡和母亲的泥土一半撒在墓穴，一半留给子孙。相反，假如得到一帧价值连城的古画，老人能如此为之颤抖吗？

是的，搜尽奇珍不如珍藏一份神圣的感情。

卖车买书记

叶旭端[*]

"漫卷诗书喜欲狂"或许是读书人的本性。如同商人有资金便要办公司,农民有储蓄便要盖房子,读书人兜里稍鼓便要把一些书籍,或提、或抱、或载地运回家,不称之"颜如玉"、"黄金屋"时,也可称之为"神师"、"良明",好领会训诫规箴。我对这千古流传的习癖也在所难免,因此便时常学学嵇康摇晃着阿堵物出游,不喝酒而代以醉酣书乡。在书肆书摊上晃荡久了,阿堵物便渐次落入了书主的腰包,提回的也渐次沉重。但许多时候,囊中羞涩,便只能望书兴叹了。

秋叶萧萧的一天,我恰恰在一家"风雨书屋"里流连。蓦地,一套装帧秀雅的《世界散文随笔精选》出现于眼前,约略一翻,便爱不释手,只觉得一大群老外,穿和服的,写独立宣言的,在玫瑰下唱恋歌的,热情坚定地劝我买下它们。于是便问和气的店主是什么价钱。店主笑道:"大概六十块钱。"这个价钱令我怏怏却步,只得空手而返。但心里却似空了一块,两三天里老想象着如何得到它们。舍友正准备卖车,便建议说:"把你那小红车卖了得了钱,不就能买书啦?"

这个建议颇令我踌躇,因我的小红车乃同乡所赠,虽破旧,却曾伴我驰往碧云寺观花,驰往琉璃厂会友,况且日日晨为骏马载我上课,夜则似梦舫载我归巢,功不可没。但想想往日曾因款项不足,含恨看着另一人提走我挑中之书时的遗憾,便下定决心:当回卖马的秦琼罢。

---

[*] 中国人民大学历史学院1990级本科生。

次日我将车推到一群车贩子那里。他们品头论足，挑三拣四，一个个咬定我的小车又破又旧又小，不值三十块钱。我只好推回学校。一路上，望着高楼大厦上明净的蓝天，不禁轻轻地叹气："我们简单的愿望往往要被奸诈出卖"。推着推着，不觉来到学校修车处，我精神陡地一震：那修车的师傅和蔼得很，且去找他试试。一进门，先看这师傅修车不紧不慢、妥妥当当，那一口京片子多像我热爱的朋友！终于，轮到我了，我嗫嚅道："我卖车呢，您要不？""卖车？"师傅惊奇地耸耸眉，温和地笑问："想卖多少？""五十会不会太多？"我怕自己狮子大张口，没想到他说："行，我帮你找主儿，今晚来听讯。"这自信的语气多像朋友呀，有事儿就拍着我的肩膀说能办好不要急呢。我不由得蹲下去偷偷告诉他："嗳，告诉您一件事儿。""什么事？""您说话的语气声调特像我朋友呢！""是吗？"他诧异，继而大笑，"太荣幸了！"这爽朗的笑声感染了我，我也不禁欢快起来。

夜里，师傅终于帮我卖掉了车。他递给我钱时亲切地拍拍我的肩膀："快去吧，以后再来。"我接过钱后就直奔那日思夜想的地方，提回了七本书，走在都市人流中，快活得像个国王！回到图书馆里我又细细地逐本翻翻，真是美文涤目，绣心可人，于是欢喜得更加眉飞色舞，也就将那款项不足而不得不少买《我有一个梦想》忘到了脑后。恰是此时，朋友秦君过来探问："此书既好，为何独缺一本？"我也不以为意，却念起小红车独立风雨里，"我再不能擦它了！"没想到数日后清晨，秦君兴冲冲地叫住我，缓缓地递给我一本《我有一个梦想》，"送给你，你的书可不就全啦！"我既喜且惊："如何谢你才是？""我们不谈那个字，谈就俗啦！"秦君故作《霸王别姬》中袁四爷之状，我朝他张牙舞爪扮凶相："不谢，不谢。"后来，在书的扉页上我郑重地写道："此书之购有三乐：余卖小红车以购书，有当春衫换帖之趣，近乎古人，一乐也；余得与书中诸风采人物相聚倾谈,有沉浸其中之境,二乐也;余有乐于成人之美之友,可相对莞尔,三乐也。特为之记。"想来天下读书人,买书各有其乐趣,无怪乎江山易改,禀性难移。——是喻甚佳:书山秀丽,叠彩峰岭,我见青山多妩媚,乐陶然,乐陶然!

邀你到江南

萧 篱[*]

你说你爱读"春水碧于天,画船听雨眠"这样美的诗句,说的正是江南啊,还有"欸乃一声山水绿"的神奇境界,令人神往;你欣赏"暮春三月,江南草长,杂花生树,群莺乱飞"的景致,说让你沉吟迷恋好久,那你,为什么不把这如诗如画的江南亲履一遍呢?

我自江南来,可是我所踏过的江南的山水也很少啊。我没有到过传说如天堂般的苏杭,苏州的园林,我就说不出它那精致的美来,也不晓得杭州的西湖是如何的妖娆绰约。于这,我建议你去读张岱,读俞平伯。我也未曾去钱塘观潮,未领略弄潮健儿"手把红旗旗不湿"的壮观与精彩,不曾到富春江上钓一江烟雨。我能对你说些什么呢?怕辜负了你的美意与那"山川之美,古来共谈"的佳话吧。

我所到过的,不过是些普通的没甚名气的地方。但就是那一条河川,一座村庄,一片草坡,甚至是野地里兀自一树梅花,都让我流连不已,都觉那么富有诗意。说真的,倘徉在江南的随便一片土地上,你都会发现,江南的一山一水,一草一木,似乎都那么富有灵气,似乎都亮着晶莹的双目,目光的清泉流注到你心里。

随意走在江南的村庄和城市,你都会觉得如在画中行,都似在"山阴道上,目不遐给"。就说那村庄,总是或傍山或依水,往往更多的是既傍山又临水。山水之间,屋宇鳞次栉比,白墙黑瓦,飞檐翘壁;边上几杆翠篁,摇曳几段石径。门前白水,印着村舍的倒影。春天里,柳枝垂拂,柳荫丛中,跑出一群嫩黄的鸡雏。初夏,村巷人家庭院斜出几枝杏树,枝头果实累累。时或还看见三两个村

---

[*] 中国人民大学毕业生,作品摘自《春笋集》。

妇,头覆纱巾,挽着竹篮,走下台阶。这和平安宁的气氛,能不令你心里一动,也想走进村头人家,讨一碗茶喝,或是摘几枚杏实?

　　要是在城里呢?你会发现,江南的城一样少不了青山绿水。这时的山如果很远,便宛如眉黛,或螺髻,近一点便好似翡翠屏风。城一般不大,却透着玲珑的劲儿。城里总有两处湖泊,抑或某一江的支流穿过,于是便有了许多的桥。那桥或石筑,或木构,却都不是平直的,九曲回环或拱隆如月。绿意幽幽的桥洞里,常有小舟一只,绾着岸边垂杨。一对恋人在柳丝下轻诉情话。湖上多有小亭,有长廊,有曲栏,你可以在假山镶嵌的茶室,叫一杯咖啡,或学那高人把栏杆拍遍。最是在夜晚,月照波心,你可以到江畔,叫上一只小划子,划过来划过去,平躺在舱底,听桨拨水中的汩汩声,心里便觉格外安妥熨帖。

　　其实,江南处处都是诗,都是图画,都会让你嗟呀不已。走上旷野,你会看见满目绿草,一带白水泊在天际。有时你一举目,还能看到一两座白塔,风雨经年,使它有点倾仄了,仍年年在烟雨中峭立;而一转身,便会发现几只鹭鸶在田野里款款地飞,停在无人处,五步一啄,十步一饮。到了水乡水巷,橹声咿呀。稍一宁静,你会听到幽幽的汲水调从水边木楼上爬下来,似一根丝瓜蔓,久之,你还觉它缠绕在桨上,桥上。在这样的境界里,你会发觉,江南哪一处都伸出这绿意沁人的藤蔓,抓挠你的心,牵萦你的魂。

　　江南风物最是喜人。初春,山野里红梅白梅,星星点点,或波浪兼天,涌成香雪海。入夏,枇杷、杨梅次第成熟,红湄湄的李子也开始上市。还有"三秋桂子,十里荷花",自古闻名遐迩。金秋,"山寺月中寻桂子";采莲时节,"接天莲叶无穷碧",采莲姑娘划着腰盆,驶入荷花人不见。秋冬之时,蟹黄鲤肥,叫人馋口。江南的小吃也非常有名,不说那苏菜、徽菜,单是街头小巷,一碗碗桂花酒酿,在那夜晚,晃荡着星光月色,格外诱人。你要是尝上一口,

保你会甜到心头，也醉到心头。

到江南，你还不可错过那一个个各具风味的节日。五月端阳，你到水边，看到龙舟竞渡。七巧之夕，你到村子去，看恋人在林里相约，到葡萄架下听天上仙人鹊桥会。在这样的氛围里，你会感觉你的身心都融化在骀荡的风里，溢满喜悦。

哎，怎么跟你说呢？江南的美处，我怎么能一下子跟你数说得完呢？江南的每一寸土地都生长诗，生长文章，江南自古生长多少才子呢？还有那么多的历史和传说，使每一寸土地都充满瑰丽神奇的魅力。"云际客帆高挂，烟外酒旗低亚。多少六朝兴废事，尽入渔樵闲话。"——这美的诗意，美的题材，俯拾即是。可惜我不能一一描绘出来，我恨我的笔拙，也愧对我一直魂牵梦萦的江南了。

要想真正了解江南，要想捕捉江南那动人的美处，捕捉那江南魂，你还是自己到江南，在那烟梦苍翠的山巅水湄，足迹亲履一遍，你会发现，你的身心都化在江南山水的妩媚里。即便不去苏杭，不去钱塘，你仍然用心把那江南的魂儿捉住，揣在心口，一辈子便觉是在诗里画里了。

负笈岁月

叶旭端[*]

偶读宋濂的《送东阳马生序》,一读到宋濂背着书箧艰难行走于冰天雪地里的情形,就不禁回忆起自己的负笈岁月……那远去的图景,新鲜,动人,一幕一幕地闪过。

首先闪过的是黄花摇曳的原野,阡陌纵横的稻田,一群背着花布小书包的小孩就在狭窄的田埂上奔跑嬉戏。那里面就有我。通常手里还拿束黄花——献给那位慈祥亲切的女老师的。每当想到她美丽的大眼睛因黄花炫目而更加神采奕奕,从而领诵课文的声音更加清亮悦耳时,童稚的我就觉得"我爱北京天安门,天安门上太阳升"也背得顺溜。初学的日子里由老师抱在膝上手把手地写着笔画,老师柔软的发梢总轻轻拂我的额角,痒得我呵呵直笑,但七歪八扭的字竟也渐渐端正起来,并且连缀成通顺的句子,一句,又一句,直到写成第一篇作文《我爱祖国》……

岁月悠悠流过几载,我变成一名寄宿生,在一所制度严格、学风谨严的中学里,日日清晨被起床铃惊醒,漱洗早读出操上课,生活得刻板而充实。即使课间休息的十五分钟也不浪费,小跑至图书馆看几页书刊又急急折回教室,乃至于现在还落下个"女人走路一阵风"的形象。夜幕降临时,一间间教室泛出白光,代数几何物理化学政治地理铺天盖地地涌向每个学生,却又在钢笔的刷刷书页的沙沙中悄然而去……当宿舍楼由漆黑一团变得灯火辉煌,当同学们陆陆续续离开教室,我终于能快乐地结束功课,翻开心爱的书籍,点上蜡烛,沉浸到另一个新颖神秘的世界里。但我正优哉游哉遨游

---

[*] 中国人民大学历史学院1990级本科生。

书海时，有时会有只手轻轻掩上书页，惊吓地抬头，就能瞥见班主任那责备怜惜的眼，只得收拾书包等待新的一天；有时闻见一股诱人的脆香，一回头是同学忍俊不禁的脸，刚想说什么，手里却不由分说地多了块热面包，温暖冬夜里凉凉的手掌……最妙的是，临睡前信步走上阳台，夜风轻拂中独望天涯那轮明月，一天的思虑便随之沉下去，沉下去。而远处的群山脉脉，流水淙淙，伴随着同学的欢声笑语、笛韵琴音，如首首唐诗，吟入我生命里来，于是，朦朦胧胧地感到青春的瞬短和求知的无穷，仿佛有株知识之树在心中抽芽成长，迎风飒飒……

但心中的树真正沐浴雨露阳光，真正开始茁壮成长，还是在大学里。多少次骑车驶过林荫道，侧目凝望那大片的牡丹蔷薇，却只能面对书本做点绯红的想象而把春游推过一天又一天；多少次夜幕降临无处可去只愿匆匆赶至图书馆，在林立的书架和人头攒动的莘莘学子中得到饱满的和谐；多少次拒绝五花八门的招聘广告的诱惑，而宁愿待在宿舍里酣酣然地写大字，一瓶黄花，一瓯枣茶，一张旧帖地独伴夕阳……平淡的日子就在"多少次"里如桃花纷纷自落，长铭心中的却是室友共读《水浒》后"你要板刀面还是馄饨"的笑谑，教授看完文稿轻敲额头后清癯的笑容，先生递过大卷宣纸时的激励……最难忘的是一个阴郁的中午，我和热爱的朋友踯躅于漫长的小巷里所进行的艰涩谈话，雪花纷纷飘遮彼此的脸，也遮掩了疲惫的心，现出一片白茫茫的空灵境界，让我们用凝视镌刻的彼此的样子，也显得更加真实更加圣洁，令我在漫读诗书十几年后，第一次感到了背包的沉重——在离家求学的游子书囊里，装的不仅仅是书籍和亲人的期望，还有对他人的同情与理解，而且是永远割舍不下的呢。

窗外的绿叶昭示着又一个春天来临时，我缓缓地写下这篇平淡的文章，心情竟是轻松得很。我知道，我无悔于逝去的负笈岁月，能背着书包昂昂然走在熙熙攘攘的人群里，并且一直走下去。当我看见你也背着书包冲我自豪地来个亲切的微笑，我一定会伸出手向你走过去，并用我坦荡清亮的眼光告诉你——咱们是朋友！

访莎翁故居

程卫平 *

去年初秋的一天,我和几位渥瑞克大学的中国留学生结伴去英国大文豪莎士比亚故居游览。

莎翁故居坐落在英格兰中部小镇——斯特拉特福(Stratford)。该地南距伦敦一百多英里,北距伯明翰三十英里,属英国的农业区,到处一派田园风光。1564年4月23日,威廉·莎士比亚诞生在斯特拉特福的一个市政官家庭。十八岁那年,莎士比亚与比他大八岁的安·哈萨卫结婚,膝下有一个女儿和一对孪生儿女。婚后五年,莎士比亚随一个巡回剧团去伦敦谋生。在伦敦,他先在剧团打杂,进而当演员和编剧,最后成为专业剧作家。从1590年开始,他以大约平均每年编写两部剧本的频率一直辛勤笔耕到辞世的前一年,为后人留下了一大笔光彩夺目的文化遗产。1616年4月23日,莎士比亚在故乡逝世,终年52岁。莎士比亚在英国文学史上无与伦比的地位,使艾冯(Avon)河畔的斯特拉特福小镇成为英国著名的旅游胜地。

进入斯特拉特福,首先映入眼帘的是鲜花簇拥的铜制莎士比亚坐像。在大理石基座上,莎翁手握羽毛笔,双目凝视远方,似乎正在构思一部新剧本。按照路牌的指引,我们找到了莎翁故居。那是一幢两层的砖木结构小楼,黑色的木质框架暴露在墙壁外面,给人一种朴素稳固的感觉。据说原屋已毁于战火,此屋是按照原型仿造的。在莎翁故居左侧建有现代化的莎士比亚博物馆。走进博物馆,一位面容慈祥的老人迎了上来。从他前胸佩戴的徽章可以看出他是这里的工作人员。也许是当日游人稀少,他对我们这些东方来客显得格外热情。在

---

* 中国人民大学经济学院副教授。

互致问候之后,他问我们是哪国人,我们回答来自中国大陆,他马上微笑着同我们一一握手,还用中文连说了几句"你好"。我们问他会不会讲中文,他说,会说几句。可现在只记得"你好"这一句了。听到他率直幽默的回答,我们都笑了起来。老人领我们参观了馆藏,还为我们画了一条参观几处重要景点的最佳路线。临行前我们邀他合影留念,他高兴地应允并嘱咐我们一定要把照片寄给他,依照老人的线路图,我们参观了天鹅剧院、莎翁女儿的故居和城里的几座教堂。

莎士比亚最重要的人生历程——出生、娶妻生子、逝世都是在斯特拉特福度过的。而这些又都与此地的教堂紧密相连。因此人们在追寻莎士比亚遗踪时免不了要参观本地的教堂。我们在参观曾给莎翁做洗礼的教堂时,正巧遇到那里正进行唱诗班活动。好奇心驱使着我们走进了教堂。那些正在练声的善男信女(老人居多)看到这些不速之客先是一愣,然后马上换成欢迎的笑脸,邀请我们参加他们的活动。一位神甫走过来向我们分发了印有歌词的小册子,指点马上要唱的几首歌。随后管风琴奏起了庄严肃穆的开始曲,那曲调不高不低,易学易唱,领唱的是一位体型歌喉酷似帕瓦罗蒂的神甫,他的高音部雄壮有力,像是受过专业训练。我们这些"新教友"先是跟着哼哼,后来竟也能跟上节拍放声唱了起来。几曲唱罢,我们才意犹未尽地向主人们告别,向下一个景点走去。

在商品经济高度发达的大环境下,作为英国文化圣地的斯特拉特福也迷漫着浓厚的商业气息。首先,各处景点的收费标准都不低,进去参观之后才发现大部分展品是仿制的,其观赏价值还不及一般的中世纪博物馆,而在英国参观一般的公共博物馆都是免费的。其次,各种旅游服务和纪念品价格昂贵,吃一顿便餐要花掉我们近一周的伙食费,买一件印有莎翁故居图案的纪念品要比原商品贵15%~20%。总之,莎士比亚不仅使默默无闻的农村小镇成为世人景仰的文化圣地,也为他故乡的人民带来了巨大财源。

乡居的日子

贺晓玲[*]

重返故乡,已是在阔别它多年之后了。在太行山区的这处袖珍山村里,我度过了半月的美好时光。这一段乡居的日子,使我重新找回了心中尘封多年的记忆,仿佛重返金色的童年。愉快的乡村生活,至今回忆起来,仍留恋不已。

乡居的生活平静淡泊,那份宁静的心境是在都市生活中无法获得的。都市生活的快节奏,繁华世界的喧嚣,都不属于这个美丽的小山村。生活在这里,恬静悠然,其乐融融,我觉得自己无异于一位山间的隐士。

每日清晨,总是早早起床,沿着乡间蜿蜒的小路散步,走出很远很远,独自去领略山乡美丽的晨景。虽时值酷暑,清晨却凉爽宜人。四面的青山一片葱茏,将小小的村落团团围住,像一口古井。山顶有淡淡的晨雾,朦朦胧胧,空气清新,夹杂着泥土的芬芳气息,让人觉得极为清爽。小路两旁的野草高过脚踝,满沾着晶莹的晨露,打湿了我的裙脚。曲径通幽,忽隐忽现。跟着它渐入田间,早有勤劳的农人在田里劳动,"早上好!"我向他打招呼,他报我以淳朴的微笑。这里的景是美的,这里的人也是美的。

沿着小路,来到南山脚下的小河边。这条小河有个美丽的名字,叫昕水河,玉带般穿村而过。小时候,这里是我最爱来的地方,清澈见底的河水,有着美丽的鹅卵石的河滩,还有河边那排挂满果实的核桃树,都吸引着我们那一群天真烂漫的小伙伴。这里,留下了童年时的多少笑声,多少足印。时光飞逝,多年以后,河水

---

[*] 中国人民大学社会与人口学院1991级本科生。

依然清澈，玲珑的石桥依然完好，只是它们记得我——那个扎着冲天辫的爱笑的小女孩吗？站在小石桥上，对着欢呼雀跃的河水，我不禁感慨这似水流年。"逝者如斯夫"，不是吗？

山腰的农家升起了袅袅炊烟，正可谓"淡烟流水画屏幽"。这美丽的景色让我流连忘返，直到饥肠辘辘之时，才想起该回去吃早饭了。

午后燥热，总是搬个小凳，到伯父家的果园里找块阴凉地坐下，边看果园边读自己喜欢的书。园子很大，果树枝繁叶茂，硕果累累。抬头看见已经泛红的苹果，馋涎欲滴，于是伸手摘下一颗来。咬上一口，酸甜适中。优哉游哉，边吃边放眼四望。湛蓝的天空中飘浮着如絮的白云，如身着蓝纱衣的少女颈间系着白色纱巾，蓝的透明，白的圣洁。园里寂静无人声，只有不甘寂寞的夏蝉在不停地唱着，枝头还不时传来几声婉转的鸟啼。"蝉噪林逾静，鸟鸣山更幽"，用在此时此地，不是最恰当不过的吗？

一种喜悦忽然袭上心头。这一方宁静的乐土，不正是我所向往的吗？在这里，听着鸟语、蝉鸣，还有风吹树叶的沙沙声，看着枝头硕果、蓝天、白云，享受着大自然热烈的拥抱；在这里，忘掉了所有的烦恼与不快，任思想长着双翅自由地飞翔；在这里，有的只是宁静的心境与发自内心的欢愉，人是自由的，心是自由的。一阵风来，吹乱了我的头发，散在眼前。我不去理它。忽然觉得，这广阔的世界只为我一人拥有。罗兰说："那渺小的自己享有着广大空间的感觉，不是孤寂，而是逍遥。"这是一种全身心的享受。

总是在心血来潮时，跟着爷爷上山去放牛，听他讲好多的事情，从前的，现在的，像童年时候一样，不同的是不能再骑在牛背上了；或是爬上山坡，迫不及待地采摘几颗还未熟透的酸枣，不顾那荆棘将手划得沟壑纵横，重新去做那个馋嘴的、不怕酸枣酸倒了

牙的小姑娘；或是在云淡风轻的下午，坐在山顶上，看山，看云，看天，享受着风的爱抚；或是再到昕水河边，去捡那美丽的鹅卵石，将这些石子珍藏起来的同时，也将童年的美丽小心地珍藏在心底……

黄昏时分，总是站在山坡上，望着如血的残阳，燃烧的晚霞，心中诗情无限；望着牧归的老牛由远而近，清脆的牛铃声洒了一路；望着劳作一天的农人们陆续回来，脸上挂着疲倦，笑意却溢于言表……

多美啊，这里的一切，山美，水美，人也美，这里的生活更美！我喜欢这美丽的山村，胜过那繁华的都市。真想生活在这美丽的世外桃源，享受这份难得的宁静与淡泊。可惜我不能，外面的世界，有我的学业和未来的事业。

半月之后，我离开了，带着深深的依恋。这段乡居的日子，留给我太多的美好回忆。每当繁星满天，皓月当空之时，我就会伫立窗前，任回忆将我带回远方那美丽的山村。

再回故乡，又会在什么时候呢？

秋日片思

李晓军[*]

从来爱秋。但从何时生这爱却已全无凭据,只是喜极"碧云天,黄叶地,秋色连波,波上寒烟翠"这句词,但究竟是因了这词而爱秋的呢,亦或是因爱秋而深味了这词?我的心也没有答案。只是爱便是爱了。

我之爱秋虽已达骨髓,但终究未能逃出文明都市的羁绊,不能像古人那样酣畅淋漓地饱赏,除了那已染铅华的香山红叶而外,我能体会的也就只是如同在落英满地的林中拾得几片碎锦而已。然每一片上都融着满满的秋意。

望 月

月是属于女性的,从远古时的嫦娥翩然奔月到貂蝉拜月,又到女人们七夕之夜焚香祭月,多少女子书写了有关月的故事。

我以一个女孩的柔情同众多女子一样没来由地就爱这月,就爱上了这明白如画的虚无,就爱在月明星稀的晚上望月。

望月是天天都好的,无论娥眉,无论玉盘,都自有它的妩媚,但望月在秋天才算是享受,才能体会姮娥亘古不变的感慨。

秋的夜是凉的,凉如泉水,但从不让人由凉而悲。秋虫在草间呢喃,全不似夏日时的浮躁与嚣张。一派含羞带怯的女儿态。风在叶间穿梭,带出一阵阵哗哗啦啦的乐音。地下的落叶在风中翻转、轻移,互相之间轻轻地碰触,低低地倾诉。这时你若是在床上还未睡去,你会听到这动人的乐,但你当然不知是发生了什么,迷迷糊

---

[*] 中国人民大学文学院 1991 级本科生。

糊地想：唉，下雨了，未雨而闻雨声吟。一觉醒来，你也许还会惊疑地说：怎么地上没湿呢？噢，听秋风，听秋雨，既听了，就别问是什么，听就是了。

要望月，就该在这样的有风的夜，立在随便一块地方便好，但最好能寻一处没有现代文明痕迹的所在，只有几株树、一片草就足够了。月也许是满的也许或多或少缺一些，别管它，尽管望吧，她的清光是从不吝于洒落的。月华如练，如雾，如纱……别想她像什么，只管让她洒在身上，洒在心上，把心也涂成银亮。月在树梢悬挂着，你在草间穿着。多少古人望月而悲，"杨柳岸，晓风残月"，"一片鸦啼月"，而你此时所体会的也许只是宁静，和我一样，也许你的眼中会莫名地湿起来，但绝不是泪，因为心中并没有悲，只是一份感动而已。

臂微冷，该回去了，别依依不舍，不用再回望，只管踏进门去，躺进被里，睡去。也许你的梦里还会有一个明月。没有也无妨，明天再望，月总是在约定的时刻到来，从不迟到。

揽　风

爱秋怎能不爱秋的风呢？春的狂风，夏的热风，冬的凄风都足以令我畏惧，只有这秋的金风给我难得的几日潇洒。

每到秋末，最先传达的就是这风了。在吹过一季的热风之后，忽然一日，风中竟带着几丝凉，噢，秋来了，尽管太阳依旧如火。

当秋风爽爽然而来时，我便散开那挽了一季的发，让它们随意地垂在肩上，打着我的领与背。走在风里，我不禁抬起头，心就好像高了，同云一样地随风飘浮，发在风中扬起来，飘飘的，如一朵黑色的云飘在脑后。一切烦闷似乎也被风吹去了，吹得身心透明，吹得只剩满怀的欢畅。与风同浴，我似乎体会到树的心情，那不是哀伤曲也不悲壮，只是全身心的软舒而已。在经过长长的春夏之后，终于卸下了全身的负担，寻得长睡之前的那片刻宁静的欣喜，以一个观者的身份看着世界，和它同在秋风中回味。

风起了，卷下树上的叶，掀起地上的叶，吹走天上的云，吹去心中的忧。

踏　叶

不知是因为出身寒门无享受地毯的温柔的福分呢，还是怎么的，就固执地喜爱踏那铺了一地的落叶。

每每深秋，树叶由青转黄又由黄转赭而至于悄然坠落，我总是喜欢趁它们未被扫除的一瞬，轻轻踏上去，手插进口袋里，慢慢地走着。其时心是空旷的，如同那有些泛白的天。也许是因为没有绿色的点缀吧，它也似乎少了夏日的活泼与朝气，带着几分清空。我没有想到古人"碧云天，黄叶地"，也没有体味出"何处合成愁，离人心上秋"的悲哀与凄凉，只是就那么走着，听到的就只是沙沙的声音，看到的只是我不时被黄叶淹没的脚，一前一后，一前一后，感到几许平时未曾感到的柔爽。曾经荫荫的树木此时已显出斑驳，阳光任意地穿过，洒在叶子和我的身上，洒在心里，温温的，悄然坠下的叶子在风中翩翩几步华尔兹，似乎是留给世界最后一个映象，然后悄无声息地平铺下去，几片稍微大意的，不经意地落在我的头上、身上，留下一个歉意的响，然后旋转身而去。看着那些在风中飘的黄的、赭的、茶绿的花，我又有种想把它们串在一起当花环的冲动，像儿时一样，或者就做一叶小船，在雨后的池塘中放航。望着，望着，我不禁笑了，是啊，五岁的女孩戴花环，八岁的女孩放风帆，二十一岁的女孩呢？只有踏叶罢了。只有寻一份欣然罢了。

听雨，登高……

秋，千年前的人吟她，千年之后的我依旧，不同的只是心境，而一片爱秋之心千古一然。

就恋那一星星绿

殷　耀[*]

　　春天，和同学们一起去公园里。正是众芳喧闹的季节，迎春花灿然金黄，金英翠萼流溢着盎然的春意。而桃花则娇红欲滴，如披云锦，重葩叠萼牵系着许多游人的眼睛。与这些娇艳的春花比起来，那几株垂柳宛若小家碧玉，悄然立于湖边，瘦影临水，无意与桃李争春，更是引不来多少游人的目光。然而，我却把更多的眼神分给了这些娇弱的身影，那纤纤长条勾起了我许多回忆，使我想起了乡间的那些柳树。

　　从小生在塞北青城南边的一个偏僻村庄。塞北苦寒，那些名贵娇嫩的春花是不肯栖息那里的。泄漏春光的，只有那一株株耐寒耐旱的旱柳树。路边，河堤，田垣，还有那一片荒凉的墓地，到处可以看到它们的身影。

　　每当农民手中的犁铧掀醒大地酣睡一冬的残梦时，便是柳树抽芽的季节。稀疏的枝条上抽出嫩黄细叶，翠条纤叶涵纳着料峭的春寒，最先向那里的农民吐露出春的生机，提醒人们一个希望的季节又到来了。那疏落的枝叶借天空的一片湛蓝作为底色，在广袤的田野陪衬下，留给人们一片辽阔的视野。纤柳，蓝天，白云……还有这静谧的村庄，活像一帧恬淡的静物写生画。而当鸟韵啁啾婉转于这些柳树中时，柳条已垂直披下，轻风过处，依依袅袅，摇曳生姿，活像村里那些忸怩的姑娘们。柳絮飞时，洁白的柳絮多情地飘落到农家的小院中、灶台上，或者化作村边小河上的点点飘萍……整个村庄里如降着一场温暖的雪，做着一个轻盈而朦胧的梦。这个

---

[*] 中国人民大学毕业生，作品摘自《春笋集》。

时节，那些贪玩的农家孩子们会鼓起小腮帮吹那些柳絮，不让它们落到地面；或者折一段柳枝，做出一支柳笛，于是，村里整日都弥漫着嘹亮悦耳的笛音……

北方的农民挚爱着柳。这不只是因为那一星星绿色驱走了塞北的荒凉岑寂，不只是因为那一片阴凉庇护着他们的祖祖辈辈。而更重要的是在他们的生活中一刻也离不开柳，到处可以看到柳的身影。春季，他们用柳木柄犁掀开塞北那贫瘠的土地，用柳木做的耧车播撒进希望的种子；夏季，他们用柳木柄锄来除去田野中的杂草；秋季，他们用柳木小车运回收割好的庄稼，用柳木锹扬撒出一堆堆谷粒；冬季，他们用柳条编的筐贮藏好粮食，然后踩着柳木高跷，舞着柳木做架子的彩龙来庆贺一年的丰收……从春天到冬天，从耕耘到收获，柳树都陪伴着这些农民去辛勤劳作。当那些勤苦一生的老农溘然长逝，又是一副柳木棺温暖着他们那耗尽力气流干汗水的身躯。坟墓上，那一棵棵青青的柳树，则是他们生命的延续，满含眷恋地守卫在他们辛勤耕耘过的这片土地上，默默地伫立在这割舍不下的田野上。

北方的农民挚爱着柳，就是因为柳树是他们生活中密不可分的伙伴，就是因为柳树已是他们生命中不可分割的一个组成部分。

眼前，桃花锦绣成堆，灿若云霞，占尽了春光。然而明媚鲜艳能几时，一旦红飘一霎，娇英吹落时，堕红残萼只能供一些文人去作悼花惜春的诗词。而柳树似乎在一些悠闲的文人眼里，只是牵愁绾恨的角色。在英国，垂柳也不过落个"泣柳"的称呼，大概也是和离愁别恨之类牵缠到一起。只有塞北的那柳，星星点点绿色给春风不度的地方播种出春色，和塞北农民的甘苦系在一起。也只有塞北的农民，方是真正懂柳，真正挚爱着柳的人。若要问起这些农民对柳的感情，他们一定会发自肺腑地说：

就恋那一星星绿！

泥泞

赵 涛[*]

  我们出发的时候在清晨,在高悬于东北方的启明星的注视下。初秋的晨已有浅浅的凉意,一阵风吹来,对面的桦林哗哗地响,我们这些高坐于"突突"奔驰的拖拉机上的人们,都禁不住打了个寒噤。雨在今晨停了。

  天还没有全亮,一切望去都有一种湿蒙的感觉。这种湿蒙是极薄又是极厚的。夹道而生的野草,是一袭缥缈的云烟,将这条逶迤的山路装扮得朦朦胧胧。

  当我们来到这座山岭下时,天已经完全亮了。空气鲜活而透明。人们的情绪莫名地高扬起来,都趁老郭给拖拉机加水的空儿蹦下了车箱。"嗨,攒一把劲儿,一口气就上了岭头。"老郭高声地招呼回我们这些在路边赞赏景致的人们。

  初上坡时,坡度并不大,在柴油机有节奏的轰鸣中,我们惬意地感受着这种行旅气氛。小道依山盘旋而上,两旁是生得极茂密极苍翠的树,它们都向这窄窄的山道伸出了深绿的手,如掌的叶儿上滚动着三两颗晶莹剔透的露珠。手一拂,倏忽不见,只有一丝沁凉自手掌直往心底。四野灿烂的是野花,有的极白极密,总是繁衍为一簇,迎面而来的山野风,将其浓浓的馨香直送肺腑。有的却仅是粉色的一小片儿,浅紫的一绺,甚至只是火红的一点儿,在你那游弋的目光中一闪即逝,便再也寻不到它的倩影,"为有暗香来",别有一番清幽的淡香,<u>丝丝入鼻</u>,久久不去。这些野花,大多是不知名的。只有漫山遍野生得白凌凌黄澄澄的山菊花,却是大家所熟

---

[*] 中国人民大学商学院 1994 级本科生。

识的。

山势渐陡，道路也愈盘愈高。拖拉机喘着粗气，水箱里的水早就煮沸了。前进的速度已经很慢很慢。白雾从四处生了出来，终于弥漫了眼前的一切。极目而视，可见的仅是五六米径的一圈。我们如同独困孤岛，有了与世隔绝的惶悚。彼此不约而同地对视了一眼。谁也没做声，抿了抿嘴，把形于脸上的惶悚隐进嘴角皱起的无奈。

在白茫茫的笼罩中，最先感到雨的是清瘦的女教师英。当她把这一信息传递给我们每一个人时，大家都已明显地感觉到了雨的光临。这是雨的季节。雨滴并不大，可是很细密，扑头罩脸地来。久居山地的经验告诉我们，雨的到来意味着这辆疲惫不堪的拖拉机再也不能载着我们翻越这道山梁，而会在这越来越泥泞的山路的某一处彻底抛锚，将我们置于一个前不着村后不着店的境地。人们都默默地跳下车来，连瘦削的英也开始用力地推起这咆哮不已却兀自不前的拖拉机。脚下是又黏又黄的顽泥，很滑。有人"哧溜"滑倒。寸步不前的拖拉机终于使人们呈弓虾状，从车后、从车侧、锲而不舍地推着。雨大起来了，路上流着水，更加滑了。眼前是茫茫的烟雨和豆大的雨滴，睁不开眼，也看不清路，只有山风的呼啸和山雨那一阵紧似一阵的穿林打叶声"沙沙"可闻。

即使我们每一个人将骨子里的力气都使出来，拖拉机那沉重的躯体还是进退、退进地滞缓前行。前面又响起了老郭那急促的吆喝："雨大了——"紧接着是一句有力的吼声："攒一把劲儿！"于是大伙就一齐使出憋足的劲儿，猛力一推，拖拉机就在这齐力的推动中向前一抖。"这鬼天气——攒一把劲儿！"向前窜行的车子扬起的泥水扑面而来，落在我们的脸上、脖根、前胸。"谁也别偷懒啊——攒一把劲儿！""有坑啊——攒一把劲儿！"在前面这一声声吆喝的无形指挥下，大家都反复、机械地用力，推、推、推……双臂又酸又疼，再用力，再坚持。不知拐了几个弯，走了多少路，只是听着前面那业已嘶哑的喊声："攒一把劲儿！攒一把劲儿！"当竭尽全力前推的沉重骤然失却时，方知已上了这座山岭，已走完了这段崎岖泥泞的路。雨也不知什么时候悄悄地停了。铺天盖地的雾只飘在半山腰。雨后的山、树格外清新。

　　背后的笑声打断了我的远眺，回头一看，哑然失笑：每个人的面部都成了雨后的野地，密密糊满的是泥浆、草籽、树叶、花瓣、草秆……只有眼睛是明亮清澈的，闪烁着骄傲与喜悦。"今儿个呀，你们都攒了劲儿，努了力了……"休息后的老郭，声音复归雄浑。

　　之后的路途现在大抵都忘却了，似乎很平坦吧。倒是老郭那沙哑的"攒一把劲儿"的吆喝和那段泥泞的山路，至今还记得。在以后的生活中，学习中，在我的一切行动中，无论成功还是失败，懊丧和叹息都是很少有的。只要我曾攒过一把劲儿，努力过，全身心地投入过。

　　攒一把劲儿！

　　有时，这就足够了。

漂泊之声

周 舒[*]

喜欢很多种音乐，凯尔特风笛，南美印第安"给诺"，陕西的埙，蒙古族的长调，当然还有西藏的高亢入云的哼吟。这些音乐于我有同一种意义，就是都诉说着一个民族的漂泊，而且都是一种苍凉的美丽的有生命的声音。

我听不懂凯尔特语，但风笛那有一点浊重的裂帛似的声音却从苏格兰漂洋过海地过来，撞在心上，有一种钝痛的愉悦感。风笛的声音总是给人种一遥远的感觉，正如凯尔特民族的起源。没有人确切知道他们从何而来。他们漂泊地歌着，漂泊地活着，也漂泊地快乐着。这个民族的心不管几多沧桑，但还是洋溢着一种跳跃的快乐，恰如"五朔节"的风笛。

在我听来，"给诺"与埙的声音很像，有些喑哑但传得很远，特别苍茫。玛雅文化与黄河文化的确都有年头了，因而他们的音乐声都特别像老人在吟唱历史。我认为埙的声音应该是在中国文化被框进礼义廉耻之前就有的，一种原初本真的心灵之声，而非礼乐。与埙相比，"给诺"的声音中有更多的悲凉。玛雅的声音只能在远离殖民者的丛林中悄悄地流传着，隔远了听，很像狼嚎的尾音，受伤的狼对自己过去英雄的追忆，一种悲而不哀的长声。

蒙古族的"长调"本来就有史诗性质，用一种有节奏的马背上的颠簸的颤音表达着这个民族与草原及不羁的骏马分离不开的情感。长调音乐有一种穿透力，能够像一支箭那样，划过天空，扎透并不说蒙古族语的人的心——比如说我——并且在心中迅速蔓延开

---

[*] 中国人民大学哲学院 2003 级本科生。

来，使人产生一种情。难得的是"长调"并不像西藏音乐那样张扬，只平平和和地诉说，但特别能让人对他们的荣耀，对他们的漂泊，对他们的英雄气质感同身受，很有一种金戈铁马、四海为家的豪迈。

　　而西藏的音乐——这里指的不是宗教音乐，那种音乐不过是被宗教框子套出来的一种意识形态的表达。我想说的是西藏史诗的吟唱，朝圣者的絮絮诉说，甚至是他们无声无息地进行与意识形态关联甚小的一种对被潜意识化的信仰的膜拜。写到这里，觉得真的难以诉说，因为他们的音乐神秘感真的太强，可能需要欣赏者个人有感受。西藏女生似乎都有一副高亢而又金石般铿锵作响的嗓音，宁静在《红河谷》中的豆沙嗓与之相比不可同日而语。她们的声音与"乳燕初啼"之类柔弱的中原女性声音绝然不同。她们的声音直指苍穹与生命本质，与传统意义上女性取悦男性的歌声不同，从这里来说，也许是一种中性化或雄性化的表述。其实藏民族的漂泊感并不强烈，但他们的音乐却能让我看到雪白高原上藏女长发飞扬，大袍飘飘，向天而歌，直白地诉说生命，许是心有所想，只听得见漂泊的藏乐吧。

　　严格来说，我并不是个多么漂泊的人，只是长期生活在别人的城市，当回到过去属于自己的家乡时，发现我的远离已使过去的家乡也不再属于我。我绝不可能一辈子只参与一个地方的成长与变迁。我想我注定漂泊，没有一个地方是我真正的家园——谁又不是这样呢？而那些回荡于高原苍穹的声音诉说着我心底最深的一种感受，将我与那些遥远的民族连在一起，我想那声音属于我，抑或我属于那声音？

　　不管怎样，那些苍远漂泊的声音亘古地唱着，在西风卷过的高原上，在湛蓝的大幕下，在深幽没有始终的宇宙中。

白衣飘飘的年代

胡玲莉[*]

离别的笙歌飘绕在校园里,我们挤在新图书馆前,穿着学士服拍毕业照。来来往往的学弟学妹们都好奇地张望,脸上的表情说不清是羡慕抑或更是一种拥有青春校园的骄傲。我们都没有想到,默默无闻的中文系1993级竟是在此种场合下第一次也是最后一次成为全校的主角。我们反反复复地拍着,又是彩色又是黑白,又是单人照又是合影,又是跳又是笑,女孩儿柔媚,男孩儿潇洒,是的,别离让我们如此美丽,我们的笑容都像那天湛蓝的天空,又灿烂又透明。

面对多情的七月,我们平静又镇定,没有暮色中的醉酒而归,也没有黑夜里的纵情高歌。只是我们的心里都绵绵长长地流淌着一条河,诉说着留恋和依依不舍。平静地吃完"散伙饭",没有酒精,没有眼泪,我们在饭店里抢着唱卡拉OK,直到午夜时分被饭店老板赶到大街上。北京夏日的夜晚,天空不是漆黑而是暮蓝,有星星有凉风,猴子回宿舍拿来他的雪白的大降落伞铺在学校最大最好的草坪里,我们便拥有了一个一生中最难忘最有诗意的夜晚。我们围成圈儿坐在降落伞上,唱歌、聊天、开玩笑、搞恶作剧,有人甚至讲起了鬼故事。我们把心中的悲哀扯长了拉细了像抻面条一样抻着抻着抻没了。因为分别,一切都简单、透明而美丽。我们敞开心扉,我们心无芥蒂,我们是世界上最亲最亲的兄弟姊妹。

分别的日子终于近了,来了。我们互相送着,站台上我们仍然没有相拥而泣,虽然火车启动的那一瞬,我们都泪眼朦胧,但记忆中永恒的是彼此的笑脸。送走了班里大多数的同学,我该走了。我

---

[*] 中国人民大学文学院1993级本科生。

坚决不让四年亲如姐妹的好朋友送我，因为我是一个感情脆弱的人，送别人的时候虽有难过但也有安慰——我仍然存在于集体之中。此刻，我要独自背负这种飘零无根的感受，我知道，我真的忍不住，我会哭的。真的，我认真的说。可是她们仍然无言坚持送我到了北京西站。汽笛响了，我与他们一一拥抱，眼泪这时就不设防地滂沱成河。积蓄了四年的眼泪尽情地流吧，四年前我们的相识相遇，其实就是为了这最后的分离。人生是一个站台，上演着相聚的欢乐，也酝酿着分离的痛苦。

大学四年，白衣飘飘的年代。我不是一个勤勉的学生，也不是一个出色的学生干部，但我是最恣意最自然最真实的我，是我生命中最舒展的状态。我付出了很多，失去了很多，甚至经历了从过去到现在最严峻的考验。对我的集体和我周围的人群我曾经疏离过，也曾经抗拒过。但同时我也收获了很多。毕业的时候，我的同学们评价我是一个真实、快乐的人，是一个值得一交的人。我想，这足够了。这四年，我完成了对自己的思考，完成了对生命准则的体悟，奠定了我一生或幸福或飘零或得意或失意的基石。我无怨亦无悔。我力求活得真实而快乐，努力寻找生命的本真形态和现实生活的最佳结合点。

1997年的冬天，下起了大雪。我已经留校当起了不成熟的老师。我是真的爱这个班级，爱这个班级里的每一个同学，它与中文系1993级一样，共同组成了我的生命过程。迎着漫天飞雪，我怀着喜悦的心情来到无比熟悉的花园，1997级的同学们正在雪地里奔跑、欢笑，一如当年的我们。

我着一身白衣裙，与同学在校西门过街天桥上，把手中的冰糖葫芦扔到过往卡车车厢里的年代，已经一去不复返了。我祝福1997级的同学们，珍惜正在拥有的白衣飘飘的年代，善待相识，过得充实而无悔。

苗寨情思

马小龙[*]

　　这个地方，随便搬一处到北京也会成为绝美的景致。可它生在了贵州，这个山清水秀，到处是碧树绿水、奇石险峰的贵州。

　　拂开从石头缝中长出来的青草，很少能看到一块成片的土地，可是世代生活在麻山上的人们硬是在石头上造出大片大片的梯田，这里有稻子，有苞谷，有茶树，有蓝靛，满眼都是绿色，每到秋天，他们就能收获希望，并将它酿成甘甜的美酒。

　　我和义兄杨光中的情谊便是从这美酒开始的。

　　团坡是个不大的寨子，苗寨。印象中的它三面环山，靠山的后背有一条不大的河，美得很；据我杨大哥说，蹚过水，转过几座山，深处有更美的去处。我和同伴是去调查的，但我们并不想凭着上面的指令到下面去。团坡一个村子住了不少人家，非常随意地悄悄地选了一个人家，我们就进去了。那一天能过得如何，我们心中也不知道——然而带我们来的当地人罗治江大叔却知道。他不动声色，只是在小院里一个人吹起了芦笙。不到半个时辰，全村的男女老幼都来到这个小院，母亲为孩子们穿上节日的盛装，让她们跳起欢快的舞蹈，渐渐地，我们开始意识到我们将受到苗家人怎样的礼遇。

　　午饭很让我们难忘，还有那让我现在仍梦绕魂牵的米酒，大桌窄窄的，每个人的斟满酒的碗都放在地上。他们把能拿出的最好的菜和着情意一起盛上让我们品尝。酒酣情浓人自醉，和我杨大哥干完满满一碗酒，我的生命中便平添了一份醉人的记忆。打那，我被

---

[*] 中国人民大学文学院1997级本科生。

杨大哥称为他"最合心的人",我们又站在一起照下了最让我感动的一张照片,我们成了结拜兄弟,周围的人为我们鼓掌。

我们醉心地交谈着,或一个对一个,或一个对大家,酒一碗一碗、一罐一罐地喝着,苗家的大婶大嫂们已和我们说过,酒是自酿的,不会上头的。喝起来,心也掏出来了。一个爱好盆景的大哥,几乎掉着眼泪讲述着山里对养点盆景花木的不理解,讲述着他的辛酸,但他更有自己的乐趣。我们理解他,并与他喝下一杯注满我们的敬佩之情的酒。吃完饭,转过几户人家,就来到他家中。小小的平房,等到我们从木梯爬上去,一圈精致的艺术品让我们顿时惊呆了——青松、翠柏、古榕……满眼的绿色!盆景我见得多了,无非是千篇一律的捆扎加病态,然而这采自深山里的绿色却是如此之美,我们呆呆地看着,不愿挪动一步。旁边的一位大叔对我们笑着说:"喏,那棵,山外人有次出了一千块,他没卖。这东西据说七八百年了,可是,咱们好,咱们谈得来,只要你开个口,他立马抱起来送给你。"我们笑了笑,大叔急了:"不信?不信你试试。咱苗家啥也不图,钱呀名的都是假的,只有情意!"大叔误会了我们的意思,可他的话却着实感动了我们。

他的话不假,在我杨大哥家里,也遇到了这事。大哥四十四了,没想到他那么喜欢养鸟,鸟是从山林子里捕来的,一个赛一个漂亮,叫起来脆生生的,好听得很。等我看完了外面的鸟,大哥从里面拎出一个小巧的笼子来——那是他的宝贝,我知道的;翠绿的羽毛,白褐相间的头颈,红色的弯嘴巴,煞是好看。就在我傻看的时候,他竟用布将这个笼子包了起来,为的是要让我带回家,弄得我一下子不知所措,最后虽以各种理由辞谢了,可我心里暖暖的,暖暖的。

记得很早的时候,我就从民歌中知道了苗家的米酒和烧酒,等到如今能喝上几口酒,我便惦记要尝一尝苗家的苞谷烧了。到了苗家才知道，其实酒歌中唱的最香甜的是酒，最醉人的却是情意。自从跟大哥干下那杯酒，又被他声声唤作"我们家马兄弟"的时候，我就醉了，在一阵阵醇厚的情意中荡漾。

太阳快下山的时候，醉人的歌声又在寨子中扬起，健壮的男子吹着芦笙跳起粗犷豪放的斗鸡舞，大嫂们聚在一起唱起世代相传的神秘的古歌，直到太阳下山炊烟升起，一切又都变得那么和谐、安详。

晚上，我们应杨大哥之邀来到他家，"最合心的人"要聚在一起喝酒，拉家常。

大哥膝下有四个孩子，小四也上小学三年级了。家中除了种地，还养了几匹好马，大哥用它们运货挣钱供孩子们上学。大嫂是苗家典型的劳动妇女，不多言语，但看到我们来做客，听到我喊她大嫂，她高兴得很，我们跟她谈着中午吃饭我和杨大哥干杯的事，她笑了，轻声说道："我也在呢——"

大嫂得知我们是来考察民歌的，很高兴地拿出歌场上录下的磁带在一只半旧的录音机里放了起来，圆润、质朴、好听的喉咙唱着这样的歌："金鸡飞来站花山，凤凰不服追赶来。二鸟相逢花脚下，不知情哥咋安排。"苗族以歌为媒，果然妙不可言。大哥憨然一笑，承认了："是呢，苗家人都是自由恋爱的嘛。"大嫂在一旁只顾笑，她给大哥生了四个孩子，现在又要养他们，这段岁月也算是有苦有甜，好不容易才过来了。

大哥把他们一家的照片拿出来给我们看，一边又给我们讲着，就像回忆他年轻的时候。看到照片上他穿着精神的苗装，我便又想起了下午的时光。我杨大哥取来他过年才舍得穿的苗装，让大嫂给我穿上。蓝色的苗装穿起来了，一圈又一圈的头饰也戴好了，大哥又让我拿起一支芦笙来，乐呵呵地说："我马兄弟这就最像个真正的苗家汉子了！"我们高兴地合影，照"全家福"，心中乐开了花。

喝过酒,吃过饭,夜已深,我们只得道别,大哥大嫂见实在留不住我们,便送我们到村头的大路上。临走时,大哥送给我一张"全家福"和一张他最喜欢的骑在马上的相片,对我说:"兄弟,啥时候想大哥了,就翻出照片来看看。"我使劲点了头,然后赶忙转过身,一颗眼泪在眼中一滚,掉了下来。

四周是一片蛙声。

访泰姬陵

孟向京*

就像我们说"不到长城非好汉"一样,印度人说,如果不到泰姬陵,就等于没到印度。的确,泰姬陵和长城同属世界七大奇迹之列,中国以长城为骄傲,而泰姬陵则是印度的象征。还好,我们的学期旅行刚好有一站是在泰姬陵的所在地——阿格拉(Agra),使我们能有机会目睹世界的另一个伟大奇迹,也使我们10个月的印度生活没有因为没到过泰姬陵而被一笔勾销掉。

在一本书中看到,参观泰姬陵的最佳时间是在有月亮的晚上,然而我们在阿格拉的时间只有一天,等不到晚上就必须离开;因此与月光下的泰姬陵无缘,只能在白日里一睹泰姬陵的风采了。在售票处得知,傍晚5点以后的票是白天票价的5倍。不知其美丽的程度是否也是如此比例。

在亲眼看到泰姬陵以前,我不知已看过了多少有关泰姬陵的图片和介绍,然而当真正面对她时,我还是被深深地震撼了。那是一个三月的上午,天上有淡淡的云彩,不阴沉也不暴晒,是那种柔柔的清爽又略显肃穆的晴日,在我看来是参观泰姬陵的最佳天气。从一个红色的饰以白色图案和许多小圆尖顶的穆斯林风格的巨大门楼的中心拱门穿过去,泰姬陵就在面前了。开始,远远地,像一个白色的幻影。沿着长长的中心水池和绿草黄花之间的通道走过去,越来越近,越来越清晰,像镜头推进一样,终于看到了她的真实面目。

首先登上的是一个约1米高的红色沙岩底座,在这里,参观的人都必须脱掉鞋子,就像在印度参观任何庙宇时一样。光脚沿着光

---

* 中国人民大学社会与人口学院教师。

滑的白色大理石台阶走上去,是一个约 5 米高、100 米见方的巨大平台,整个平台由长方形的白色大理石交错拼接而成。平台的四角分别坐落着四个 40 米高的伊斯兰风格的三层尖塔,上面各冠有一个伞状的尖顶。塔体在设计时稍微向外倾斜,这样万一倒塌时不会伤及陵墓。平台的中心是泰姬陵的主体结构。正前方呈现一种坚固而又美丽的几何形状。泰姬陵的顶部是一个 23 米高的圆顶,上面有黄铜的顶尖。旁边又陪衬有四个小的圆顶,墙体上方边缘也同样饰以小的尖塔,使泰姬陵看起来错落有致,呈现一种线、面和形体的完美组合。

最让人神迷的还是泰姬陵的色彩和艺术。远远望去,只是一种纯净的白色,宛如梦幻。走近了才知道泰姬陵的每一处都是精雕细刻出来的。底部是一些精美的浮雕,有花叶等各种各样的图案。上部的一些大理石上则雕有各种各样的几何图案,中心入口处拱门的边缘上,还雕刻有赞美爱情的诗文。更让人叹绝的是在一些显要的地方,白色的大理石表面上还镶嵌有玛瑙、玉石等精美宝石,排列成美妙的图案;在灯光的照射下会晶莹透亮,熠熠发光,宛如一朵朵盛开的小花。不知月光下这些小花是否会变成神奇的花环或花带?据说泰姬陵在黎明到黄昏之间以及在不同的月色下会变化出各种不同的色调,给人以无限的遐思和感慨。

在泰姬陵的后面,古老的亚木纳河依然在静静地流淌,似乎在向人们述说着泰姬陵那凄婉动人的故事。泰姬陵是沙加罕国王为纪念他的爱妻木塔兹·玛哈而修建的。木塔兹在 1612 年与沙加罕结婚。她非常美丽善良,深受人们的喜爱。对沙加罕来说,她不仅是一个好妻子,在 1627 年他继位后,她还是他的好帮手。在他们一起生活的 19 年里,木塔兹为沙加罕生了 14 个孩子。在生完第 14 个孩子之后,她因患重病而死。死前,她让沙加罕答应为她建造一座纪念物来纪念他们无与伦比的爱情。

泰姬陵由一个波斯建筑师设计。它通体由白色大理石建造，并饰以从世界各地汇集来的各种珍宝，由 2 万多劳工历时 17 年最终于 1648 年完工。据估计，其造价超过 7 亿卢比。泰姬陵与沙加罕居住的阿格拉城堡遥遥相对，沙加罕随时都可以看到泰姬陵。沙加罕原来设想在他死后在泰姬陵旁边再建造一座黑色的大理石陵墓，与自己的妻子永远相伴。没有想到的是，在他还没有退位前，他就被自己的儿子囚禁了起来，每天能给他以安慰的也只有远处静静肃立着的泰姬陵了。黑色奇迹也最终成了泡影。

那天，我在光洁滑爽的大理石台面上坐了好久，很想一直坐到月亮出来，看泰姬陵最妩媚清灵的一面。当然，我未能如愿。我不知道还有没有机会再去印度，有没有机会在月夜去参观泰姬陵，我只知道，只一次日访，已令我刻骨铭心。

草 原 魂

张国辉[*]

  天下最美的草原在呼伦贝尔，得名于自天而降的两泓神水——呼伦湖和贝尔湖，浇灌哺育着 40 万平方公里的黑土地。
  一场新雨，跟着一阵微风，青草婆娑直来，忽摆忽动，忽俯忽仰，歌态轻柔，舞姿妙曼，层层碧浪卷向天边，使整个世界变得芬芳。朵朵白云似簇簇玉莲，凝结在半空一动不动，阳光拂来，将绿野点缀得深一块浅一块，而无论深浅，永远是本色。一群群红棕色的骏马，黑白花的奶牛，白色的羊群，如同一堆堆洒满在巨大绿毯上的宝石，使人不忍拾起，反倒走过去，尽可能近些，去倾听最原始质朴的语言。这里水量充足，除了牧场，还有大片的沼泽，上面蓬勃生长着丛丛灌木，碧森森、翠茸茸，一直伸向层层远山。蒙古人为何爱摔跤？置身于诗画般的草野里，谁不想摔个跤，再向前滚几米，让身子沾上洁净的露水！
  草原的歌，特别悠长。秦腔之所以顿挫离亢，是被直上直下的黄土高坡逼出来的；越剧之所以婉转细腻，是被如花似水的秦淮烟柳拂出来的。在草原的歌声中，骑手立马在草丘上，举目所及，浩空如洗，红霞如练，无边无际的绿海将思绪带向与蓝天相接的地方，马头琴凄婉悠扬。蒙古包星星点点，骏马长嘶，流水安滞，牧者开始唱了。歌声不徐不亢，缓缓送出，每个曲调，每句歌词都拉得长长的、远远的，想让整个草原听见，想让高空的雄鹰听见，想让心中的人听见，因此要慢慢吐气，音色浑厚，尽量让歌声更持久些、更悠长些。越过起伏的草丘，搭上漂浮的流云，天那边，无论

---

 [*] 中国人民大学国际关系学院 2000 级本科生。

多远，依然是你的家乡，你的牧场，你永远依恋的地方。这便是草原的歌。

草原的酒，特别浓烈。草原太大，大得怕人。男人们骑着马，奔跑得太远就感到空寂，就想找人聊聊，好不容易聚上几个，第一件事就是喝酒。在草原，没有会喝不会喝，只有敢喝不敢喝。撕着羊肉，挥洒豪情，碗碗见底。江南水乡的女儿红，是在船上，就着精美的小菜慢慢喝的；雪域高原的青稞酒，是在珠峰脚下，就着珍稀的藏红花喝的。而在草原，人最高，昂扬七尺男儿，扬手与天相接。通过人，天与地缩短距离；通过酒，人与神能够通灵。他们之所以喝起来不要命，是因为不怕醉，大不了一头倒下，背靠软软的草甸子，面冲碧蓝的苍天。作为草原男儿，他们在醉倒之前最想弄明白的只有一件事，就是自己是否真的无愧于天地，无愧于朋友，无愧于这纯美壮烈的酒。这便是草原的酒。

草原的花，特别耀眼。在城市里，五光十色的霓虹灯闪得人们视觉麻木；万紫千红的温室耀得人们无所适从。而巴黎顶尖的服装师，将最流行、最永恒的颜色，永远赋予黑白两色。这是因为，在浓重纷杂的氛围中，最简单的线条与最原始的颜色，才能让人记得住。那大气磅礴、苍茫壮阔的草原，从初春的嫩绿到晚秋的黄褐，永远是单一的色调。如果行走间，偶然发现一丛不知名的野花，你都会格外珍惜地跑过去，注视着她，判断着她，鉴赏着她，因为空旷的绿海中，唯有她，显得最耀眼。在呼伦贝尔，你的心会被那些平日经常忽视的白芍药、红百合、紫飞燕、黄野菊紧紧抓住，流连驻足，萌生情趣，采摘几枝，轻嗅几次，丝丝幽香，一汪灵气。世人皆醉我独醒，万木皆绿我独艳，此为人与花的最高境界。无论品种之贵贱，只要她懂得在哪里开，为什么而开，就是世界上最聪明的花。这便是草原的花。

这样的草原，将使人顿悟生命的苍白，将使人抓住美丽的瞬间；这样的草原，毫无遮拦，四面皆敌，向后退无险可守，向前冲就是生存；这样的草原，使人不能停顿，停顿就意味着死亡，只有不停地奔驰，以远离寂寞与恐惧；这样的草原，只会产生站着的强者与倒下的死者，而不会产生庸者；这样的草原，最像海洋，最具有张力与霸气，一旦前进，就不可阻挡；这样的草原，永远属于骑马的民族，而马的精神，就是草原人的灵魂。

为了追杀那个屡败屡战、英勇不屈的花剌子模的王子扎兰丁，成吉思汗招来他的爱将速不台与哲别，让他们向西追。速不台问："我们要追多远？"成吉思汗望着西边陌生的荒野，手轻轻一挥，"见到大海为止。"几万铁骑，风驰电掣顺着大汗手指的方向追下去。整整两年，一直杀到地中海，饮马莱茵河的勇士身后是大片大片冒着黑烟、被征服的欧亚大陆。骑马的民族统称游牧部族，起源于水草最繁盛的地方。自己的水草枯竭，就整族迁移，去抢别人的水草。不断的迁移和融合，草原强大的部族文化形成了，充满着野性与力量。中原之所以提早进入农耕文明，得益于大禹治好了黄河。川流不息的水源永不枯竭，人们不再迁移，安居乐业，渐渐发展成城市，创造出中原农耕文明。草原文化与农耕文明之间的分水岭，是那条举世闻名的万里长城。这条历经中原十几个王朝修建的厚厚城墙，试图阻断来自草原疾风骤雨般的马蹄声，两种文明在此进行血与火的碰撞。城里高喊着"气吞胡虏"，城外高唱着"横扫中原"，杀杀伐伐几千年，草原的雄骏多次冲破才子佳人的春梦，越过长城，越过黄河，再越过长江，称王为帝，驰骋天下。在攻破长城入主中原的草原部族里，呼伦贝尔草原出去的尤其多！

春 之 性 别

石　谨[*]

北京的春天，姗姗来迟。

抖擞完精神，拍干净身上的尘土，春将它绿色的衣服铺到了大地上。这时的春，生机勃勃，很多人将花比作它的裙，把草比作它的裳，而一粒粒晶透的露水成了装点在它身上的珍珠。于是，在众人眼里，春便宛然成了一名美丽温柔贤淑的女子，她将复苏带给万物，将轻吻献给生命。

然而，在我眼里，春却断然是个男子。

春是强悍的。冷峻的冬天如暴君般将万物压制，冰封河川、树木凋枯。就算是时间已到，冬也不会甘心情愿地退走，它要统治，它要征服。春想着从冬的手中解救万物，就必须与冬搏斗。春必须是强健的、英武的，且有韬略。只有这样，在经过一番艰难反复的斗争后，春才能打败强大的冬，将其逐回遥远的北方。很难想象，春若是一名娇弱的女子，如何有力气去赶走暴戾的冬。

春是有力的。春以雷声的形式传达着自己的话语，他深远沉厚的嗓音，足以唤醒沉睡的万物。春不断挥发着自己的热量，去使大地逐渐温暖。唯有健壮有力的汉子，才能挑起使万物复苏这副沉甸甸的担子，使世界重新迸发出生命的乐章。

春是率性的。春不像夏，会用连绵不断的雨与你纠缠不休，他要么一碧万顷，要么突降大风，呼呼的风声是他在大笑，漫天的扬沙是他在发怒。

自然，男性的粗心总是让春忘了普降甘霖，使得很多地方的人

---

[*] 中国人民大学国际关系学院 2001 级本科生。

们在干旱中苦苦守候。

总之,春是一个不折不扣的男性。

此刻,春就在我们身边,春,不要这样大步流星,你走慢一些,好让我们跟上你。

龙　舟

陈建栋[*]

吃粽子，碰鸡蛋，赛龙舟，端午节的记忆，童年的留恋。

每年阴历的四月，当春雷将大地唤醒时，人们兴奋的心也随着龙鼓的响起而复苏。预示着龙舟即将下水的开鼓仪式，将人们关注的焦点再一次引向了龙舟。此时的人们，不管是三岁的孩童，还是七旬的老汉，都能够讲出一大堆人们引以为豪的龙舟史话；学校的教室里，争论最多的不是数学难题，而是哪个村子的龙舟划得最好、最快。直到有一天，在太阳升起之前，河中传来了熟悉的锣鼓声时，兴奋到了极点的人们，一骨碌从床上滚下来，便冲向河岸，去迎接巨龙的到来。

每个村子的龙舟都有自己传统的颜色。当几十条色彩绚烂的彩龙在河中畅游时，两岸的人山之中便会爆发出海啸般的喝彩、呐喊声。这完全是群众自己的活动。而此时学校里的任何一项规章制度都不会对学生具有约束力，孩子们早就聚在河岸上去欢度真正属于自己的节日去了。为了能够在每天大人正式比赛完了之后也过上一把瘾，孩子们无师自通地学会了优胜劣汰的方法：将龙舟停在河中央，谁能抢先游到龙舟上，谁便抢到了划龙舟的权利。这样，孩子们最喜爱的游泳活动，便和龙舟活动同时开始了。

记得上小学五年级那年，我们和往常一样与邻村的龙舟斗得难解难分，甚至连下起了雷阵雨都没有觉察。直到村里管龙舟的"头家"冒雨沿岸寻来时，我们才发觉今天比平时凉快得多。在"头家"的再三要求下，我们停止了比赛，悠然地划着龙舟回村。这

---

[*] 中国人民大学继续教育学院毕业生。

时，雨停了，不知是谁喊的一声："彩虹！"把大家的目光都引向了东南的天空。果然，一座七彩的长桥横跨天空，就像传说中曾经划到天上去的那只龙舟所经过的彩桥一样美丽、壮观！这是我第一次见到彩虹，也是我永生难忘的一次。这个时候，谁都没有加劲去划龙舟，似乎是害怕真的划到天上以后，就不能如在水上这般逍遥自在了。

赛龙舟有几千年了，但几千年来，这一直是男人的一种专利。有关龙舟的一切，对于女孩似乎都是禁区，除了赛龙舟时呐喊助威以外。如果哪个女孩不小心碰了龙舟上用的东西，便会被认为不干净，要用"符水"净化以后才能重新使用。要是哪个女孩敢在龙舟过桥洞时从桥上经过，便会成为人们唾骂的对象。龙舟似乎生来就是为男孩设计的。

终于，在那一年，这种情况得到了根本的改变，赛龙舟也因为这一改变而达到了高潮！有幸成为几千年来首次踏上龙舟的女孩，是不会忘记这个难忘的端午节。当她们和男孩一样将龙舟从村前的河道中划过时，原本不宽的河面突然之间变得更加狭窄了。当两岸的空地被兴奋的男女老少挤满之后，另一些人就划着小船，一直跟在龙舟的后面。这一天，那位年过八旬并赞助了女子龙舟的老太太始终没有将笑口合上。"她们做梦也会笑的！"她的话后来成了人们提起女子龙舟时必说无疑的名言，也成了村子里唯一一次为集体活动拍摄录像的标题。

第二年，远近几个村子里出现了十几只女子龙舟，有的村还将龙改换成了凤，龙一统天下的局面变成了龙凤争奇斗妍的风景！

蒙古袍

劳 马[*]

妻子是地地道道的蒙古人。

据说自她的父母上溯,从未与外族人通过婚,血统很纯正。

妻子从小便生活在蒙汉杂居的地区,汉人多,蒙族人少。

二十四年前,妻子以骄人的高考成绩名列全省的前茅。按政策,少数民族的考生可以享受加分的照顾,而对她来讲,这项政策毫无意义。

我与妻子在大学校园里相识。她在大学期间学习成绩依然突出,大学四年她门门课程全优,包括体育课。毕业时,她以"全优生"的身份获得了免试攻读研究生的殊荣,因为那时"保送"的名额极少。

虽说是蒙古族,妻子在饮食起居、服饰穿戴等方面没有任何区别于汉族的地方。她不会蒙古语,不穿蒙古袍,很少吃牛羊肉。除了填表时在民族一栏中写上"蒙古"二字外,几乎找不到丝毫蒙古人的影子,对她来说,蒙古族只是一个抽象的符号而已。

结婚时,我们俩商量着同去照张相。她说,要是能穿上蒙古袍就好了。我听了大笑不止,大红大绿地穿在她身上我真想象不出多滑稽。她红着脸说,没有就算了。

结婚十周年时,我想送给妻子一件礼物。我问她喜欢什么,她说你能给我买件蒙古袍吗?我说要那么个怪里怪气的东西干吗,穿出去会把熟人吓跑的。妻子没有说什么,接受了我送的一条项链。

去年妻子满四十岁了,我再次征求她的意见,问她喜欢怎样的

---

[*] 马俊杰,中国人民大学教授。

生日礼物。妻子说，要是有件蒙古袍就知足了。我又嘲讽道，在大都市里穿那玩意儿，肯定是疯了！她笑了笑说，你送什么我都高兴！于是我给她买了个戒指。

不久前，我去内蒙古出差。我们下榻的宾馆十分好客，为每一个客人送上了一件蒙古袍，还请蒙古族演员为我们演唱草原歌曲。那哀婉忧伤、厚重奔放的马头琴曲和草原歌声以及优美矫健的蒙古舞蹈深深地感染了我，就在那一刻，我情不自禁想起了妻子，想起了妻子多年来几次提到的蒙古袍。我跟接待方商量，想把送我的那套蒙古袍换成女式的，他们欣然同意。我把这个消息通过电话告诉了远在北京的妻子。她在电话的另一头竟然哭了，那是喜极而泣。我搞不懂她为什么老是念念不忘那根本就穿不出去的与时尚和身份都格格不入的"奇装异服"。她在电话里哽咽着告诉我：小时候她曾经见过与她同龄的女孩子穿着色彩艳丽的蒙古袍，她非常羡慕，跑回家里跟妈妈要。妈妈说，咱家穷，那袍子很贵，买不起。咱们要跟汉族人穿同样的衣服。她咬着嘴唇跑了，从此再没跟妈妈恳求过。妻子说，我是蒙古族人，我从未穿过自己民族的服装。我觉得那衣服太漂亮了，其实我只想穿上它照张相，让我圆一个梦，让我看看自己到底像不像蒙古人。

听了她未曾讲过的童年往事，我的心在颤抖。这是一种怎样执著的民族情结，是一种多么纯粹的民族情感。一件蒙古袍，寄托了她童年美的渴望和民族身份的确认，她只想穿上它，哪怕只有一次。就连这点最朴素的要求，身为丈夫的我却让她整整等了近二十年。我觉得很愧疚，愧疚得难以言表。

当我把她梦寐以求的蒙古袍送到她面前的时候，她又一次流了泪。她迫不及待地穿在身上，对着镜子看了又看，让儿子拿出相机替她照了又照，眼睛里闪着的泪花，点亮了一脸的满足。她不停地用手摸着袍子上的每一个细部，像是在寻找什么。

圆

朱 辇*

月亮圆了又缺，缺了又圆。

每当金桂飘香的中秋佳节来临之际，奶奶就会颤巍巍地去抹净屋前相思树下的石桌。抹了又抹，揩了又揩，然后坐在石凳上，微笑着把月饼瓜果之类摆在石桌上。而后，又捧出一个旧得发黄的小木匣，小心翼翼地把它放在石桌中央，她仔仔细细地端详着、端详着……抬起头，凝望着天上的圆月，皱纹绞得更深更密了，泪水也随之在眼眶里打起转来。

孩提时，我对奶奶这一番举动疑惑异常，去问爸妈，但见他俩一脸的庄严，到口的话也就咽了下去。

岁月随着石桌旁小桥下的流水潺潺而去了，家门口的相思树也渐渐长高了，我的疑惑之情也与日俱增。

目睹邻居张大爷含饴弄孙的怡然之情，蓦地，我想起了"爷爷"这个熟稔而又遥远的名词。

又是一个中秋节的晚上，我饶有兴趣地听着张大爷给孙子讲的故事。看着他的孙子依偎在爷爷怀中的得意样儿，我心中涌出一种说不出的滋味。天真地说了一句："要是爷爷在的话，他肯定会给我讲许多许多故事。"奶奶的眼圈忽地红了，沉重的思绪把她拉回到那幕令她终生难忘的往事上来……

那是1948年一个阴霾的冬日，凛冽的寒风像狮子一般怒吼着，不时飞旋起地上厚厚的积雪。就是在那个无比寒冷令人窒息的日子里，爷爷被一群如狼似虎的"国军"抓去当壮丁。倔犟的爷爷死也

---

* 中国人民大学马克思主义学院1995级本科生。

不从,在手枪刺刀的淫威之下,他使劲挣扎着,呼喊着……

奶奶一边擦着泪,一边用嘶哑的嗓音讲:"咱村从战场上回来的人说,好像看到你爷爷随着败军南下了,也许去了台湾,也许是……我耐心地等着有一天,他能平安回来,回来……"

一年一度的中秋佳节又要来临了,前几天我已觉察出父母、奶奶喜形于色,我心里真是丈二和尚——摸不着头脑,有啥喜事值得如此喜滋滋的呀!

中秋节那天晚上,月亮精心打扮了一番,"千呼万唤始出来"。"华儿,奶奶给你看一件东西。"奶奶呷了一口茶,然后表情严肃地把揣在怀里的一件小东西捧了出来。我满脸疑惑地瞥了一眼,映入眼帘的是一排端正的繁体汉字。"爷爷的信,你爷爷的信,我整整盼了四十多个年头。"奶奶激动得连声音都有点发抖了。

家书抵万金,盼了四十多个年头,我无比庄重地拆开了信。立刻,远在异乡的爷爷就如在面前。"……我思念着你和儿子。现在,醒来却是南柯一梦,自己已是身处离家万里之乡,推窗看着天上的流云冷月,我叹息月亮尚有圆满之际……有一天,我会回来的,回到自己妻儿、亲人身边,即使不能回来,我的灵魂也会越过万水千山回到故乡。但愿千千万万像我们一样遭遇的亲人能举家团圆……"

我不知自己是怎样念完那封信的。奶奶早就泪水涔涔了。过了许久许久,她揩干了泪,回屋里抱出了那个旧得发黄的小木匣,慢慢地打开了它,扑入眼帘的是:一绺长长的秀发,一绺短短的黑发。还有一绺黄绒绒的小细发,三绺头发紧紧地被红红的丝线扎在一起。

我捧着信,捧着这封我的爷爷——我爸爸的爸爸的亲笔信,紧紧地把它贴在心口……

举头望处,一轮金黄的圆月悬在中天……

访问以色列随感

周新城[*]

1998年11月8日—11日,我随中国人民大学代表团访问了以色列本·古里安大学,同他们谈了两校合作与交流的问题,游览了内盖夫沙漠、死海、耶路撒冷等地。回国以后,许多关心中东局势的同志总要询问以色列的情况:那儿人民生活怎样?打不打仗?仿佛一下子我变成以色列问题的专家了。这是可以理解的:中东是世界局势的焦点之一,而以色列又是中东问题的关键嘛!但是,走马观花式的参观访问,不可能了解到许多东西,更不可能回答"深层次"的问题,只能谈一些感想。

记得出访前,以色列驻华大使南月明女士设宴为我们送行,她说过一段话,大意是:犹太民族与中华民族有许多相似之处。犹太民族勤劳、聪明、肯学习,这是与中华民族一样的;犹太民族具有反抗侵略的传统,在外族入侵者面前,英勇不屈,视死如归,这也是与中华民族一样的。在访问中,我对这两点,有了深刻的印象。

以色列的自然条件,相对来说,是比较恶劣的。它是一个地中海东南海岸的狭小的半干旱国家。《圣经》中《出埃及记》说,这是一块"流奶与蜜之地",这是犹太人对祖先居住地的溢美之词,其实,在以色列,适合于人类生存、发展经济的地方,限于沿海平原、北部加利山谷地和约旦河谷,大部分地方人烟稀少。内盖夫地区几乎占以色列土地一半,那里是一望无垠的戈壁与沙漠,除了点点绿洲外,杳无人迹,连鸟兽也罕见。而且整个以色列资源贫乏,没有石油、煤炭等能源,也没有铁矿、有色金属矿藏,连水资源也

---

[*] 中国人民大学马克思主义学院教授。

十分紧张。尽管犹太人虔诚地信奉上帝，上帝在分配资源时却丝毫没有照顾以色列。然而，恰恰是在这样狭小而贫瘠的土地上，在四周均为不友好国家的环境中，以色列人民用短短50年时间建设起了繁荣富强的国家。在建国之初的25年里，国内生产总值每年增长10%，以后由于客观原因（例如中东战争、石油危机等）增长率一度为3.8%。但进入20世纪90年代，又回升到6%左右。经过半个世纪的努力，现在以色列跻身于发达国家的行列，人均国内生产总值达到1.7万美元，在工农业生产能力和出口等某些领域占有显著的国际地位。当然，美国给了大量援助，但这一援助主要用于军事上了，要知道以色列的国防开支占国内生产总值10%（20世纪70年代甚至超过25%），周边环境决定了平时也必须保持强大的军事力量。我们不来评判以色列与周边阿拉伯国家之间的是是非非，我们只是惊奇地看到，在如此恶劣的自然和社会条件下，出现了全世界赞誉的"经济奇迹"。这不能不让人佩服以色列人的顽强、精明、勤奋、能干。由此想到我们中国，我国虽然大片国土是高山与荒漠，虽然人均资源大大低于世界平均水平，但总起来看条件优于以色列。我们有勤劳聪明的人民，只要我们发扬艰苦奋斗的传统，勤俭建国，把精力集中于经济建设（而不是像某些败家子那样奢侈腐化），完全有希望再花几十年时间达到以色列那样的水平。犹太人可以做得到的，中国人凭什么做不到呢！对此，应该充满信心。

  恶劣的条件逼出了以色列人苦干和巧干。用毛泽东同志的话来说，这叫"穷则思变"。不是有占国土一半的大片沙漠吗？以色列人就运用科学技术去开发沙漠。以色列第一任总理本·古里安（以色列人把他比喻为中国的毛泽东）定下了雄心壮志，要让沙漠养活100万人。他故意在沙漠腹地贝尔谢巴办了一所规模宏大的大学，人们把它命名为本·古里安大学。在大学里设立了沙漠研究所，专门研究开发沙漠,这个研究所已成为全世界闻名的多学科的沙漠研究中心,我国有不少学者在那里读学位、访问、进修。针对干旱缺水的国情,以色列发明了滴灌,培育出了用微盐水浇灌的作物品种,使得以色列农业不仅能够自给,而且成为农产品主要出口国。土地肥沃、雨水充足的欧洲,却从土地贫瘠、雨水稀少的以色列大量进口水果、蔬菜。我们进入四周一片荒凉、寸草不生的本·古里安大学,只见丛丛椰枣树挺立在骄阳之下,果实累累,校园内绿草茵茵,树木郁郁葱葱,一片生机盎然的景象。低头仔细一看,地下水管纵横,渗出点点清泉,既保证植物生长需要,又不浪费一滴水。听完旱作农业研究所、沙漠研究所的充满自豪的介绍,我们不由得对我国沙漠地区的改造和开发信心百倍。沙漠不是包袱,关键是如何对待它。遵循自然规律去开发它,沙漠是可以成为财富的源泉的。

值得一提的是,具有远见的本·古里安看准了这一点。他卸任以后,定居沙漠,躬耕于无人居住的大峡谷旁边的低地,用自己的行动带动以色列人去开发沙漠。我们参观了沙漠深处的本·古里安故居,看到了他居住的低矮平房、耕作用的农具以及开垦出来的片片农田和果园。据说,有人劝他住到大城市去,因为经常有外国领导人来拜访,这要方便一些。他一口拒绝了,他说,谁要拜访,就到沙漠里来,我能常年居住,他偶尔来一回还不行吗?这样,故居墙上挂满了世界著名人士同他在沙漠里的合影。看到这些,我们从心里涌出了尊敬之情。难怪以色列人民如此爱戴和纪念本·古里安,经常有人冒着骄阳酷暑驱车几百公里去瞻仰他的故居,而他的坟墓上总是摆满了小石子(犹太人的习俗,扫墓时要在坟墓上摆上一颗小石子)!作为政治家的本·古里安,我们不便评价,应该留给历史学家去说;作为开发沙漠的先驱者,本·古里安的功绩永垂史册,这是不应有争议的。

到了以色列,当然要去看一看死海和耶路撒冷。死海是世界上独特的景观。然而我们印象深刻的,不是死海清澈而高盐度的海水,也不是人仰在海面上看书而不下沉以及浑身涂满海泥的怪样,因为所有这些,早在初中地理教科书上就知道了,无非是得到亲眼目睹的印证而已,使我们震惊而且不能忘怀的,是一座荒凉、陡峭的高山——马塞达。死海边上高达三四百米的马塞达山是犹太人的一块圣地,公元73年曾在那里演出了一场英勇而悲壮的史剧。据说,马塞达山是古代从沙特阿拉伯到地中海的交通要道,希律王在山顶上修建了一座规模宏大的宫殿,可以居住好几千人。当罗马人打进以色列,摧毁了耶路撒冷和第二圣殿以后,犹太人占领了马塞达山,并构筑了工事,在那里整整坚守了三年,多次击退想驱逐他们的罗马人的进攻,一直到粮尽水干为止。由于长期被围困,不通信息,得不到增援,据守马塞达山的犹太首领误认为是自己犯了错误,以至上帝抛弃了犹太人,于是下决心自刎以谢人民。剩下的犹太人选择了自杀而不愿当奴隶,集体作出了决定,先由男人杀死自己的妻儿,以免受辱;然后推出十人,把其他男人杀掉;再推出一人把九人杀掉;最后一人自杀。罗马人攀上和攻破城墙时发现守卫者及其家属都无一存活。马塞达山已成为犹太民族决心为在自己的土地上争取自由的象征。我们乘缆车登上马塞达山顶,四边都是悬崖、峭壁,山上到处断墙残垣,山下罗马军营依稀在目,一阵寒风吹来,仿佛听到铁甲金戈厮杀呐喊,想象当年犹太人宁死不屈的壮怀激烈的场面,令人震撼不已。从马塞达的历史中,我们领悟到犹太人的民族性格,懂得了近几十年来以色列风风雨雨的历程。

驱车到达耶路撒冷,已是暮色苍茫的傍晚,急急忙忙赶到哭墙去参观。哭墙其实是犹太教第二圣殿被毁时留下来的一堵西墙,供人参拜的有100米左右。圣殿遗址上已建有阿拉伯人的伊斯兰教圣地阿克萨清真寺。同一块地方,两个宗教的圣地,其中纠葛可想而知。一进入哭墙外侧，就看到一大批犹太教信徒，身穿黑色衣裤，头带黑帽，手捧《圣经》，口中念念有词，虔诚地跪在哭墙前。周围一片肃穆，在暮色中显得格外庄严。遥望阿克萨清真寺（它定时开放，我们未能进去）金碧辉煌的寺顶，俯瞰残存的哭墙，沧海桑田，感叹不已。历史的、民族的因素使得以色列这块土地，尤其是耶路撒冷成为纷争的焦点，引发出多次战争。俱往矣，一切是非，应该留待后人评说。人民是希望和平的。只要不故意在伤口上撒盐，民族矛盾是可以随着时间的流逝而淡化以至化解的。我们衷心希望以色列成为各族人民和睦共处、共谋发展的富饶的家园。这一前景已经出现在地平线上。

在六月的阳光下

李晶晶[*]

在一个飘雪的夜晚,我和几个朋友应邀去北京一个残疾人学校参加学生们自己组织的晚会,晚会上有一个节目是智力竞赛。路上,我们一直在商量答题的时候要不要故意出错,以免伤害那些孩子的自尊。

我曾经参加过一个类似的活动。坐在对面的小男孩拘谨而腼腆,清秀的脸上有着羞涩的笑容,如果不是他空荡荡的左袖提醒了我,我会以为眼前的一切很完美。怜惜和喜爱一下子涌上心头,我怎忍心再让他的自尊受打击,再让这样美丽的笑容消失?我故意也巧妙地不时答错、迟答、误答、抢时间,让他有充分的机会展现自己的才华,享受胜利的快乐。他很聪明,很多题都答得分毫不差,每一次回答正确加分,他的脸上都会露出毫不掩饰的大大的满足笑容,眼睛越发明亮,然后偷偷地看我一眼,带着不好意思和歉疚的表情。我也高兴,为自己能帮他拥有这份短暂的快乐而高兴。

比赛结束,他是理所当然的胜利者。主持人也许是为了调节气氛,笑着问在这场大学生与初中生的对决中,我是不是有谦让的嫌疑。几乎所有在场的人都为这句玩笑话笑了起来,可我分明看见那个男孩愣了一下,笑容凝结在嘴边,带着一种若有所思的恍惚,深深地把头低了下去。过了好大一会儿,他才抬起头来,看着我,脸红红的,原本明亮羞涩的眼睛充满了迷惘、怀疑、质问、委屈,甚至愤怒。他张了张嘴,想说什么,却什么也没说,缓慢地站了起

---

[*] 中国人民大学国际关系学院 2004 级硕士研究生。

来，向会场外走去。他小小的肩膀一耸一耸的，空空的袖子在风中飘荡。我凝视着他的背影，心里忽然有种想哭的冲动，为他，也为自己。我知道我的"好意"已经深深地刺伤了他。

我相信，很多人是怀着一颗热忱而善良的心去看待社会中的残疾人的，真诚地为他们的不幸感到惋惜和同情，也真心地想为他们做一些力所能及的事。可是，我们是否也曾反思过，在这种善意的背后，带有多少居高临下的同情和悲天悯人的施舍？从一开始，我们"善良"的灵魂就已经自动地在自己和残疾人之间划出一道深深的界线，然后带着自以为是的聪明，将同情慷慨地馈赠给界线那一方的人，并在这种馈赠中寻找自己的价值。在我们固有的观念中，残疾人是不幸、脆弱、敏感的，需要扶持与呵护。真的是这样吗？当我们单方面热心地提供帮助的时候，有没有人问过接受的那一方，那些残疾人，他们乐于接受这样的帮助吗？他们愿意做我们所认定的弱者吗？他们真正需要的是什么？我们忽略了，忽略的结果就是最善良的本意往往会带来无心的伤害。

听过很多有名的侠客或文人之间比试的故事，但凡一方发现另一方是在故意容让，他往往会比被击败更愤怒，因为这意味着从一开始，对手就不把自己放在平等的位置上，这种对能力的歧视在被容让的这一方看来绝对是一种巨大的侮辱。这个道理也同样适用于社会生活的其他方面。善良的同情与帮助有时候会不会恰恰忽视了最基本的尊重与平等？

在另一个残疾人学校，遇见一个穿粉红衣服的女孩。她站在六月的阳光下，看着围墙上星星点点的牵牛花，冲我灿烂地微笑。她已经十五岁了，身高不到一米，而且以后可能也不会再长高了。她告诉我这一点的时候很平静，不沮丧，也不哀叹，孩子气地撇了一下嘴，跟着聊起了其他话题。她很健谈，从花草到体育到电影到学习到金庸的小说，什么都说，末了还很有兴趣地和我探讨起女孩子

美容的诀窍。她脸上始终漾着盈盈的微笑，纯真无邪，似乎从未有过烦恼。六月的阳光把她衬得格外美丽。

我不禁喜欢上这个女孩，为她的快乐、聪慧和自信。她从来不认为自己和别人有什么不同，也不认为自己是不幸的，所以她生活得充实而满足，不轻视自己，不仰视他人。她真心地爱着这样的一个自己，也因此爱着生活中一切美好的事物。她的爱与快乐让她如此美丽，也让我这个纠集于一堆日常琐事和烦恼的人感到放松与汗颜。

曾经和一个坐轮椅的女孩有过一次坦率的谈话，谈希望。她一口气说了很多：希望人们不要用同情的眼光看我过马路，那样让我觉得自己是一个异类；希望不要热心地帮我做我自己能做的事，那会让我觉得自己很没用；希望多一些专门的残疾人行道能让我们自行通过，而不是发动很多人抬我进出……她的口气急促而有力，似乎压抑了很久，让我震惊也反思：我们的热心帮助是不是在一定意义上走进了一个误区？我们总是提供尽可能多的拐杖，为什么不想一想，他们需要的也许不是拐杖，而是几条可以自由行驶的通道？

从那以后，每次在街上与残疾人擦肩而过，我都不再欷歔感叹和怜惜不已。我知道，尽管他的肢体因为缺陷而不完美，他的内心却充满着生命的活力与骄傲。比起帮助，他更需要尊重，而最好的尊重，就是漠视他的残疾，把他当成一个平等的普通人。

眼　镜

劳　马[*]

姥姥老念叨眼神不清，看东西模糊。

她不停地擦眼睛，总说眼珠子上蒙了层灰，想擦掉。她用手背，用手绢，用衣角，有时顺手抓起小孙子的袜子使劲地抹眼角。医院里的大夫说，她患上了白内障，最好的办法是做手术。她听了死活不同意，说那是白花钱。

家里人反复动员她，告诉她手术并不危险。做完了手术那眼睛就什么都能看清楚了，电视里的唱戏的名角的脸蛋就再也不会模模糊糊的了。

姥姥嘴上说怕死，心里其实是怕花钱。她省吃俭用了一辈子，不想给儿女们添任何麻烦，包括为她治病花钱。

她不听别人的再三劝导，执意不动手术。她说她本来就是个文盲，又那么大岁数了，眼睛再好使也做不了什么大事了。看不见就看不见吧，眼不见，心不烦，省得看孩子们吃饭掉下粒米也跟着着急。

姥姥的视力越来越差了，光线稍暗点，比方太阳西下时，她几乎全靠双手摸索着做事。

孩子们看不下去了，还是动员她去做手术。她提出个妥协的方案——她说，你们给我买副眼镜吧，人家都说戴上眼镜就能看见东西了。

儿女们商量后说，行，给您老买副上等的老花镜。镜子拿来了，姥姥戴上了。她一辈子头一次戴上这玩意儿，脸上美滋滋的。

---

[*] 马俊杰，中国人民大学教授。

她四处看了看，眉头稍稍皱了皱，便一脸的兴奋。她说，这东西真灵，一戴上去哪儿都清亮了。她十分满意，还问我们，这眼镜一定很贵吧！

儿女们眼睛里闪着泪花。其实，姥姥戴的只是一副旧墨镜，本来孩子们是想糊弄她一下，是为了让她知道戴眼镜没用，好说服她去医院做手术的。

姥姥现在戴着这副墨镜继续用手摸索着，可她逢人便讲，这眼镜真管用，啥都能看得真真的。

尼加拉瀑布十绝

高　放[*]

听很多人讲过游览尼加拉瀑布的感受，也读过多篇关于尼加拉瀑布的游记，然而似乎都还未能全面概括出它的特点。百闻不如一见，百读不如一见。近日我畅游了这个举世无双的绝景，深感可以用十个字简明地点出它的绝妙特色。

一曰平。瀑布大多是从高山流水而下形成的，而尼加拉瀑布却出现在平原。北美的五大淡水湖都是在平原地区，但是并非在同一水平面上，而是处于尼加拉山脊的斜坡上。其中苏必利尔湖、密歇根湖、休伦湖之间的落差较少，唯独伊利湖与安大略湖之间平面相差达99米之多。伊利湖水途经56公里平坦的尼加拉河，从上而下流入安大略湖。这条河是美国和加拿大的分界线。在河的中段有一个悬崖断壁，流水在这里才涌现了尼加拉瀑布。平原出飞瀑，这是它诞生的稀绝环境。

二曰凹。尼加拉瀑布共有三处胜景。最大的是河水从河中公羊岛左侧流入加拿大境内的"马蹄瀑布"（Horseshoe Falls），因这里的陡崖绝壁宛如凹字形的马蹄状而得名。瀑布上端曲线弧长约793米，落差49.4米，每秒水流量260多万升。世界上的瀑布在这样宽阔巨大的凹字形圆弧状峭壁中奔流，实属罕见，不能不说是绝世的奇景。

三曰凸。仅次于"马蹄瀑布"的是从河中公羊岛右侧流入美国境内的"美利坚瀑布"（American Falls）。由于这里的断崖不是较为平整的直线，而是有三五处突伸出来，这样就使得瀑布的水帘变成

---

[*] 中国人民大学国际关系学院教授。

前后交错的奇特局面。在瀑布顶端还有一块鹅卵形大石头突起挺立,历经急流猛力冲撞,依旧岿然不动,尤为奇观。美利坚瀑布宽335米,高54米,流水量每秒28.5万升。虽然它的宽度和流量较小,但是与"马蹄瀑布"的凹形相反,它的凸形景观却另有其绝伦特色。

四曰纱。介于"马蹄瀑布"与"美利坚瀑布"之间,有一个从属于后者的小型瀑布,名叫"新娘面纱瀑布"(Bridal Veil Falls)。这么美妙的名称表明它宛若新娘面纱。它之所以能够形成面纱一样均匀轻薄的画面,实由于它的断岩顶端既不凹也不凸,显得平整笔直。同时瀑布身后的绝壁上隐约含有像眉目、鼻嘴、脸庞等凹凸不平的条痕,这样从对岸加拿大那边远望瀑布,就疑似在轻薄面纱后面是一位娇媚含羞、喜笑颜开的绝代佳人。

五曰绿。瀑布水练都是银白色的,遥看"马蹄瀑布"广阔的水面却呈现出翠绿色。一眼望去,绿白相间,白外有绿,白中透绿,绿中含白,白瀑之中间有绿流。这真是绝色佳境。这种瀑布泛绿的现象是缘于河水少有污染又含有藻类而显出淡绿色,再加上周围坡地上遍布茵茵绵绵的绿草绿树,其绿色在阳光普照下辉映折射到湖水之中,就更使得水面碧绿有加。这是它的绝色奇观。

六曰风。在"马蹄瀑布"与"美利坚瀑布"之间,有一个著名的风洞。风声呼呼,风鸣飕飕,掀风鼓浪,兴风作浪。再向前漫步到岛边乘电梯下降到河床边沿,登上"雾中少女"号游艇,溯河而上,可以乘风破浪观赏三个尼加拉瀑布。这时好多人争抢难得的机遇摄像摄影。当游艇靠近瀑布中心点之时霍然疾风劲吹,旋风回转,暴风骤起,狂风猛扑。在风驰船进、剧烈颠簸中抓住船舷倚栏观赏飞瀑奔流,却别有一番绝妙的滋味。

七曰雨。飞瀑长流都会溅起水珠,散落雨点。可是尼加拉瀑布的雨情却不同凡响。它由呼风唤雨、和风细雨、栉风沐雨到凄风骤雨、狂风大雨、急风暴雨，令人感受到风雨交加、风雨飘摇、风雨同舟、风雨挺进的意境。尽管人人都披上了登艇时发给的蓝色塑料雨衣，依然风吹雨淋满面，浇湿了鞋袜袖口。迎风挡雨，仰望飞瀑腾跃，遥看蓝天上依然骄阳似火，金光四射，真是气势超凡，绝景难觅。

八曰雾。飞瀑湍流，常有烟雾飘拂。然而尼加拉瀑布的雾幕因有凹字形的大盆地而显得格外稠密、浓重。放眼环顾，真像坠入五里雾中，渺茫遮蔽，迷离恍惚。在沉雾中刮目察看飞瀑浪花，浑然花非花，雾非雾，花犹花，雾犹雾，雾中有花，花外弥雾。我们乘坐的游艇，命名为"雾中少女"，身披的雨衣胸前正中还印有"雾中少女"（maid of the mist）字样。它来回驾驶荡漾在迷雾之中，更增添了景物一体、天人合一的绝妙美感。游艇远离雾区之后，远眺雾霭冉冉升空，大有腾云驾雾气势，久久难以云消雾散。有人误以为这阵阵袅娜云雾是工厂烟囱冒出的灰烟，其实它是尼加拉瀑布罕有的卓绝特色。

九曰雷。飞瀑急流会因激烈冲击而发出吼声。唯独尼加拉瀑布因有马蹄状既宽且深的幽谷而造成连声共鸣，使得震声犹似雷霆隆隆，霹雳轰轰，声震遐迩，如雷贯耳。这可以说是尼加拉瀑布的绝响。在绝响中观瀑，仿佛是天仙应声素装飘忽下凡，和声白练翩翩起舞。"尼加拉"（Niagara）在印第安语中意为"水的雷鸣"（thunder of waters），可见从其命名来看，"雷鸣"最能显示出尼加拉瀑布绝唱的特色。

十曰梯。经历了风雨雾雷，饱赏了瀑布奇特风光之后，游艇缓缓回到岸边。上了岸就会发现，紧靠"美利坚瀑布"右侧建有近百个台阶的天梯。拾级而上，登临顶端，只要探头伸手，几乎就能够揽触瀑布水柱，达到身近飞瀑、人瀑一体的绝佳境界，再仰视四周，有无数白色河鸥正张翅翱翔，穿梭盘旋，悠然自得，搏击长

77

空，似乎要与飞瀑竞飞媲美。如果人们也能像灵鸥一样插翅起飞，那岂不是绝好的梦想？

欣赏完尼加拉瀑布的十绝，再回到娟秀雅致的公羊岛上参观博物馆，进而了解到这个稀世罕见的瀑布是在一万多年前更新世后期形成的，那时北美大陆冰盖消融，露出白云岩构成的尼加拉斜崖颓壁，伊利湖流水经此外泄，方成瀑布。有史记载以来，只有在20世纪30年代初因严寒冻河断流，尼加拉瀑布曾有一次消失。这也是绝无仅有的奇闻。白日雨后天晴，在瀑布高空能够喜见彩虹，夜晚在七彩灯光映射之下瀑布更显得多姿多彩，这更是昼夜均有异彩纷呈的稀绝奇象。

尼加拉瀑布十绝体现了水、石、风、土、形、声、色、景的和谐统一。如诗如画，载歌载舞，动中有静，软中有硬。为全面领受这十绝美景，可以从侧面、正面、上面、下面四面八方来尽情鉴赏。侧面、上面是在美国这边公羊岛上从南到北边走边看，正面、下面是从岛的北端乘电梯下降到岸边登游艇沿河而上饱览；更可以从对岸加拿大那边堤岸或高楼高塔上，甚至从高空直升机上俯瞰瀑布全景。整个瀑布如轻纱挂前川，若银河落九天，激波汹涌，惊涛澎湃，气势雄伟，景象壮丽，呈万马奔腾之势，有雷霆万钧之力，含万象更新之概，现气象万千之美。尼加拉瀑布是大自然真、善、美和谐统一的化身，是智勇、生机与活力的象征，是神奇合力巧夺天工的创造。在当今信息化促进全球化的新时代，国际旅游业获得空前发展。它每年吸引近千万的游客。在这里纵情览胜，足以令人心旷神怡，致远明志，灵性逍遥，乐道顺天，排除尘世的纷扰和嚣烦，求得与大自然的和谐、交融和契合，达到焕发青春朝气、激发奇思妙想的新境界。

阳光的味道

曹 涵[*]

阳光是这样一种东西：没人能够直视它，但是每个人都能感受到它的温暖。

我不能够抓住它，但是我能够闻到它独特的味道……

从小到大，我都是伴随着阳光的味道进入梦乡的。

在我的记忆中，儿时的冬天总是特别冷，而我又特别怕冷，刚刚入冬，手脚就会被冻得冰凉冰凉的，于是冬日里的阳光就变得格外珍贵。我家有一个小小的庭院，每逢天气晴好的时候，母亲就会把棉被抱到院子里，搭在晾衣绳上，慢慢地铺展开，用手轻轻地拍打，让它好好地晒晒太阳。沉浸在阳光里的被子蓬松柔软，棉花细细的纤维中间，充满了温暖的气体，好像是吸收了太阳的能量。晚上，母亲会小心翼翼地帮我盖上晒好的被子，我喜欢紧紧拥抱这样的被子，然后贪婪地吮吸其中阳光的味道，那种感觉就像是沐浴在金色阳光下，温暖而惬意。阳光那种独特的馨香，仿佛把我带进了桃花源，所有的寒风霜雪都被挡在了外面，我的世界只有家的温馨和幸福。

就这样度过了不知多少个寒冷的夜晚，我早已习惯了在被子边寻寻觅觅，一旦嗅到了熟悉的味道，就会静静地闭上眼睛，安然入睡。可是，当我离开家乡的时候，我才意识到，我，要开始失眠了。

北京的气候很奇怪，好像没有春秋，只有冬夏的轮回，夏天刚过，就像冬天一样，让人猝不及防。和以前一样，我的手脚开始变得冰凉无比，只是此刻，独自在异乡求学的我，再也没有母亲晒的

---

[*] 中国人民大学商学院 2005 级本科生。

就恋那一星星绿

棉被,闻不到被子中熟悉的香味了。我没有预想中的失眠,却整晚整晚地做梦。我梦到自己回到孩提时代,被丢弃在一个空旷的田野上,我呼喊着亲人的名字,没有人回应,我只听到了自己的声音。我害怕极了,开始大声地哭泣,周围的一切都是那么地寂静,把我的哭声衬托得如此悲凉,并传得好远,好远……我在睡梦中惊醒,发现陪伴着我的,只有冰凉的被子和心神未宁的恐慌。我开始怀念母亲晒的棉被,怀念被子里阳光的味道,怀念属于我的世界里的温馨……

我的心像是没有了依靠的蒲公英,在孤独的世界里飘飘荡荡,惶恐、不安、迷惘——向我袭来。我徘徊着,彷徨着,期待得到阳光的眷顾,让我再次闻到睡梦中都在渴望着的清香。我是一个迷路的孩子,在焦急和恐惧中苦苦寻找着属于我的出口——阳光的味道。我穿过森林,走过旷野,蹚过小溪,渡过河流,一路的颠簸,一路的坎坷,一路的艰险。我的身体疲惫不堪,我的心却不再如往常那样脆弱,经受了风吹雨打,渐渐变得坚韧而从容,我开始固执地相信,我,无论如何,一定可以找到那熟悉的味道。

我又踏上了征程,脚下的路依旧崎岖不平,我依旧跌跌撞撞,所不同的是,这一次,我很笃定。继续前行。泥泞的草地让我再次摔倒,我站了起来,不知不觉地向四周张望,竟赫然发现,原来这条辗转的小路上,有那么多人与我同行,有那么多人和我一样在倔犟地寻找些什么。我终于知道,其实,我,并不孤单。我似乎捕捉到了阳光的芳踪。

以前的我,把自己当成了一个孤独的旅客,只是一味赶路,一味向前方寻找出口,以致忽略了身旁的风景。而现在,我决定要学着留意身边走过的人,学着欣赏路旁的景色,让我的旅途充满斑斓的色彩和未知的精彩。当我的目光不再只是望向前方,开始为两侧的景物停留时,我惊奇地发现,我所苦苦寻觅着的阳光,竟然一直都在我的身边。平静的湖面上偶尔泛出粼粼的水波,波光闪闪,像是满湖金色的小船轻轻荡漾;潺潺流淌的小溪轻轻拍打着溪岸,岸边的石头显现出它们圆润的轮廓,宝石般光彩夺目;青草被早晨的露水沾湿,娇羞地低下了头,在露珠晶莹的光泽中,快乐地成长着;风带着丝丝温暖的气息,柔和地抚摸大地上的生灵,摇曳着树上嫩绿的枝叶;天空中大朵大朵的白云,镶上了一层华丽的金边,不断地变换着自己的形状,给人以无限的遐想……目光所及的一切,全都笼罩在太阳的光辉之下,接受阳光的恩泽。我所熟悉的阳光的味道,仿佛弥漫了整个世界,闭上双眼,那种迷人的馨香,就会从四面八方扑面而来,让人心旷神怡,陶醉在这个广阔而崭新的世界中。

我的天空刹那间灿烂无比,阳光的味道,已经为我驱赶了所有的阴霾。我不用再像一只失去家园的小鸟一样惊恐地寻找自己的栖息地,我终于再次得到了我心灵的归宿,而这一次,已经不再局限于曾经的那小小的天地里。我可以在广袤的大地上尽情驰骋,可以在无垠的天空中肆意翱翔,可以在宽广的海洋里自由徜徉……

我向过去那个胆小而封闭的自己挥手告别,抛弃了一切不安和孤单。我的心满载着自信,大步前行,我相信我能在任何一个全新的地方,找到阳光的味道,只要太阳的光芒能照耀的地方,就可以成为我的天堂。

当我微笑着从阳光下走过,所有的忧郁和伤感,都会被阳光融化。阳光的味道,将会时时刻刻萦绕在我周围,伴随我去寻找属于我的未来。

阳光的味道……

绿杨城郭忆扬州

冯其庸[*]

我最早认识扬州,是从诗词里认识的。杜牧的《寄扬州韩绰判官》:"青山隐隐水迢迢。秋尽江南草未凋。二十四桥明月夜,玉人何处教吹箫"。大概是给我以扬州的美好印象的第一诗。后来读姜白石的《扬州慢》词:"淮左名都,竹西佳处,解鞍少驻初程。过春风十里,尽荠麦青青。自胡马窥江去后,废池乔木,犹厌言兵……"这首词,虽然给我以兵后扬州荒凉的景象,然而,我对扬州的印象却更深了。

在我的印象里,扬州是美,扬州是诗,扬州也是芍药、牡丹和琼花。总之,扬州确实美得不得了。

但是,在我印象里的扬州,也有悲剧的一面,最有名的鲍照的《芜城赋》,就是写的扬州,那是一片荒凉的景象;其次就是上面提到的姜白石的那首词了,也是一片战火下的扬州。

我从小就爱读《浮生六记》,作者沈三白的妻子陈芸——一位非常可爱的深具中国古典美的女性,她在坎坷中死去后,就埋在扬州,仿佛给扬州立下了一个悲剧的标记。

我还未到扬州,脑子里就已经装满了扬州的各种各样的印象了。

扬州确实是美的,瘦西湖的纤影既窈窕而又清雅,你如果从虹桥漫步过去,如果是初春的时节,你可以看到柳回青眼,桃报红靥,春波漾绿,岸草铺碧;真是,你会感到春从所有可以冒出来的地方一齐冒出来了。特别是湖上的一抹轻烟,仿佛山水画家将眼前的画儿淡淡地染上了几笔,使得这些景色,都带上了一层朦胧的

---

[*] 中国人民大学国学院教授,院长。

美,缥缈、空灵、清淡、幽雅……当你跨过虹桥,一眼见到这幅江南早春的画面时,我保证你会被陶醉,你会驻步不前,仔细品味。

然而,当你展眼往远处看去,你会看到这袅袅婷婷的瘦西湖,身材确实是那么婀娜多姿,湖面曲曲弯弯,有时是掩映半面,似断还续,两岸古柳,加上隔年的枯芦苇秆,还有偶尔露出水面的新芦笋尖,甚至在曲折掩映的湖面上,有时还露出半篙扁舟,湖畔也可能碰到钓者。总之,一眼望去,分明是一幅水墨画,一卷山水图,而且满纸是烟水野渡的气息。

这样的景色,才是瘦西湖的本色。她不同于杭州的西湖,西湖多少有点人工味和富贵气,也不同于南京的玄武湖,玄武湖似乎略少姿态。瘦西湖我觉得有点像《西青散记》里的贺双卿,粗服乱头,雅秀天成,不假雕饰,完全是诗人本色。

当然,你走过徐园,走过了小金山,到五亭桥时,则又是一番景色。五亭桥黄瓦朱柱,桥墩上五亭,桥下十五个券洞,洞洞相通,每到月中,十五个券洞中洞洞见月,成为奇观。五亭桥墩南为莲性寺,寺中白塔高耸,与五亭桥似相揖让。最难得的,无论是五亭桥还是白塔,都无富贵态,都还保持着朴雅的风格。五亭桥以巧胜,白塔以秀胜,远望亭亭玉立,如白衣大士,恰好与瘦西湖相配。如果此处的白塔也如北京北海的白塔或阜成门内的白塔一样庄严隆重,那么,就会把瘦西湖压得抬不起头来,就会产生不协调之感,我深深佩服当时设计师的识力和巧妙的匠心。

扬州使我常挂在心的当然还是平山堂。每次到平山堂,总要令人想起这位文章太守六一翁和天才诗人东坡居士。我记得在平山堂后厅有一横匾,题曰:"远山来与此堂平"。每次去平山堂,总要找到此匾饱看一回。我觉得此匾题得实在妙极了,尤其是那个"来"字,简直写活了。不是堂与山去平,而是"远山"来与"此堂"

平，字面上写的是山与堂平，读者的实际感觉上却是堂比山高，堂是主，山是宾，堂是端然不动，山是远处趋来。请看这简单的七个字，寓意多么丰富，感情色彩多么强烈！比之伊秉绶的"过江诸山到此堂下，太守之宴与众宾欢"一联，显然有上下床之别。伊撰联句上联显得太实太死，且失去了平山堂之意，下联则毫无新意，只是截取《醉翁亭记》的陈词，这就无足观了。当然伊秉绶是一代书法名家，可称银钩铁画，每当我遇见他的书法，总是低回流连，不忍遽去。可惜原书不存，现已是后人补书的了。

最可惜的是平山堂后石涛和尚的坟墓，已在"文化大革命"中湮没，莫可踪迹，一代大师，竟然与烟云俱散，可胜浩叹！

扬州石塔寺的石塔，现在已经在马路中间了，一头是石塔，另一头是一棵古银杏，一条直线，居于马路正中，恰恰把马路一分为二，成为上下道的分界。石塔是唐代旧物，共五层，四面有雕像，古银杏大概也是唐代的遗物，看它那种婆娑龙钟的气派，也显得是一位历史老人了。石塔寺最引人入胜的当然是王播的故事。王播《题惠昭寺木兰院》诗："上堂已了各西东，惭愧阇梨饭后钟。二十年来尘扑面，如今始得碧纱笼。"王播微时，在此寺乞食，和尚们讨厌他，饭后才打钟，使他扑空，因而才有上面这首诗，而且"饭后钟"从此就成为故实。谁能想到当年的这座石塔，竟然会保存到现在。扬州是有名的兵火之城，历劫甚多，此塔能巍然独存，阅世千年，实在不易！也许是造物主特地把它留下，作为人情冷暖的见证，以警世人的吧？

我每次去扬州，必去梅花岭史公祠，记得第一次到扬州时，还是"文化大革命"后不久，梅花岭的史可法墓已破坏，梅花岭的题额也已不存。这样一位顶天立地的英雄，历史的脊梁骨，就连当年他的敌人也不敢不尊敬他，谁料三百年后的今天，竟还会让他遭受浩劫，连他的衣冠冢都不能保存。历史的颠倒，是非的颠倒，一至于此！幸而现今梅花岭已经全部复原，史公墓已修好如初，我在陈列室里看到了史公的手迹,两副对联。其书法的遒劲飘逸,迥非一般文人可比,就是当时的书法家,也很难有他的这种气势。三百年后,对此手泽,我们可以想见其胸襟气度。这两副对子的联句是:

  自学古贤修静节
  唯应野鹤识高情　　可法

  涧雪压多松偃蹇
  崖泉滴久石玲珑

下面的款识云:

  辛巳宿焦山寺,书赠大明禅友,兼志(?)好,山水清奇,颇不相负耳。道邻可法。

  两副对子都是草书,真是逸笔草草。第二副对子的跋语,因原迹狂草,可能有个别字识读不确,但我仍愿把这它记下来,以飨读者。我们从两副对子的联语中,也可以感受到这位"古贤"的高怀逸致。下一联联语似更可看出他当时艰危的处境和坚韧不拔的毅力。

  扬州,可看的地方太多了。我还到过蜀冈上的炀帝迷楼旧址,现在楼台当然不是当年的迷楼了。我也到过扬州郊区埋葬这位中国历史上最荒淫无耻的暴君的雷塘。在田野里,有一小片荒冢,只有几亩地,陵墓早已不像样子,只是仍高出于地面,在墓地隆起处,有一方歪斜的墓碑,书"隋炀帝陵"四字,为伊秉绶书,相传炀帝陵本已湮没,清嘉庆间为浙江巡抚、金石家阮元所发现,因请扬州知府伊秉绶书碑以为标志,一直保留到现在。想当年"紫泉宫殿锁烟霞,欲取芜城作帝家"的隋炀帝,意旨所至,锦帆天涯,何等的权力威势。谁知到头来只剩雷塘半丘,比起取代他的唐太宗之昭陵,简直是讽刺,这就是对历史人物的公正的历史结论!

  最使我难忘的是有一次,由老友钱承芳同志陪同去西山寻找

《浮生六记》作者沈三白的妻子陈芸的坟墓。我们跑了很多路，虽已接近西山，但终因暮色太重，一片苍茫，无从寻觅，只得回车。虽然没有找到，但我却记下了这位悲剧女性的埋骨之处，我希望有一天能重新将它修复，让人们凭吊。

我每次到扬州，总是住在西园宾馆，老友杨礼莘总是热情接待，使我到扬州，不仅是宾至如归，简直可以说是到了第二故乡，那大门外的水码头，据说是当年乾隆到扬州的御码头，右手是"冶春"的水阁。我清早起来晓色朦胧的时候，一钩春月，倒影入池，而水阁茅檐下的灯火，映在水里，拉出一条长长的曲折动荡的光影，连同水阁的倒影，简直是一幅绝妙的春晓图。

人们常常喜欢说《红楼梦》里的菜肴，我认为"红楼"菜实在是扬州菜的体系。西园宾馆的扬州菜是有名的，每次都能让我回味无穷。

扬州，给我精神上的慰藉太多了。春天的花，秋天的月，还有团团的螃蟹，到了冬天，还可以看到盛开的腊梅。那瘦西湖上"月观"后面一个小园子里的一丛腊梅，我曾欣赏过她盛放的丰容，旁边是一丛天竹，圆珠垂丹，艳然欲滴，与黄色的腊梅相映成趣。这样的庭园景色在北方是无从领略的。

扬州，是美的化身。扬州，到处都是美。

至今我仍念着虹桥畔瘦西湖的瘦影，念着西园宾馆庭院里中天的月色，念着小丘上萧萧的修竹，念着御码头旁茅檐下早起的灯火，念着春雨迷濛时扬州的朦胧面庞，念着朋友们的深情……

我深深地怀念着这座绿杨城郭。

（1986 年 12 月 13 日夜一时于宽堂）

老　树

郭增萱[*]

　　W君，你说你在城市里待了二十多年，像灰城堡里困着的兽，像大笼子里扑棱的鸟，想到外面走走。你选中了我的故乡，俗称"八百里秦川"的关中，让我给你说说；而我一直拖着，不是我疏懒，也不是不愿意告诉你，是我不知从何说起。我记得你特别喜欢马致远"枯藤老树昏鸦"的词句，那我就说说家乡的老树吧。

　　故乡人管关中叫"关中道"。道，大概相当于书面语"冲积扇平原"。"关中道"像从前大户人家扣着的门板，散布在渭河两岸的村落就是这门板上的钉。这些村子照例都有一棵大树，就在村前。树不是槐，就是皂荚。树干粗有几围，树冠能荫蔽住半个村子。这树的细胞里，差不多就流着隋唐的水，含着隋唐的阳光。沐过几朝几代的风风雨雨，树就有一种天生的肃然老态，静静地站在村头，像是这村子的象征。

　　也不知你什么日子成行。要是春，最好选在暮春。暮春时关中的风就不那么硬，柔柔和和，像母亲抚着婴孩的手。阳光也和煦。树木依例在阳光的揉搓里变幻，梢头都着了嫩嫩的绿色。老树虽苍颜不改，枯枝老干上，也会发出嫩茸茸的绿，让你对生命有些感慨，有些惑然之意。你若站在这树下，能嗅到田野里飘过来的淡淡的清芬。是回春的气息。到了中午，日高气暖，有人牵了牲口来，拴在树下，用扫帚梳理。牲口老老实实，打着响鼻，或正在反刍精美的夜草：一层老毛掉了，亮出缎子一样油亮的毛皮。

---

　　[*] 中国人民大学毕业生，作品摘自《春笋集》。

其实夏天很不错。如果是一棵老槐,初夏都满树槐花。槐花香淡,但入鼻。盛夏的晚上,老槐下最热闹。大冠浓叶的荫里,凉得很。收破烂的、吹糖人的、补锅的、换针线的、南方来的耍猴子耍蛇卖药的……都在树下摆摊。除了南方来的,都是常客,他们和村子里的人说笑着,无拘无束。而树上也许就有上百上千的知了在叫闹。树荫里也是男人下棋打牌妇女做针线的地方。下棋的有时是两个老汉,大概谁一辈子也没服过输,棋也总下不完,怪话也说不完。有时是一个老汉一个小娃,老汉赢的时候多,悔棋也多;小娃眼疾手快,吃了车马炮一类,就在小手里攥得死紧,老头怎么也抢不去。老汉赢了,弹小家伙一个脑门;小娃赢了,就揪老家伙的胡子。妇女们大抵是在纳鞋。几个木凳围坐了,嘴里东长西短,手里不厌其烦地抻着一根白线,白线似乎永远也走不出鞋底,好像她们的命运。老树下总有那么一股大概是来自隋唐的凉气。人们闲扯着,用这块土地上人独有的思维和判断评说着几千年或几千里外的事情。若你运气好,赶上谁家娶媳妇做寿,还能赶上一场乡间的戏曲,就在老树下搭台。

到了秋天,老树下一派繁忙,剥玉米的收拾毛豆芝麻的,忙得不可开交。老树也似乎失去了风韵。若这树是皂荚,满树都是黑红的小手,一串串,在风里噼啪撞击,像是给秋鼓掌道别。而这一树的皂荚,在从前,就是妇人们一年洗衣洗头用的了。

你不会在冬天去吧?要是冬天去,最好带上一架照相机。关中多雪。难说一天早上醒来,一场大雪就让你吃惊。这时你再去看那老树吧,顶雪戴棉,琼树白干,绝对是你梦中也没见过的。

你一定要去看看村前的老树,跟它说那个曾经在它下面下棋玩耍的小娃在问它好。

故乡棋阵

郭增萱[*]

谁都难免回忆。

闲暇时一杯清茗，养神闭目；烦嚣时举头远望，看天高云淡，鸽影有无；朝叩富儿门，暮随肥马尘，身心疲惫，掩面长叹时，或者就是枕上，经历的美好记忆常会倏忽冒出：山明水秀，村远风纯……像棵青翠妩媚的树，这记忆在意识的旷野上挺立着，让心如荫阴凉，轻松舒坦。咂摸回味之余，人便至一无言大境界。

我常常沉迷于对家乡棋阵的回忆。

出生乡野，童时别无他趣，独好观人对阵下棋。村有一老，自幼好棋，子嗣早立，无养家糊口累身，又性情淡远，超然鸡毛蒜皮婆短媳长之外，就更痴棋阵。马冲炮打，不求胜负，只为寄情。一人好弈，百人呼应，村里不论老少，就都能过上几招，无事时，也喜临盘指点评说。所以，村子里棋阵一年四季常青。下棋为双方捉杀，老人既为养性寄情，对方也就不再计较，盘上盘下，就少了面红耳赤，内心郁怨。

春天，阳光如母亲的手，和煦温馨。它抚过树梢，枝头上就有嫩芽俯仰相连；抚过田野，田野里就多了泥腥青草花味，嗅一嗅，清肺爽神。村子里一堵南墙下，就有棋阵，暖暖和和，两个老头披了黑棉袄捉杀，十几个人围了看。挨了棋摊，有人倚墙抱臂晒太阳，不一会儿就睡着了，酣声轻微。有人索性脱了棉袄，捉冬天里蓄养的虱子。阳光里，时时有柳絮飘过来，有蝴蝶飞过。而不远处，一头驴刚换了新毛，于地上打滚。

---

[*] 中国人民大学毕业生，作品摘自《春笋集》。

夏天酷热，村子里多老树，粗枝巨冠，老态肃然。大概历过隋唐的风，沐过元明的雨，故荫处极凉。棋摆在树底下。对弈者中，有一人大约就是补锅、换针线、吹糖人的，常来常往，熟如邻里。远处看，树极大，几欲填满眼目，人小如豆，绝似山水画里见过的。蝉于浓荫里鼓噪，入耳却如梵音。云在树后的背景里飞过，村后田里就留住些雨星。

细雨潇潇，连茅屋顶上的炊烟也缠绵地袅绕。秋意愁人，如瓦沟里流动的雨线。棋阵就在老人的小屋。夜里桔灯萤萤，映对弈图于纸窗。狗吠于村外伴着孤独夜行人。棋子落下，一节灯花落了，窗上图画晃动如在水中。

冬日多雪，棋阵摆在屋内。火盆冉冉，时有灰屑脱落飞扬。女人盘腿坐在炕上，做针线，话长短。言语间，丈夫就丢了车或炮。鸡在巷子里游转，在雪地上画竹。狼在野外踽踽而行，行行梅花开在村外。一声枪响，脆亮。老人抬头，说，死了。

漂泊日久，想故乡棋阵，渴若寻梦。春节回家，只为寻梦。土墙已不在。村人皆忙如小鬼，寻钱找生意。问老人："伯，不下棋了？"老人说："早不下了。"坦白恬淡，无悔无怨。

棋阵不存，心下颇为遗憾。与一友说道。友不谈棋事，大侃神吹，说他对人理解。大意是：人一方面受了时间、环境限制，是一种被动得近乎悲哀的存在；另一方面，人又大大超越时间限制，思接先古，神游八荒，是一种主动而辉煌的存在。又有一譬：人如技术拙劣者的摄影作品，焦距不准，总现两影。这重影，一是现实，一是理想。我极为惶惑，思也不解，不思却牵心，由此却忘了棋阵的事。

四十不惑

毛 军[*]

孔子云："吾十有五而志于学，三十而立，四十而不惑，五十而知天命，六十而耳顺，七十而从心所欲不逾矩"。

前不久，参加一个四十岁朋友的生日宴会，突然想起圣人这句话。老人家就是如此微言大义、切中肯綮，却让其后的国人感慨万千，歆歠不已，这既有先秦文化简约厚重、引人沉思的魅力，也实为圣人达观之处。

犹记 1999 年，在京的同学策划毕业"十年再回首"纪念活动，特地把方案传真给我，开头就是我们最喜欢的罗大佑的歌："乌溜溜的黑眼珠和你的笑脸/怎么也难忘记你容颜的转变/轻飘飘的旧时光就这么溜走/转头回去看看时已匆匆数年……"霎时，那熟悉的旋律在耳畔响起，当年的画面犹如电影般在脑海中浮现，百感交集充塞心头。

四十岁，是人生一条重大分界线，年少时，带着一点轻狂，不知天高地大，总以为"虽千万人，吾往矣"，总认为自己的生活会气象万千，石破天惊，甚至陶醉于那种置之死地，往采古今的境界。到了三十岁，经过现实的磕磕碰碰，经过社会生活的洗练，才有了一些持重，一些沉稳，找到了定位。时间如白驹过隙，生活静静流驶，世界纷纭变幻，如同街上匆匆行走的每个人一样，大家都过着平凡的日子。

有时，突然回忆起刚毕业时乘电车上夜班的情景。那是寒冷的冬夜，我穿着厚厚的棉衣，戴着棉帽，穿行在午夜的街头，寒风呼

---

[*] 中国人民大学文学院 1986 级本科生。

呼刮着。路灯拖着长长的影子，夜色如铁一般的沉重，厚厚的积雪踏上去吱嘎作响。坐在老式的电车上，车声隆隆，周围的房屋、野地都笼罩在浓重的夜里。寒意、困意、孤单和夜色一起向我袭来。于是，我连忙点燃一支烟，闪烁的光影，明灭的烟头，那样的夜，难以忘怀。

五月份，老父亲从西安打过电话来，告诉我肺叶上有一个像瘤一样的东西，医生说有可能是结核球，也可能是肿瘤，我急忙让他把片子立即快递过来，到省城里找了几个胸科专家会诊；大家一致认为是结核球，这才放下心来，长舒一口气，立即向老父亲致电，可以无虞。但老人家在那头仍不挂线，反复地问我家里怎么样，孙子的健康，学习情况如何，儿媳妇身体可好，我在单位是否顺心，并嘱咐我遇事要沉稳，不要着急，保重身体，等等。挂线后，我沉吟良久，父亲确是老了，他是老一代大学生，从哈尔滨毕业后服从组织分配赴兰州空军部队，一直从事技术工作并很有专长，曾做过援助巴西、赞比亚的航空技术项目。我少年时期，父亲转业到地方，继续在航空部工作，繁忙的业务使他无暇顾及家庭和子女。他早出晚归，回到家里不是翻书查资料就是沉吟不语，我们之间很少沟通和交流，再后来，我离家到外地就学，乃至工作在千里之外。每次回到家，父亲总有说不完的话，我们也多次从傍晚谈到东方欲晓，我深深地理解，父亲想把他的经历、经验、教训、关心和爱倾吐给我。但，每近此时，总有一种酸涩的感觉。

今年八月份，母亲到我这里来做胆囊切除手术，她老人家是一个医生，胆囊息肉已经长了几年，但最近检查时医生告诉她息肉太大，如不手术易发生癌变。闻此消息后，我立即致电让母亲到我这里来手术，由我和儿媳妇照顾她。

住院检查后，老人进入手术室。手术室外家属的脸上都是一派肃穆，空气几乎是凝固的，只要手术室一开门，大家的目光就刷地聚过去。终于，母亲安然无恙，并很快痊愈出院。

不知不觉，儿子毛毛长大了。小学六年级的半大小子，个子长到一米五五，看着他晃着阳光的脸跑来跑去的样子，不由想到小不点时他摇着床栏杆鼻涕满脸，恍如昨日。有时，他会跟我谈对一些事情、对一些同学的看法，感觉他的思想不那么简单，至少不像我在他这个年龄时那么简单，有时，他会好奇地打听我小时候怎么过的，当我对他讲我小时候没有玩具，自己动手做火药枪、弹弓、冰鞋，能随便和小朋友一起玩，他就会对着几筐玩具叹口气，万分羡慕地说，你们那时候多自由，多好啊。有时，我带他到书店去，想让他挑点儿中外名著看，积累点儿文学修养，可他只是冲着《火影忍者》、《神探柯南》使劲，我只好无奈地牵着他的手回家。近一段时期，我意识到儿子已经快到了青春期，便千方百计地想给他讲一些青春期卫生知识，结果没说几句，他就说，知道了。看来，孩子也长大了。

上高中时，最喜欢的作家是张承志，尤其喜欢他的作品《北方的河》，喜欢他那种理想主义的超迈情怀，其中好多部分我能大段大段的背诵，记着作品中有这样的话："肉体可以衰老，心灵可以残缺，而青春，连青春的错误都是充满魅力的"。这种金属般质感的语言和它那纯净的精神内涵，是否在如今色彩斑斓的生活中散失了呢？

东北人按虚岁称年龄，我今年三十九岁，虚岁四十。四十岁，是人生一个重大驿站。

春残依旧未残，梦断依旧未断，大漠与孤烟，长河与落日，光荣与梦想已成为遥远的背景，我们再也没有时间去困惑、去惆怅、去观望，去等待，再也没有时间可以挥霍，而代之以责任、意志和策略。四十岁，你已经被挟裹在奔驰的列车上，时间是一维的，空间是狭小的，方向是明确的，唯有前行。

吾与富士山神交久矣！

杨钢元[*]

甫到东京，于电通大厦顶楼平台环望关东景致，主人告我晴日可见富士山，此后每登临必远眺，终缘悭一面。

六月赴箱根望岳，富士浮于云端，遗世独立，巍峨庄严，摄魂震魄，然岚遮雾翳，若隐若现，缥缈难见真容，神往愈加，赋诗而还。

诗曰：

久闻富士上接天，诚赴箱根仰玉颜。
苍天感我殷勤意，驱雨收云敛岚烟。
惜我途中略蹉跎，向午日蒸雾转多。
芦湖远眺惟黛岳，不见富士白嵯峨。
面湖仰天浮大白，欲吞云霭天重开；
愿借罡风三万里，顷刻为我扫阴霾！
莫非醉眼转惺忪？云端玉色现朦胧；
富士庄严启帷幕，雄姿傲世横青空。
缱绻征云承祥瑞，群峰俯仰跪逢迎。
湖光山影皆失色，鸟静风息万籁凝。
幸甚至哉靡加矣，和光同尘心似水。
默祷相期富士山，明朝拜谒五云里！

七月二十七、二十八两日，有幸参加电通公司富士登山活动，凌绝顶，迎旭日，夙愿得遂！吾观富士，其神山也！富士之为态也，纯洁如婴孩。绝无阿回迂曲，也不层峦叠嶂，无遮无拦，不险

---

[*] 中国人民大学新闻学院副教授。

不奇，尘世繁华，如山际之浮云，流转变幻，而富士不着片痕。富士之为容也，坦荡如处子。素面朝天，无顽岩供墨客骚士题镌，无固基资帝王权贵构筑；草木不生，鸟兽不存，偶有建立，皆如浮尘沙塔，一风可尽，不媚世，不欺人，只高标直上，与天齐肩，大气磅礴，俯视群峰，无与伦比！富士之为仪也，威严如丈人。迎送日月，吐纳风云；烈焰蕴于内，不怒而威；钝形现于外，稳而有容；冰雪束顶，云雾萦腰，傲然不与世争，而群山俯仰，无可与之争者。存穆然姿，得大自在；与人不远，与天不远；静观默察，若有所思；参天地之造化，悯熙攘之虚妄。富士真神山也！

　　孟子云："吾善养吾浩然之气。"登富士山者，得此真气乎？

生命如此透明

杨 钧[*]

1992年北方的冬天很冷,在元旦前一个下雪的日子,我攥着一张有三个"+"号的尿样化验单,住进了医院。

就在我经过近一年没日没夜的准备,正向1月15日就要来临的决定性考试——全国研究生入学考试冲刺的时候,虚弱的身体和我开了一个极大的玩笑,我被诊断为急性肾炎。

我的梦无法再做下去。天天早晨的静脉输液成了我的必修课,被成堆的课本资料累得酸涩的眼睛现在只能面对冰凉的四壁与白得空虚的天花板。我不仅失去了健康,还失去了自己的名字,"5床"成了病友、护士、大夫还有天天送病号饭的那个胖大嫂对我的"尊称"。

我整天沉浸于个人黯淡的冥想之中,对于周围的一切都失去了兴趣。同学和朋友偶尔来看我,也无法减少我的痛苦。

邻床的病友是一个稍长我几岁的小伙子,他得的是肾炎并发心肌炎,严重时曾连续几天尿血。但他是一个天生的乐天派,看我整天躺在床上胡思乱想,身体恢复很慢,就拉我起来,领我到其他病房看看。他说就数我们这屋里的病轻,其他病房的都是危重患者,让我看看他们,自己就会"阿Q"一点,觉得上帝对自己还是优待的。

我被他带进8号病室。病房里很静,有好几个人围着一个人,在看他做什么东西。一个中年妇女挪了一下身子,给我在床边让出一个位子。我坐下来,看见大家瞩目的"中心人物",原来是一个

---

[*] 中国人民大学文学院1990级本科生。

四十多岁的男子。这名中年人已瘦得脱了相,面呈铁灰色,一看便知重病缠身。他斜倚在被子上,正用两只枯干的手在编一只龙虾。他用的是紫罗兰色的透明塑料管,这支普通的塑料管在他失去血色的手里上下翻飞,一点点在缩短,最后他在龙虾的尾部打一个结,然后用小剪子上上下下修理一番,一只挺须甩尾、活灵活现的龙虾就在他手上诞生了。他凝视着自己手中的杰作,因病痛折磨早已黯然无光的眼睛里,竟也闪现出一丝欣慰的光彩。然而这种表情仅仅持续了几秒钟,他接着就被一阵剧烈的喘息憋得透不过气来,手中的龙虾也掉在床上。他的妻子连忙上前帮他躺下,边服侍他边埋怨说:"人都病成这样,还有闲心摆弄这玩意儿。"他没做声,闭上眼睛静养。

大家都互相传看着这只精巧绝伦的龙虾,赞不绝口。他休息了一会儿,又睁开眼睛,很勉强地笑了一下:"我这是废物利用。"我赞叹道:"这简直是艺术品,怎么能说是废物呢?"他没说什么,翻身从床边的兜子里拿出两个用过的一次性输液管:"你看,这不是废物是什么?"我有点惊呆了,真想不到,那么精美的龙虾,原来是这种东西做的,只上了一点颜色。

后来我才知道,他是一名工人,身患尿毒症,现在已到晚期,靠透析维持生命。他住院时间很长,用过的输液管不计其数,他觉得扔了可惜,就用它做成挂钥匙用的小工艺品。他做的小虾、小鱼、小鸟已有二百多个,全都送人了。

他曾对病友说:"我得了这个病,太遭罪。做个小玩意儿,别人拿去心里高兴,我看着心里也透亮。"

看着这个垂危病人和他的小龙虾,我似乎悟到了点什么。我向他要这只小龙虾,他说你拿去吧,只要你喜欢。

回去后,我用旧输液管摆弄了好几天,照猫画虎地也做了一只龙虾。我准备把这只龙虾送给他,没想到他已去世了。听人说他的

病只有换肾才有救，但手术费要好几十万元，他为了不增加家里的负担，怎么也不同意，从而延误了挽回生命的时间。

　　几年过去了，我一直珍藏着这只美丽的小龙虾，它是那么生动而透明。

哈瓦那散记

吴 超[*]

别的城市破旧了,总是一幅红颜褪尽的味道。而哈瓦那则是热情、成熟的女郎,破旧于她只是衣衫褴褛而已。布片风起中愈见的是身形的饱满和神情的动人。

那沿海林立的西班牙式建筑看起来总有三百来年的历史,而三百年中又似有二百年的无修。在海风的吹蚀下,墙残窗断、顶陷屋塌,但临海的那面就是只剩一面墙,它也兀自扇立。这样的破屋面海成街,却全无落寞。

老城中堆积着更多的老屋,迎接风和阳光的不是窗,而是连墙也打开的坦荡和气派。街上满跑着的是20世纪三五十年代的样式嚣张、颜色夸张的美国破车,但在哈瓦那却破得潇洒不羁。空气中吹不散的是欢乐的音乐,那多是老人的谈唱,唱给天,唱给地,也唱给自己。

切·格瓦拉的像仍是到处都是。当今世界中,只有在这里,才有着英雄不死。而英雄不死的地方,才是真正的浪漫、理想、乐天和年轻。所有老旧的东西,在这里竟怎么都是年轻,这该是这城市永远是女郎的原因。世界上该有这么一个地方,告诉人们,美和热情,不需要富有,不需要呵护。破旧在哈瓦那只不过是阳光热舞中的汗渍而已。

如果你没有去过哈瓦那,她值得你拿出时间。

(2003年2月于哈瓦那)

---

[*] 中国人民大学环境学院毕业生。

敢爱敢当
——一个新妈妈的手记
张洁宇[*]

一

我当母亲，是在婚后的第七年。此时自己早已人过三十，丈夫也年近"不惑"，在很多人眼里，我们是不折不扣的"晚育"模范。

这些年里，看到身边的很多女友陆续做了母亲，看到她们的宝宝一个个茁壮成长，我都一直不曾动心。原因其实说也简单：我必须专心读书，完成我的博士课程。在我上学的时候，北大有个规定，在读期间的女研究生是不允许怀孕生产的，否则即以自动退学论处。因此，攻读硕士和博士学位的六年里，"要孩子"这个想法，离我有说不出的遥远。

这是事实，但也不能不说是一个比较堂皇的借口，我自己心里知道，即使没有校方的规定，我也不会在更早的时间里成为母亲。原因当然在我自己，我觉得在我心理上还远没有做好准备。

我知道对于一个女人来说，做母亲——如果不是因为意外或者被迫——是需要想想清楚的。这可能要算是一生中最重要的决定之一。人生的许多选择都是可逆的：恋爱可以分手，工作可以辞职，婚姻可以解除……很多决定是容许人改主意的，就算要费些周折付出些代价。但是，"要孩子"这个决定一经作出并且实现，可就再也无法回头。因为一旦把一个新生命带到世间，他（她）就要落地开花，绽开他（她）的一生，这是一件称得上庄严的事情，开不得

---

[*] 中国人民大学文学院教师。

玩笑。每每想到这里，难免心生畏惧。怕的是稀里糊涂生了孩子，却做不了一个称职的母亲。

其实我也并不确知到底怎样才算是做足了准备。钱可以攒，房子可以买，日用品可以置办一屋子，书本知识可以装满一肚子，但是，那就行了么？

曾经有位老师对我说：孩子的到来将改变你和整个世界的关系。我当时对此疑惑不解，要她解释给我听。她说：没有孩子，你就是你自己，生命走到哪儿算哪儿，死了就完了。而有了孩子就不一样了。战争、污染、天灾人祸，都变得和你息息相关。你时时忧虑的问题是，你要把孩子留在一个什么样的世界里。

这番话令我肃然起敬。我这才知道，一个母亲的肩膀上，背负的原来竟不仅是一个或几个孩子，而是完完整整的一个世界。我渐渐明白，母爱不是一种简单的感情，更不是惯性，它包含着一种近乎伟大的气质，我们应该称之为"勇气"。

只有这种勇敢的担当精神，才能成就一个真正的母亲，其他条件其实都无足轻重，比如身份的高低，生活的贫富，学识的深浅，心地的贤愚。

我想，我是在这个心理准备的过程中，悟到了母爱的真谛。我开始明白：没有担当的勇气，一切以爱为名的东西都是虚幻的、虚弱的和虚伪的。我对自己说，准备好这一点，我就可以下定决心义无反顾，无所畏惧，坚定不移。

二

就这样，在博士毕业后的第三个年头，我决定成为母亲。还没有来得及做任何物质上的准备，那具小生命就迫不及待地跑来了。

感觉到她的到来，是去年暑假。当时我正在武汉参加一个学术研讨会，三天的会议之后是令人神往的神农架之旅。三天里，我的内心有两个声音一直在吵架。一方是爱玩想玩并且玩惯了的女儿心，她的声音我再熟悉不过，她说，我想去我要去我可以去。另一个声音仿佛初来乍到，但却异常强硬不容置疑，那是谨慎克制的母性，她警告说为了孩子的安全必须有所放弃。三天的争吵弄得我自己疲惫不堪，最后我不无遗憾地顺从了母性的声音。那份女儿心从此拱手认输偃旗息鼓。我因此知道，这是改变的开始，从此以后，我将在很多选择中把另一个生的需要摆在最重要的位置。

事实上，后来我的确接连放弃了好几个学术会议的邀请，九月的黄山、十月的聊城、十二月的重庆，以及后来的深圳……好朋友开玩笑说，为了孩子，我放弃了东西南北大半个中国。

我当然知道，放弃一些学术交流和游山玩水的机会并不是多么了不得的事情，与它们相比，孩子无疑重要得多。但我确实由此感到了生活的变化：我不再是一只自由自在无牵无挂的飞鸟，我的翅膀上拴了一根线，我变成了一只心有所属的风筝。线的另一端，有一个新生命在孕育和成长。她需要我，她依赖我，我要为她付出，我要为她负责。取舍的天平上，我当然掂得出孰轻孰重。若说一点失落和遗憾都没有，那是扯谎，但是，她的到来和存在，本身就是我人生中一个无与伦比的巨大收获。我从此自觉自愿地放弃了以自我为中心的思维立场，我得在我和她的需要之间寻找平衡。我想，其实支持什么放弃什么都凭自己，不必硬要步步为营，也无须强迫自己全线撤退。我相信，每一个走向母亲角色的女人都要经历这些，只是每个人所放弃的东西不一样罢了，这实在也不足为奇。

从武汉回到北京的当天，我去医院求证我的猜测。拿到化验单的时候，喜悦涓涓地涌上心来。那不是突如其来的惊喜，而是如愿以偿的快慰。在走出医院大门之前，我很平静地用手机给丈夫发了一则短信。我故意没有打电话，而是选择了这样一个无声的方式。我仿佛可以感觉到，有关这个新生命的第一条讯息，就这样穿过风穿过阳光穿过人群，落到城市的另一个角落，落到他的心里。

这条短信，直到今天，仍然保留在他的手机中。

三

接下来，我开始等待传说中的种种折磨人的妊娠反应。

我曾听说过不少有关妊娠反应的可怕故事。比如有人看见食堂的屋顶就会吐，有人闻到厨房的菜香就难受得恨不得跳楼。最严重的一个就是我最好的朋友，她每天剧烈地呕吐，直到因此划伤了食道，喝水咽唾沫的时候喉咙都会疼痛难忍。每次我打电话问候她，接电话的都是她的丈夫，而且每次我都被告知，她正抱着马桶不撒手，吐得连抬头的工夫都没有，更别提接我的电话了。尤为恐怖的是，据说三个月就可以结束的妊娠反应在她身上持续了七八个月，她大半年无法吃顿好饭，却还得为了孩子的营养拼命强迫自己进食，吃了又吐，吐了再吃。后来终于不吐了，却又已经到了怀孕后期，肚子大得不能躺下睡觉，每个夜晚都几乎是坐到天明。后来她对我忆起这些折磨的时候，仍然一副不寒而栗的模样，见到我终不能感同身受地理解体贴，她甚至咬牙切齿地"咒"我赶紧去亲身经历。

我用这些骇人听闻的故事给自己做足了思想准备，但走运的是，所有这一切，竟然都不曾在我的身上发生。

在孕育生命的近三百个日夜里，我几乎没有体会到任何身体上的不适和情绪上的烦恼。甚至连身材也几乎不曾走样，到临产之前仍步态轻盈身形矫健，让同在医院接受检查的孕妇们羡慕。

我因此实在算得上是幸运的了，我把它归功于孩子的随和体贴。同时我还愉快地想到，我们从一开始就这样相互适应、相互体贴、相互容纳，等她出生以后一定更是融洽亲密。对此，我满怀憧憬并心存感激。

我虽然没有度过那么艰难的孕期，但在更多的听与看当中，我仍更深刻地了解了做母亲的辛苦和坚忍。我更清楚地知道，一个女人为了做母亲，要承受身体上和心理上的多重改变或折磨，她要为此付出巨大的坚强、勇敢和忍耐。我时时提醒自己要在心里做好准备，面对随时可能发生的困难或者危险。为了孩子，我准备着承受一切承受得了或承受不了的痛苦，经历一切经历过和没有经历的艰难。我发现，女人在这个时候往往超乎寻常地坚忍。她们知道所有的一切其实都必须独自承担，没有人可以真正分担或是代替。在这个过程中，母爱的勇敢就和腹中的胎儿一起，静悄悄地成长壮大起来。

辛苦没有人可以代替，但幸福却有很多人可以分享。那段日子里，我获得了众多亲朋好友的呵护和关爱。辛苦在关爱中减弱，而幸福也在分享中加深。当然，这其中最重要的一个人就是我的丈夫，他在目睹我的变化的同时，也慢慢地做好了身为人父的准备。

丈夫说，他第一次真切地感受到自己即将做父亲，是在看我做了Ｂ超之后。

那是在孕期五个月的时候，好友"走后门"为我联系了一次特别的Ｂ超。说特别，是因为一般的Ｂ超检查是不允许家属一同观看的，而朋友通过关系找到医生，特别地安排了一次让丈夫一起进入Ｂ超室的机会。

我躺在检查的床上，医生的仪器在我的腹部轻轻地滑动。我看不到显示屏，但我看到那个准父亲脸上逐渐变化的表情。当孩子出现在屏幕上的时候，他原本轻松愉快的神情突然变得严肃起来，甚至可以说，是变得庄严起来。我在他的脸上看到了一种前所未有的深深的震动。

医生看得很仔细，然后宣布孩子发育正常。过了一会儿还又笑着加上一句："你们家孩子真活泼啊，这么一会儿都转了好几个圈儿了。"

我问:"能看出她长什么样儿吗?"

她说:"那哪能看得出来啊。"

我又问:"是男孩儿还是女孩儿,看得出来吗?"

医生迟疑了一下,反问我:"你喜欢儿子还是女儿?"

"女儿!"我回答得斩钉截铁。

医生露出一丝难以察觉的微笑,很有分寸地说:"目前,还看不出来男孩的特征。"

我在心里轻轻地笑出声来,我想,我真可谓天遂人愿。

我和医生这样你一言我一语地说着话,而丈夫在旁边始终严肃地沉默着,目不转睛地注视着显示屏。这让我多少有点意外也有点尴尬,我原以为他会表现得特别快乐兴奋,或是向医生问这问那表示关注,但没想到他会是这么一种反应。直到出了医院很久,他才渐渐恢复常态,他告诉我,他觉得非常震动,简直无法名状。这是他第一次看到自己的孩子,在那一刻,他才真切地感觉到自己成为了父亲。最后,他终于找到了一个能准确描述他心境的词,他说那是"百感交集"。

四

生命的降临是如此庄严可敬,我们原本是不是把它想象得太轻松太简单了?

或许,这本就是一件可以轻松也可以严肃的事情。你可以随便视之,也可以严阵以待。你尽可以把它视作天道自然,如同一朵花开,一片叶落。但那样的话,你是不是会就此错过一场生命的典礼,辜负了上天选定你来作为观众的一番期许和厚意?

他们说,种瓜得瓜,种豆得豆。我们在给予孩子生命的时候,是不是也可以收获自我心智。

五

女儿，告诉你吧，当我们血脉相通的身体相连的时候，我们一起去过很多地方，做过很多美好的事情。

我们到过潭柘寺，去看秋阳下灿烂的银杏树，听僧人嘹亮的晚祷，夜里，摸黑站在小小的鼓楼下，聆听激荡人心的鼓声。

我们也去过法海寺，擎着手电筒，仔仔细细地欣赏大殿里绚丽无双的国宝级壁画。

我们曾在夏夜的午门外感受历史的深邃，我们也曾在仲秋的中山公园叹赏菊花的清雅，我们去初春的动物园看野鸭子破冰嬉戏，我们去暮春的北海公园看春风吹皱湖面倒映着的白塔……

我们一起领略自然之美、建筑之美、艺术之美、文化之美。我并不相信所谓胎教，但我愿意为此享受生活中点滴的美。我当然知道，还在母体里艰难成长的小小生命，是无法真正用眼睛看到这些的，但是那有什么关系，我们的心灵是相通的，我的感动和欣悦，她一定可以有所感受。即使她真的全无所知，我也愿意留待以后慢慢地指着照片讲给她听。

最让我难忘的还是那一次：从协和医院检查出来，我带着四个多月的她，在秋天清凉的下午，走过喧闹的王府井，逛完商务印书馆的大门市，浏览过街边形形色色的小店，最后走到美术馆。在那里，我们邂逅了一场盛大的画展，是法国印象派画家的精品展，莫奈、塞尚、雷诺阿……这么多熟悉的名字，带来了一个多世纪以前的风景和心情。想想看，我们这样不同时代不同文化的人，都可以在一幅画前互相理解和共鸣，那么，我和我腹中的生命，我们血脉相连，更该是怎样地相近相通啊。

那天加上看画展，我一共步行了五个多小时，这个运动量，吓坏了丈夫、父母和一些朋友。他们说我平时不运动，一运动起来就像"拉练"一样蛮不讲理,这很容易影响胎儿的安全。我佯作虚心地接受了他们善意的呵护和"批评",但心里多少有一点点得意。我想我在这个非常时期应该留下点儿什么回忆,将来讲给懂事后的女儿听,让她知道我们曾有过这样一次美的散步,我们曾共同体验美的欣幸和心的纯净。

当然,比起这些偶然的出行,我更经常带着她上讲台。"中国现代文学"的课堂上,就这样无人察觉地添了一名听众。想到也可能听得到我的声音,我的课讲得比平日更加充满激情。鲁迅、郁达夫、曹禺、徐志摩、艾青、沈从文、穆旦、张爱玲……那些在文学长河中闪亮的波光滟影,那些在思想天空里辉映的璀璨群星,那些照亮我的生命的,如今,我要用来照亮她。

如果说,文学的确曾经深深地打动我、影响过我、丰富着我,那么,我无不贪婪地希望,我的女儿也能从血液里把它们天然地继承下来。那些和我的生命交融在一处的情感、思想和美,是我人生中最为宝贵的获得。现在,我多想把它们纺织起来,呈在那个小小生命的面前,为她的人生,打上一层斑斓的底色。

六

我们在一起,就这样从夏到秋,又从冬到春,慢慢地,我开始感觉到她的存在:有时她会扭动一下身体,有时会使劲地伸个懒腰,有时她会有规律地弹动,我猜那一定是她在打嗝……好像很快,就到了她要降临人间的这个春天。

今年内的这个春,似乎来得格外美丽。

刚刚进入四月,北京的春意就已经很浓了。树上爆出嫩绿的新叶,玉兰、迎春、地槿、碧桃,也都争相开出灿烂的花。北京的春天特别短,所以也就显得特别有爆发力。浓烈的春意铺天盖地,把人从冬天的沉郁中一下子解放出来。

预产期就在四月，在这个人间最美丽的季节。每天，在校园的花香中散步的时候，我都忍不住感叹生命的美好，生机的盎然，忍不住地感激上天这一番特别的厚赠和美意。我想，我得用一种什么方式记下这天意、凝固住这心情呢？我于是决定给即将出世的女儿起一个与之相关的名字，让这温暖蓬勃的心情陪伴她的一生。挑来挑去之后，我为她取了"维夏"这两个字。

"维夏"其实就是中国古代书画题跋中常用的一个"四月"的别称。它丰富地包蕴了整个季节的美丽：从天到地，从地到人，万物在这个时节里都显得暖意融融、生机勃勃；同时，它也含蓄地传达了我的内心：我对生命的感动，我对生活的欣喜。还有，就是我对女儿的期待和祝福。我希望她的一生都能像四月的人间一样：明亮温暖、丰盈美丽、生机盎然。这个名字赢得了全家人的赞同，后来丈夫说，干脆就把小名取作"四月"罢。

就在四月出生前的最后五天，我和丈夫决定去影楼拍一组照片。为我的孕期留下个永久的纪念。他说，应该照一组漂亮的照片让女儿出生以后知道，你们曾经这样在一起，而且，让她看看，你们在一起的时候，她的妈妈是这样的美丽。

那天照相的过程非常愉快，我作为一个幸福妈妈的范本被所有在场的人夸奖和羡慕。尤其是那些来拍婚纱照的年轻夫妇，我简直是顺手就对他们进行了一次爱的教育。也许是一种缘分，在摄影师已完成拍摄计划之后，他突然提出要在我隆起的肚子上作画。他说："我拍过上百个孕妇，从没见过这么漂亮的肚子。"

我欣然接受了这个建议，我愿意和他一起为生命的美丽奇妙进行一次创作。他问我："画点什么呢"，我说，"花鸟鱼虫随你的便吧"。摄影师略略思索了几秒钟，说："好吧，我画枝玉兰花吧。"几分钟后，一枝明艳的玉兰就盛开在我的身上了。我实在忍不住要赞叹这位摄影师对美的感悟和把握。他画出了这个季节的精灵，画出了她圣洁高贵的气质和全心全意、热烈盛开的虔诚姿态。而这一切，对我所孕育的生命来说，又仿佛是一个最为恰切的象征。

我说："哎，我女儿的小名儿就叫四月。"摄影师抬起头，一脸的惊喜。他说："好名字呀，'人间四月天'啊。"

我没有想到，我心里的诗句就这样被他道破了，其实，这是我取名字时就已想到的。林徽因的那首诗，正是写给自己新生儿子的"一句爱的赞颂"。我曾因专业的需要和爱好多次读过这首诗，但却从没有像今年四月里这样，如此真切地体会和认同了这位母亲对新生命的赞美和感动：

> 我说你是人间的四月天；
> 笑响点亮了四面风；轻灵
> 在春的光艳中交舞着变。
>
> 你是四月早天里的云烟，
> 黄昏吹着风的软，星子在
> 无意中闪，细雨点洒在花前。
>
> 那轻，那娉婷，你是，鲜妍
> 百花的冠冕你戴着，你是
> 天真，庄严，你是夜夜的月圆。
>
> 雪化后那片鹅黄，你像；新鲜
> 初放芽的绿，你是；柔嫩喜悦
> 水光浮动着你梦期待中的白莲。
>
> 你是一树一树的花开，是燕

在梁间呢喃,——你是爱,是暖,
是希望,你是人间的四月天!

七

然而,无论孕期里收获了多少辛苦和幸福,都还并不能让我感到自己已成为了一个真正的母亲。那个未曾谋面的孩子,毕竟还不够具体,她毕竟还无法作为一个单独存在的他人与我进行交流。而且,她还没有真正带来那些不可知和无所措的挑战。因此,怀着一种将求知变为真相的好奇,我急切地盼望她的呱呱坠地。

4月20日上午10点,我被推进了协和医院产科的手术室,这是我第一次住院,第一次做手术,但奇怪的是我一点都不觉得紧张或者恐惧,我当时只有一个念头,就是,今天我要见到我女儿了。我希望这个时刻能早一点再早一点。为此,我甚至有点嫉妒邻床那个产妇,因为她的手术时间排在我的前面。

在不算很久的等待之后,我被实施了麻醉,躺在无影灯下,一切都像电影里看到过的样子。年轻的麻醉师站在我的床头,幽默亲切东拉西扯,我知道他是担心我紧张,为我做他们所说的"话疗"。我为此对他充满感激,虽然直到最后我也没能看到他藏在口罩和眼镜下的面容,但他的确是那个时刻最让我感到信赖和亲近的人。

手术开始了,疼痛淹没了我。我的头脑很清醒,我问麻醉师:"应该这么疼么?"他回答我说:"为了孩子的安全,现在麻醉剂量不可以太大,所以会有一些疼痛感。忍耐一下就好了。"

也不知疼了多久。医生好像是从我的身体里拔出来一棵树,根茎枝牵牵扯扯的,说不出的难受。"树"终于被拔出来了,大夫直接把她捧到我眼前,说了句"是女孩儿"就又捧走了。我根本来不及看清她的面目,只看到一个紫红色的小小身体,有点恐慌地抽搐着。接着,我就听到了她响亮的哭声,以及大夫们关于她的第一句评价。她们说:"这孩子够厉害的。"

从她的哭声里我听出了她的健康,这足以让我放下心来。我长出了一口气,像是刚刚交出了一份满意的考卷。麻醉带来的睡眠像潮水一样慢慢涌来,屋顶渐渐变高变远,我努力寻找女儿的哭声,却什么也听不见。

回到病房,家人离去,梦一样的成就感消退了,醒来独自面对全然陌生的新生活。学习哺乳,学习抚触,学习抱起来,学习换尿裤……原来那些纸上谈兵的准备,竟然全无效用,我仍然是个极其笨拙的新手,一惊一咋,张皇无措。

协和医院医术精良却设施陈旧,六个人一间的大病房,家属无论男女是不能迈进一步的。丈夫一天来好几次,只能由护士趁着孩子睡着以后用小车推到楼道里探视。动手抱是绝不被允许的,就连把脸凑近想瞧瞧清楚,也会被护士提醒:"离远点儿,别把唾沫星子溅上去"。所以丈夫后来抱怨说,直到我们母女出院时他都没能看到孩子睁开眼睛的模样。

我没想到自己就这样,在最虚弱无助的时候被迫独自面对挑战,为怕女儿的哭闹影响别的产妇和婴儿休息,我在手术后十个小时就翻身坐起,一面抱她喂她,一面用哄劝的语气教育她"不要吵醒别的小朋友,不要闹得阿姨们不得休息"。我当然知道她根本听不懂这些,我不过是在用这个方式向病房里的其他人表示歉意。

医院里的四天五夜,说不出的漫长难挨。孩子们仿佛都是永远也喂不饱,哭得此起彼伏高潮迭起,而且各自音色不同风格迥异。有的声如小羊,"咩——咩——"得让人心疼;有的声如小猫,"呜——呜——"让人心焦;有的像小毛驴,一哭就"啊呜——啊呜——"地喘不上气;还有的像小青蛙,"呱——呱——"的声音又脆又亮。最有趣的是邻床那个男宝宝,哭起来活像诗朗诵,"啊——啊——"地有抒不完的情。只有我自己的女儿,我说不出

她的哭声像什么，因为她一哭起来，我立刻就乱了方寸慌了手脚，哪里还有兴致欣赏或者联想。

不过很快，就不断地有人告诉我，我女儿的哭声是整个楼道里最特别最亮的，一个护士甚至笑称她为"野蛮小女友"，说是协和产科上历史第二名。榜首的音色怎样不得而知，不过女儿的才能我很快就有所领教：她总是率领众小朋友大合唱，并在合唱中独领一人高音声部，从头唱到尾，丝毫不会声弱力衰。我怀疑将来得在声乐方面对她下点儿工夫培养，否则说不定真就浪费了一块天赋的好材料。

痛定思痛毕竟轻松，其实当时的心情真是不堪回首。

出院前的一夜，女儿哭得最凶，为了让病房里其他人清静，我独自抱着她在楼道里走来走去。楼道的尽头是一个阳台，门敞开着，夜风时时吹进来。我努力克制自己不向那里看，因为每看一眼，我都在想，是不是就干脆从这里跳下去。八层的楼高，足以解脱我的无助和绝望了。现在想来，那可能就是所谓"产后忧郁症"的先兆吧，幸好，我最终选择的不是死亡而是爆发，我的书呆子气交织在烦躁焦灼的情绪里，促使我面红耳赤地冲到护士台，要求和人家辩论"母婴同室"的观念能否在设施如此落后的条件下实行的问题。年轻的护士睁大漂亮的眼睛困惑地看着我，在我发泄过后，决定破例用奶粉替我喂饱女儿，让我得到片刻的休息。

生活中的事情大致如此：人在脱离困境以后，往往又会对困境心存感激。因为与顺境相比，困境不仅更让人难忘，而且也更有益，更能教人学习。它是人生一笔沉甸甸的财富，教人经验予人激励。所谓成熟，不过如此。现在回过头来，我就是这样回忆和看待医院里的磨炼的。

八

　　下个星期，女儿就要满半岁了。回想这几个月的时间，真是应了那句俗话：酸甜苦辣咸五味俱全。不过，仔细咂摸，所有的余味仍是甜滋滋的，就好像苦茶入喉之后的那种回甘。

　　女儿第一次对我笑，是在满月后的第四天，忘了是为什么，或许是什么都不为，她突然地就对着我笑了，正如张爱玲形容的那样，仿佛"哗"的一声在她的小脸上绽开了一朵花。从那以后，爱哭的女儿就变得爱笑了，笑起来憨憨甜甜、透透亮亮，一点渣滓都没有。我真没见过这么富有感染力的笑容，看到她笑，每个人都会情不自禁地以笑容相回报。在她的笑靥里，所有可能有过的辛苦疲惫烦恼委屈，好像都统统融化掉了。

　　记忆中有太多的"第一次"，数都数不过来。第一次吃手指、第一次流口水、第一次发出"啊——咕——"的声音、第一次抓东西、第一次啃脚丫、第一次挠耳朵、第一次翻身、第一次哈哈大笑、第一次趴着睡觉、第一次伸出手来要人抱……直到前天，她第一次直直地坐在小车里，神气活现地出门去晒太阳。我知道，以后还有好多好多更激动人心的"第一次"，它们让我充满了期待和向往。

　　所以有时候，我真希望女儿快点儿长大。我想听她叫"妈妈"，听她说："妈妈我爱你"。我想看她学走路，听她唱歌，教她认字。如果我有一面魔镜，我真想看看她五岁、十岁、十五岁、二十岁的模样。但也有时，我又希望她能长得再慢点，不要那么快地会走会跑，不要那么快地挣脱出我的怀抱。我舍不得放过她的过去和现在，却又等不及地想看到她的未来。

　　有经验的妈妈们告诉我，要多留影多摄像，否则将来一定会后悔。事实上，我们的确是在不停地给女儿照相，想要留住她每天的成长。虽然只有五个多月的时间，但她的小模样就好像已经变了又

变。所以，即便是在按动快门的时候，我也清楚地知道，没有谁能真的左右时间。我们所能做和所应做的，不是加速或是拖住她的成长，而是陪伴她，与她一起迎接全新的每一天。

我想我的确是在和女儿一起成长。有时我甚至说不清是我在教育她影响她，还是她在教育我影响我。

我现在能理解那位老师说过的话了，孩子的到来的确改变了我和这个世界的关系：

在未做母亲之前，我走在街上，眼睛里看不到孩子的，那些小小的个体无法引起我的注意。有时候看到一两个特别漂亮特别招人喜欢的孩子，也最多是以欣赏的态度看上几眼，和看见一朵花一只蝴蝶没有多少区别。但是，自从做了母亲之后，仿佛天下所有的孩子都和我有关。我会因为远处一个孩子的摔倒而心疼；也会因为一个粗暴妈妈打孩子而愤怒；我会提醒站在高处的小调皮注意安全；也会用身体挡住车流，护着背书包的小家伙过马路。在我的眼里，孩子们再没有美丑之分、肮净之别。我再也不能无动于衷地走过行乞的孩子，不能漠视他们的伤残、冻饿。

我曾嘲笑过冰心的清浅，但现在终于懂得了她的深刻。她说："世界上的母亲和母亲都是好朋友，世界上的儿子和儿子都是好朋友，都是互相牵连，不是互相遗弃的。"

我也曾误以为闻一多写给夭折幼女的葬歌是那么的空灵平静，但现在终于理解，那看似柔美的调子，其实是诗人的自我掩饰，而做父亲的心底里的悲伤哀恸，原是不能触、不敢碰、无法用语言来形容。

············

面对世界、面对文学，女儿帮我睁开了一双新的眼睛。现在才知道，一些读过的书和经过的事，似乎是在我的心里蛰伏着、沉睡着，就等着女儿的到来，把它们点化和唤醒。所以，我真的说不好，我和女儿到底是谁从谁那里得到的更多？

九

妈妈,我要感谢你,感谢你的坚忍和付出。自己做了母亲以后,我才能更真切地懂你爱你。

四月我的女儿,我也要谢谢你。是你让我更近地体会到幸福,是你让我开始了一种新的学习。其实我还有很多的话想要对你说。但是,这可着什么急呢?你看,你还那么小,我们的路还那么长。

我从书桌前抬起头:窗外是秋天碧蓝深邃的天空,面前是女儿花一般的笑脸。我听得见秋风在歌唱,我看得到群鸽在蓝天的穹顶下飞翔。

(2005年10月15日)

静静的白马寺

张洁宇[*]

中原洛阳有座著名的白马寺，我没去过，但我猜那里一定是交通便利，香火旺盛。在遥远的大西北，青海省互助土族自治县也有一座白马寺，比起洛阳那座名寺，它是沉默的，甚至也许是寂寞的吧，但是，"山不在高，有仙则名；水不在深，有龙则灵"，谁又能说不是呢？

我到过的古寺其实不算少，金碧辉煌的雍和宫，恢弘苍劲的塔尔寺，清秀古雅的灵隐寺、寒山寺，以及其他大大小小的寺庙，但是，没有哪座寺庙能像大山之间那座静静的白马寺那样如此强烈地感动和震撼我，让我久久不能平静。正是它的宁静和古朴，使我的心灵骤然间远离了喧嚣的尘世，如临圣境，仿佛在时空的隧道里不期地遇到了这座属于历史，属于天国的殿堂。

关于白马寺的故事有很多，有人说是因为曾有一匹白马到此地，寺中的阿喀（喇嘛）想把它套住据为己有，然而白马生性刚烈，不受拘束，受了阿喀的惊吓逃走，阿喀从此等待白马，却直至涅槃也未能如愿。于是后人改寺名来作纪念。还有人说是因为曾有一个贪利忘义的财主，为了多得纯种的良驹，竟让一对白马母子蒙住双眼交配，小白马知情后羞愧难当，跳崖自尽。人们为了纪念它，就建了这座白马寺。这当然都是民间的传说，具有地方和时代的色彩，是不能算数的。但我依然愿意相信世间有着如此灵性、刚烈、酷爱自由的白马。其实，考古学家的材料证明，白马寺创建于公元11世纪，那是"我国藏区佛教再度兴起的所谓'后宏期'"，

---

[*] 中国人民大学文学院教师。

"相传为了纪念'后宏期'开拓者之一，藏族名僧释迦格哇饶赛而修建的"。至于白马寺名称的由来，则是众说纷纭，有"白马驮经"说，也有"白马绕塔悲鸣"说，我也无心深究了。我所深以为意的，原来就是这座古寺自身。

我们是从平安县城出发的，到白马寺只有二十分钟的车程。首先要穿过一大片浓密的树林，这片树林很大很静，深处还有涓涓的泉水，极清极凉，这无疑给那些以为青海是不毛之地的外来者一个大大的惊喜和感动。树林旁边就是滔滔而去的湟水河，它是黄河上游的一大支流，河水很浑，河面很宽，大概有数十米的样子，急流在河道里奔腾着，发出洪亮的哗哗声音。越过湟水上的石桥，面前是宽阔齐整的麦田，时值七月下旬，青藏高原上的麦子刚刚开始成熟，有穿着简朴的农人在田里静静地躬着腰劳作着。踏过田垄，再前面就是白马寺所在的那座赤红色的土山了。

这座矗立在湟水北岸的山，有两个一般高矮的山顶，如同两个携手并肩的亲密的姐妹。靠湟水河畔的这一侧竟是如刀削斧劈一般的悬崖峭壁，远远看去，又像是一面巨大的、红色的、驼峰状的高墙。这也许是因无数年来湟水河的冲刷而成的吧？我无心探究，却早已被这山的奇与美所降服了。但是，更令我惊诧的是，白马寺居然就镶嵌在这面天然的绝壁上！

当我们蓦然抬起头，看见白马寺就在高处庄严地沉默着，我们都忽然停止了交谈，甚至屏住了呼吸。耳畔涛声和风声像是天外传来的一样，呼应着心灵在胸中的沉重撞击。这种无形然而万分强大的力量震撼着我，使我完全被淹没在一种简直至于流泪的感动之中。

白马寺的寺址选在两峰中左面这座的接近三分之一的高处，那是神灵们下可俯瞰众生，上可出入云境的去处。寺庙建筑的颜色比较浅，主要是灰白两色，在赤色的山体上，显得特别明亮突出。寺的造型很别致，因为是依山势而定，所以不像一般寺庙那样有几进的殿堂，而是层叠的四层建筑，上小下大，浑然一体。第一层相当于寺前的一个极窄的院子，有赤色的土墙围着。第二层是一道白墙隔出的小路，直通山门。第三层是一座灰白色的大殿。最上一层也最为精致，有黄色琉璃瓦的飞檐，是一座雕梁画栋的小巧的殿堂。我站在山下仰视白马寺，心中充满了一种很神圣的感情。白马寺的美丽是我前所未见，甚至也未曾想象得出的，它不具有江南竹林里的小庙那种玲珑俏丽的美，同是"静"而"小"，白马寺的肃静是远远不同于南方小庙的幽静的。在高原湛蓝的碧空下，在深赤色的巨大背景的衬托中，白马寺简朴的风格别有一分古朴遒劲神秘的浓重色彩；面向大河，背靠绝壁，谁能不以为这是神力所为呢？游白马寺，不可能携带一份轻松恬适的心情，因为一走到雄浑的湟水河畔，你的心情就会不自觉地变得肃穆庄严起来。

巨大的"之"字形的红土路引我们走向这座神秘的古寺。就在这个"之"的一撇的正中，我看到了一尊不算小的金刚佛。这是面目和蔼的形象，阔鼻方口，两耳垂肩，身披绛紫色的袈裟，面朝湟水，盘腿打坐。特别引人注目的是，他的右手被有意地夸张了，一米见方的手掌向外用力推着，肌肉绷得紧紧的，显得非常有力而且坚决。同行的亲戚中，有个见识丰富的当地的记者，他告诉我，这只手代表着阻挡湟水河泛滥的意思。那么我想，这个金刚该是白马寺的保护者与守卫者了。一个如此宏大的心愿，融入一个如此简单有力的手势中，其准确，其形象，其凝练，令我不禁赞叹起来。

走完曲折的山路，再穿过狭小的、未经平整的庭院，我们终于到了白马寺门前。山风呼呼地吹着，衬托着大山的庄严气势，山门紧紧地闭着，真仿佛隔绝了一切尘世的喧嚣与烦恼。我们大声地叩响了山门，不一会儿，一个五十多岁的老阿喀为我们开了门。我们道明了来意，他严肃的脸上顿时绽出了笑纹。是啊，哪个慈悲为怀的出家人能拒绝远道而来的虔诚的人呢？何况，白马寺平日里是人迹罕至的,每个信徒的到来都是对他的安慰啊。他不仅允许我们随便参观拜佛,而且盛情邀请我们一会儿到他住的房间里去坐坐。

寺里并不简陋,壁画、佛龛、佛像都是簇新而且纤尘不染的,听说白马寺刚刚重新整修过,而且还没有最后完工。我缓缓地在殿里走着看着,两层佛殿都是狭长的,因为山地的限制,白马寺的建筑不可能向纵深的方向延伸,而且,只能通过一架几乎垂直地面的木梯爬到顶层。楼下供奉的是一排佛像,楼上供奉的是藏传佛教的黄教创始人宗喀巴的塑像,每个佛像前都挂着哈达,摆着供品。比较起我曾经游过的古寺,白马寺似乎最安静了,这里没有各种肤色的旅游者,拥挤地在闪光灯的强光下作出种种表情。白马寺的幽静,让我甚至可以尝试着去听香烛静悄悄燃烧的声音。

从殿堂里下来,我们来到老阿喀的住处——底层一个极简陋的房间,这位老人是白马寺唯一的主人。我们进去的时候,他正在擀面条,一张大而薄的面片儿摊在案上,看来就是晚饭了。老人看到我们进来,忙着给我们倒茶,拿出糕饼来给我们吃,用很不标准的普通话与我们交流。他穿着一袭绛紫色的袈裟,袒着右臂,袈裟的上衣红黑黄三色相间,下面是肥大的紫色袍子,一条深红色的披肩搭在左肩上,天冷的时候可以用来裹住上身。我默默地望着他,他的面容是平静的,淳朴的,我想在他的表情里发现寂寞,或者因为孤单而引起的不满,然而我不能,他的一切都显示着他的虔诚和满足。我又一次被深深地感动了——在大山里,在如此巨大的宁静里,这样一个虔诚的灵魂,他捍卫的不仅仅是一座庙宇,更是充实着他内心的信仰吧?他不是寂寞的,在他的周围,无时无处不是佛的声音,白马寺更不是寂寞的,因为除去佛的声音之外,他还拥有一个如此笃定的灵魂!

不知为什么,我忽然想到这所寺院所经历的八九百年的历史了。我想知道这看来并不十分坚固的寺院是如何坚强地战胜了数百年间的风雷雪雨；我想算清在这漫长的岁月里，到底有多少个僧人独自照看过它，它寂寞而且辛苦；我甚至想猜测他们是如何把水和食物运上这么高而险峻的山崖……这一切令我不得不相信，虔诚忠贞的灵魂是会得到神助的。

告别了老阿喀，再次穿过麦田、湟水和树林，我又回到了嘈杂的人世间，但我的灵魂像被洗涤过似的纯净而且安宁，我的思绪像不肯随我的身体归入尘世，那样长久地长久地萦绕在山间那座静静的白马寺。

奥林匹亚访古

周炳成[*]

有人这样说，人类历史长河中，除了宗教这一古老社会文化现象外，奥林匹克运动可称得上是一个历史上最为悠久的社会文化现象。今年10月下旬，笔者随中国记协组织的中国新闻代表团访问希腊期间，在希腊政府新闻总秘书处的安排下，有幸踏上奥林匹克运动的发祥地奥林匹亚。

奥林匹亚是伯罗奔尼撒半岛西部丘陵地带的一座小镇。"山不在高，有仙则名。"小镇因为奥林匹亚遗址公园而闻名遐迩。

从西北入口处进入遗址公园，展现在我们面前的便是一幅圣地景象：北倚科罗努斯山，南向阿尔菲奥斯河，古木参天，绿草茵茵，按中国人的说法，这里绝对是一块"风水宝地"。位于"风水宝地"中心位置的是阿尔蒂亚斯神域。神域内有宙斯神殿和宙斯之妻郝拉神殿的遗址。建于2 000多年前的神殿历经战争和地震灾害早已成为废墟，但宽大的地基和巍峨耸立的石柱告诉人们当年的辉煌。始于公元前8世纪的奥林匹克竞技会就是为祭奠神灵而举办的。郝拉神殿前的祭坛，是古代奥运会和现代奥运会采撷圣火的地方。祭坛旁的说明牌上，镶嵌着现代奥运会在这里点燃圣火的照片。阅读着说明牌上的文字，端详着照片上两位白衣少女采撷圣火时的虔诚姿态，我的思绪飞到了2 000多年前。相传古代奥运会召开前，由几名运动员从这里采撷圣火，然后，手持火炬跑遍希腊全国，向人们传递"神圣休战"的神谕。圣火的光芒唤醒人们沉湎于战争的心灵，圣火所到之处，城邦间的征战便告休止。成千上万的古希腊

---

[*] 中国人民大学新闻学院1982级硕士研究生，学习时报社社长。

人从四面八方赶到奥林匹亚，举行一场友谊和平的竞技盛会。和平、休战，是古代奥运会所体现的重要价值理念。

神域的东北角，是圆拱形的运动场入口通道。穿过通道，古代奥运会运动场便豁然呈现在人们眼前。200多米长、30多米宽的马蹄形比赛场静静地躺在中央，石灰石的起跑线清晰可见。四周则是巨大的坡形看台。代表团的朋友们情不自禁地来到起跑线前做起跑动作。此情此景，使我联想起今年奥运会在这里举行铅球比赛时，一位著名的美国运动员的话："当太阳照耀在我的头上时，我突然感到了一种历史的召唤。"是啊，此时，历史不同样在向我们发出召唤吗？在这块诞生于2 000多年前曾经举行过200多次古奥运会的赛场上，曾经有多少选手同场竞技，又演出过多少威武雄壮的活剧，他们无论贵族，还是平民，都民主平等地参与；选手们赤身裸体地进行角逐，他们把对完美健康人体的崇尚，对生命力的张扬，当做对神的最好的祭奠。马克思说，在人类的童年时代，有的古代民族是粗野的儿童，有的是早熟的儿童，而希腊人是正常的儿童。古代奥运会留下了人类健康童年纯真无邪、天真嬉戏的历史印迹，值得人类永远回味。

在古代奥运会运动场西侧，神域的周围，分布着运动员宿舍、练习场、浴室等设施。在2 000多年前的古希腊，人类居然就创造出如此宏大而完备的运动会设施，确实令人震撼。

遗址公园的北侧，建有考古博物馆。为举办雅典奥运会而整修一新的博物馆，是今年4月才重新开放的。博物馆里展示了从奥林匹亚遗址出土的文物。其中最吸引人的，自然是精美的雕塑。这些雕塑人物，无论是奥运会的获胜运动员，还是神话英雄，无不以匀称的身材、发达的肌肉，展示出人体美的魅力。是奥林匹克启发了雕塑家的灵感，还是雕塑推动了奥林匹克，人们不得而知。但从雕塑人物奔放的姿态、健美隆起的肌肉中，人们能真切感受到对人自身的赞颂。古希腊人认为,"完美的、充分发展的人体是最具神圣意义的",这不是古希腊人文精神的最好注解吗?

走出考古博物馆,我漫步在遗址公园的石柱之间,迎着西下的夕阳,更感到一种历史的苍凉。我突然觉得,我找到了曾经思索过的问题的答案:奥林匹克运动为什么能够传承几千年,而且在世界上的影响越来越大,不就是因为它体现了一种人类永恒的价值吗?这种永恒的价值,正如希腊政府新闻总秘书处长里瓦达斯先生所概括的,就是和平、休战和人文主义精神。这些精神,为充斥着战争纷争和人类间不平等的现实世界所需要,也为未来世界所需要。

关 于 结 婚

黄 岩[*]

结婚是什么，我活到29岁了，还是没有想清楚。

8岁时，认为结婚是一个男的和一个女的拥有一间房子，睡在一张床上，生下几个孩子，就是结婚了；18岁时，看到暗恋的男孩远远地走过来，脸颊变红，心跳加快，认为结婚就是和自己喜欢的人在一起，一辈子都不分开；22岁时，认为结婚是和自己的白马王子在一起，即使浪迹天涯，即使茅屋寒舍，都不离不弃；26岁时，惧怕结婚，认为结婚是鸟笼，里面关着责任与义务，怕自己承担不起那份责任与亲人的期待；27岁时，渴望结婚，憧憬结婚，认为结婚是平淡生活的调味剂，无论里面装了什么，生活都需要它；28岁时，认为结婚是房子、车子和票子；29岁时，不想结婚的事，谁要和我说，我年龄大了，应该找个人结婚了，我就和谁急。

29岁的岁末，我认识的三个人结婚了，结婚向我打开了另外一扇窗，让我看到了另一番风景。

西西，27岁，是个北京女孩，并且是个从事艺术工作的女孩，因为工作原因，10月份我认识了她，并在11月一起出差去香港。对于北京孩子，特别是个搞艺术工作的，我与大家的看法一致，在此也就心照不宣了。在香港，西西对我说，"姐姐，你能不能陪我逛逛周大福，我要买结婚戒指，六七百元的就可以了，我回到北京就要结婚了"。我当时正吃着话梅，那颗梅子差点卡着我，我当时就说，"结婚戒指，干吗要你买，你男朋友没有送你钻戒吗？没送你钻戒，你干吗和他结婚？"西西害羞地说，"我男朋友还在读博士，他是山东一个普

---

[*] 中国人民大学国际交流处干部。

通家庭的孩子,我们现在不富裕,有个戒指戴,留作纪念就可以了。"我不知该怎么处理我嘴里的那颗梅子了,我说了一句很傻很俗的话,"他有房子吗?你是北京人,为什么要嫁给一个外地人?"西西缓缓地说,"他现在住在博士生宿舍,我们结婚后,我就和他住在宿舍里,我觉得北京人毛病挺多的,他不嫌弃我是个北京人,有着一身的臭毛病,我已经很知足了,并且认识了他以后,我已经改掉了很多坏习惯,我和他在一起觉得很舒服,很踏实,就这些已经足够了。"我不知再说什么了,那颗梅子无味地在我嘴里转了一圈,我不知该怎么处理它。出差回到北京的第三天,那天天气特别冷,临近下班时,西西到我办公室送总结报告,审阅完材料后,我和西西一起下楼,走到楼下路口时,西西笑嘻嘻地说,"姐姐,今天我们领证了,给你看看吧。"我看着她幸福地从挎包的内层兜里小心地拿出了结婚证。在路口昏黄的路灯下,在凛冽的寒风中,在匆匆而过的行人中,我和她分享着结婚的甜蜜。我问她有没有想好呀,就这么把自己嫁掉了。她轻轻地说,"爸爸对我说了不要有什么害怕的,结婚就是生活,生活就是要有酸甜苦辣,就是要学着新的生活。"她走后,我不知自己在想着什么,简单?复杂?结婚原来是件这么简单的事情。

二富,是个在北京打工的河北男孩,今年 20 岁。国庆节放假回来,二富拿着一包巧克力糖和一个相册到我办公室,我很奇怪地看着他那张笑得像朵花的脸,带着羞涩带着稚气洋溢着幸福的一张年轻的脸。"黄姐,我国庆节回家结婚了,当时走得急,没有来得及给您说一声。这是我的喜糖和我结婚时的照片,您看看吧。"我笑着说,"好哇,你小子结婚也不给我说声。"随手接过了相册。新娘是个河北农村人,两人订的是娃娃亲。相册中,我看到了挂满红花的奥迪车行驶在农村的土路上,看到截烟人堵住迎新队伍,迎新车迟迟不能前行时,新郎摇下车窗时那张焦急的脸,看到黑黑的新娘在众人的簇拥下,那张羞涩与幸福的脸,看到夫妻跪拜高堂时,一对新人的喜悦与幸福。我一直都知道这样的一句话，结婚时的女孩是最漂亮的女孩，我在新娘的脸上看到了。二富笑笑地说，"我们结婚了，我现在已经把她带到北京了，我打工，她跟着我帮帮忙。"我笑着说，"你小子还真行，刚结婚，就把人家带来了，人家女孩父母同意吗？"二富立即趾高气扬地说，"现在她是我家的人了，她是我的媳妇了。"我看到二富说这话时的骄傲，那是男孩长成男人的骄傲，是有家的骄傲。结婚，原来是可以给人幸福，可以给人骄傲的。

李丽，是我研究生时同宿舍的好朋友。她是一个彻头彻脑的高干子弟，从祖父辈一直到父辈，连哥哥现在也是高官了。本科时，放着眼前优秀的同学没有谈朋友，反而上了研究生后，一个高干子弟与一个江西老表开始了恋爱的长跑，两人分隔天地南北。两年之后，男朋友蔡新放弃在南方发展的机会，来到北京，为了爱，为了她。从一开始和民工住在一起，到自己租一间小房子，继而和别人合租一个套间，最后在北京买下东四环的商品房。他们是我亲眼看到的从一无所有到置房置车一族。我的同学是个有心计的人，她说，"蔡新买的房子和车子都是写的我的名字，他对我好，他知道只要我不背叛他，所有的这一切还都是他的，如果我要背叛他，他也乐意将这一切都给我。"蔡新去深圳出差了，李丽周末见我时，轻轻地说，"蔡新下周出差回来，回来后，我们就去领证了。"我不知是该祝贺，还是该挽留，我只是笑了。

看了三位结婚的风景，留下一个不找男朋友的我。对于结婚，对于爱情，我没有经验，却有着太多的想法，这些想法充斥着我的头脑，迷惑着我的双眼，使我时而向往结婚，时而惧怕结婚。现在，我看到我身边的人，一个个就这样静静地，平淡地，喜悦地结了婚，他们和我应该有同样的恐惧，只是他们敢于面对，敢于接受，敢于生活。

祝福那些已经结婚和即将结婚的人！至于我何去何从，那就走着瞧吧。

树　叶

苏叔阳[*]

我几乎没有想到过，一片树叶会有这么多的变化和色彩；我也从没留心过树叶的装扮有多么丰富。活了50多岁还没有空儿整天瞧着同一根树枝发愣。

这回好了，从春到夏，我守在一个窗口，盯着一根树枝，从早到晚。我认识了树叶，可不知道它是不是认识我。

当杨树枝头刚刚鼓起花苞的时候，我就住进了这间病房。春节刚过，春天到了，但暖风还待在老远的南方。就像刮起得快的风头使足了劲来吹袭北方寒冬的气帐，也只是让人觉得有微微的暖意，要撕破这冷帐子还要很费些气力，很待些时候。

树枝可是等不及了，它们早已忍耐不住一冬的僵挺，急忙攒足了汗水从根到梢让自己活软起来。杨蕊像一群耐不住寂寞的猴子，一个个蹲坐在枝头远望着北来的风头。

白天，我瞅着还散发着冷光的太阳下那趴满枝头的杨蕊，它们好像不断地伸长着身子来迎接春意；夜晚，路灯又把它们的影子送上我的窗头，在风里跳跃着、颤动着，好像互相告诉春风已经到了什么地方。

我头一次这么痴迷地猜想：杨蕊也必定有它们的"语言"系统，彼此商量着怎样舒展身躯。不然，它们怎么会长得差不多快呢。

病房里极静，日日夜夜只听得见窗外的风声，假如有风的话。北京的春天多风，过去令我厌烦。无论我怎样爱我的北京，我都无法说服我自己爱这干冷的风，更不要说那被风卷起的一天的沙尘。可在病房里，却盼着风声，盼着有树枝在风中敲打窗户。因为这告

---

[*] 中国人民大学马克思主义学院毕业生，著名作家。

诉我，自己还向往活生生的世界，窗外便是一个忙碌活泼的天地。安静，有时便是寂寞；而寂寞有时便是孤独；孤独，自然有高下之分，然而再崇拜的孤独也还是孤独，令人难耐，有时便是惩罚。没病的时候，总觉得身边太乱。窗外是小贩们野调无腔的吆喝，还有汽车连绵不绝的吼叫。间或有孩子的吵闹，夹着头顶上的邻屋击打地板的喧嚣。有时烦得恨不得大叫一通。

在静静的病房里，风声就变成了音乐，变成了命运交响曲。树叶、花蕊就是生命的精灵。它们每天探头探脑地从窗外向我问安，我还好意思不给他们一脸好气色吗？我还好意思不使劲儿地活着，一天天结实起来吗？

杨蕊真是贪长，几天的工夫就长大，从枝头吊下身子，常让我想起猴子捞月的故事。那些从水里捞月的猴儿们大概就是这模样儿，脚勾着树枝倒挂着身子。不知为什么，小时候管这杨蕊叫"杨树狗子"。它们可是不像狗，像猴儿，真的。可我没有给它们起名儿的权利，也没那种影响力，一言而传遍天下。杨树狗子就杨树狗子吧，它们可是真招人喜欢。小时候淘气，捡起落在地上的杨树狗子，插在鼻孔里成为两绺紫檀木色的胡须，背着手在人前走来走去，神气一番。那时候说什么也想不到自己会老，更想不到自己老了会成什么模样儿。才几天，多少时候，咔嗒一下儿，我老了，满头华发，婴儿般地躺在病床上望着窗外的杨树狗子。

终于听见了沙沙的春雨声。往日里春雨真的像听不见，因为哪怕是再细微的市声也盖过了春雨润物的声音。今儿听到了，春雨就算被撕成粉末轻洒在杨蕊、细枝上，也还是有了让我听到的沙沙声。还有杨树狗子在雨中坠地的声音"吧嗒"、"吧嗒"，像在通知我："嗨，来了，春天真的来了，不蒙你！"

我听着春雨的脚声，想像着一地湿湿的杨树狗子，不知为什么竟会有湿冷的泪珠爬上了睫毛。从知道自己得了那个被认为是什么症的凶险之病起，我可是没掉过泪呀！我知道掉泪没用，病不怕这个。可为什么外头下起春雨，我眼里也湿漉漉了？是春天惹的祸，它让我想从病床上跳起来去外头淋一淋。从今儿我当更喜欢春雨。

一夜春雨，清晨看看窗外，不是"绿肥红瘦"，而是一两点鹅黄翠绿蹲上枝头。那杨树叶子的小模样儿，真是喜人。一个个像涂了油的小娃娃，躺在摇篮里伸胳膊蹬腿儿。你们好哇小叶子？你们比花骨朵儿还耍看，它们没有你们这份油亮亮。

当叶子像婴儿般攥着拳头的时候，我被推进了手术室，去经历了一番大限的预演。当我从麻醉中醒过来，伴着剧痛，窗外又飘进滴滴答答的春雨声。这一回，雨打嫩叶，声音更好听，弄得我简直不敢呻吟，怕这呻吟搅乱了生命的乐章。

三天以后，在一片树影婆娑中，我被护士推着走过春天的树下，回到我的病房，歪头往窗外一看，好家伙，齐刷刷一排小巴掌似的杨树叶子在窗外招手，它们长得可真够结实。

Z医生告诉我，在那间病房的窗外，有一对筑巢的喜鹊，正在加紧工作。昨天晚上它们搭起的第一根树枝让风吹掉了，可它们还在搭，今天一早，她看那鸟巢已经搭起了基础。

我忍住痛，一步步蹭向那间病房，去看望那屋里的病友，他和我一样，都招惹上同一种病魔。他却不知道自己究竟是怎么了。我也不便告诉他我是怎么了。蹭到他室里便硬挺起腰给他一脸笑意。为了看那对相亲相爱携手劳作的鸟儿，为了不让病友跟我一块儿痛，我只好委屈伤口。

噢，那对可爱的鸟儿真不赖。一个接一个飞上飞下，衔来树枝在那枝桠之间。那可怜巴巴的小巢在风中摇晃，可是不敢掉下来。大概有半个钟头吧，它竟然被加高变结实了，直到鸟儿跳进去只能看见它高扬着的小脑袋儿。这些小精灵真是了不得。

树叶一天天长大，变得浓绿，变得稠密，我也一天天好起来，

竟然可以自己走到病房外去治疗。

Z医生告诉我，小鸟出来了。我急忙去看，只见树叶间，一只大鸟飞来，在那鸟巢中齐刷刷伸出了四个张大的鸟嘴。

就在这一天，那屋的病友去了，走得匆匆忙忙。也许是最后一刻他也瞥见了那刚刚出世的小鸟，他带着生命的礼赞走向另一个世界。

我知道，病房里最强烈的情绪是对生命最浓烈最执著的爱与追求。过去我不大懂这个，以为医院总与死亡挂钩。现在我明白了，没有对生命的热爱，就没法儿整天面对死亡。树叶、小鸟、雨水、风声，所有从活泼的世界捎来的信息，都给人生以力量，让死亡倒退。

我知道我正在步入老境，但老并不意味着应当对生活失去兴趣。生理的衰退远不如心理上的老化令人可怕。我的病友们许多是经历过几百次战争的老兵。谈起风险的病症，如同谈起"老朋友"，有一位还真的这么称呼自己的病，说起难以忍受的治疗反应，更是轻松得如同玩一次过山车，要的便是那份刺激。都说中国人怕病怕死。我看在大限面前的那份豁达，那份从容，谁也比不上我的那些病友，他们之所以瞧得上我，愿意跟我讨论电影似的讨论病情，大约是看我受了他们的感染，没有哭鼻子吧。

当窗外的树叶终于搭起一片浓荫时，我走出了医院。痊愈与否，交给自然，交给命运，我拥有的是自信与期望。就算是梦想，难道我没权利做个好梦吗？

就算我是根干枯的枝条，毕竟度过了所有的季节，不论是翠绿还是枯黄的树叶都会在我的枝头装点出一幅好的风景。

不错，外面的世界有火有水有冰雹有雷电，可也有树叶，我见过了这树叶怎从枝头钻出染出一片又一片的碧绿，怎样的灾变才能让树叶绝迹呢？没有树叶的世界就算是终会到来，那也在遥远又遥远的地方。今天正是栽绿的时候，活泼泼的欲望还在我的手心！

（1994年11月7日）

故 乡 的 雨

雷 洋[*]

喜欢漫步烟雨中。

若是这雨不成气候,只是似牛毛一般飘然而坠,那么雨伞便多少显得赘余。让细雨沙沙掠过自己的脸庞,带来一丝轻灵的快感,不能不说是一番写意的风景。在三月的暮春里,江南的雨总是雾气朦胧,弄得氤氲一片。虽则漫天不到遍布阴霾的境地,却也无法给你一碧如洗的明镜之感。这雨便像帷幄一样将我们隔绝在一个小小的世界里。既是春雨,你一定会诧异于为何不能寻得韦庄所绘"春水碧如天,画船听雨眠"的情形。在我的记忆中,我只是感觉到檐溜在不停地叮叮咚咚,居然把檐下的泥土滴出了一排深深的水窝。

茅盾不喜欢这样的雨景,"既然没有呆呆的太阳,便宁愿有疾风大雨,很不耐这愁雾的身后的牛毛雨老是像帘子一样挂在窗前"。果真如此吗?其实不然。乌镇,那座静静的乌镇就是茅盾的家乡,而写下此句时,茅盾闲居在家,整日所面对的即是他所描述的那种雨。对于家乡雨,茅盾是热爱的。他的意思是说,既然没有大好的光明社会,便宁愿有洪流般的革命风暴,他真正不耐烦的却是当时的死气沉沉,万马齐喑的革命景象。当然,这只是一个比喻,其实我想,也许没有谁会对江南细雨斜飞的那种意境持不悦的情怀。"落花人独立,微雨燕双飞",这是一种无可言喻又臻至妙绝的美景。

在细雨里从容地走着,即使沾湿了发髻,也颇感欣慰,看着一个个躲在伞下未湿的头颅,一张张避在伞下恐慌的粉面,一幕幕匆匆行走的身影,我想,像我一样甘愿雨水的洗礼,能够缓着脚步在

---

[*] 中国人民大学新闻学院 1987 级本科生。

风雨中行走的人也许不多吧。

若是雨水大得厉害，便撑起一把小伞，没有古人的绿蓑笠，没有朴素的油纸伞，只能看顺着伞脊梁汇集成股的流水畅然下淌。打着雨伞的人，在雨中徐徐移动，如一簇簇的蘑菇，红的，绿的，白的，蓝的，时而聚拢，时而散开。那些始料不及，没有带上雨伞的人，只能掩着头，拼命地往街头巷尾的小商铺扎进去，脚履之处，溅起的雨花迎面扑过来。一切的行动皆随着雨水的节奏进行着。

若是在乡下，则又是另一番情趣了。正在田间插秧的庄稼人要是突然赶上了一场大雨，他们便疾步回家，戴好蓑笠，又回到农田里忙活起来。时上时下的身影在水田中一步一寸地向后挪动着，亦动亦静的手既已从一大堆禾苗里分出了两三根，便把它们插入泥巴之中。雨滴在农田的水面之上，溅起水泡层层地出现而后又消失去。这时的雨声如一曲欢快的劳动战歌，指挥他们在田间悠然地劳动着，又毫无倦乏之感。等到雨停之际，他们的水田也就如画板一样被涂成了绿油油的一大片。这是一幅多么意趣盎然的劳动图啊，即使在雨中，人们依然欢笑快乐地劳动着。

雨水，这大自然间的尤物，不知为何如此般的轻灵快语，翩翩纷飞，让人油然而生喜悦之情。"仁者乐山，智者乐水"，我不同意这样的说法，一个具有常人情怀的人都应该是乐于水的，不是闻一多先生诗中"清风吹不起半点漪沦"的"死水"，而是这活蹦乱跳轻盈多姿的，不断眨眼向你耍俏皮的雨水。

来到北方数年，让我许久不曾见得一面江南的雨，家乡的雨，更不消说沐浴在那缱绻如梦，缠绵如斯的细雨中，多少次梦回故里，多少次梦降甘霖，醒过来后，总都是慨叹路遥不得归，慨叹京都难见雨。

多想顷刻之间再次回到阔别已久的故里，再次倾情地缠绵于那闻之赏心，见之悦目，意出尘外而又幻化无方的江南雨景里，无论大的，小的，粗的，细的。

送您一盆水仙花

晓　博[*]

父亲爱养花，耳濡目染，我也爱养花，虽然总养不好。

记得是去年期终考试的时候，听说有一位老太太在楼下卖花，我便急忙跑下去。一看，却有些失望。说是花，其实没有叶，也没有枝，更没有花，只是一块茎根。怎么养呢？老太太忙向我解释说，那是水仙，只要放在水中，很快就会发芽开花的，但要注意经常换水。试一试吧，我买了一盆，欢天喜地抱着回去了。

从此我没有了空闲，所有的余暇让水仙花给占去了。每天晚上准换水，我小心翼翼地捧着，唯恐她受了惊吓，中午饭也开始端回宿舍由水仙陪着吃了，我吃一口，看她一眼，说一句：快些长吧，快些开花吧！此时，我才领略到父母育雏的艰辛和急盼心情，虽然这比喻并不恰当。我总把她放在阳台上。当人来人往时，我便站在那里，仔细地端详着她，抚摸着那刚刚发出的嫩芽，引得路人都投以羡慕的目光。室友笑我太痴情了，说最先开的那一朵属于我，我满意地笑了，甜在心头。

水仙终于一天比一天高了，出落得像个娉婷少女，然而还没有开花，我却要回去度假了。怎么办呢？带她回去是不可能的，托付给别人我实在不放心。无奈，还是把她留给了两位室友，临行前，每隔一分钟我就提醒他们一次：别忘了给水仙换水。

我的春节是在家乡度过的，但我一直惦念我的水仙花。我给同学写来了信，你们没忘记给水仙换水吧？千万别忘了，要是开花了，你们一定要请人留个影给我。记住，别忘了我的水仙花！

---

[*] 中国人民大学毕业生，作品摘自《春笋集》。

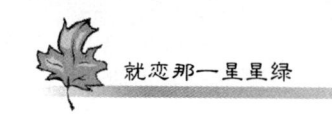

水仙一定也看到那封信,她知道我在思念她,便含着花蕾温情脉脉地等候我回来。开学那天,风尘仆仆的我看到那饱绽的水仙花时兴奋极了,我真想抱着她向世界宣布,我的水仙花开了!

室友告诉我那朵粉色的水仙花是最先开的,她属于我。我俯身吻她了。好香!真的,一股扑鼻的清香,我更爱我的水仙花了。

有一天,我正摆弄我的水仙花,生活委员来了,是个女孩,来帮我们买饭票的,爱开玩笑的我便瞎侃起来,说我们男生饭票常常不够吃,需要家里寄粮票来,有时还得向女老乡借,借不到时便咬牙再勒勒裤带。看着生活委员那专注的样子,我神秘地笑了,仍摆弄着手中的水仙花。

几天后的一个晚上,我给水仙换水回来,室友惊喜地告诉我说,生活委员送来了女生捐集的饭票,她们每人都拿出四斤。我怔住了,我真的怀疑这是不是真的。然而,这确实是真实的一幕。书桌上,整齐地放着28斤饭票。

一向肃静的宿舍此时充满了热烈的气氛,大家在思索着我们该怎么做。有的说把饭票还给女生,我们不能收下,有的说把饭票折合成钱送给她们,我们不能让女同胞吃亏,有的说……可觉得都不妥。突然,有人说:"把水仙送给她们!"

我一惊,许久没有做声。大家沉默了。几个月来,不仅我爱着水仙,大家都渐渐地爱上她。那青青的叶子,那娇嫩的花朵时刻向我们微笑着,有了她,我们的生活充满了惬意、微笑和爱。但那整齐地摆放着的28斤饭票,使我们清楚地意识到,女同胞的爱心才是最崇高的,才是最美的。她们可以把爱心奉献,可以为别人着想,我们还有什么可吝啬呢?

我们通知女同胞,明天迎取水仙,她们一阵欢呼,明天就要分别了,今晚我不忍心再把水仙独自放在窗外,就守在我的床头吧,我眼睁睁地看着她,不知不觉中进入梦乡。

女同胞来接水仙花了,我们列队相送。我捧着水仙,郑重地递了过去,不知是感激还是留恋,我流泪了,泪水滴在花朵上。她们好像也哭了。我柔声安慰她:去吧,水仙,你难道还不相信她们吗?我会常去看你的,真的,不骗你……

谢谢您,女同胞,您就收下这盆水仙花吧!

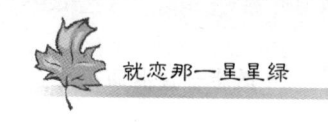

某年某月的某一夜

胡 娟[*]

其实是有年月的，是1993年6月末的某一夜，我们处于毕业前夕，尽管都要奔向新的前途，但很多同学的脸上都写着要离校的忧伤。我因为留校了，不舍的感觉要比其他同学少得多。

那时的校园很少人文景观，没有现在学子们可以津津乐道的百家园和双趣亭，也没有宽敞明亮的教学楼和干净舒适的体育场，但纯洁温馨的同学之谊和充满张力的青春年华仍然把一些简陋的场地和故事变得华美而隽永。

不知是谁发起的，那一夜我们1989法学班的不少同学聚集在图书馆门前。现在已很陈旧的图书馆在那时还是新图书馆，使用不到一年，旁边的植物很幼弱，甚至还不会随着夏夜的微风歌唱。图书馆早已关门，四周非常安静，我不记得那夜是否有蝉鸣。

大家静静地散落着坐在台阶上，没有人谈理想，也没有人谈即将开始的工作。或许有女生默默流泪了，空气中有着湿润的忧伤。

樊坤是我们班男生中最年长的，也是我们班的骄傲，他多才多艺，喜弹吉他，尤擅书法。那时他的字已被挂在学校的食堂了，供我们吃饭时"瞻仰"。

是他打破了这夏夜的沉默，用吉他声。我忘了第一首是什么曲子，但感觉心弦似乎就被慢慢地弹开了。开始有同学和着吉他声歌唱，慢慢地大家都和着旋律唱了起来。一首接一首，几乎没有停顿。那时同学们都喜欢罗大佑，喜欢张学友，喜欢苏芮，有着那个年代的青年们几乎都耳熟能详的流行歌曲，大家好像集体在沉默中

---

[*] 中国人民大学校长助理，高教研究室主任。

找到了一种释放心灵的方式。

一种唯美主义的默契在这些即将离校的青年们心里升起。没有交谈，没有话语，只有吉他声，只有歌声，有时吉他声启发歌声，有时歌声带动吉他声。在今天的回忆中如果要说有什么总的感觉，那可能是歌曲的旋律开始是忧郁的，但慢慢就变得开朗明净，像离校学子们的心，有不舍，有忧伤，更有勇敢和坚定。

我记得最后一首曲子是《闪亮的日子》：

> 我来唱一首歌，古老的那首歌
> 我轻轻地唱，你慢慢地和
> 是否你还记得过去的梦想
> 那充满希望灿烂的岁月
> 你我为了理想，历经了艰苦
> 我们曾经哭泣，也曾共同欢笑
> 但愿你会记得，永远地记着
> 我们曾经拥有闪亮的日子……

唱这首歌时应该已经是深夜12点多了，宿舍楼早关了。唱完后没有人着急离开，大家都静静地坐着。大学四年里那些闪亮的日子跳跃在我们心间。风和缓地吹过，但每个人的内心我想都是在波涛汹涌。那时的图书馆周围在深夜似乎是没有灯光的，是月亮的光照在同学们的脸上，浮云变幻着光影，让每一张年轻的脸都那么美好，那么圣洁。

这几年学校很注重毕业典礼，在宏伟辉煌的世纪馆召开，有欢快庄重的合影，有同学依依不舍的发言，有老师语重心长的叮嘱，有校长鼓舞人心的讲话，有校友感情充沛的祝福，最后还会有一个学院的毕业生领着大家一起唱荡气回肠的《毕业歌》。每当《毕业歌》的旋律在世纪馆响起，我心里总有一种要落泪的感觉，既

为着眼前幸福的毕业生们，为即将在他们面前展开的似锦前程，也为自己曾有过的青葱年华，为打拼在全国各地的旧日同窗，更为那个夏夜我们自己的那场简陋的专场音乐会。在岁月流逝的日子里，如果要说记忆中最有震撼力的音乐会，或许就是那一夜的那一场了。

不朽师魂

乔 衍*

火车在豫西平原的黑夜里穿行。

现在是夜间行车,人们大都入睡了,而我却一点睡意都没有。我不时地看过道对面那位穿戴齐整的军官,妻子偎依在他的身边,儿子就熟睡在他们的腿上。这情景,哎,我怎么又想起妻和儿子了,他们现在怎样?

我低头看了看身边这几个孩子,是我的学生,都睡熟了,明天他们要参加艺术院校的复试,我带他们去。哎,我这做老师的,怎么又想起了家?

现在也不知道儿子的病情怎样,妻能撑得住这几天吗?我的思绪混乱得没有一点条理了。

20年前我大学毕业,自愿来到豫西南这个山区的一所初级中学。这里没有高中,孩子们上高中要到很远的地方去,而且要考取也是很困难的。我便在这所中学教初中三年级的几门主课。那时正值青年的我把自己火热的青春全部献给了这山窝窝。清晨,我迎着朝霞踏着露水,和孩子们一起早读;白天,简陋的教室里我穿行在学生中间;夕阳西下的时候,我匆匆扒碗饭又急急去家访;星移斗转晨光熹微时,我疲倦的身影仍沉浸在灯光的昏黄里。没有叹息,永不消沉,唯有进取是我的乐趣。在我内心的丰碑上永远镌刻着毛主席那几个遒劲的大字:忠诚党的教育事业。

10年前我30岁,在好心人的说合下,我也终于有了个家。在简单的婚宴上,唯一的礼物是校长送来的一张喜报:由于你校成绩

---

* 中国人民大学法学院1989级本科生。

突出，特准许成立县办高中。我流泪了。这山窝窝破天荒地第一次有了自己的高级中学，我成了功臣，于是又成了高中教师。肩上，又放上了引导孩子们步入高等学府的重担。

日月如梭，十年如一日。根根银丝悄悄隐没在我不惑之年的头发里，岁月的风霜也在我脸上刻下了道道印记。我跋涉着，像一头无怨无悔的黄牛。

儿子今年已经九岁了，很顽皮，也很淘气。他是土生土长的山里的孩子，浑身上下都有一股野性。我是个不称职的父亲，没多少时间教养他，便只好把他留在妻子身边，而妻要忙农活，又要忙家务，对孩子的照料自然也很少。况且，农村妇女也不知道怎样教孩子。于是，儿子便满山跑，树上，河里，山洞里，哪里不安全，那里准能找到他。昨天，他和几个小朋友去玩水。由于雨季河水暴涨，深而且急。他一下水便没有了踪影，救出来时已是奄奄一息。妻听到这晴天霹雳时，一下昏倒了。

我今天才听到消息，便匆匆赶到医院。儿子已经脱离危险了，只是高烧不退，已经昏迷一天了。妻憔悴地坐在病床上，疲倦的身子几乎无力说出一句话，只用布满血丝的、无光的眼看了我一下，目光便又转向了儿子。儿子的嘴嚅动着，像在吮着妈妈的乳汁，他该很饿了，已经一天滴水未进了；又像在说什么，是叫爸爸吧？但什么都听不清。我的心在痛苦地抽搐，在强烈地自责。

有人敲门。是老校长。他叹息着放下探视的礼物，又无可奈何地递给我两张纸，是两份通知。我随便看了一下，便递给了妻子。一张是省模范教师表彰会的通知，另一张是带领考生复试的通知。时间就是明天，今晚就得动身。

妻没有表情："去吧。"嘶哑的声音是那么的微弱，却又充满着巨大的理解和支持。老校长含着泪水冲妻深深地鞠了一躬。我忙拉他退出了病房。

儿子现在怎样，妻能撑得住吗？

火车猛地一颤，坐在我身边的小王突然惊醒了。"妈，怎么了?!"他紧紧地抓着我，以为我是他的妈妈。其他几个也都惊醒了，惶惶地看着我。我忙说："这不是在家里，咱们是去考试。怎么，忘了？再睡一觉吧，只有休息好了，白天才能考好。"孩子们镇静一下，便呼呼入睡了。

看着这些孩子，我感到了莫大的慰藉。他们是我的希望，他们的目标也是我奋斗的目标，他们的成功便是给我的最高的奖励。我就是他们的妈妈，他们就是我的儿子啊！

人们都在睡。那位军官的妻子仍旧偎依在丈夫的身边，孩子就熟睡在他们的腿上。我无法入睡，我在想明天的事情。

明天，儿子能清醒过来吗？

明天，妻的身体能撑得住吗？

明天，孩子们能考好吗？

火车，在豫西平原的黑夜里穿行。

大无大有

谈谈"科研观"

纪宝成[*]

谓之"科研观",其实大了、高了,所云不过是治学态度方面的几点个人认识。我曾几次即兴随意地讲给研究生们,他们都还觉得有些道理,听来也颇有兴味。于是,将这几点集中起来,无以名之,姑且冠以"科研观"。

一曰:"著书要立说,撰文要立论。"

如果都是重复、拼凑或简单加工、稍加润色别人讲过的话,还能称之为"科学研究"吗?如果大家都这样,科学还能进步吗?立论、立说自属不易,然惟其不易,才称得上"科研"。马克思曾经把理论研究比之于"入地狱",说:"在科学的入口处,正像在地狱的入口处一样",极言理论园地耕耘之艰辛,实乃"过来人"发自肺腑的真切感受。古往今来,笔耕不辍者有,著作等身者有,而"一年两年百万字"者,且都谓为等值(质)的"科研成果",其科学价值乃至"爬格子"的动机,则是大可怀疑的了。我们应当以马克思为榜样,以一切有成就的先哲先贤为榜样,发扬范文澜先生倡导过的"板凳须坐十年冷,文章不写一句空"的精神,勤奋为本,严谨为先,身体力行,一以贯之,坚决摒弃"天下文章一大抄"的时髦恶习。

二曰:"有感而立,有积而发,有思而作。"

面向社会,面向世界,深入实际,深入生活,还要深入学术领域,站在学科的前沿,体验实践的呼唤,感知时代的脉搏,从中出

---

[*] 中国人民大学教授,校长。本文原载《中国人民大学》校报,1991-04-25,《群言》,1992(2),被《学者谈艺录》(中国人民大学出版社,1992)一书收入。

课题，立项目，此谓"有感而立"。向生活学习，向书本学习，向今人学习，向前人学习，向国人学习，向洋人学习，提高马克思主义的理论素养，丰富自己的历史知识，掌握我国的基本国情，兼收并蓄已有的科研成果，在理论功底厚实、占有材料翔实、生活感受充实，亦即"厚积"的基础上去"薄发"，而不是浮于表面、急于求成，此谓"有积而发"。多思、深思、慎思，求实、求是、求新，在去粗取精、去伪存真、去旧出新中反复推敲，在研究的基础上写作，而不是粗制滥造、一挥而就，此谓"有思而作"。

此三者，可否称作科研活动"三部曲"？

三曰："不违心于己，不苟同于人；不求令人信服，但求引人思考；不求轰动效应，但做老实文章。"

开展科学研究，当以自觉地服务于社会主义建设和繁荣学术为己任。为此，科学研究总该有自己的见解，哪怕是一得之见、一管之见；只要言之成理，自圆其说，就要敢于发表，敢于坚持；要有"敢为天下先"的理论勇气，要有执著追求的理论上的坚定性；违心之言不可发，观点、原则不让步，宁可不写，也不迎合。若似"墙头草，随风倒"，可怜复可悲。

但这并不意味着"必以己言为贵"，更不意味着可以盛气凌人，君临天下，舍我其谁；不要去试图终极真理，许多问题原本也是见仁见智的。徐老（徐特立）说过：自尊不是轻人，自信不是自满，独立不是孤立。自己提出的观点、见解、主张，毕竟可能不成熟、不周到、不缜密，甚或有谬误，但若能引起他人注目，必得去动脑筋思考一番，那就是成功了；若能抛砖引出玉来，引发他人道出一番也会引起你深思的见解来，那就可以认为是更大的成功。

毛泽东说：世界上怕就怕"认真"二字。治学也是最讲究认真的。要严肃待之，严谨事之，脚踏实地，一步一个脚印。不要去故弄玄虚、哗众取宠，不要搞"模糊哲学"、晦涩语言，不杜撰、堆砌、滥用名词术语，不刻意追求"语不惊人死不休"，更不要去试图青云直上重霄九。一鸣惊人是有的，但往往是"于无声处听惊雷"，而不应是"各领风骚几个月"的结局。

四曰："纵向继承，横向借鉴，独立研究，继承与创新相统一。"

这几句话中的前三者，若能融为一体，或许可以认为是治学之一道。表面看来，继承和借鉴似乎是"袭旧"，且不免有"雷同"之嫌。其实，没有继承，何来创新？拒不借鉴，岂非傻瓜？先人的成果，他人的成果，包括他们的失误，都给后来者提供了思维的材料和前进的基础。问题在于继承和借鉴都要以独立研究为前提，以经世济用为目的，谨防因循而守旧，厉行"深思而慎取"，做到上述的"不违心于己，不苟同于人"。在此过程中，认同者，述成说而不作；有异者，发异议而求新；而认同或求异，均以符合事物本来面目、揭示事物本质规律、切合我国具体国情为准绳。袁宝华同志在谈到借鉴西方管理理论与实践经验时说过："以我为主，博采众长，融合提炼，自成一家。"这几句话有普遍意义。这样去做，有所创新，自成一体，大概是有希望的；由此而出的作品，也许可以认为是："有同乎旧谈者，非雷同也，势自不可异也；有异乎前论者，非苟异也，理自不可同也。"

以上几点，简言之，可谓二"要"、三"有"、四"不"、一"统一"。道来其实也很平常，不过闲聊以自勉而已。

《通鉴》有句云，"经师易遇，人师难遭"。人师也者，道德文章堪为师表之谓也。"人师"的素质，除了坚持四项基本原则，具有高度的社会责任感、丰厚的专业知识等等之外，优良的治学态度、科研作风是否也应列入其中？

总是说来容易做来难。何况还有那个不讲学术质量只讲文字数量的"字数导向"在逼迫、在诱惑（"字数导向"如有始作俑者，可称误人青春、扼杀科研的时代罪人）。我等凡夫俗子岂能不受一

点影响？然而，总当自尊自重为宜，立点信条用以自戒自励，还是十分必要的。我们中的任何人固然都不会达到我们所希望的尽善尽美的境界，然而，对于这些目标的孜孜不倦的追求，仍能使我们成为优秀的科研工作者、受人尊敬的人民教师。

毛主席批示之后
——纪念毛泽东同志诞辰一百周年

吴 微[*]

1953年,我在江苏省松江专署财经组工作。当时,上海市周围的九个县都归江苏省管辖,松江专署是省政府的派出机构。机关经过精简,总共不到四十人,朝气蓬勃,励精图治,迎接第一个五年计划开始的大规模经济建设。

初冬,一天中午,专员陈冀同志把我叫到他的办公室。他神情严肃地说,上午,地委收到省委的电报,转来毛主席对一封人民来信的批示。原因是宝山县罗南乡群众向毛主席写信,反映他们今年棉花受灾严重,但当地仍按常年产量征收农业税,认为不符合政策。毛主席在信上亲笔批了"查明酌处"四个字,后面签名"毛泽东×月×日"。我们研究,派你立即去宝山,和县委、县政府的同志一道下去先把情况弄清楚,省里很快定会去人,你们共同商量处理,结果要如实汇报。陈专员还特别关照我,地委不另派人了,你就是专署的代表。

当时我很紧张,这可是毛主席亲自交办的事,我一个年轻干部,能行吗?陈专员看我面有难色,鼓励说,"去吧,通过这件事,你可以向老同志学习群众工作,学习掌握政策。"

这天下午,我乘火车到了上海。黄昏抵吴淞镇。那时,到宝山没有公共汽车,来往的人要么步行,要么靠农民用自行车接送。暮色苍茫,农民们回家了。亏得小饭铺的老板帮忙,为我找到一位年

---

[*] 中国人民大学经济学院教授。

轻人，我就坐上他的二等车（自行车后架），在坑坑洼洼的砂石公路上颠簸约半小时，到了宝山县城。

和县长易素之同志见面后，他说，"我已知道你的来意。陈专员来电话了。县委宋林枫书记这两天不在家，我们先商量吧。"当即议定，明天早晨易县长和我一同下乡调查。

罗南乡，在罗店镇的南边。田间套播的小麦已见青苗。枯萎的棉花秆（当地叫花箕），又矮又细的独枝，挂着一两个没绽开的僵桃，在冷风中晃动。我们住在农民家中，白天访问，晚上开干部会。一次和易县长谈得比较晚，冬夜的寒意使人更有饥饿之感。老妈妈端来一碗热乎乎的芋艿，让我们沾着酱油吃。至今我还记得那个夜晚在小油灯下和县长吃芋艿的滋味。

过了两天，省里来人。有财政厅长赵桂源，还有省委农村工作部的一位处长和一位年轻同志。接着县委宋书记也来了。他们不仅在本乡，还到周围也作了调查，听了我们的汇报。然后，召开了有省、专、县、区、乡、村干部参加的座谈会。肯定了群众反映的情况是真实的，不仅这个乡，附近的村里也有不同程度的类似问题，拟订了减免、清退农业税的办法。会场气氛活跃，话题转向棉花受灾的原因。我汇报说："老农讲，解放后，人翻身了，土地没有翻身。"易县长分析说："这句话指出了我们在农业生产的指导上违反了规律。因为这里的种植习惯是两年三熟，即一季麦，一季稻，然后绿肥；来年种棉花，然后再种麦……这几年，国家需要棉花，我们尽量扩大棉田面积，但粮食又不能少，于是减少水稻，麦地里套种棉花。复种指数提高了，土地不能全面翻耕，土壤板结；绿肥面积减少了，地力下降，病虫害也多起来。总之，耕作制度改变了，技术措施跟不上。几年下来，成为今年这里棉花减产、受灾的主要原因。"省里的那位处长深表赞同，他还认为老农的那句话说到了点子上，重复地嘀咕着："'人翻身了，土地没有翻身'，说得多好。"

开群众大会的那天,暖阳高照。我们宣布了毛主席对人民来信的批示,报告了我们的调查和分析,以及处理的意见,还检讨了政府工作中的缺点、错误,表示接受群众批评的诚意,对今后的工作也提出了建议。易县长讲完话,广场上几百人一片欢腾,高呼"毛主席万岁!"我见到有位老妈妈小声地自言自语,激动得老擦眼泪。

散会后,我提出,要不要打听一下谁是写信的人,问问他的意见。赵厅长说:"不好。那封信讲的是真实情况,但写信人没有具名,大概是心有疑虑。如果我们现在要问信是谁写的,就会使群众认为最后总要追究的,有些人因此就不敢给毛主席写信反映问题了。你说对吗?"几十年来,每当我接触到人民来信、农民负担等问题,我总想起当年这件事,和怎样处理的这件事。

新中国成立初期,毛主席就是这样与农民群众联系在一起;就是这样从实践中教育干部学习搞建设,形成好作风,纠正工作中的偏差和失误;就是这样培养了一代干部。

我所见到的中国留学生

刘向兵[*]

今年一二月份,我前往美国探亲,并在美国几个城市和大学考察。其间中国留学生特别是我校校友的热情、聪明和奋斗精神,给我留下了很深的印象。

"美国化"与"中国心"

见到留学生校友,忍不住为他们的"美国化"而感叹。他们像美国人那样穿着随便,喜欢喝咖啡,吃快餐,嘴里"Yeah"个不停。到纽约州时,前来迎接的校友D君戴着一顶滑稽的针织小帽,很难把他与在人大时的样子联系起来。在波士顿,我们受到哈佛大学的W君一家的热情招待。晚餐特意给我们烤制了比萨饼,这已经是他们招待家乡访客的保留节目了。

留学生们的行为方式、生活习惯会迅速地"美国化",价值观念、思维方式也会有或多或少的改变,但根深蒂固、难以变化的,是他们都有一颗"中国心"。留学生都很关心祖国,每天都要从网上了解国内的情况。一些中国店免费赠送的中文报纸在这里很抢手,他们对国内发生的许多事情比我们在国内的人还清楚。他们还热衷于参加网上论坛,就国内的时事发表看法。弗吉尼亚大学一位大学同班同学,听说我来美国了,先后三四次打电话过来和我聊天,他说:"就算只和你讲讲汉语,我也很开心。"留学生们在美国的媒体上很少看到中国的消息,电视新闻也很少像我们新闻联播有很多国际新闻。如果没有互联网,那日子简直是难以想

---

[*] 中国人民大学校长助理,学校办公室主任,研究员。

象的。

亲如一家

留学生们很团结，互相帮助，互相支持。我们看到的每所大学，都有中国学生学者的联谊组织，为大家的学习、生活、求职提供帮助。在纽约，来自中国科技大学的 C 君打开了留学生网页，这里小到租房、买车、买电脑，大到为国内灾区募捐、参加国庆游行，各种信息，应有尽有。上面开设了涉及政治、经济、文化、学术等内容的论坛。春节期间，各大学中国学生学者都会举办联谊、联欢活动。在佛罗里达大学，我们和一群中国同胞过春节，一起吃团圆饭、打扑克、看电视、唱卡拉 OK，一直玩到晚上 1 点多钟，我简直感受不到自己是在美国。

疾风知劲草

留学生们都是勤奋努力、积极向上的。在美国上学要过经济关、语言关，学习、生活问题要靠自己来解决，要经历严格的淘汰制，这种环境激发了同胞们的潜质，使得他们自立自强，力争出类拔萃。

在哈佛大学，在 MIT，在宾夕法尼亚大学，到处都可以看到中国留学生伏案苦读的身影。在哥伦比亚大学国际关系学院读 MPA 的 L 君是我校校友，来美国才半年，语言、生活都已经非常自如，俨然一位资深导游。她学习很刻苦，晚上熬夜写作业，还要参加很多社会活动。在哥伦比亚大学中国学生学者春节联欢会上，她将担任主持人。纽约州立大学的我校校友 D 君，在学习、打工的同时，还积极参与一些公益活动，为初来乍到的同学提供帮助，为遇车祸的同胞组织募捐，帮助受到不公正对待的中国留学生打官司。在波士顿大学做博士后的 C 君一边当博士后，一边在餐馆打工，奋斗了几

年，租到了房子，买了车，把妻子从中国接过来，因为感到将来工作的压力比较大，晚上还攻读计算机专业硕士研究生。他的妻子，一边操持家务，一边上会计学的研究生，还在一家中餐馆里打工。

骄人的海外校友

在美国的人大校友非常优秀。美国东部人大校友会的负责人陈志军，是我校1978级工经系的学长，现在一家公司任职。见到他的时候，他正张罗举办纽约地区的"中国学生学者新年联欢会"。他对母校的深情厚谊给我留下了很深的印象。已有10年历史的美国东部人大校友会，曾组织过许多大的活动，包括1994年纽约历史上第一次中国大陆同胞春节唐人街游行、纽约侨界捐助国内洪灾大义演等，还举办过多次富有影响的论坛讲座，在纽约华人社区有着很大影响。我还见到了"中国人民大学海外校友联谊总会"的负责人之一姚文雄校友。这个简称为"ROAA"（RUC Overseas Alumni Association）的组织成立于1999年10月，是由十几个满腔热情的年轻校友发起建立的。借助于互联网，ROAA在短短的半年里，把我校近800名校友从世界的不同地域连接到了一起。

看到校友们的奋斗历程，看到校友组织的发展壮大，我由衷感到骄傲。我们人大的海外校友们是了不起的，他们是在用自己的辛勤努力，为我们国家、为我们人大争光。

谒访聂耳终焉之地

郭锦桴[*]

每当唱起雄壮的国歌时,我常会在心里默念起它的作曲者——聂耳。那激越、高亢的义勇军进行曲,曾经响彻在烽火连天的抗日战场上。如今,这雄壮的乐曲,依然回响在中华大地,成为我们庄严的国歌。聂耳在我们心中是永垂不朽的青年作曲家。在那苦难的年代里,他还写下《大路歌》、《铁蹄下的歌女》、《塞外村女》等革命歌曲,为受压迫、受尽欺凌的劳动人民发出为命运抗争的强烈呼喊:"为了饥寒交迫,我们到处哀歌……谁甘心做人的奴隶?""大家努力,一齐向前……我们好比上火线,没有退后只向前!"那激昂有力的音符,曾经回响在人们的心中,燃起仇恨和奋争的火焰。

早年,我就听说聂耳溺身于日本的海。大前年我到日本讲学时,便多次打听聂耳遇难的地方。然而,知道的人却甚少。且不说日本人,即便是中国年轻的海外学子,也很少有人知道。——这大概是年代久远的缘故。有一天夜里,我读一本中国人写的介绍日本的书时,忽然发现这个地点在神奈川县藤尺市的鹄沼海。我眼睛忽地一亮,啊,这不近在眼前吗?我所在的东海大学位于神奈川县的秦野市,与藤尺市咫尺相邻。

十月初,秋风吹拂,天气凉爽。在一个阳光明媚的早晨,我登上公共汽车到平冢市,然后,从平冢乘电气火车(日本人称为"电车")便来到藤尺市。一出车站,我的日本友人高桥章子女士早已在那里等候我。她特地开车来带我去鹄沼海滨,我非常感谢她亲切、热情的帮助。当我们驱车来到鹄沼海滨时,走出车门,迎面而

---

[*] 中国人民大学文学院教授。

来的是久违的海风微微吹拂，十分凉爽。举目张望，茫茫无际的大海波光闪烁。啊，这里还是风光绮丽的地方，岸边绿草如茵，各种树木苍翠掩映。日本人都知道这里是著名的海滨休闲度假的胜地，但却很少人知道，这里是中国国歌作曲者聂耳遭遇不幸的地方。鸪沼海连着太平洋，它的海岸漫长，聂耳在何处呢？在一位年纪较大的日本人的指点下，我终于找到聂耳纪念碑。

这里专门建筑一块海滨小园地，四周有丛木和低矮的青石围墙环绕。小园里共有四块纪念聂耳的石碑，最高的一座石碑约有五六米高，它矗立在丛木之中，上面刻着"聂耳纪念碑——藤尺市"八个字。这是藤尺市市民建立的。据说，它最初建于1954年，后来毁于台风，1965年藤尺市市民又筹资重新建起来。另有一座石碑，用光亮照人的花岗岩建起。这是藤尺市市长介绍"聂耳纪念碑由来"的石碑。碑文为日文雕刻，内容是介绍聂耳生平及不幸遇难的日子。聂耳于1912年诞生于云南昆明。1935年，23岁的聂耳为躲避当时反动政府对进步文艺工作者的追捕，流亡到日本，并准备转道到苏联。没想到，在日本逗留期间，与友人在鸪沼海中游泳时，不幸被无情的海涛吞噬了年轻的生命。为纪念这位中国现代音乐的先驱者，聂耳逝世的7月17日被日本友人定为"中国音乐日"。在这小园里，还静静矗立着另外两块石碑：一座是郭沫若先生题词的"聂耳终焉之地"纪念碑；还有一座是日本友人题诗哀悼聂耳的石碑。在它的后面建起一堵白石砌成的短墙，墙身上镶嵌着聂耳半身的铜制浮雕像。雕像栩栩如生，炯炯有神的双眼向远方望去，坚毅的双唇，紧紧闭合。在这庄严、宁静的聂耳纪念园地中央，还摆放着几块花岗石，它们组合排列，既像琴键，又像汉字的"耳"字。这是日本著名设计师山口文象先生的独具匠心的设计，它把聂耳的名字与音乐融为一体，真是天才的杰作。

我静静地默立在纪念碑旁，心潮澎湃，耳边似乎又响起《义勇军进行曲》的高亢歌声："起来，不愿意做奴隶的人们，用我们的血肉筑成我们新的长城……"今天，我们可以告慰这位伟大的国歌作曲者，中华民族受人欺侮的屈辱时代已经过去了，香港百年的耻辱也已洗雪。为永远缅怀这位伟大的作曲家，我在几个纪念碑旁都摄影留念。

在日本国土上，常感到日本人民对中国人民的友好情意。藤尺市从市长到市民能为聂耳建立这一纪念园地，矗立这几座纪念碑，这就是日本人民对中国人民友好的明证。它还表明，日本许多有识之士，对过去战争给中国人民带来的深重苦难是深切同情的。聂耳在他们心目中也是一位令人尊敬的爱国音乐家。

夕阳西下，我站在鹄沼海滨，望着苍茫的大海，漫天无涯，不禁发出低声的叹息。回首张望纪念碑，它在夕阳的晚霞照耀下，正闪烁着绚烂的红光。

怀念邓小平同志

许崇德[*]

2004年某天,我徐行在南昌郊县(新建县)的一条狭小的土路上。那土路斜插在一块荒草地里,约1公里长。路的一端通着拖拉机厂的后门,另一端则是邓小平同志受"四人帮"迫害,于1969—1972年下放江西时的旧居。这里据说原来并没有小路,那是因为小平同志每天都要步行到拖拉机厂去劳动,他为了便捷一些,不到大街上绕着来回,于是就在野草丛中穿行。天长日久,踩出了一条捷径。当地群众后来把它叫做"邓小平小道"。那崎岖的小道也许因为参访的人较多,所以至今寸草不生。它将一直被保留下去,让后人寄托对小平同志的怀念之情,想象他老人家当年如何每天行走在这土路上,一边思考着天下大事。他复出后的一系列改变祖国面貌的重大举措,不就是在这样的逆境中酝酿、构思出来的吗?

那天,我徐行在这条由小平同志用双脚踩出来的土路上,又走进他劳动过的车间徘徊良久,不禁心潮起伏,思绪万千。小平同志生前的形象,一幕一幕地在我的脑海中重又呈现出来。

我第一次见到小平同志是在1966年。那时"文化大革命"刚刚爆发,人民大学分裂成两派。起初虽没有发展成像后来这样的武斗,但已有激烈争执的各种辩论会。记得某一个夏日,在大操场召开了一次全校师生参加的辩论会。忽然,邓小平来了。他穿一件白色的短袖衬衫,举起一只手臂站在台中央向大家打招呼。他提高嗓门说:"同志们好!毛主席叫我到群众中走走。"说罢,就和陶铸一

---

[*] 中国人民大学法学院教授。

起在台的一角坐下,倾听"小将"们一个个上台发言。台底下的群众坐在小马扎上,暮色里黑压压地挤满操场。我坐的最靠台前,所以对邓小平的容貌举止看得非常真切。那天的辩论会由于双方情绪高昂,所以从傍晚开起,持续到了第二天早晨。而邓小平却毫无倦容,一直安详地坐着,不断地吸着雪茄,坚持到最后。其实当时的邓小平已处在风浪前沿,他肯定已经预见那降落到自己头上的将是什么。可是他坦然来到群众之中,始终神态自若,表现了"泰山崩于前而色不变"的英雄气概。

我第二次见到小平同志已是在这以后约13年的事了。那时他早已经复出,且肩负着拨乱反正、重振中华的艰巨任务。1979年3月30日,我聆听了邓小平在党的理论工作务虚会上的讲话。这个讲话后来以《坚持四项基本原则》为题,编印在《邓小平文选》第2卷里。

经历了"文化大革命"磨难后的小平同志看上去依然神采奕奕。他出台时步履轻快,说话清晰干脆,给人以一种充满魄力和果断作风的感觉。的确,如果没有巨大的信心和无畏的勇气,他又怎样能够支撑得住这座险遭倾覆的祖国大厦呢?小平同志能精力充沛地健康工作,那真是人民之福啊!

此后又过了6年,我第三次见到小平同志。那时我已被任命为中华人民共和国香港特别行政区基本法起草委员会委员。1985年7月5日,当起草委员会第一次会议结束时,邓小平来到我们中间。他同大家一见面,就看到了当时也是起草委员的张友渔同志。

邓小平问他:"你多大岁数了?"友渔同志回答:"八十一岁半。"嗓音洪亮,底气十足。

小平同志没有再说别的什么,就同胡耀邦、李先念、彭真等坐下来和全体起草委员合了个影。过后我回味起那天邓小平与张友渔之间的简单问答,可能反映出了小平同志平时之所思,即干部年轻化的迫切性问题。

第四次见到小平同志是 1987 年 4 月 16 日。当时香港基本法的起草工作正值关键性阶段。五十多名委员在大厅里围成一圈坐着，热切地等待着小平同志和我们会见。很快，小平同志从屏风一侧出来。但他先不忙于入座，却踏着既快又稳的步子绕厅走了一周，和每个委员逐一握手。他边走边兴奋地大声说："我要证明，我还是行的！"小平同志以他灵敏的动作，显示自己的健康和力量。

当小平同志走到我的面前时，我亲切地对这位尊敬的老人说："小平同志您好。祝您身体健康！"

出乎我意料的，他握着我的手没有任何反应。唷，我霎时想起来了：邓小平耳聋！他没有听到我的轻言细语，当然也就不会有什么表示了。这可算是美中不足罢。

邓小平与安子介并排坐下，两人开始聊了起来。小平同志说："我今年八十三岁啦，俗话说，七三、八四是个槛。我不知道这槛能不能跨得过去。"

安子介立即说："能的，能的。请放心！您一定长寿。"

诚然，小平同志本人是多么希望自己的体质能够保持健壮，得以日理万机，承担繁重的工作任务，替人民做更多的事啊！

接着，邓小平转向大家，说："快两年时间没有见面了，应该对你们道道辛苦嘛！"

在这次会见中，小平同志发表了非常重要的讲话。

邓小平指出了基本法是新事物，很重要。"我们的'一国两制'能不能真正成功，要体现在香港特别行政区基本法里面。"他在讲话中还精辟地解释了"五十年政策不变"的问题。

针对那个时候，在基本法起草中争论最大的问题即香港特区未来的政治体制怎样设定的问题，小平同志鲜明地提出了原则性和指导性甚强的意见。他指出：香港的制度不能完全西化，不能照搬西方的一套，不搞三权分立、多党竞选等等。针对香港有些人提出全面普选的主张,邓小平指出:普选不一定有利,不一定能选出爱祖国、爱香港的香港人来管理。他主张,选举制度的发展要循序渐进。"即使搞普选,也要有一个逐步的过渡,要一步一步来。"他又强调:中央授权香港实行高度自治,但并不意味着一切事情全由香港人管,中央一点都不管。小平同志说:1997年后香港有人骂中国共产党、骂中国,还是允许他骂的,"但是如果变成行动,要把香港变成一个在'民主'的幌子下反对大陆的基地,怎么办?那就非干预不行。"小平同志把政策底线交待得一清二楚,保证了起草工作的顺利进行。对我来说,也是一次宝贵的学习机会。

第五次见到小平同志是在1990年2月17日。那是香港基本法起草完毕、起草委员会举行第九次会议的最后一天。小平同志愉快地接见了我们。起草工作历经风雨,这时,内地的和香港的委员全部加起来,总共只剩下四十多人了。此次会见,小平同志亲切地作了简短而又意味深长的讲话:

"你们经过将近五年的辛勤劳动,写出了一部具有历史意义和国际意义的法律。说它具有历史意义,不只对过去、现在,而且包括将来;说国际意义,不只对第三世界,而且对全人类都具有长远意义。这是一个具有创造性的杰作。我对你们的劳动表示感谢!对文件的形成表示祝贺!"

受到小平同志的肯定和对工作的好评,我的内心激动不已。邓小平是世纪伟人,也是"一国两制"的总设计师。正是在他的领导和关怀下,一部史无前例的基本法才得以诞生。小平同志生前曾经说过:他最大的愿望是活到1997年,到香港自己的土地上走一走,站一站,哪怕是坐着轮椅也要去。然而,天不如人愿。在距离香港回归只有四个多月的春天里,敬爱的小平同志即与世长辞了。他留给我的是深深的爱和激励我前进的无穷力量。

回顾近四十年，弹指一挥间。往事如昨，历历在目。今天，我因偶然的机会徐行在江西的土路上，但我感到，我并不是走在崎岖的小路上，而是同全国人民一起，正沿着邓小平理论光辉照耀下的康庄大道高歌猛进！

·大无大有·

台湾印象

解玺璋[*]

我对台湾的认识和了解,一直都是通过媒介,自己直接感受的不多,这些年两岸走动渐密,来往频仍,有关台湾的资讯已非稀缺之物,岛上的一举一动似乎很快就能成为朋友们佐餐的谈资,下酒的小菜。台湾的作家、学者、歌手、演员、报人、导演更如过江之鲫,穿行于海峡两岸。他们的作品不断被介绍过来,有的甚至一时洛阳纸贵,其中也有许多人成了被大众追捧的明星。读他们的书,听他们的歌,观看他们的戏剧和电影,结交他们中的一些人成为朋友,从而形成了我的关于台湾的某种想象。

但是,台湾之于我,仍有一种神秘感,一种无以言说的茫然。海峡的阻隔固然是一个原因,"所谓伊人,在水一方",看上去总是雾里看花,朦胧一片,不很真切,而媒介的间接性也往往使得我们对台湾的认知不能穿透那堵似有似无、忽隐忽现的迷墙。林谷芳先生说,有显性的台湾,也有隐性的台湾。我想我所看到的台湾,总还是显性居多吧。所以,这种想象的台湾总不能嵌入现实的台湾,二者之间说不好哪里就有一些错位,需要通过对隐性台湾的发掘而加以纠正。

然而,当我在台湾走过一圈之后,想一想,仍然不敢确定,我所触摸到的台湾,是不是真实的?或者说,有几分是真实的?从显性到隐性,我又深入了多少呢?10月15日,我们从北京出发,经香港,飞越台湾海峡。飞机很快降落于台北桃园国际机场,我们的周围立刻弥漫了湿润的空气,风是从海上吹来的,隐约还有点腥咸的味道。感受一个社会能像感受自然这样直接,该有多好!此后的

---

[*] 中国人民大学新闻学院 1978 级本科生。

163

10 天里，我们开会、交友、游览、参观，走了台北、宜兰、南投、花莲、台南、高雄、新竹七座城市，从北到南，从东到西，真像是一阵风，从岛上刮过，热闹归热闹，一旦平静下来，很难说留下了什么，也很难说带走了什么。

也不是一无所获，空手而归。台北机场的行李超重，从另一个方面说明了台湾在我们心中的分量。有许多见闻和印象是令人难忘的，老朋友、新朋友的友谊是刻骨铭心的。如果说此前我所看到的台湾，还是漂浮在水中的倩影的话，那么，这一次，我似乎已经真切地感觉到它的体温和气息了。林谷芳先生是我的老朋友，两岸开放以来，他 99 次来大陆，走了许多地方，我们曾多次在北京相聚，他修禅是主张"印证"的，一定要亲历过才好。龙应台女士也说："古人告诉我：要'读万卷书'，可是，古人不能告诉我，那万卷书里，有多少是想象，多少是谎言，所以，我'行万里路'。"这是"行"的好处，印象和见闻是凌乱的。可也是鲜活生动的。

新竹有个李圣德先生，是一家饭店的总经理，吃饭期间，他很自豪地说起台湾还保留着最古老的戏剧，即新竹的北管戏。他说，北管戏来自乱弹，祖籍应该是在陕西，明清之际经闽南传入台湾，前些年他还到西安探访过，似乎已经不多见了。饭后，他热情地一定要我们去看一看北管戏的排练，排练场就在新竹城隍庙附近的一座楼上。遗憾的是演员都不在，只看了一会儿录像，演的是"三国"戏《黄鹤楼》。

这位李先生让我看到了台湾人的一个"面相"，他们对于古老的文化传统，表现出强烈的认同感和敬畏感。而现实正是从传统中生长出来的，他也许不知道；乱弹其实就是秦腔的别称，现在也还活跃在那块土地上，但这不要紧，重要的是，他们心里装着这样的惦念。我不希望大家把"李先生"看做一个特殊的例证，在高雄，我们同样看到了传统对日常生活的一种构成。那天晚上，我们本来是去逛"爱河"的,那是高雄标志性的休闲娱乐场所,但是意外的,我们看到了传统布袋戏的演出,金碧辉煌的戏台就搭在路边一个广场上,前面坐满了观众。我们听不懂唱的是什么,周围的观众倒是显得饶有兴趣。

传统文化在台湾,至今香火未断。对此,大家早有认识,也早有准备。所以,看到他们在发掘和推广传统戏剧中所做的一切,我并没有感到惊讶。但是,传统文化在台湾,又不只是复活古老的剧种或振兴濒危的技艺,在台湾,你随处都能看到,传统文化活在现实生活当中,且融为一体,比如那些地名,以及店铺和道路的命名,还有街上的那些广告牌,非常普遍地用到了礼义廉耻、忠孝节悌、仁义礼智、和善诚信这样一些字眼,这里的每一个字都代表着传统的社会价值观念。我想这不是一种表面文章,而是一种社会意识。人们选择这些字,使用这些字,说明他们喜欢这些字,接受这些字,也喜欢和接受这些字所包含的观念价值。事实上,社会大众在不经意之处所表现出来的对传统的认同,其普遍和深入,更具有社会心理学的意义。这种情况还表现在人与人的交往中,彬彬有礼而一派谦谦君子之风,给人的感觉很舒服。

而台湾又是一个从一开始就受到外来文化深刻影响的地方。欧风美雨,东洋西洋,谁没在这块土地上留下过自己的痕迹?荷兰人、日本人、美国人……他们的文化传统一样在这里扎根生长。台湾则在抵抗中吸收,在拒绝中接受,从而完成了自身的文化认同。台湾的建筑最能代表台湾文化的此一特征。它是多样的,也是包容的。这是一个社会和谐稳定的前提和基础。去台湾之前,许多人担心,"倒扁"会不会带来社会的动荡不安,人心思乱?现在看来是多虑了。即使在施明德周围,也不乏理性的声音。在危机一触即发的关键时刻,有人以不忍人之心劝告施明德,制止了事态的恶性发展。而接下来,更有人提醒,仅就"倒扁"而言,推动立法的实际

作用肯定要大于街头革命、广场政治。其实，社会理性的形成，就得益于包容和多样的文化形态。这一点，在民间信仰方面表现得最为突出。中国民间信仰的多样性是有悠久的历史传统的，在台湾，这种传统被很好地保存下来。就像我们所看到的，人们供奉着妈祖，也供奉关公和孔子，还有佛寺和道观，以及天主和基督的礼拜堂。

这是否就是林谷芳先生所说的"隐性台湾"呢？我还不敢肯定，或者也还是一点印象而已。

·大无大有·

剃头痛史

李 乔*

也许是受了大清国遗俗的影响,我总爱把理发说成"剃头"。细究起来,"理发"一称是民国兴起来的,此前则总是称为"剃头"。"剃头"之称,大抵滥觞于元明之际,当时的理发业经典(净发须知)中已见"剃头"二字,但绝不普及;普及则是在爱新觉罗·多尔衮下达剃发令之后。我爷爷及其爷爷肯定是受用过剃发令的——他们都当过清帝的子民,那么,我把理发叫作"剃头",委实是承袭了祖上的遗泽。

"剃头"二字,自然不如"理发"文雅,但其中包含的可圈可点的历史,却是颇值得咀嚼再三的。我发现,一部剃头史,竟大半是痛史!此所谓剃头史,并不等同于理发史。因为"剃头"二字在古时以及"文化大革命"年代,有时并非指理发,而是别有他义。

清朝剃发令之前,汉人皆束发。那时的理发,是把头发束好;那时的剃头,则常指一种刑罚。刑罚之名谓之"髡"。"髡",就是剃头。但剃成什么样子,是全秃,还是留些许毛发,则不得而知。司马迁在《报任安书》里说到过"毛发"之刑,亦即髡刑。髡刑虽然不痛不痒,但在古代的刑罚排行榜里,却是比打屁股还要重的刑罚。因为一则在古人的迷信心理中,被剃了头发,便是被"伤了魂"——这是宗教学家江绍原在《发须爪》里考出的古人的心理隐秘;二则剃掉了头发,极碍观瞻,实为至辱。所以,在髡刑时代,剃头史就是被剃了头的倒霉蛋的伤心史、屈辱史,是封建司法的黑暗的一角。

---

* 中国人民大学历史学院1978级本科生,《北京日报》理论周刊主任。

髡刑固然不善，但因其只施于少数人犯，故绝不会造成满街都是秃子的景象，因之，髡刑只是剃头痛史的一个小章节。要说剃头痛史的大篇章，还要推清初时血腥的强行剃发和"文化大革命"时代的"新式髡发"。

先说清初的强行剃发。满人的发式，向与汉人不同，其理发之举，谓之"剃发"。其操作规程是：先将顶发四周剃去寸余，保留中间长发，再将长发分为三绺编为一条长辫，垂于脑后。据满俗行家称，此发式之形状有深义存焉，表示"扫四围而归一统"。如此看来，满人这发型还真是大气、有派！但可恶的是，满族入主中原后，为实施真正的"扫四围而归一统"，硬让一向束发的汉人也剃头。于是，血雨腥风，剃头挑子满街转，选留什么发型成了生死的抉择。那些硬挺着脖子不剃头的汉子，便纷纷被剃掉了头。这"剃头"之"剃"字，在清史文本中，已绝非只是剃掉几根"如诗的黑发"，而是意味着剃掉首级，剃掉民族尊严。清朝人爱将"剃发"写作"薙发"，这草字头的"薙"字真是写得好，它能使人油然联想起剃头杀人如割草，"杀人如草不闻声"！

辛亥革命以后，辫子被剪掉了，代之以西洋式的分头、寸头之类，此时的中国男人，真像是胡服骑射一身轻灵的赵武灵王，头上乃至心里那股清爽劲儿，就甭提了。看来，剃头痛史这一页算是翻过去啦。

但是且慢！对于"艳若桃花，美如乳酪"的"国粹"，国人难道能轻易让它断了香火么？断断不能。于是，挟裹着时代风雷的"革命造反派"挺身而出，来续写剃头痛史了。

考造反派所剃之头，据云皆非人头，乃牛鬼蛇神之头；所留发式，也非庸常之分头、寸头之类，而是阴阳头等叫座儿出彩的发式。以当时牛棚居民钱钟书、杨绛夫妇为例，钱氏之头被纵横剃掉两道，现出一个'十'字，杨氏之头则被剃成阴阳头。如此之十字头、阴阳头之类，皆可考定为古时髡发之孑遗，然而又是古时髡发之发扬光大，故可谓之"新型髡发"。古之髡发，被刑者大抵为男子，杨绛则是女子被剃成阴阳头。据杨绛说，与自己同被剃成阴阳头的，还有两位老太太。女子被剃头，其心灵上的痛苦无疑要大于男人许多倍，无奈时代不同了，男女都一样，该剃也得剃。也许有某位年轻人怀疑上述为天方夜谭，问道："不剃不行吗？"显然，这位年轻人不大了解造反派的脾气——那火暴脾气若是闹将起来，会像清廷告示里说的，叫你"留头不留发，留发不留头"。您说说，不剃能行吗？

一部剃头痛史，说起来真是可悲可叹，但其中也颇蕴涵着解颐益智的因子。清代有一首《剃头诗》，其中有句云："喜剃人头者，人也剃其头。"反观剃头痛史，不正是如此吗？那些形形色色的"喜剃人头者"，其结局不都是"人也剃其头"吗？这是剃头痛史中蕴涵的历史辩证法，也是剃头痛史最耐人寻味的地方。

大无大有周恩来

——纪念周恩来诞辰一百周年

梁 衡[*]

今年是周恩来诞辰百年,他离开我们已经22年。作为在这个世界走了一遭的伟人,他几乎没有留下什么有形的东西,但是他的身影却时时在我们身边,至今,许多人仍是一提总理双泪流,一谈国事就念总理。陆放翁诗:"何方可化身千亿,一树梅花一放翁。"是什么方法化作总理身千亿,人人面前有总理呢?难道世界上真的有什么灵魂的永恒?伟人之魂竟是可以这样地充盈天地、浸润万物吗?就像老僧悟禅,就如朱子格物,自从1976年1月国丧以来,我就常穷思默想这个费解的难题。二十多年了,终于有一天我悟出了一个理:总理这时时处处的"有",原来是因为他那许许多多的"无",那些最不该,最让人想不到、受不了的"无"啊。

总理的惊人之无有六。

一是死不留灰。

周恩来是中国历史上第一个提出死后不留骨灰的人。总理去世的时候,正是中国政治风云变幻的日子,林彪集团刚被粉碎不久,"四人帮"集团正自鸣得意,中国上空乌云压城,百姓肚里愁肠千结。1976年新年刚过,一个寒冷的早晨突然广播里传出了哀乐。人们噙着泪水,对着电视一遍遍地看着那个简陋的遗体告别仪式,突然江青那副可憎的面孔出现了,她居然不脱帽鞠躬,许多电视机旁都发出了怒吼:江青脱掉帽子!过了几天,报上又公布了总理遗体

---

[*] 中国人民大学新闻学院1968级本科生,《人民日报》原副总编辑。

到八宝山火化的消息，并且遵总理遗嘱不留骨灰。许多人都不相信这个事实，一定是江青这个臭婆娘又在搞什么阴谋。直到多少年后，我们才清楚，这确实是总理遗愿。1月15日下午追悼会结束后，邓颖超就把家属召集到一起，说总理在十几年前就与她约定死后不留骨灰。灰入大地，可以肥田。当晚，邓颖超找来总理生前党小组的几个成员帮忙，一架农用飞机在如磐的夜色中冷清地起飞，飞临天津这个总理少年时代生活和最早投身革命的地方，又沿着渤海湾飞临黄河入海口，将那一捧银白的灰粉化入海空，也许就是这一撒，总理的魂魄就永远充盈了人间，贯通天地。

但人们还是不能接受这一事实。多少年后还是有人提问，难道总理的骨灰就真的一点也没有留下吗？中国人和世界上大多数民族都习惯修墓土葬，这对生者来说，可以寄托哀思，对死者来说则是希望他还能长留人间。多少年来，越有权的人就越下力气去做这件事。中国的十三陵，印度的泰姬陵，埃及的金字塔，还有一些埋葬神父的大教堂，我都看过。共产党人是无神论者，又以解放全人类为己任，当然不会为身后事去费许多神。所以一解放，毛泽东就带头签名火葬，以节约耕地，但彻底如周恩来这样，连骨灰都不留的却还是第一人。你看一座八宝山上，不就是存灰为记吗？历史上有多少名人，死后即使无尸，人们也要为他修一个衣冠冢。老舍先生的追悼会上，骨灰盒里放的是一副眼镜，一支钢笔。纪念死者总得有个纪念物，有个引子啊。

没有灰，当然也谈不上埋灰之处，也就没有碑和墓，欲哭无泪，欲祭无碑，魂兮何在，无限相思寄何处？中外文学史上有许多名篇都是碑文、墓志和在名人墓前的凭吊之作，有许多还发挥出炽热的情和永恒的理。如韩愈为柳宗元写的墓志痛呼："士穷乃见节义"，如杜甫在诸葛亮祠中所叹："出师未捷身先死，长使英雄泪满襟"，都成了千古名言。明代张溥著名的《五人墓碑记》"扼腕墓道，发其志士之悲"简直就是一篇正义对邪恶的宣言。就是空前伟大如马克思这样的人，死后也有一块墓地，恩格斯在他墓前的演说也选入马恩文选，成了国际共运的重要文献。马克思的形象也因这篇文章更加辉煌。为伟人修墓立碑已成中国文化的传统，中国百姓的习惯，你看明山秀水间，市井乡村里，还有那些州县府志的字里行间，有多少知名的、不知名的古人墓、碑、庙、祠、铭、志，怎么偏偏轮到总理，这个前代所有名人加起来都不足抵其人格伟大的人，就连一个我们可以为之扼腕、叹息、流泪的地方也没有呢？于是人们难免生出一丝丝的猜测，有的说是总理英明，见"四人帮"猖狂，政局反复，不愿身后有伍子胥鞭尸之事；有的说是总理节俭，不愿为自己的身后事再破费国家钱财。但我想，他主要的就是要求一个干净。生时鞠躬尽瘁，死后不留麻烦。他是一个只讲奉献，献完转身就走的人，不求什么纪念的回报和香火的馈飨。也许隐隐还有另一层意思。以他共产主义者的无私和中国传统文化的"忠君"，他更不愿在身后出现什么"僭越"式的悼念，或因此又生出一些政治上的尴尬。果然，地球上第一个为周恩来修纪念碑的，并不是在中国，而是在日本。第一个纪念馆也不是建在北京，而是在他的家乡。日本的纪念碑是一块天然的石头，上面刻着他留学日本时的那首《雨中岚山》。1994年我去日本时曾专门到樱花丛中去寻找这块诗碑。我双手抚石，西望长安，不觉泪水涟涟。回天无力，斯人长逝已是天大的遗憾，而在国内又无墓可寻，叫人又是一种怎样的惆怅？一个曾叫世界天翻地覆的英雄，一个为民族留下了一个共和国的总理，却连一点骨灰也没有留下，这强烈的反差，让人一想，心里就有如坠落千丈似的空茫。

总理的二无是生而无后。

中国人习惯续家谱，重出身，爱攀名人之后也重名人之后。刘备明明是个编席卖履的小贩，却攀了个皇族之后，被尊为皇叔，诸葛亮和关、张、赵、马、黄等一批文臣武将,就捧着这块招牌,居然三分天下。一般人有后无后还是个人和家庭的事,名人无后却成了国人的遗憾。不孝有三,无后为大。纪念古人也有三:故居、墓地、后人,后人为大。虽然后人不能尽续其先人的功德才智,但对世人来说,有一条血缘的根传下来,总比无声的遗物更惹人怀旧。人们尊其后,说到底还是尊其本人。这是一种纪念,一种传扬。对越是功高德重为民族作出牺牲的逝者,人们就越尊重他们的后代,好像只有这样才能表达对他们的感激,赎回生者的遗憾。总理并不脱俗,也不寡情。我在他的绍兴祖居,亲眼见过他和邓颖超恭恭敬敬地续写在家谱上的名字。他在白区经常做的一件事,就是搜求烈士遗孤,安排抚养。他常说:不这样我怎么对得起他们的父母?他在延安时亲自安排将瞿秋白、蔡和森、苏兆征、张太雷、赵世炎、王若飞等烈士子女送到苏联好生教育、看护,并亲自到苏联与斯大林谈判,达成了一个谁也想不到的协议:这批子弟在苏联求学,不上前线(而苏联国际儿童院中其他国家的子弟,有21名牺牲在战争前线)。这恐怕是当时世界上两个最大的人物达成的一个最小的协议。总理何等苦心,他是要为烈士存孤续后啊。六七十年代,中日民间友好往来,日本著名女运动员松崎君代,多次受到总理接见。当总理知道她婚后无子时,便关切地留她在京治病,并说有了孩子可要告诉一声啊。1976年总理去世,她悲呼道:"周先生,我们已经有了孩子,但还没有来得及告诉您!"确实,子孙的繁衍是人类最实际的需要,是人最基本的情感。但是天何不公,轮到总理却偏偏无后,这怎么能不使人遗憾呢?是残酷的地下斗争和战争夺去了邓颖超同志腹中的婴儿,以后又摧残了她的健康。但是以总理之权、之位、之才和他的倾倒多少女性的风采,何愁不能再建家室,传宗接代呢?这在解放初党的中高级干部中不乏其人,并几乎成风。但总理没有,他以倾国之权而坚守平民之德。后来有一个厚脸皮的女人写过一本书，称她自己就是总理的私生女，这当然经不起档案资料的核验。举国一阵哗然之后，如风吹黄叶落，复又秋阳红。但人们在愤怒之余心里仍然隐隐存着一丝的惆怅。特别是眼见和总理同代人的子女，又子女的子女，不少都官居高位名显于世，不禁又要黯然神伤。中国人的传统文化是求全求美的，如总理这样的伟人该是英雄美人、父英子雄、家运绵长的啊。然而，这一切都没有。这怎么能不在国人心中凿下一个空洞呢？人们的习惯思维如列车疾驶，负着浓浓的希望，却一下子冲出轨道，跌入了一个无底的深渊。

总理的三无是官而不显。

千百年来，官和权是连在一起的。一般人看来，官就是显赫的地位，就是特殊的享受，就是人上人，就是福中福。官和民成了一个对立的概念，也有了一种对立的形象，但周恩来作为一国总理则只求不显。在外交、公务场合他是官，而在生活中，在内心深处，他是一个最低标准甚至不够标准的平民。他是中国有史以来第一个平民宰相，是世界上最平民化的总理。一次他出国访问，内衣破了送到我驻外使馆去缝洗。当大使夫人抱着这一团衣服回来时，泪水盈眶，她怒指着工作人员道："原来你们就这样照顾总理啊！这是一个大国总理的衣服吗？"总理的衬衣多处打过补丁，领子和袖口已换过多次，一件毛巾睡衣本来白底蓝格，但早已磨得像一件纱衣。后来我见过这件睡衣，瞪大眼睛也找不出原来的纹路。这样寒酸的行头，当然不敢示人，更不敢示外国人。所以总理出国总带一只特殊的箱子，不管住多高级的宾馆，每天起床，先由我方人员将这套行头收入箱内锁好，才许宾馆服务生进去整理房间。人家一直以为这是一个最高机密的文件箱呢。这专用箱里锁着一个平民的灵魂啊。而当总理在国内办公时就不必这样遮挡"家丑"了。他一坐到桌旁，就套上一副蓝布袖套，那样子就像一个坐在包装台前的女工。许多政府工作报告、国务院文件和震惊世界的声明，都是在这蓝袖套下写出来的啊。只有总理的贴身人员才知道他的生活实在太不像个总理。总理一入城就在中南海西花厅办公，一直住了25年。这是座老平房，又湿又暗，工作人员多次请示总理维修一下，总理都不准。终于有一次，工作人员趁总理外出时将房子小修了一下，于是《周恩来年谱》便有了这一段记载：1960年3月6日，总理回京，发现房已维修，当晚即离去暂住钓鱼台，要求将房内的旧家具（含旧窗帘）全部换回来，否则就不回去住。工作人员只得从命。一次，总理从杭州出差，临上飞机时地方上送了一筐南方的时鲜蔬菜，到京时被他发现，严厉批评了工作人员，并命令折价寄钱去。一次，总理在洛阳视察，见到一册碑帖，问秘书身上带钱了没有，见没带钱，就摇摇头走了。总理从小随伯父求学，伯父的坟迁移，他不能回去，先派弟弟去，临行前又改派侄儿去，为的是尽量不惊动地方。一国总理啊，他理天下事，管天下财，住一室，食一蔬，用一物，办一事算得了什么？多少年来，在人们的脑里，做官就是显耀。你看，封建社会的官帽，不是乌纱便是红顶，官员出行，或鸣锣开道，或静街回避，不就是一个"显"字！这种显耀或为显示权力，或为显示财富，总之是要显出高人一等。古人一考上进士，就要鸣锣报喜，一考上状元就要骑马披红走街，一当上官就要回乡到父老面前转一圈。所谓衣锦还乡，为的就是显一显。刘邦做了皇帝后，曾痛痛快快地回乡显示过一回，元散曲名篇《高祖还乡》即挖苦此事。你看那排场："红漆了叉，银铮了斧，甜瓜苦瓜黄金镀，明晃晃马镫枪尖上挑，白雪雪鹅毛扇上铺。这几个大人物，拿着些不曾见的器仗，穿着些大作怪的衣服。"西晋时有个石崇官做到个荆州刺史，也就是地委书记吧，就敢于同皇帝司马昭的小舅子王恺斗富。他平时生活"丝竹尽当时之精，庖膳穷水陆之珍"。招待客人，以锦围步幛五十里，以蜡烧柴做饭，王恺自叹不如。现在这种显弄之举更有新招，比座位，比上镜头，比好房，比好车，比架子。一次一位县级小官到我办公室，身披呢子大衣，刚握完手突然后面蹿上一小童，双手托举一张名片。原来这是他的跟班，连递名片也要秘书代劳。这个架子设计之精，我万没有想到。刚说几句话又抽出"大哥大"，向千里之外的穷乡僻壤报告他现已到京，正在某某办公室。连我也被编入显耀自己的广告词。我不知他在地方上有多大政绩，为百姓办了多少实事，看这架子心里只有说不出的苦和酸。想总理有权不私，有名不显，权倾一国，两袖清风，这种近似残酷的反差随岁月的增加，倒叫人更加不安和不忍了。

总理的四无是党而不私。

列宁讲：人是分阶级的，阶级是由政党来领导的，政党是由领袖来主持的。大概有人类就有党，除政党外还有朋党、乡党等小党。毛泽东同志就提到过党外有党，党内有派。同好者为朋，同利者为党，在私有制的基础上，结党为了营私，党成了求权、求荣、求利的工具。项羽、刘邦为楚汉两党，汉党胜，建刘汉王朝，三国演义就是曹、孙、刘三党演义。朱元璋结党扯旗，他的对立面除元政权这个执政党外，还有张士诚、陈友谅各在野党，结果朱党胜而建朱明王朝。只有共产党成立以后才宣布，它是专门为解放全人类而做牺牲的党，除了人民利益、国家民族利益，党无私利，党员个人无私利，无数如白求恩、张思德、雷锋、焦裕禄这样的基层党员，都做到了入党无私，在党无私。但是当身居要位甚至领袖之位，权握一国之财，而要私无一点，利无一分，却是最难最难的。权用于私，权大一分就私大一丈，失之毫厘差之千里，做无私的战士易，做无私的官难，做无私的大官更难。像总理这样军政大权在握的人，权力的砝码已经可以使他左偏则个人为党所用，右偏则党为个人所私，或可为党员，或可为党阀。王明、张国焘不就都成了党阀吗？而总理的可贵正在党而不私。

1974年,康生被查出癌症住院治疗,周恩来这时也有绝症在身,还是拖着病体常去看他。康一辈子与总理不合,总理每次一出病房他就在背后骂。工作人员告诉总理,说既然这样您何必去看他。但总理笑一笑,还是去。这种以德报怨,顾全大局,委曲求全的事,在他一生中举不胜举。周总理同胞兄弟三人,他是老大,老二早逝,他与三弟恩寿感情深厚。恩寿解放前经商,为我党提供过不少经费。解放后安排工作到内务部,总理指示职务要安排得尽量低些,因为他是自己的弟弟。后恩寿有胃病,不能正常上班,总理又指示要办退休,说不上班就不能领国家工资。曾山部长执行得慢了些,总理又严厉批评说:"你不办,我就要给你处分了。""文化大革命"中总理尽全力保护救助干部。一次范长江的夫人沈谱(著名民主人士沈钧儒之女)找到总理的侄女周秉德,希望能向总理转交一封信,救救长江。周秉德是沈钧儒长孙媳妇,沈谱是她丈夫的亲姑姑。范长江是我党新闻事业的开拓者,又是沈老的女婿,总理还是他的入党介绍人。以这样深的背景,周秉德却不敢接这封信,因为总理有一条家规:任何人不得参与公事。

如果说总理要借在党的力量谋大私,闹独立,闹分裂,篡权的话,他比任何人都有更多的机会,更好的条件。但是他恰恰以自己坚定的党性和人格的凝聚力,消除了党内的多次摩擦和四次大的分裂危机。50年来他是党内须臾不可缺少的凝固剂。第一次是红军长征时,当时周恩来身兼五职,是中央三人团(博古、李德、周恩来)成员之一、中央政治局常委、书记处书记、军委副主席、红军总政委。在遵义会议上,只有他才有资格去和博古、李德争吵,把毛泽东请了回来。王明派对党的干扰基本排除了(彻底排除要到延安整风以后),红一、四方面军会师后又冒出个张国焘。张兵力远胜中央红军,是个实力派。有枪就要权,不给权就翻脸,党和红军又面临一次分裂。这时周恩来主动将自己担任的红军总政委让给了张国焘。红军总算统一,得以顺利北进,扎根陕北。第二次是"大跃进"和三年困难时期。1957年年底,冒进情绪明显抬头,周恩来、刘少奇、陈云等提出反冒进,毛泽东大怒,说不是冒进,是跃进,并多次让周恩来检讨,甚至说到党的分裂。周恩来立即站出将责任全部揽在自己身上,几乎逢会就检讨,目的只有一个,就是保住党的团结,保住一批如陈云、刘少奇等有正确经济思想的干部,留得青山在,为党渡危机。而在他修订规划时,又小心地坚持原则,实事求是。他藏而不露地将"十五年赶上英国",改为"十五年或者更多的一点时间",加了九个字。将"在今后十年或者更短的时间内实现全国农业发展纲要"一句删去了"或者更短的时间内"八个字。不要小看了这一加一减八九个字,果然,一年以后,经济凋敝,毛泽东说:"国难思良将,家贫思贤妻,搞经济还得靠恩来、陈云,多亏了恩来给我们留下了三年余地。"第三次是"文化大革命"中,林彪骗取了毛主席信任。这时作为二把手的周恩来再次让出了自己的位置。他这个当年黄埔军校的政治部主任,毕恭毕敬地向他当年的学生,现在的副统帅请示汇报,在天安门城楼上、在大会堂等公众场合为他领座引路。林彪的威望,或者就以他当时的投机表现、身体状况,总理自然知道他是不配接这个班的,但主席同意了,党的代表大会通过了,他只有服从。果然,九大之后只有两年多,林彪自我爆炸,总理连夜坐镇大会堂,弹指一挥,将其余党一网打尽,为国为党再定乾坤。让也总理,争也总理,一屈一伸又弥合了一次分裂。第四次,林彪事件之后总理威信已到绝高之境,但"四人帮"的篡权阴谋也到了剑拔弩张的境地,这时已经不是拯救党的分裂,而是拯救党的存亡了,总理自知身染绝症,一病难起,于是他在抓紧寻找接班人,寻找可以接替他与"四人帮"抗衡的人物,他找到了邓小平。1974年12月,他不顾危病在身,飞到韶山与毛泽东商量邓小平的任职。小平一出山,双方就展开拉锯战,这时总理躺在医院里,就像诸葛亮当年卧病军帐之中,仍侧耳听着帐外的金戈铁马声,"四人帮"唯一忌惮的就是周恩来还在世。当时主席病重,全党的安危系于周恩来一身,他生命延缓一分钟,党的统一就能维持一分钟。他躺在床上,像手中没有了弹药的战士,只能以重病之躯扑上去堵枪眼了。癌症折磨得他消瘦、发烧,常处在如针刺刀割般的疼痛中,后来连大剂量的镇痛、麻醉药都不起作用。但是他忍着,他知道多坚持一分钟,党的希望就多一分,因为人民正在觉醒,叶帅他们正在组织反击。他已到了弥留之际,当他清醒过来时,对身边的人员说:"你去给中央打个电话,中央让我活几天,我就活几天!"就这样一直撑到1976年1月8日。当时消息还未正式公布,但群众一看医院内外的动静就猜出大事不好。这天总理的保健医生外出办事,一个熟人拦住问:"是不是总理出事了,真的吗?"他不敢回答,稍一迟疑,对方转过身就走,边哭边走,终于放声大哭起来。九个月后,百姓心中的这股怨气,一举掀翻了"四人帮"。总理在死后又一次救了党。

宋代欧阳修写过一篇著名的《朋党论》,指出有两种朋党,一种是小人之朋,"所好者禄利也,所贪者财货也";一种是君子之朋,"所守者道义,所行者忠信,所惜者名节"。而只有君子之朋才能万众一心。"周武王之臣,三千人为一大朋",以周公为首。这就是周灭商的道理。周恩来在重庆时就被人称为周公,直到晚年,他立党为公,功同周公的形象更加鲜明。"周公吐哺,天下归心。"周公只不过是"一饭三吐哺",而我们的总理在病榻上还心忧国事,"一次输液三拔针"啊,如此忧国,如此竭诚,怎么能不天下归心呢?

总理的五无是劳而无怨。

周总理是中国革命的第一受苦人。上海工人起义,"八一"起义,万里长征,三大战役,这种真刀真枪的事他干;地下特科斗争,国统区长驻虎穴,这种生死度外的事他干;解放后政治工作、经济工作、文化工作,这种大管家的烦人杂事他干;"文化大革命"中上下周旋,这种在夹缝中委曲求全的事他干。他人生的最后一些年头,直到临终,身上一直佩着一块徽章,是"为人民服务"。如果计算工作量,他真正是党内之最。周恩来是1974年6月1日住进医院的,据资料统计,1至5月共139天,他每天工作12至14个小时有9天;14至18个小时有74天;19至23个小时有38天;连续24小时有5天。只有13天在12个小时之内。而从3月中旬到5月底,两个半月,日常工作外,他又参加中央会议21次,外事活动54次,其他会议和谈话57次。他像一头牛,只知道负重,没完没了地受苦,有时还要受气。1934年,因为王明的"左"倾路线和洋顾问李德的指挥之误,红军丢了苏区,血染湘江,长征北上。这时周恩来是中央三人团成员之一,他既要负失败之责,又要说服博古恢复毛泽东的指挥权,惶惶然,就如《打金枝》中的皇后,劝了金枝,回过头来又劝驸马。1938年,他右臂受伤,两次治疗不愈,只好远走苏联。医生说为了彻底好,治疗时间就要长一些。他却说时局危急,不能长离国内,只短住了6个月。最后还是落下个臂伸不直的残疾。而林彪也是治病,也是这个时局,却在苏联从1938年住到了1941年。"文化大革命"中,周恩来成了救火队长,他像老母鸡以双翅护雏防老鹰叼食一样,尽其所能保护干部。红卫兵要揪斗陈毅,周恩来苦苦说服无效,最后震怒道:我就站在大会堂门口,看你们从我身上踩过去!这时国家已经瘫痪,全国除少数造反派外许多人都成了逍遥派,而周恩来始终是一个苦撑派,一个苦命人。他像扛着城门的力士,放不下,走不开。每天无休止地接见,无休止地调解。饭都来不及吃,服务员只好在茶杯里调一点面糊。当时干部一层层地被打倒。他周围的战友,副总理、政治局委员已被打倒一大片,连国家主席刘少奇都被打倒了,但偏偏留下他一个。他连这种"休息"的机会也得不到啊。全国到处点火,留一个周恩来东奔西跑去救火,这真是命运的捉弄。他坦然一笑说:"我不下地狱,谁下地狱?"大厦将倾,只留下一根大柱。这柱子已经被压得吱吱响,已经出现裂纹,但他还是咬牙苦撑。由于他的自我牺牲,他的厚道宽容,他的任劳任怨,革命的每一个重要关头,每一次进退两难,都离不开他。许多时候他都左右逢源,稳定时局,但许多时候,他又只能被人们作为平衡的棋子,或者替罪的羔羊。历史上向来是一朝天子一朝臣,共产党的领导人换了多少,却人人要用周恩来。他的过人才干"害"了他,他的任劳任怨的品质"害"了他,多苦、多难、多累、多险的活,都由他去顶。

1957年年底,我国经济出现急功近利的苗头,周恩来提出反冒进。毛泽东大怒,连续开会发脾气。1958年1月初杭州会议,毛说:你脱离了各省、各部。1月中旬南宁会议,毛说:"你不是反冒进吗?我是反反冒进的。"这时柯庆施写了一篇升虚火的文章,毛说:恩来,你是总理,这篇文章你写得出来吗?1958年8月成都会议,周恩来作了检查,毛还不满意,表示仍然要作为一个犯错误的例子再议。从成都回京后,一个静静的夜晚,西花厅夜凉如水,周恩来把秘书叫来说,"我要给主席写一份检查,我讲一句,你记一句。"但是他枯对孤灯,常常五六分钟说不出一个字。冒进造成的险情已经四处露头,在对下与对上的、报国与"忠君"之间,他陷入了深深的矛盾,深深的痛苦。他对领袖的服从与忠诚不是封建式的愚忠。他是基于领袖是党的核心、是党统一的标志这一原则和毛主席的威信这一事实,从唯物史观和党性标准出发来严格要求自己的。为了大局,在前几次会议上他已把反冒进的责任全揽在自己身上,现在还要怎样深挖呢?而这深探游走的笔刃又怎样才能做到既解剖自己又不伤实情,不伤国事大局呢?天亮时,秘书终于整理成一篇文字,其中加了这样一句:"我与主席多年风雨同舟,朝夕与共,还是跟不上主席的思想。"恩来指着"风雨同舟,朝夕与共"八个字说,怎么能这样提呢?你太不懂党史。说时眼眶里已泪水盈盈了。秘书不知总理苦,为文犹用昨日辞。几天后,他在八大二次会议上作完检讨,并委婉地请求辞职。但结论是不许辞。哀莫大于心死,苦莫大于心苦,但痛苦更在于心虽苦极又没有死。周恩来对国、对民、对领袖都痴心不死啊,于是他只有负起那让常人看来无论如何也负不起的委屈。

总理的六无是去不留言。

1976年元旦前后总理已经到了弥留之际。这时中央领导对总理病情已是一日一问,邓颖超同志每日必到病房陪坐。可惜总理将去之时正是中央领导核心中鱼龙混杂、忠奸共处的混乱之际。奸佞之徒江青、王洪文常假惺惺地慰问却又暗藏杀机。这时忠节老臣中还没有被打倒的只有叶剑英了。叶帅与总理自黄埔时期起便患难与共,又共同经历过党史上许多是非曲直。眼见总理已是一日三厥,气若游丝,而"四人帮"又乘危乱国,叶帅心乱如麻,老泪纵横。一日,他取来一叠白纸,对病房值班人员说,总理一生顾全大局,严守机密,肚子里装着很多东西,死前肯定有话要说,你们要随时记下。但总理去世后,值班人员交到叶帅手里的仍然是一叠白纸。

当真是总理肚中无话吗?当然不是,在会场上,在向领袖汇报时,在对"四人帮"斗争时,在与同志谈心时,该说的都说过了,他觉得不该说的,平时不多说一字,现在并不因为要撒手而去就可以不负责任,随心所欲。总理的办公室和卧室同处一栋,邓颖超同志是他一生的革命知己,又同是中央高干,但总理工作上的事邓颖超自动回避,总理也不与她多讲一字。总理办公室有三把钥匙,他一把,秘书一把,警卫一把,邓颖超没有,她要进办公室必须敲门。周总理把自己劈两半。一半是公家的人,党的人,一半是他自己。他也有家私,也有个人丰富的内心世界,但是这两部分泾渭分明,绝不相混。周恩来与邓颖超的爱可谓至纯至诚,但不敢因私犯公。他们两个,丈夫的心可以全部掏给妻子,但绝不能搭上公家的一点东西。反过来妻子对丈夫可以是十二分的关心,但绝不能关心到公事里去。总理与邓大姐这对权高德重的伴侣堪称是正确处理家事国事的楷模。诗言志,为说心里话而写。总理年轻时还有诗作,现在东瀛岛的诗碑上就刻着他那首著名的《雨中岚山》。皖南事变骤起,他愤怒地以诗惩敌:"千古奇冤,江南一叶,同室操戈,相煎何急?!"但解放后,他除了公文报告,却很少写诗。当真他的内心情感之门关闭了吗?没有,工作人员回忆,总理工作之余也写诗,用毛笔写在信笺上,反复改。但改好后又撕成碎片,碎碎的,投入纸篓,宛如一群梦中的蝴蝶。除了工作,除了按照党的决定和纪律所做的事,他不愿再表白什么,留下什么。瞿秋白临终前留下了一篇《多余的话》,将一个真实的我剖析得淋漓尽致,然后昂然就义,舍身成仁。坦白是一种崇高。周恩来在临终前只留下了一叠白纸。"菩提本无树,明镜亦非台",本来就无我,我复何言哉?不必再说,又是一种崇高。

　　周恩来的六个"大无",说到底是一个无私。公私之分古来有之,但真正的大公无私自共产党始。1998年是周恩来诞辰100周年,也是划时代的《共产党宣言》发表150周年。是这个《宣言》公开提出要消灭私有制,要求每个党员只有解放全人类才能最后解放自己。我敢大胆说一句,150年来,实践《宣言》精神,将公私关系处理得这样彻底、完美,达到如此绝妙之境者,周恩来是第一人。因为即使如马克思、恩格斯、列宁也没有他这样长期处于手握党权、政权的诱惑和身处各种矛盾的煎熬。总理在甩脱自我,真正实现"大无"的同时却得到了别人没有的"大有":有大智、大勇、大才和大貌——那种倾城倾国,倾倒联合国的风貌,特别是他的大爱大德。

他爱心博大，覆盖国家、人民和整个世界。你看他大至处理国际关系，小至处理人际关系无不充满浓浓的、厚厚的爱心。美帝国主义和中国人民、中国共产党曾是积怨如山的，但战争结束后，1954年周恩来第一次与美国代表团在日内瓦见面时就发出友好表示，虽然美国国务卿杜勒斯拒绝了，或者是不敢接受，但周恩来还是满脸的宽厚与自信。就是这种宽厚与自信，终于吸引尼克松在我们立国21年后，横跨太平洋到中国来与周恩来握手。国共两党是曾有血海深仇的，蒋介石曾以巨额大洋悬赏周恩来的头。当"西安事变"发生时，蒋介石已成为阶下囚，国人皆曰可杀，连曾经向蒋介石右倾过的陈独秀都高兴地连呼打酒来，蒋介石必死无疑。但是周恩来却带了十个人，进到刀枪如林的西安城与蒋介石握手。周恩来长期代表中共与国民党谈判，在重庆、在南京、在北平。到最后，敌方代表竟为他的魅力所吸引，投向了中共。只有团长张治中说，别人可以留下，从手续上讲他应回去复命。周却坚决挽留，说"西安事变"已对不起一位姓张的朋友（张学良），这次不能重演悲剧，并立即通过地下党将张的家属也接到了北平。他的爱心征服了多少人，温暖了多少人，甚至连敌人也不得不叹服。宋美龄连问蒋介石，为什么我们就没有这样的人。美方与他长期打交道后，甚至后悔当初不该去扶植蒋介石。至于他对人民的爱，对革命队伍内同志的爱，更是如雨润田，如土载物般的浑厚深沉。曾任党的总书记、犯过"左"倾路线错误的博古，可以说是周恩来亲手"颠覆"下台的，但后来他们相处得很好，在重庆，博古成了周的得力助手。甚至像陈独秀这样曾给党造成血的损失者，当他对自己的错误已有认识，并有回党的表示时，周恩来立即着手接洽此事，可惜未能谈成。恩格斯在马克思墓前讲话说："他可能有过许多敌人，但未必有一个私敌。"这话移来评价周恩来最合适不过。当周恩来去世时，无论东方西方，同声悲泣，整个地球都载不动这许多遗憾，许多愁。

他的大德，再造了党，再造了共和国，并且将一个共产主义的无私和儒家传统的仁义忠信糅合成一种新的美德，为中华文明提供了新的典范。如果说毛泽东是中国共产党和中华人民共和国的缔造者，周恩来则是党和国家的养护人。他硬是让各方面的压力，各种矛盾将自己压成了粉，挤成了油，润滑着党和共和国这架机器，维持着它的正常运行。50年来他亲手托起党的两任领袖，又拯救过共和国的三次危机。遵义会议他扶起了毛泽东，"文化大革命"后期他托出邓小平。作为两代领袖，毛、邓之功彪炳史册，而周恩来却静静地化作了那六个"无"。新中国成立后他首治战争创伤，国家复苏；二治"大跃进"灾难，国又中兴；三抗林彪江青集团，铲除妖孽。而他在举国狂庆的前夜却先悄悄地走了，走时连一点骨灰也没有留下。

周恩来为什么这样地感人至深，感人至久呢？正是这"六无"，"六有"，在人们心中撞击、翻搅和掀动着大起大落、大跌大荡的波浪，他的博爱与大德拯救、温暖和护佑了太多太多的人。自古以来，爱民之官受人爱。诸葛亮治蜀27年，而武侯祠香火不断1 500年。陈毅游武侯祠道："孔明反胜昭烈（刘备）其何故也，余意孔明治蜀留有遗爱。"遗爱愈厚，念之愈切。平日常人相处尚投桃报李，有恩必报，而一个伟人再造了国家，复兴了民族，润泽了百姓，后人又怎能轻易地淡忘了他呢？我们是唯物论者，但我心里总觉得大概有一天还是会有人要来为总理修一座庙。庙是神的殿堂，神是后人在所有的前人中筛选出来的模范，比若忠义如关公，爱民如诸葛亮。周总理无论在自身修养和治国理政方面，功德、才智、得民心等都很像诸葛亮。诸葛亮教子很严，他那篇有名的《诫子书》，教子"非淡泊无以明志，非宁静无以致远"。他勤俭持家，上书后主说，自己家有桑树800棵，薄田15顷，供给一家人的生活，余再无积蓄。这两件事都常为史家称道。呜呼，总理何如？他没有后，当然也没有什么教子格言；他没有遗产，去世时，家属各分到了几件补丁衣服作纪念；他没有祠，没有墓，连灰都不知落在何方；他不立言，没有一篇《出师表》可以传世。他越是这样的没有没有，后人就越感念他的遗爱；那一个个没有也就越像一条条鞭子抽在人们的心上。鲁迅说，悲剧是把人生有价值的东西撕裂给人看。是命运从总理身上一条条地撕去许多本该属于他的东西，同时也在撕裂后人的心肺肝肠。那是永远无法弥补的遗憾，这遗憾又加倍转化为深深的思念。渐渐22年过去了，思念又转达化为人们更深的思考，于是总理的人格力量在浓缩，在定格，在显现。而人格的力量一旦形成便是超时空的。不独总理，所有历史上的伟人，中国的司马迁、文天祥，外国的马克思、列宁，我们又何曾见过呢？发现相对论的爱因斯坦生生将一座物理大山凿穿而得出一个哲学结论：当速度等于光速时，时间就停止；当质量足够大时，它周围的空间就弯曲。那么，我们为什么不可以再提出一个"人格相对论"呢？当人格的力量达到一定强度时，它就会迅如光速而追附万物，穹庐空间而护佑生灵。我们与伟人当然就既无时间之差又无空间之别了。

这就是生命的哲学。

周恩来还会伴我们到永远。

(1998年2月)

觅渡，觅渡，渡何处

梁 衡*

常州城里那座不大的瞿秋白的纪念馆我已经去过三次。从第一次看到那个黑旧的房舍，我就想写篇文章。但是六个年头过去了，还是没有写出。瞿秋白实在是一个谜，他太博大深邃，让你看不清摸不透，无从写起但又放不下笔。去年我第三次访秋白故居时正值他牺牲 60 周年，地方上和北京都在筹备关于他的讨论会。他就义时才 36 岁，可人们已经纪念他 60 年，而且还会永远纪念下去。是因为他当过党的领袖？是因为他的文学成就？是因为他的才气？是，又不全是。他短短的一生就像一幅永远读不完的名画。

我第一次到纪念馆是 1990 年。纪念馆本是一间瞿家的旧祠堂，祠堂前原有一条河，河上有一座桥，叫觅渡桥。一听这名字我就心中一惊，觅渡，觅渡，渡在何处？瞿秋白是以职业革命家自许的，但从这个渡口出发并没有让他走出一条路。"八七会议"，他受命于白色恐怖之中，以一副柔弱的书生之肩，挑起了统率全党的重担，发出武装斗争的吼声，但是他随即被王明，被自己的人一巴掌打倒，永不重用。后来在长征时又借口他有病，不带他北上。而比他年纪大身体弱的徐特立、谢觉哉等都安然到达陕北，活到了建立新中国。他其实不是被国民党杀的，而是为"左"倾路线所杀。是自己的人按住了他的脖子，好让敌人的屠刀来砍。而他先是仔细地独白，然后就去从容就义。

如果秋白是一个如李逵式的人物，大喊一声："你朝爷爷砍吧，二十年后又是一条好汉。"也许人们早已把他忘掉。他是一个书生

---

* 中国人民大学新闻学院 1968 级本科生，《人民日报》原副总编辑。

啊，一个典型的中国知识分子，你看他的照片，一副多么秀气但又有几分苍白的面容。他一开始就不是舞枪弄刀的人。他在黄埔军校讲课，在上海大学讲课，他的才华熠熠闪光，听课的人挤满礼堂，爬上窗台，甚至连学校的教师也挤进来听。后来成为大作家的丁玲，这时也在台下瞪着一双稚气的大眼睛。瞿秋白的文才曾是怎样折服了一代人，后来成为文化史专家、新中国文化部副部长的郑振铎，当时准备结婚，想求秋白刻一对印。秋白开的润格是50元，郑付不起转而求茅盾。婚礼那天，秋白手提一手绢小包，说来送金50，郑不胜惶恐，打开一看却是两方石印。可想他当时的治印水平。秋白被排挤离开党的领导岗位后，转而为文，短短几年他的著译竟有500万字。鲁迅与他之间的敬重和友谊，就像马克思与恩格斯一样的完美。秋白夫妻到上海住鲁迅家中，鲁迅和许广平睡地板，而将床铺让给他们。秋白被捕后鲁迅立即组织营救，他就义后鲁迅又亲自为他编文集，装帧和用料在当时都是第一流的。秋白与鲁迅、茅盾、郑振铎这些现代文化史上的高峰，也是齐肩至顶的啊，他应该知道自己身躯内所含的文化价值，应该到书斋里去实现这个价值。但是他没有，他目睹人民沉浮于水火，目睹党濒于灭顶，他振臂一呼，跃向黑暗。只要能为社会的前进照亮一步之路，他就毅然举全身而自燃。他的俄文水平在当时的中国是数一数二的，他曾发宏愿，要将俄国文学名著介绍到中国来。他牺牲后鲁迅感叹说，本来《死魂灵》由秋白来译是最合适的。这使我想起另一件事。和秋白同时代的有一个人叫梁实秋，在抗战高潮中仍大写悠闲文字，被左翼作家批评为"抗战无关论"。他自我辩解说，人在情急时固然可以操起菜刀杀人，但杀人毕竟不是菜刀的使命。他还是一直弄他的纯文学，后来确实也成就很高，一人独立译完了《莎士比亚全集》。现在，当我们很大度地承认梁实秋的贡献时，更不该忘记秋白这样的，情急用菜刀去救国救民，甚至连自己的珠玉之身也扑上去的人。如果他不这样做,留把菜刀作后用,留得青山来养柴,在文坛上他也会成为一个,甚至十个梁实秋。但是他没有。

如果秋白的骨头像他的身体一样地柔弱,他一被捕就招供认罪,那么历史也早就忘了他。革命史上有多少英雄就有多少叛徒。曾是共产党总书记的向忠发、政治局委员的顾顺章,都有一个工人阶级的好出身,但是一被捕,就立即招供。至于陈公博、周佛海、张国焘等高干,还可以举出不少。而秋白偏偏以柔弱之躯演出了一场"泰山崩于前而色不变"的英雄戏。他刚被捕时敌人并不知他的身份,他自称是一名医生,在狱中读书写字,连监狱长也求他开方看病。其实,他实实在在是一个书生、画家、医生,除了名字是假的,这些身份对他来说一个都不假。这时上海的鲁迅等正在设法营救他。但是一个听过他讲课的叛徒终于认出了他。特务乘其不备突然大喊一声:"瞿秋白!"他却木然无应。敌人无法,只好把叛徒拉出当面对质。这时他却淡淡一笑说:"既然你们已认出了我,我就是瞿秋白。过去我写的那份供词就权当小说去读吧。"蒋介石听说抓到了瞿秋白,急电宋希濂去处理此事。宋在黄埔时听过他的课,执学生礼,想以师生之情劝其降,并派军医为之治病。但他死意已决,说:"减轻一点痛苦是可以的,要治好病就大可不必了。"当一个人从道理上明白了生死大义之后,他就获得了最大的坚强和最大的从容。这是靠肉体的耐力和感情的倾注所无法达到的,理性的力量就像轨道的延伸一样坚定。一个真正的知识分子向来是以理行事,所谓士可杀而不可辱。文天祥被捕,跳水、撞墙,唯求一死。鲁迅受到恐吓,出门都不带钥匙,以示不归之志。毛泽东赞扬朱自清,宁可饿死也不吃美国的救济粉。秋白正是这样一个典型的已达到自由阶段的知识分子。

蒋介石威胁利诱实在不能使之屈服,遂下令枪决。刑前,秋白唱《国际歌》,唱红军歌曲,泰然自行至刑场,高呼"中国共产党

万岁",盘腿席地而坐,令敌开枪。从被捕到就义,这里没有一点死的畏惧。

如果秋白就这样高呼口号为革命献身,人们也许还不会这样长久地怀念他,研究他。他偏偏在临死前又抢着写了一篇《多余的话》,这在一般人看来真是多余。我们看他短短一生斗争何等坚决,他在国共合作中对国民党右派的批驳、在党内对陈独秀右倾路线的批判何等犀利,他主持"八七会议",决定武装斗争,永远功彪史册,他在监狱中从容斗敌,最后英勇就义,泣天地恸鬼神。这是一个多么完整的句号。但是他不肯,他觉得自己实在渺小,实在愧对党的领袖这个称号,于是用解剖刀,将自己的灵魂仔仔细细地剖析了一遍。别人看到的他是一个光明的结论,他在这里却非要说一说光明之前的暗淡,或者光明后面的阴影。这又是一种惊人的平静。就像敌人要给他治病时,他说:不必了。他将生命看得很淡。现在,为了做人,他又将虚名看得很淡。他认为自己是从绅士家庭,从旧文人走向革命的,他在新与旧的斗争中受着煎熬。在文学爱好与政治责任的抉择中受着煎熬。他说以后旧文人将再不会有了,他要将这个典型,这个痛苦的改造过程如实地录下,献给后人。他说过:"光明和火焰从地心里钻出来的时候,难免要经过好几次的尝试,试探自己的道路,锻炼自己的力量。"他不但解剖了自己的灵魂,在《多余的话》里还嘱咐死后请解剖他的尸体,因为他是一个得了多年肺病的人。这又是他的伟大,他的无私。我们可以对比一下世上有多少人都在涂脂抹粉,挖空心思地打扮自己的历史,极力隐恶扬善。特别是一些地位越高的人越爱这样做,别人也帮他这样做,所谓为尊者讳。而他却不肯。作为领袖,人们希望他内外都是彻底的鲜红,而他却固执地说:不,我是一个多重色彩的人。在一般人是把人生投入革命,在他是把革命投入人生,革命是他人生实验的一部分。当我们只看他的事业,看他从容赴死时,他是一座平原上的高山，令人崇敬；当我们再看他对自己的解剖时，他更是一座下临深谷的高峰，风鸣林吼，奇绝险峻，给人更多的思考。他是一个内心既纵横交错，又坦荡如一张白纸的人。

我在这间旧祠堂里，一年年地来去，一次次地徘徊，我想象着当年门前的小河，河上来往觅渡的小舟。秋白就是从这里出发，到上海办学，后来又在上海会见鲁迅；到广州参与国共合作，去会孙中山；到苏俄去当记者，去参加共产国际会议；到九江去主持"八七会议"，发起武装斗争；到江西苏区去主持教育工作。他生命短促，行色匆匆。他出门登舟之时一定想到"野渡无人舟自横"，想到"轻解罗裳，独上兰舟"。那是一种多么悠闲的生活，多么美的诗句，是一个多么宁静的港湾。他在《多余的话》里一再表达他对文学的热爱。他多么想靠上那个码头，但他没有，直到临死的前一刻他还在探究生命的归宿。他一生都在觅渡，但是到最后也没有傍到一个好的码头，这实在是一个悲剧。但正是这悲剧的遗憾，人们才这样以其生命的一倍、两倍、十倍的岁月去纪念他。如果他一开始就不闹什么革命，只要随便拔下身上的一根汗毛，悉心培植，他也会成为著名的作家、翻译家、金石家、书法家或者名医。梁实秋、徐志摩现在不是尚享后人之飨吗？如果他革命之后，又拨转船头，退而治学呢，仍然可以成为一个文坛泰斗。与他同时代的陈望道，本来是和陈独秀一起筹建共产党的，后来退而研究修辞，著《修辞学发凡》，成了中国修辞第一人，人们也记住了他。可是秋白没有这样做。就像一个美女偏不肯去演戏，像一个高个儿男子偏不肯去打球。他另有所求，但又求而无获，甚至被人误会。一个人无才也就罢了，或者有一分才干成了一件事也罢了。最可惜的是他有十分才只干成了一件事，甚而一件也没有干成，这才叫后人惋惜。你看岳飞的诗词写得多好，他是有文才的，但世人只记住了他的武功。辛弃疾是有武才的，他年轻时率一万义军反金投宋，但南宋政府不用,他只能"醉里挑灯看剑,梦回吹角连营",后人也只知他的文才。瞿秋白以文人为政,又因政事之败而返观人生。如果他只是慷慨就义再不说什么,也许他早已没入历史的年轮。但是他又说了一些看似多余的话,他觉得探索比到达更可贵。

当年项羽兵败,虽前有渡船,却拒不渡河。项羽如果为刘邦所杀,或者他失败后再渡乌江,都不如临江自刎这样留给历史永远的回味。项羽面对生的希望却举起了一把自刎的剑,秋白在将要英名流芳时却举起了一把解剖刀,他们都把行将定格的生命的价值又推上了一层。哲人者,宁肯舍其事而成其心。

秋白不朽。

(1996年6月25日)

心醉树下

程天权[*]

中国人民大学像一棵参天大树，郁郁葱葱，新枝新芽天天在生长，新人新事新思想日日在涌现。在中国人民大学，你不会感到寂寞，每天都会被这里发生的事所感动。

我是一个新人大人，千里单骑到人大工作。我一来就被这里的人物、故事、思想、变化所吸引、打动、挟裹，没有多久我就融入了人大人的洪流，成了真正的人大人，说起人大的点点滴滴，如数家珍。

中国人民大学地处在北京中关村闹市区，方方正正好似一张邮票，厚厚重重如同一部历史，熙熙攘攘恰像一个社会。她地面不大，在中国著名高校中面积是属倒数位置上的。但这张邮票却连通五湖四海，天南地北，它四通八达，育人资政，传道释惑，辐射并接受着巨大的信息知识智慧，是信息时代强音的一个能量极。她历史不长，在中国现代大学中不是百年级的，但却诞生于抗日战争拯救民族危亡之时，不计其数的热血青年来自不同社会阶级阶层，城市乡村，境内海外，他们甘愿牺牲，坚决抗日，毛泽东说"有陕公，中国就不会亡"。新中国成立，陕北公学师生跟着共产党进入北京，步入了中国人民大学的发展新时期，为传播马克思主义和建设中国作出了杰出贡献，她的厚重在她的思想，她的理论。她少长咸集，群英荟萃，万里求学者、中外著名学者和各路杰出人士出出进进，社会所有此处尽有，她是大学，她是社会。

人大校园每年逾百个国际学术会，国内大大小小研讨会更是难

---

[*] 中国人民大学教授，校党委书记。

以精确统计，涉及主题之广，耳目不胜。有人文社科论坛、共和国部长论坛、"人大代表人大行"专场报告会、大法官论坛、院士讲坛、诺贝尔奖获得者讲座、博士论坛、马克思主义前沿系列讲座等等。名师名家、成功人物杰出人士、国宾元首川流不息。恰恰他们的故事特别多，给人启迪也多。

2002年4月28日下午，时任总书记的江泽民同志和李岚清、贾庆林、陈至立等领导来校视察，江泽民同志发表了著名的关于哲学社会科学的长篇论述。当时我因接待，陪伴在侧，见到鲜为人知的故事。领导在图书馆见到一个学生正在读一本关于文艺复兴的书。江泽民同志与同学就此交流起来："你知道文艺复兴是以什么作品为启端标志的吗？"见学生一时答不上来，便自答道，"是但丁的《神曲》。"接着又说，"《神曲》是什么年代的？是13世纪末。"这时一旁的李岚清同志说是14世纪初。两人极力搜索记忆，不肯轻易放弃己见，一时如两个青年学子争论问题。事后我偶然从资料上看到，但丁死于1302年，《神曲》不能确定写于何年。也就是说，若成文于1300年以前则可以说是13世纪末，若以后，则为14世纪初，所以两个答案可以说都是正确的。我们的领导人能自如地记起从前所学，并融融无碍畅陈己见，让我感动不已。从这里我见到的是治党治军的领袖，也是饱学通博热爱青年的导师，唯实唯真意趣盎然的前行者。在这里我更深刻地理解到解放思想与时俱进的更宽广的历史经验，更理解江泽民同志讲的"掌握必备的哲学社会科学知识对于人们正确认识纷繁复杂的社会现象，提高道德素养和精神境界是十分重要的，对于领导干部，特别是高级干部学会讲政治、懂全局，驾驭复杂形势、研究战略策略、提高领导水平更是十分重要。我们要始终高度重视哲学社会科学在治党治国和建设有中国特色社会主义事业中的巨大作用，高度重视哲学社会科学领域高等教育的改革和发展，高度重视改善哲学社会科学研究和人才培养的条件，高度重视哲学社会科学研究领域重大课题的攻关，高度重视为哲学社会科学发展作出杰出贡献的学者的成就和作用。各级党委和政府以及全社会应共同努力，大力促进我国哲学社会科学事业的发展繁荣。"这些年来这一重要讲话精神一直是我领导学校工作的指针。

人大的人是人大校园里最引人入胜的风景。与不同年代成长起来的人接触，你会感受到与党同心同德，始终奋斗在时代前列这一传统的震撼。老一代的人大领导和干部教师，跟着党中央从延安走进北京。当其时，新中国百废待兴处处要用钱，学校一次次放弃了圈地起楼的机会，因陋就简，艰苦创业。马扎上听课，大树下进餐，深入实践，教学相长。一批批共和国的建设者，一批批的学者专家，一批批优秀的毕业生，长长的名单至今是每个人大人的骄傲。然而学校长期来办学条件极度简陋，特别是在遭到"文化大革命"严重破坏后，学校面临着极大的困难，这些也是有目共睹的。整个国家在改革发展，学校也要把发展放在重要的位置。人大人要继承传统，更要创新思路。办学靠人才，学校也要千方百计为人才创造好的工作生活环境。居住窄小，教研活动没有场所，老师没有工作室，长此以往是不行的，是对不住，也留不住教师的。我们要有大师，我们也要有成就大师的物质条件。尤其是要经过多年改革发展，社会生活普遍有了极大改善之后。我们相信物质可以提升精神。在"先生活还是先生产"问题上，从当时人大的实际出发，我们相信"先生活"同样是为了更好地生产。我们以"教师搬出去，学生搬进来"土地置换的办法，扩大了办学空间，在不到五年的时间里建成了超过过去50年总面积的教学科研设施，同时铺设了数十公里的地下管网。我们的做法得到了中央、教育部、北京市的充分肯定和支持。如今搬出去的三千多户教职工住上了宽敞的新房子，教授有了自己独立的工作室，现代化的教室窗明几净天天灯火通明到深夜。教师们对学校事业发展充满希望和信心,更爱自己的职业,更努力地工作了。科研基地数量与成果,教学水平与质量继续名列前茅,新人新成果不断涌现。评估专家说人大既发扬了艰苦奋斗的传统,又创新了思路,走了一条投入少效益好的办学路子。创业与党共命运,发展与时代同步伐。

在人大校园里,你会不期而遇一些不显山露水貌似平凡的老人,你不见得认识他,但只要提起他的名字,你会不由得肃然起敬。肖前老师,老资格的马克思主义理论家,他在马克思主义哲学本质属性研究上提出马克思主义哲学是实践唯物主义。他认为,科学的实践观点是马克思主义哲学的基石,是马克思主义世界观的基础,也是马克思主义哲学活的灵魂。实践唯物主义与辩证唯物主义和历史唯物主义具有内在的统一性,它是立足于科学实践观基础上的唯物论与辩证法、唯物主义的自然观与历史观的有机结合。实践性是马克思主义哲学科学性和开放性的基础,也是马克思主义哲学生生不息的源泉。这一认识深化了"马克思主义哲学是实践的"的科学命题。离开实践,学习研究马克思主义哲学没有任何意义。实践出真知,实践改造世界,实践是认识真理,检验真理,发展真理的唯一道路。苗力田老师,带领学生们直接从古希腊文翻译哲人亚里士多德的全部著作,集为十大卷《亚里士多德全集》。在全国学习"三个代表"重要思想热潮中,这个团体,那个组织,甚至某个人发言说"三个代表"太好了,我们也要做"三个代表"。陈先达老师发表文章论证了"三个代表"的主体是中国共产党。明晰这点有重大的政治意义,这是学者的睿智和理论家的敏感。中国共产党的主体地位是由中国共产党的宗旨和历史证明的,是中国共产党所处的领导地位和由她提出的路线纲领方针政策来实现的,是她拥有七千万党员和从中央到地方的严密有效的组织及与人民群众密切联系,得到人民拥护,在革命建设发展的实践中得到证明的。任何组

•大无大有•

织和个人在党的领导下作出了有利于人民的业绩,同样值得人民赞赏,但这与中国共产党的"三个代表"主体地位不可同日而语。人大的学者如黄达、戴逸、罗国杰、方立天、方汉奇、许崇德、高铭喧、邬沧萍、萨师煊……哪个名字不是光彩夺目,闻听之间如雷贯耳。人们还经常会讲到一些事物和人物,不管是在"文化大革命"后拨乱反正的重要时期起了重要作用的《实践是检验真理的唯一标准》的作者胡福明,还是首次传颂出邓小平视察南方谈话的《东方风来满眼春》的作者陈锡添,不管是热爱生命更爱真理的张志新,还是在"左"的思潮盛行时敢冒天下之大不韪直言要"利用资本主义"的方生,他们可都是从人大这块土壤上出来的师生啊。

人大校园有那么多老中青智者学人,良师益友,你能不感到幸运吗?你能不急切地想向他们讨教求学来丰富自己吗?你能不和他们成为知心朋友吗?你能不诚心诚意为他们服务吗?你能不为生活在这些"国之瑰宝"中感到骄傲,受到激励吗?

青年人大人,我们的学生,同样是让我不由得要为他们骄傲,对他们充满期望的。人大的学生都熟知毛泽东同志当年对他们师兄师姐的勉励:"要造就一大批人,这些人是革命的先锋队。这些人具有政治远见。这些人充满着斗争精神和牺牲精神。这些人是襟怀坦白的,忠诚的,积极的,与正直的。这些人不谋私利,唯一的为着民族与社会的解放。这些人不怕困难,在困难面前总是坚定的,勇敢向前的。这些人不是狂妄分子,也不是风头主义者,而是脚踏实地富于实际精神的人们。中国要有一大群这样的先锋分子,中国革命的任务就能顺利的解决。"今天的人大学子正是这样一群有志青年,他们以天下为己任,勇于担中华民族复兴之纲。如今人大的学生更是把胡锦涛同志对学子的寄语铭记在心,旗帜鲜明地高扬社会主义荣辱观,明确区分是非、善恶、美丑的界限,对于坚持什么、反对什么、倡导什么、抵制什么有了更加清醒的认识。

人大是一所优秀青年向往的高等学府，每年都有来自全国各地的最优秀的学子进入人大。每年又有大批的优秀毕业生去往祖国最需要的地方。去年我在拉萨为107名人大毕业的西藏学生戴硕士帽。西藏自治区人事厅厅长索朗卓玛告诉我，他们都有心在西藏工作，在各个地区各个岗位上都将发挥重要的骨干作用。同学们也告诉我，建设西藏是他们的夙愿，让人大为人大人骄傲是他们的誓言。近年来，每次人大志愿者社会考察服务团出征前我总要去为他们壮行。他们利用暑期到改革先行地区、到老少边穷地区实地考察，支教支农也会向我汇报。我收到过几位青年党、团员的来信，他们深入云南支教，不仅和孩子们打成一片，教给了孩子许多知识，而且自身也从一年的实践中学到很多，想到很多。他们想到大学生的社会使命，想到青年的人生价值。他们信中有的是真情和深思，有的是责任和决心。每年都有毕业生自愿放弃在北京等大城市工作的机会，报名去西部，去贫困地区，去当乡村教师，去当村官，这不都是有深深的思想基础吗？大学生刻苦用功，关注社会，关注民生。不少学生还在求学期间就已经就某些有兴趣的问题深入研究，发表了高质量的论文，还有不少未出校园已是颇有名气的诗人或作家。一些硕士、博士与导师共同研究做课题，不仅获评了优秀博士论文，还承接了重要的研究项目。人大优秀博士论文数总是高于许多高校处于引人注目的位置。我的手机经常能收到团委书记发来的短信，说是又拿了挑战杯，或是在全国大学生辩论赛上又得了冠军。人大的学生热爱理论思考，他们认为理论是更深地触及事物本质的思考与认识。争论是不可少的，博士生们组织了一个很有名的马克思列宁主义论坛，他们请来教授学者和他们一起讨论，有时是尽欢而散，有时则是存疑而退，各自去找新的更有力的证明，以便再战。浓浓的学习气氛使我不由自主地赞赏，江山代有才俊出啊。

读书是务求甚解，课下仍然是全面素质的提升。大操场上、学生活动中心里，拳术舞蹈，吹拉弹唱，各种文体活动开展得热火朝天。人大有多个乐团在首都音乐厅四季都有演出，此外还有合唱团等，他们演出曾到过五千多米高的边防哨卡，到过宝岛台湾，到过维也纳金色大厅，青春与激情，掌声与热泪放飞四方。凭着"业余的团体，专业的水平"，我们的学生多次为学校争得荣誉，甚至在世界合唱比赛中获得大奖。每每我在台下观赏，看着他们优良的台风、高亢的精神、骄人的水平，心中不由感叹，多好的学生啊，多有希望的青年啊，不竭我们平生所学，担当师责，怎么对得起社会的重托、家长的期望、学生的努力？

　　人大有一个富有责任心的领导核心。他们对于学校事业真情、真心、真干。尽管他们男女老少来自天南海北，文化背景各不相同，性格习性差异明显，但他们忠诚教育事业，对人民负责。他们团结合作理性相处，他们是师生员工中的一员，他们是学校的领导。他们智慧勤勉认真执著，他们干多说少严肃负责，不同的风格，相同的追求。平时各院各部门的同志也都愿意来我这里坐坐。我能分享他们的工作思路、成绩，以及工作中的困难和艰辛。我感恩与同志们共事的缘分，享受欣赏同事们优点长处的愉悦，骄傲我们人大的建设有所有同志的努力。

　　在人民大学这样一所大学，老师教授认真上课，学者专家致力科研，干部员工各司其职，学生们勤奋攻读。我想，作为校领导，我们的责任就是团结大家一起坚持大学的办学宗旨与方向，守望与发展马克思主义，守望与发展社会主义，守望与发展文化与学术，就是要不折不扣地实践党的教育方针，培养国家的栋梁、社会的楷模。我们的责任就是要创造一个一切人才都能得以自由成长、全面发展的环境。让师生们在这里的学习是无拘束的，讨论是敞开的，研究是无禁区的，创新是得到鼓励的，失败是受到包容的，成功是会得到激励和欣赏的。我们的责任是更冷静更理性，更善于发现和

抓住机遇，明白困难与挑战所在，更懂得管理的协调之美、节奏之美，珍惜传统，敬畏历史，创造未来。

中国人民大学是美丽的，一草一木，人物人文，都引人遐思不已。中国人民大学会更加美丽，因为有她实事求是、止于至善的精神和团结向上、与时俱进的传统，有她一代又一代师生员工的知识智慧所迸发出来的创造、进步、成就和贡献。因为她是人民的大学，是充满了人文精神的大学。

我爱人大，她这棵郁郁苍苍的大树是我们人大事业的平台、价值的体现、精神的家园、心灵的港湾。我有幸工作在这里，享受在这里工作的愉悦，心醉在人大这棵参天大树下。

说真话和勇气与智慧
——《不再沉默——人文学者论王小波》序

王　毅[*]

尼采写过一首小诗，只有这样短短的四句："有一天有许多话要说的人，常默然地把许多话藏在内心；有一天要点燃闪电火花的人，必须长时期做天上的云。"

可是，也许因为"默然地把许多话藏在内心"的日子过得太久了吧，我们曾经变得几乎不大会说属于自己的话了。即使是屈指可数的智者和勇者，他们为了一吐心声付出了那样的努力，而结果却愈加使说话显出其沉重和艰难，比如这两年受大家瞩目的陈寅恪和顾准，前者在20世纪60年代曾写诗描述自己的一生笔墨生涯的结局："遗嘱只余传惨恨，著书今与洗烦冤。明清痛史新兼旧，好事何人共讨论？"他在此诗的序言中更道出了自己心底的凄凉：

> 十年以来继续草《钱柳因缘诗释证》，至癸卯冬粗告完毕，偶忆项莲生鸿祚云："不为无益之事，何以遣有涯之生"。伤哉此语！实为寅恪言之也。

这位几乎是当时唯一敢于坚持以学术立场抗衡外来压力的学者，尽管他心积了那样多的话想要说出，但是在举世的随波逐流和喧嚣狂热面前，他又能够与谁去"讨论"呢？于是，他说出的话不仅越来越稀少，而且越来越隐曲。对于他晚年的这些言深旨远的学术著述，今天的人们真要感叹"只恨无人作'郑笺'"了。陈寅恪的生存方式和话语方式，都是几千年来每逢鼎革易代之际"文化遗

---

[*] 中国人民大学文学院1982级本科生。

民"们所矢心恪守的,是屈原在《离骚》中自誓的那种"虽不周于今人兮,愿依彭咸之遗则",这使得陈寅恪作为一座文化纪念碑,其非凡的悲壮和高贵却只能为今天不太多的人们所真正理解。

在现代思想史的意义上,能够有资格与陈寅恪相辉映的大概唯有顾准。"科学与民主,是舶来品。中国的传统思想,没有产生出科学与民主。如果探索一下中国文化的渊源与根据,也可以断定,中国产生不出科学与民主来……"(《顾准文集》348页)读一读他在黑幕沉沉的1973年写下的这些剖析古今的话,有谁能够不为之肃然呢。顾准的女儿说:"1957年以后,他是一步一步从地狱中蹚过来的呀!"在这种境遇中,顾准这"有许多话要说的人"所面对和思考的,始终是他经历过来的牢狱:为了普世的人们,他甘愿将自己最后的生命之光全部倾注出来,以烛察和辨识这悲剧的来龙与去脉,这让人想起了西方圣徒的故事:当尼禄王对基督徒狂捕滥杀、木桩上到处绑着他们被烧焦的尸身之时,耶稣的门徒彼得侥幸逃出了罗马。在匆匆逃生的路上,彼得突然看到了耶稣复活后的身影,原来他是因为知道彼得抛弃了满城正在受难的百姓而只身离去,才急急要赶到罗马,以便能让那里的统治者再一次把自己钉上十字架。彼得被耶稣这种难以想象的心怀所深深震撼,于是毅然掉头回城;最后,他不仅因为胆敢重入苦海而被抓住,而且被倒着钉死在十字架上。我们今天纪念顾准,不正是因为他在选择自己精神世界的归宿时,从来未有一天打算"逃出罗马"么?

不过,在仰慕陈寅恪和顾准的同时,我们也许又不得不默认了他们思维和话语中预设的前提:作为一个不愿放弃自己人格和洞察力的觉悟者,你必须终生面对和思索着"罗马",久而久之,你就只能像耶稣和彼得那样,唯有在作为牺牲者而勇敢地走上十字架的时候,才能显示出自己的价值;于是人们也就或许会渐渐淡忘他们原本更应该踏上的另一种前程。而之所以没有别的出路,其实也多半怪不得我们,因为在那样长的时间里,人生和语言的一切细小环节都早已被铁一样的外力铸就了;要么屈从,要么只能像陈寅恪和顾准那样以全部的生命为代价而与之抗衡,除此之外并没有其他的隙罅。

幸而有了今天,又幸而有了王小波,他们向世人道出还有另外种种可能的选择,比如其中之一:

> 安徒生写过《光荣的荆棘路》,他说人文的事业就是一片着火的荆棘,智者仁人就在火里走着。……我觉得用不着想那么多。用宁静的童心来看,这条路是这样的:它在两条竹篱笆之中。篱笆上开满了紫色的牵牛花,在每个花蕊上,都落了一只蓝蜻蜓……要说服安徒生,就要用这样的语言。维特根斯坦临终时说:告诉他们,我度过了美好的一生。这句话给人的感觉就是:他从牵牛花中走过来了。虽然我对他的事业一窍不通,但我觉得他和我是一头儿的。(王小波:《我的精神家园》)

这话说得真好,因为说这话的人原本秉承的是陈寅恪和顾准他们"自由意志和独立精神"的血脉;而他这些话的境界,却又绝不是生活在陈、顾心境和语境中的人们有幸能够想象的。

人们进步的历史,其实多半是与他们由沉默到说话的过程联系着的。希腊文化的伟人欧里庇得斯说:"所谓奴隶,就是一个不能发表自己思想观点的人。"然而大多数的人们要说出一些属于自己的话,却又谈何容易,比如世上崇尚了那么久的准则:"今圣上之育斯民也……六合怡怡,比屋为仁。壹天下之众异,齐品类之万殊"(崔骃《达旨》,《全后汉文》卷四十四)——这颂辞讲得再明白不过了:圣人养育亿万子民这件仁德大业之中最要紧的事情,就是要用威权把天地之间一切不同的声音整齐划一!有了如此伟大至尊的目标日夜罩在头顶,大多数人的开口说话就成了一件最尴尬无

趣的事情。

　　当然，对于这种无趣，人们终究还是不能地久天长地仰面赞颂下去，比如在1935年，为了逃避纳粹的统治已经流亡国外的布莱希特还是要为有一天能够在德国说真话而写下一篇文章，题目叫做《写真话的五种困难》。他在文章中提出了坚持写真话必需的五个条件：写真话的勇气、识别真伪的能力、以真话作武器的艺术、挑选人才发挥真话效应的胆识、在公众中散布真话的手段。而我们不论是从历史中还是从自己亲身的经验中，都不难知道："沉默的大多数"要最终获得这样五种能力，是何等的艰难，是要走过多么漫长的路啊。所以，如果把这路程最近的那一段也分作三部曲的话，那么王小波的际遇和担当，显然都在于使他在接武前人的同时，又尝试演奏陈寅恪、顾准等人以后的乐章。

　　在我看来，王小波的成功和可贵，其一，在于他不仅像陈、顾等人那样具有说真话的勇气和识别真伪的能力，而且尤其具备了一种说真话的智慧和艺术，以及开始有机会触及了那种使真话传播出去的手段。其二，则在于他的话固然都植根于那饱经忧患的"罗马"，然而却再也不会把回身走上十字架认定为这说话的最终结局。相反，他憧憬和努力探索着的，是能够走出一条两边都开满牵牛花的路；是有一天像尼采诗中说的那样，去"做天上的云"。所以在王小波那里，心智再也不是我们司空见惯的那种在缝隙中超凡绝世的生存技能，而终于重新展现出人对未来的颖悟、对新的和美的文化形态之创造力这一"智慧"的本真意义。对于我们大家都置身其中的老迈文化来说，这才是最应珍视的，借用佛家的一句话说就是："慧因最上"。

　　我想，上面说的这些变化固然源于王小波的个人禀赋（王小波对美质的悟性和嗜尚，总是让我想起德国哲学家费希特在《论学者的使命》中所说的"完全不考虑自然界可能给予我的某些机缘，以便把自然界给予我的全部力量和全部恩惠都仅仅用来发展唯一或许多的特定技能";"要竭尽你的所能,完整地、均衡地发展你的一切天资");但是从陈、顾等人以来中国现代知识分子的历史来看,这些变化又何尝不是代表了今天的时代和几代以来的人们对那昔日三部曲的总结和升华呢?

有些朋友曾经当面质疑我对王小波的这些估价;不过相反的,也有不少朋友与我一样,觉得王小波的作品和人生道路中,也许还有着比现今某些对他回忆和评述所提及的东西更大的意义,尽管这些朋友的本职分别是从事文学、历史、哲学、社会学、经济学等等众多不同学科的研究,但是大家在这点上却又得出了如此一致的看法。于是,我有了邀请他们分别从各自的角度撰文分析王小波的思想和作品,然后集结成一本研究性论文集的想法。而这个想法恰好得到北京国林风图书中心和光明日报出版社的赞同,李慎之先生和王蒙先生也热情地为这本论文集写了文章。靠了他们支持,本书才得以出版;所以作为论文的作者和编者,我们对于这些帮助怀着深深的感谢。

恐惧　帮你窥见生命的真相

吴　菲[*]

印象中，"非典"是一夜间轰然而至的。

4月20日之前那几天，先是埋头写稿，然后是埋头一个人搬了一个家，窗外事一概不闻。待到从一地的纸箱中直起身，才发现北京已经是天地颜色都变了。

"非典"，到处是"非典"。惶恐像是冬天关不严的窗缝中丝丝缕缕的风，只是小小的一个个细节，但却能最终让你手脚冰凉：报社发口罩了，刚拎了大包中药回家又通知你可以去打针了；培训取消了，演出取消了，连天然气置换都取消了；美容院关门了，电影资料馆不能去了，想聚众吃饭都凑不起人了；关切的信息收得越来越勤，上来就说："确知已被污染的地区是……"然后还有人邀你同去抢购。

23日，第一天把自己关在家里，头天"明天北京六大医院转移'非典'病人，一定不要出门"的短信不断，连续接到第五个时，我终于也不行了。可不出门也躲不开"非典"两个字，打开音乐台都是："不能出门了，大家一起听音乐呀！"晚上，深圳的师妹在QQ里对我说："我后天想回南京，一来办调动手续，二来因为可以借机去看看父母和他，总觉得世事无常，似乎很难再有时间。这次，趁办手续，也多一次相聚的机会。"关上电脑，眼泪终于流了下来。何至于此呢，怎么搞得像《彗星撞地球》那部电影一样，好像大限将至，相爱的人要赶去守在一起。生活怎么一下子变成这样？窗外北京，春天几乎还是新的，是我最喜欢的那种天气，白天阳光明亮，

---

[*] 中国人民大学文学院1986级本科生。

天是蓝的，而风却清凉。北京今年的春天原本出奇地好。可是刚刚在报社上班的同事告诉我："今晚三环路上救护车铃声不断，颇为刺耳。"这么温暖清风沉醉的春夜，我受难的城市和同胞！

其实最让人难过的不是恐惧。是那种束手无力，对眼前境遇，对自己。总是想起，大约是1993年吧，看见过一张照片。照片上美国中部的某个州正洪水滔天，航拍片，一片汪洋中唯有一处屋顶出水而立，在那上面房屋的主人用沙袋拼出两个巨大的单词——"NO FEAR"（不害怕）。10年过去了，那张剪报在无数次搬家中没了踪迹，可它始终是我最心爱的照片。曾经无数次想象，如果有一天遭逢危险，我会多么镇定，多么无畏，我一定会像那个可爱的遭遇洪水的美国农场主人。而今，考验无声地站到面前了，才发现一切远没有那么浪漫。

自己在害怕！因为不再是无所畏惧和"没有什么可失去"的年龄，于是害怕失去，害怕有一天会为自己今天的选择后悔，怕付不起代价。于是连一个外出吃饭的邀请都犹疑，于是多年造就的生活方式一个小小病毒便给你一手掌控掉。自己原来是这样的人啊！自己怎么就是这样的人呢？不喜欢自己害怕。不是从来最恨屈服吗？不管对任何事任何人？那对"非典"也该一样。可是，你就是这么渺小，想象中的自己和真实差得天遥地远，而老天偏偏不放过我们，偏偏就会有一些事情发生，比如"非典"，来让我看清一切。

那样惊悸、自我封闭的日子，其实不过三两天，但感觉无比漫长。因为，惭愧。身边有人是不怕的，同事们照常上班，甚至在"非典"一线。有的并不是摄影记者，却也休息时间都抓着数码相机上街："如此历史时刻，不参与不见识岂不辜负？"还有那些问候，纷至沓来，连我采访对象、那个艾滋病孩子黎家明都发来短信："你做记者的常出差，更要小心'非典'，担心你。"这种时候你那些振振有词的话是说不出口的，比如"人有胆小怕死的权利"。

慢慢从惊魂不定中回过神来，我，还有这个城市。那天路过后海，看到人们还是绵延地坐在岸边喝茶，居然还有年轻人在那儿飙车。说实话平日里挺烦那些"小资"呼啸来去的，但是这个时候看到他们依然把自己的生活方式坚持下来，北京并没有变成一座死城，就像想到此刻远在青海，有做导演的朋友还在生猛十足弄他的电影，心里特别感动。

然后5月8日我工作了，去采访间丘露薇，那个因为战火巴格达举世瞩目的勇敢的女子。问到她正在北京做的"非典"报道，她说："最重要的是，不管发生什么事，你的生活还是要继续。"

5月10日北京电闪雷鸣，我坐在窗前看了一晚上天际的闪电，感觉自己心里，那场被"非典"裹挟而至的风暴正在慢慢过去。是的，生活依然要继续，不管你遇到怎样的关口，瞥见生命中多少真相，即使是发现生活原来并不尽在掌握，我们也远不及自己想象中完美。你震惊失望，你不甘心，但是最后你变得安静。就像《珍珠港》："我们遭遇重创，但我们变得更坚强。"

因为"非典"，这个春天，就这样注定被我们铭记。

·大无大有·

不怕、不恨、不悔

吴 菲[*]

2002 年对我而言最重要的采访,发生在这一年最后的日子里。

12 月 15 日,副刊的编辑为他们策划的"百年从文"纪念专题找到我。此前我并不知道,即将到来的 12 月 28 日是沈从文先生诞辰百年的日子。

于是从 17 日起,我开始在北京城里跑来跑去采访。12 月 27 日那天文章见报了,一个版《寻访从文先生京城旧迹》和一篇对沈先生后人的访谈——《他用一生维护用笔的自由》,那个早晨我捧着一件礼物,因为那一天是我的生日。

一切充满了偶然,冥冥中似有天意。

做这个选题,我并不是编辑们的首选。原来那位记者甚至已经开始工作了,做了一些采访,只是因为她要去三峡做"峡江文化",所以才有这个空缺让我填补。

那些日子,北京一直下着雪,报上说这场雪 160 年不遇。它自始至终贯穿我的整个采访,以至于今天当我回望,每一瞬间的背景都风长气静,雪落无声。

那些故地,那些老人。80 岁的史树青,78 岁的杨文和,75 岁的黄能馥,69 岁的李之檀,他们都那么耐心地跟我谈两三个小时,给我讲沈从文,讲他们共同走过的岁月。他们最后出现在我的文章里,最多的也不过五六句话,更多我听到看到的,留在我的心里。

80 岁,现今"国宝级"的文物鉴定专家史树青老人,前述"换

---

[*] 中国人民大学文学院 1986 级本科生。

人"使然,他为这个选题先后接受北青报两个记者共计4小时的访问。家人一开始颇有怨词,而老人慈蔼依然。向他问起沈先生"文化大革命"中在历史博物馆扫女厕所的旧事,老人说:"不光他扫,我们都扫,还争着扫呢,黑帮分子嘛,可不得这样?他们把我押在馆里不让回家,我那老伴一害怕,就上吊了。那个时候,扫厕所算什么?"

75岁的服饰专家黄能馥,他那个66岁了依然被他一声声唤作"娟娟"的妻子,在他接受我采访的时候正躺在北大医院的监护室里,刚刚动过心脏手术,等着视力已极微弱的他一周四天踩着冰雪赶公共汽车前往陪护。老人看我吃惊,安慰我:"现在情况好多了。'文化大革命'那会儿,我都是早晨三点多起来去医院排队挂号,挂上号再回家接她去看病,那时候我总是把车骑得比公共汽车还快。看完病把她送回家放到床上,再赶到单位参加'运动'。晚上再飞快地往家骑,远远地就望家里的窗户,灯要亮着知道人还活着,灯要黑着那人就是没有了。"

78岁的历博老人杨文和,曾跟沈从文先生在东堂子胡同一墙之隔住了十几年,至今在书桌上放着沈先生当年送给他大孩子的一个瓷笔筒,已经碎过,粘起来接着用。他望着墙上妻子的照片:"那年沈先生病了,我和老伴还去崇文门瞧过他。到今天我老伴去世都已经八年了。"他亲眼见证了沈从文"没有什么舒畅"的一生,可是"有什么办法呢?那个时候像沈先生这样能受到重视的,有吗?那田家英不也40多岁就上吊死了?那还是毛泽东的秘书呢!"老人在说这话的时候激动地挥着手。

还有69岁的李之檀,他对我说:"我可以带你去跑沈先生当年在北京呆过的那些地方,只是有一个情况,我老伴儿过世了,我89岁的老岳父跟我住,我每天得按时给他开三顿饭。所以我跟你去跑半天可以,一天我有点困难,我乐意带你去,宣传沈先生好啊,那么可爱的一个人。"

平生第一次,我一下子接近了那么多老人,觉得张望到了另一部分人生。他们活得孤独,家中处处是少人照料的痕迹,他们带着那些当年无力拒绝,而今却似乎全然淡看的往昔静静地走着,对命运充满了顺从。

同样,也是在2002年底那些飘雪的日子里,我在老人们的叙述里,看见沈从文先生走过人生最后的40年岁月。他遭遇了所有人都曾遭遇的,甚至比别人更多,然后做出大多数人根本不可能做到的。

学生的回忆:"沈先生日夜伏案,有人来访,有求必应,有问必答。图书也给,卡片也给,甚至连辛辛苦苦收集起来的文物,对谁有用,就让谁拿去。他的图书资料因此散失得很厉害。自己用时,还要去买,有许多买不到了,很耽误事。一次我偶然见到一封信,是回给一名做儿童工作的陌生人。那人来请教历代儿童形象。沈先生复信说:'昨天实在抱歉,劳你远来,以后如有什么事,可用电话联系,我到你处来商量好些。昨天谈到的事,我也是一知半解,随口说说,知识并不够具体的。现在只就记忆到的提提。'下面一口气列了自殷商安阳玉人到明清百子绣帐,总共六十二条材料。"

1974年,72岁的沈从文有一封致馆长的信:"留在馆中二十五年,几乎全部生命,都是废寝忘食地用在这样或那样的常识积累上面,预备为国家各方面应用,为后来人打个结实基础。我放弃一切个人生活得失上的打算,能用个不折不扣的'普通一兵'的工作态度在午门楼上作了十年说明员,就是为了这个面对全国、面对世界的唯一历史博物馆在发展中的需要,特别是早就预见到和馆中少壮知识上差距越来越大,才近于独自为战的。在重重挫折中总不灰心丧气,还坚持下来。把不少工作近于一揽子包下,宁可牺牲一切,也不借故逃避责任,还肯定要坚持到底!

"我应当向你认真汇报一下,现在粗粗作大略估计,除服装外,绸缎史是拿下来了,我过手十多万件绸缎;家具发展史拿下来了;漆工艺发展史拿下来了;前期山水画史拿下来了,唐以前部分,日本人作过,我们新材料比他们十倍多;陶瓷加工艺术史拿下来了,也过手了近十万件,重点注意在可否供生产;扇子和灯的应用史拿下来了,也都可即刻转到生产上;金石加工艺术史拿下来了;三千年来马的应用和装备进展史拿下来了;乐舞杂技演出的发展史拿下来了……乍一看来,这么一大堆事物,怎么会忽然抓得下?简直不易设想。事实上,十分简单,只是一个肯学而已,毫无什么天才或神秘可言。"

一件羞于承认的事,做这个采访之前我对沈先生知之甚少,甚至连《边城》都不曾好好读过。我只是随着这个采访渐次铺开,听到、看到的越来越多,越来越震惊,最后,无言。

沈从文先生说过:"水的德性为兼容并包,从不排斥拒绝不同方式浸入生命的任何离奇不经事物,却也从不受它的玷污影响。水的性格似乎特别脆弱,且极容易就范。其实则柔弱中有强韧,如集中一点,即涓涓细流,滴水穿石,却无坚不摧。"

"施不望报,以柔克刚,谦和卑下。这水味十足的哲学,从来没有被御用过,却在自然平和之中把一切变故兴衰看得明明白白。"这是孙女沈红眼中的沈从文。

2002年我到了不愿被别人提及生日的年龄,面临了一些抉择,比如,继续写还是放下笔,又比如,是坚守自己的方式继续写还是为了生计更多更快地写……由此经历了些许的迷惘,甚至对命运有过一些怨怼。

在这样的时候得到机会做一次对从文先生足迹的细细追寻,我想是上苍在给予我拯救。

12月27日那天,我看到我的文章前面,"百年从文"纪念专题的第一版上有出自读者齐琳的文字:"我需要无畏来战胜惶惑,需要镇定来解决欲望,需要宽容来消除痛苦。像古筝一样,不悲、不闹、不退;像从文一样,不怕、不恨、不悔。"

这话我在心中默念至今。此刻,从我的窗口望出去,还能看到2002年的积雪。碧空下,2003年已乘长风,呼啸而至。

老百姓是个冤大头

吴 思[*]

我见过明成祖朱棣（1403—1424 年在位）的一道圣旨，一字不差地抄录如下："那军家每年街市开张铺面，做买卖，官府要些物件，他怎么不肯买办？你部里行文书，着应天府知道：今后若有买办，但是开铺面之家，不分军民人家一体着他买办。敢有违了的，拿来不饶。钦此。"[1]

这道圣旨的口气给我留下了深刻印象。我想，假如我是当时在南京开小铺的买卖人，官府摊派到我头上，勒索到我头上，我敢执拗一句半句么？我自以为并不特别胆小，但是我得老实承认，我不敢执拗。皇上分明说了，"敢有违了的，拿来不饶。"像我这样的小老板，拿了就拿了，打了就打了，宰了就宰了，不就是一只任人宰割的羔羊么？皇上就是这样看待我们的，我认为他看得很准。

皇上的事情就不多说了。在名义上，他是天道的代表，有责任维护我们小民的利益，下手不应该太狠。我们还是把重点放在贪官污吏身上。

对中华帝国的官吏们来说，勒索老百姓也是一件很容易的事情，并不需要费心策划。想要他们的钱，只管开口要就是了，难道还有人胆敢抗拒政府收费么？无人抗拒是正常的，偶然有个别人跳出来反对，那就不正常了，如同异常天象一样，我们就能在历史中看到记载了。

据四川《眉山县志》记载，清光绪初年，眉山县户房（财政局）每次收税，都直截了当地在砝码外另加一铜块，叫做戥头。乡

---

[*] 中国人民大学文学院 1978 级本科生，《炎黄春秋》杂志社副社长。

民每年都被侵蚀多收,心里痛苦,却没有办法。

于此事的另外一种记载是:眉山县户科(财政局)积弊甚重,老百姓交纳皇粮正税之外,每户还要派一钱八分银子,这叫戥头。官员和胥吏把这笔钱据为己有,上下相蒙二十年不改。

一钱八分银子并非要命的大数字,按照对大米的购买力折合成人民币,相当于八十多块钱。

按照现在的贵金属行情计算,还不到二十块钱。我们折中一下,姑且算它五十块钱。数字虽小,架不住人口多,时间长。眉山县地处四川盆地,天府之国,一个县总有三五万户,如此收上二十年,这就是三五千万人民币的巨额数目了。

眉山县有个庠生,也就是州县学校的读书人,名叫李燧。《眉山县志》上说他"急公尚任侠",是个很仗义的人。这五十块钱的乱收费不知怎么就把李燧惹火了,他义愤填膺,"破产走五千里",到上级机关去告状,既然闹到了上访的地步,我们就可以很有理由地推测,他在眉山县一定也闹过,但是没有成果,县领导一定不肯管。县领导要掐断部下三五千万人民币的财源,说不定其中还包括领导本人的若干万,想必是很难下手的。这是一个很要命的重大决策。

李燧的上访并不顺利,他把更高一级的领导惹怒了,被诬陷为敛钱,革除了他的生员资格。生员资格也是很值钱的,清人吴敬梓写的《儒林外史》第三回说,穷得叮当响的私塾先生周进,在众商人的帮助下花钱纳了个监生,可以像生员一样到省城的贡院里参加乡试,花费了二百两银子。折中算来,这笔银子价值四五万人民币。如此估价生员身份并没有选择高标准。《儒林外史》第十九回还说,买一个秀才的名头(即生员身份)要花一千两银子。请枪手代考作弊,也要花费五百两。我的计算已经打过四折了。

李燧为什么这么倒霉,其中内幕只能推测。他要断人家的大财

源,不可能不遭到反击。

官吏们熟悉法律条文,又有权解释这些条文,再加上千丝万缕的关系,彼此同情,反击一定是既合法又有力的。遥想当年,李燧上访难免得到一些老百姓的支持,大家凑了一些钱。这既是非法集资,又是聚众闹事,还可以算扰乱社会秩序,甚至有危害国家安全的嫌疑。结果,李燧丢掉生员资格后,因敛钱的罪名被投入监狱。在他漫长的坐牢生涯中,几次差点被杀掉。

李燧入狱后,当地老百姓更加痛苦无告,也没人敢再告了。眉山的官吏们严防死守,杀鸡吓猴,保住了财源。

十二年后,省里新来了一个主管司法和监察的副省长,他听说了这个情况,很同情李燧,可怜他为了公众的利益受此冤枉,放他回了家,还赠给他一首诗。——破了产,丢了生员的资格,走了五千里,关了十二年,得了一首诗。这就是李先生本人的得失对比。至于那个戥头,据说在光绪十二年(1886年)那一年,眉山县令毛隆恩觉得不好,主动给革除了。从时间上看,这与释放李燧大约同时,不过功劳却记在了新领导的账上。我宁愿相信是李燧发挥了作用,不然这牢也坐得太窝囊了。[2]

假定此事完全是李燧的功劳,毛县长贪天之功,根本没起什么作用,那么,凡是有李燧的地方,就不会有乱收费。问题是,李燧出现的概率究竟有多大呢?为了区区五十块钱,是否值得变卖家产,奔波五千里上告?而且究竟能不能告下来还在未定之天?就算你信心十足,肯定能够告下来,究竟又有几个如此富于献身精神的人,既有文化又不怕事,还肯花费全部家产和成年累月的时间,去争取这区区五十块钱的正义?如果这种人罕见如凤毛麟角,那么我们就敢断定,官吏衙役们乱收费是非常安全的。没有什么人会跳出来跟他们闹别扭。万一有这么一个半个的也不要紧。即使他真成功了,告了下来,也并没有什么人因此受到处罚。大不了不过是以后不再收了,毛县长们还可以借此机会留名青史。对于这种结局,即官吏衙役失败而告状者胜利的结局,四川《荣县志》上也有记载。

大约在19世纪中期,四川荣县收粮的时候,户房书吏(县财政局干部)总是大模大样地晚来早走。栅门一步之隔,门里优哉游哉,门外边人山人海,拥挤不堪,后边的人挤不过来,前边的人挤不出去。为了不受这种苦,很多人出钱托有后门的揽户代交。就好像现在一些手续复杂作风拖沓的什么局门口总有许多代理公司一样,只要你肯多掏钱,总能找得到包揽钱粮的代理人,有的人干脆直接出钱贿赂。不如此,十天半个月也不见得能纳上粮,家里的农活也耽误不起。另外还有一些欺负老百姓的地方,譬如几分银子便凑整算一钱,银和钱的折算率也从来没有个准头,总是向着有利于官吏,不利于百姓的方向狠狠地折,等等。

有个叫王开文的农民,很有气节,愤恨不平地到县里告状。县里不受理,王开文就去更高一级的衙门上诉。县里派人将他追捕回来,将他枷在大街上示众,还是那套杀鸡吓猴的老手段。没想到王开文气壮山河,在众人面前大呼道:谁和我同心?!谁愿意掏钱跟他们干?!

当地农民受了多日的鸟气,憋得难受,就挥舞着钱币来表示愿意,只听挥舞钱币的声音如同海潮,响成一片。《荣县志》上描写道:"县令大骇",赶紧把王开文释放了,还安慰了他一番。从此收粮的弊病有所好转。

荣县的乱收费问题并没有因为一个英雄般的王开文得到根本解决。数十年之后,到了光绪初年,这里又冒出了一个刘春棠事件。

刘春棠是书院的生员,也是读书人。他的朋友梁书安和吕瑞堂在纳粮的时候也被搜刮勒索,提出异议还被训斥谩骂了一顿。这二位不服,知县就说他们喧嚣公堂,要以这个罪名惩办。后来听说是书院的生员,就好像现在的大学生,归教委系统管的,很可能还是

未来的国家干部，这才饶了他们。

当时，每年征税的时候，书役百余人威风凛凛，顾盼左右，正税之外还索要房费、火耗、票钱、升尾等诸多名目。交税的人稍微有点异议就挨一顿呵斥。畸零小数的税额，一厘（千分之一两）银子凑整，竟要征钱二百文，多收一百多倍。老百姓早已满肚子怨气。

有人闹起来后，民众集资捐钱，请刘春棠出面上诉。

到了公堂之上，刘春棠先请知县颁布从前定过的征粮章程，然后又出示了将一厘算做二百钱的票据。知县推托道：过去定的章程，年代久远无从稽查。至于多收这点钱嘛，乃一时疏忽。

总之是告不下来。这时候又出了一件事。一位名叫戴龙恩的人，被收了双份的津贴和捐输，他要求退还多收的部分，可是多收的人就是不退。于是戴龙恩和刘春棠联手，一起到省里告状，把荣县境内乱收费的种种弊端都给抖搂出来了。但是和李燧一样，这两位在省里并没得到好下场，刘春棠也被省里拘留起来。剩下个戴龙恩，不屈不挠地上北京告状。

结果还算他运气。户部（中央财政部）将这个案件发还四川审讯，第二年，四川按察使司真审了，而且判决下来了。这一场拼出性命的折腾，换来了一块铁碑，上边铸着征税的正式规定，譬如早晨就要开始征收，到下午三点以后才能停收，收粮的人不许擅自离开让粮户等候，银和钱的折算率按照市价计算等等。拼出命来才争取到一个下午三点之前不许停收，真不知道那些衙役原来是几点下班的。[3]我不知道后来的结果。但我估计，用不了多久，这些铁铸的话就会变成一纸空文。我读过苏州府常熟县从明末到清初立的六块石碑，都禁止收漕粮过程中勒索老百姓的相似勾当。

如果勒石刻碑真能管用，何至于重复立上六座？

现在可以算个总账了。李燧为了五十块钱破产走五千里。王开文为了排不起队上访告状。

排队值多少钱呢？一般说来，农村日工一天不过二三十文钱，雇人排上十天队也不过二三百文。刘春棠赴省告状之前，向知县出具的证据也是将一厘银子折成二百文的票据。就算白白收了他二百文钱，又能有多大的损失呢？折合成现在的人民币，这二百文不过六七十块钱。

只要设身处地想一想，我们就可以胸中有数：究竟能有多少人，肯为这几十块钱耗时几个月，奔走几千里？那可是一个没有汽车和火车的年代。

这笔账还不能如此简单地计算，因为历史经验已经一次又一次地告诉我们，奔走几千里并不是唯一的代价。被告必定要反击，要找碴儿治你的罪，给你戴枷，关你入狱，拿你杀鸡吓猴。站在贪官污吏的立场上算一算，我们就可以知道，他们对此事的重视程度抵得上告状者的一百倍。假如三五万户老百姓供养着三五百位贪官污吏蠹役，人家一个吃着你一百个，你的几十块钱就是人家的几千块钱，如此重要，贪官污吏岂能不奉陪到底？如果你是为了尊严或者叫面子，人家难道就不需要尊严和面子？官家的面子当然比小民的面子更加值钱。

即便你甘愿付出上述两道代价，仍然不等于解决问题。争取胜利的决心与胜利本身的距离还遥远得狠。究竟有多么遥远呢？胜利的概率究竟有多高呢？清嘉庆四年（1799年），参与编修《高宗实录》的洪亮吉分析了告状中的利害格局，然后给出了一个估计数字。

洪亮吉说，在大省里当领导，成为一个方面大员，就像过去一样，出巡时每到一站都有按规矩应得的礼物，还有门包。平时在家，则有节礼、生日礼，按年则有帮费。升迁调补的时候，还有私下馈谢的，这里姑且不算，以上这些钱，无不取之于各州各县，而各州县又无不取之于民。钱粮漕米，前数年尚不过加倍，近来加倍还不止。

省里几套班子的领导们，以及下属的地、市，全都明知故纵，要不然，门包、站规、节礼、生日礼、帮费就无处出了。各州各县也明白告诉大家："我之所以加倍，加数倍，实是各级衙门的用度，一天比一天多，一年比一年多。"但是细究起来，各州县打着省地市各级领导的旗号，借用他们的威势搜刮百姓，搜刮上来的东西，上司得一半，州县揣到自己腰包里的也占了一半。刚开始干这些事情的时候，还有所顾忌，干了一年二年，成为旧例，现在已牢不可破了。

这时候你找总督、巡抚、藩台、臬台、道、府告状，谁也不会管你，连问都不问。成千上万的老百姓当中，偶然有一个两个咽不下这口气，到北京上访的，北京方面也不过批下来，让总督巡抚研究处理而已。派钦差下来调查就算到头了。试想，老百姓告官的案子，千百中有一二得到公正处理的吗？即使钦差上司比较有良心，不过设法为之调停，使两方面都不要损失太大罢了。再说，钦差一出，全省上下又是一通招待，全省的老百姓又要掏钱。领导们一定要让钦差满载而归，才觉得安心，才觉得没有后患。

所以，各州县的官员也明白了，老百姓那点伎俩不过如此。老百姓也明白了，上访告状必定不能解决问题，因此往往激出变乱。湖北当阳和四川达州发生的事变，都证明了这一点。……洪亮吉把他的这番分析交给了军机大臣成亲王。亲王又给嘉庆皇上看了。洪亮吉说了这么多话，核心的意思，就是官逼民反，或者叫造反有理。搜刮老百姓是各级官员的共同利益所在，这就决定了老百姓告状的成功率不过千百之一二。因此，除了造反之外没有更好的出路。看了这种观点，皇上很生气，说这家伙说话怎么这么愣，于是撤了他的职，让廷臣一起审他，不过也嘱咐说不要上刑。会审的结果，廷臣们建议砍掉这个愣家伙的脑袋。最后处理的时候，皇恩浩荡，从宽发落，将洪亮吉发配新疆伊犁戍边。洪亮吉老实认罪，痛哭流涕，感谢宽大处理。[4]

各级官员都是聪明人。群众的眼睛也是雪亮的。大家都认清了局势。

这种局势，对老百姓而言，首先就是不值得为了那点乱收费而用几个月的时间，跑几千里路去告状。告状花的钱，打发一辈子的乱收费也有富余，告状必定是亏本的买卖。其次，贪官污吏准备付出更大的代价打掉出头鸟。一旦坏了规矩，他们的损失将极其巨大。因此出头鸟很可能赔上身家性命。第三，在付出上述重大代价之后，告状者的成功概率不过千百之一二。结论：民不和官斗。出头的椽子先烂。屈死不告状。

对官吏而言，结论就是洪亮吉说的那句话：老百姓的那点伎俩不过如此。

老百姓是个冤大头。且不必说"人不犯我，我不犯人，人若犯我，我必犯人"，更不必说什么"以血还血，以牙还牙"，人家骂了他，打了他，吸了他的血，他连找人家的家长哭诉告状都找不起。唯一合算的选择，只剩下一个忍气吞声，继续让人家吸血。

这很像是狼和羊在一起。一个长着利齿，而且不吃素。另一个吃素，偏巧还长了一身好肉。虽然头上也有一对犄角，但那是用于公羊之间打架的，在异性面前自我显示的时候还管用，见到那个大嘴尖牙的灰家伙就只有哆嗦的份了。只要是狼和羊在一起，它们之间的关系就定局了。假如你愿意，尽可以规定羊称狼为父母，狼称羊为儿女。颠倒过来当然也可以，让狼跟羊叫爹娘或者叫主人，羊则有权把狼叫作儿子或者仆人。随便你怎么规定，反正狼要吃羊。如果某羊不反抗，也许能多活几天，一时还轮不上被吃。敢于反抗者，必将血肉模糊，立刻丧命，绝少成功的希望。

冤大头是贪官污吏的温床。在冤大头们低眉顺眼的培育下，贪官污吏的风险很小，麻烦很少，收益却特别高，因此想挤进来的人也特别多，他们的队伍迅速壮大。但是最终会遇到一个问题。就好

像狼群在羊群的养育下迅速扩大一样，大到一定的程度，羊群生长繁殖的速度就供不上人家吃了，羊群要被吃得缩小以至消亡了。这时候，狼的末日也就不远了。这竟是双输的结局。

其实，中国历代老狼的经验很丰富，完全明白这个道理。那些为天子牧民或者叫牧羊的肉食者，都知道羊是狼生存的根本——简称"民本"。大家都懂得爱护羊群的重要意义。奈何抵抗不住眼前绵羊的诱惑，也抵抗不住生育狼崽子的诱惑。这也是有道理的：我不吃，别的狼照样吃；我不生，别的狼照样生。个体狼的利益与狼群的集体利益未必一致。如果我的节制不能导致别人的节制，我的自我约束对羊群来说就没有任何意义，徒然减少自己的份额而已。在老狼忍不住饕餮的时候，我可以听到一声叹息：它们要是变成刺猬，俺们不就变成清官了么？

（1999 年 4 月）

【注释】

[1]《皇明经世文编》卷191，汪应轸：《恤民隐约偏累以安根本重地疏》。

[2]参见民国《眉山县志》卷十一人物志，68页；卷九，职官志，24～25页。转引自《清代四川财政史料》上，593页。

[3]参见民国《荣县志》食货第七，5～8页。转引自《清代四川财政史料》上，591页。

[4]《清史稿》，卷356，列传143，洪亮吉。

难忘的陕公校歌

回忆扭秧歌的日子
——联大生活片段

彭　明*

我是1945年底入华北联合大学教育学院史地系学习的。那时学校刚由晋察冀边区的农村迁到张家口,处于一个大发展的时期,平、津地区的学生大批到来,所以文娱生活非常活跃。每逢节假日总要开晚会,唱歌、演戏等,节目也丰富多彩。1946年初,我当选为校学生会的戏剧部副部长,经常参加晚会,也演出过几个短剧。但我最喜欢的还是扭秧歌,每次出动,大都由我打头。

秧歌本来是在陕北兴起的,不过我们也有发展。由于大家都很年轻、体力较好,所以扭的跨度较大,有时跳得很高,跳到空中有时还变换姿势。几百人的大秧歌队,龙腾虎跃在张家口大马路上,很是壮观。有些老校友回忆往事时,都很津津乐道这一段"扭"的生活。

扭秧歌的宣传效果很好。大都起着一种开辟场地的作用。我们一边扭,群众就跟着我们看,有的群众有时也参加到秧歌队中来。待围观群众让出一块宽敞的场地时,我们就在圈子里出演小型的秧歌剧。1946年5月,张家口市进行参议员的选举活动,我们曾组织了三四百人的大秧歌队,进行宣传。当时编演的一个秧歌剧,是一位老木匠如何动员自己的老伴参加选举。在市内清河桥头演出的时候,市民们欢笑地观看我们秧歌队的演出,并以热烈的掌声回报了我们。有一个拥军模范何大妈,跟随我们的秧歌队走了很多地方,还发表了竞选演说。同年6月,国民党军已准备大举进攻解放区了。我们也组织了大秧歌队出动宣传,动员群众备战。记得我那时编演

---

* 中国人民大学马克思主义学院教授。

了一出《锯大缸》的秧歌剧，自编自演，利用旧形式，宣传新内容，收到很好的效果。同年夏季，教育学院师生去桑乾河边的怀来县参加土改，我们仍运用这种秧歌队的宣传形式，走了无数村庄，先演《兄妹开荒》、《夫妻识字》等秧歌剧，再宣传"五四指示"，也收到很好的效果。那时一天走很多村庄，演出十几场，都不感到劳累。

四十多年过去了，回忆往事，思绪万千，近日北京街头大秧歌焕发了青春，活跃在中老年每日清晨的健美活动中，舞姿翩翩，兴趣盎然，健美体格，益寿延年。看来，秧歌舞从延安扭到北京城，是有着它深厚的群众基础的。抚今追昔，谨撰"打油"一首，以抒情怀：

　　　　　　年近古稀两鬓斑，
　　　　　　犹忆当年舞翩跹。
　　　　　　秧歌扭遍北京城，
　　　　　　迎来盛世艳阳天。

连 搭 杂 记

牛　鹏[*]

  甘肃榆中县连搭川，是个方圆不过五十里的小地方，物产也算不得丰富，但这正如沈从文先生笔下的小县凤凰一样，也孕育着无穷无尽的故事，供嗜茶人在漆黑的夜中细细地喝着茶水品味。

  到过连搭川的人都夸连搭川的那股水好，那条山好。山是苍茫黄土塬上的一座绿色孤岛，挤满了柏杨树、桦树和小野果树，阴洼处还有几丛细条条的文竹。狼群和寡豹在这里找到了最后的栖息地，它们的胆子很小。藏在山深处的岩隙里，很少听说伤人的事。山顶上终年有积冰，融成一泓清池，连搭人叫它"天涝池"，据说这里是个有脉气的所在。清代甘肃河西顶有名的财东镇番县马家因为把老夫人葬在天涝池梁上的松林里，由狼豹守庐，灵鹊上供，才沾了仙气走了红运。从天涝池上泻下一股冰凉的水，穿行在石缝里、沟底里，越流越大，但通常只听见訇訇声，难瞥见湍流影，杂花乱树结结实实地将水流掩盖了起来。水到山口，就叫雁母岔，传闻年年煦日，大雁群在这山口的直壁隙里哺育幼雁。

  虽然碧水长流，但人却不富。连搭的地势高，地气凉，阳历十月初棉衣就得上身，地里的土豆、树头的苹果，往往是混着泥雪收回来的。连包谷也长得不好，结不了棒子，只好充饲料喂牲口。一年到头吃麦子、土豆，可老百姓却是穷欢乐的，因为他们吃的花样多。姑娘们念书的不少，但有成效的不多，她们在万般无奈后大多站在面板前，甩着大辫子擀比辫子还长的面，等待着替另一个人家做饭的日子。连搭川的人不怕穷。冬天里家家烧炕，一缕缕淡烟在

---

[*] 中国人民大学财政金融学院 1993 级本科生。

明亮的天上舞动，路上只有风在哧哧地叫，人们煨在炕头上，用一锅锅热气腾腾的煮土豆送走长长的冬季，等来春下种上粪。

连搭川的人却又是热心肠的。回民领袖杨静仁同志曾在连搭川第一次点起了甘肃革命运动的火种。从没听说过马克思、列宁的小脚老太太跟定了共产党，蹒跚着为中共甘肃工委送信，倒尽家里的面柜招待工委的同志。中共甘肃工委最早的领导人张一悟就是这附近的人，他的英灵长眠在川南青松葱茏的兴隆山上，县城南街"一悟路"，是榆中老百姓自豪的名字。半个世纪前的连搭川，是国民党、马家军阀、土匪交错纵横的地方，许多妇女不知道自己生活在什么朝代。但国难临头时，她们也会掏出陪嫁的银簪子，购买抗战国债……

往事长已矣。连搭川的人平平静静地生活着。山上的荞麦几度红遍？山下的油菜几番黄透？人们是不会去数的。他们要数清的，是天上的雨滴和自家房子的间数，于是，一种矛盾的事实便成立了：连搭川虽地瘠民穷却人杰地灵。兰州出的名人多数在榆中县，而榆中县的名人不少又出在小小的连搭川。要数这些名字，可得请教雁母岔沟口上卖果的老汉。

我也是连搭川的人，生在川南缘上的一棵大酸果树下。从四岁时我就开始离开连搭川去找自己的路，却又总是在千里百里之外的地方梦着这个地方。沈从文先生那种要把自己骨灰撒入凤凰城边清清江水的感情，我是懂得的。

奔向根据地
——访原总务处处长何夷平

陈军波*　宋建超**

这个故事发生在 1944 年底。

一天,在河北省开平县伪军营地中担任翻译的何夷平,突然收到一封署名为"林西贝"的陌生人的来信。

带着疑惑,他撕开信封,只见信中只有寥寥数语:"夷平吾兄:近来安好?余自来此,兄弟姊妹极多,生意兴隆,事业如日中之天,望吾兄保重,不必挂念。弟:西贝。"

这几句话使何夷平如堕云雾之中一般:这封信来自何方?这些话是什么用意?何夷平尽力在记忆中搜寻着。

蓦然,他想起了一个人:"对,是他!肯定是他!"他的脑海中渐渐浮起一段往事……

那是 1941 年的春天,为生活所迫的何夷平无奈之下到驻开滦矿务局的伪军中当翻译,衣食颇丰,但有着爱国心和民族自尊心的他心里却充满了苦闷,闲余时间就读一些诗词之类的古书来解闷。

一天,何夷平百无聊赖,躺在床上看书。门"吱呀"一声开了,进来一位年约三旬身着戎装的人,他叫贾德林,是营地的军需官。贾德林坐在床边,与何夷平寒暄几句,然后站起来,似乎是顺手翻了翻书架上的书,漫不经意地说:"现在啥年月,看这些老掉牙的书?隔天我要去北平总部开会,带几本好书给你,咋样?"嗜书如命的何夷平一听有好书,立刻就答应了。

---

* 中国人民大学马克思主义学院 1991 级本科生。
** 中国人民大学马克思主义学院 1994 级硕士研究生。

几天之后,贾德林送给他的是《大众哲学》以及《唯物史观》,其时的何夷平心里追求进步佩服抗日的共产党,就大着胆子留下了。

随后,那位贾德林又给他搞来《联共(布)党史》、《新民主主义论》等书,何夷平被书中前所未闻的思想给迷住了,犹如拨云见日一般,他感到眼界开阔了,自觉心中有根底了,他的思想发生了巨变,他产生了一股为国为民献身的冲动。

原来,贾德林是我冀东军分区的一位情报人员,在贾德林的引导下,何夷平从此开始了他的革命生涯。

他们经常利用身份之便,为我军搜集情报。他们把驻地及其附近地区的伪军兵力部署、武器配置以及其团、营和连级军官的政治倾向、表现好坏等情况写成密信,塞在高粱秆中,趁天黑的时候,溜出营房,送到事先约好的地点。他们的工作卓有成效,给八路军作战造成了许多的便利。

有一天,敌人到处搜捕贾德林,贾德林带着伪军一个机关枪排跑到根据地去了。何夷平由于隐蔽得好,没有受到牵连,但与地下组织的单线联系却中断了。

"今天的信可能是贾德林写的?"何夷平由沉思中惊醒。"西贝合而为贾,一定是他!"

贾德林的信使何夷平心潮澎湃:与组织失去联系两年多了,整天目睹日军残害中国老百姓,自己却无能为力,虽能使日兵少烧一些民房,劝伪军少做些昧良心的事,但毕竟于大局无补,他决定离开敌占区。

1945年6月,何夷平通过关系,调到良乡县伪政府工作。在这里,他通过一位曾在同一营地担任翻译的老同事找到了去解放区的途径。

其时,日本即将失败,敌人更加凶残。为避免连累家人,何夷平说自己到南边去了,敌人认为他去其他敌占区了。就这样,何夷平含着泪水,登上了开往保定的火车,在保定站西门外,会有人与他接头。

出了站口的何夷平四下张望着,有些惶然,他是第一次来保定,对这里的情况不熟悉。

初夏的保定,火车站附近聚集着许多小吃摊,主顾不多,街上行人你来我往,大都无精打采,一群苦力靠在路对面的墙上,衣衫褴褛,面黄肌瘦,看得出他们的生意很糟糕。间或还有几个日兵耀武扬威地走过街头。

忽然,他看到了一位光着膀子,肩搭白毛巾,嘴里嚼着黄瓜的独轮车夫,这人衣着打扮与临行前组织交待的接头人一模一样,混迹在苦力中间,也在望着他。

何夷平按捺不住心中的喜悦,举了举作为接头信物的手提篮,正要举步向那人走去,突然听见背后有人叫道:"你,就是你,站住。"

何夷平的脑袋里嗡嗡直响,他缓缓转过身,只见一个日本兵拖着枪。后面跟着一位油头粉面、衣着华丽的二十余岁的青年人向他奔来,他立刻感到心就要跳出胸膛了:难道我暴露了吗?

那个日兵和青年人奔到他面前,叽里咕噜说了一番话,原来,刚才检查时,看到何夷平篮子里有只烧鸡,突然兴起,要抢了吃,何夷平心下松了一口气,赶紧把自己的晚饭给了他们,这两个家伙笑眯眯地走了。

那位独轮车夫迎了上来,哈了哈腰,问:"先生,北边的火车几点到?"何夷平忙按暗号答道:"南边的火车已经过去了。"只听那车夫悄声说:"跟我来。"然后推着独轮车,头也不回地向城里走去,何夷平远远地尾随着他。

那个人走了有一百米左右,突然越过铁路,转向乡间,何夷平一愣,忙紧追几步,跟上了他。就在转身时,他看见后边又有一人

也在尾随他们,他的心里不由得感到紧张。

好在后面那人没有什么动静,只是跟着他们。一刻钟后,三人来到了一个名叫八里庄的地方。

那位独轮车夫回头向他微笑着:"我们到家了。"后面那人也追了上来,原来,前面的负责接头和引路,后面的则是保护他们的,这两位都是我党的地下工作人员。而八里庄虽然距保定只有八里多地,却已经是我们的根据地了。

数天后,何夷平参加了晋察冀边区城工部,从此,他又开始为革命工作了。

抬棺小记
——访图书馆原馆长程德清

宋建超*　　王永东**

1940年4月中旬的一个傍晚,天阴沉沉的,偶尔有一丝风。沿着晋西小道缓缓走来一队散兵,约摸二三十人,斜挂着老式步枪,衣衫破烂。看上去个个无精打采的,没有一点生气,唯一令人瞩目的,就是这支队伍抬着一口棺材,上好的土漆棺木在夜色中闪着黑幽幽的光。棺材旁走着一个身穿孝服的年轻人,30岁左右,中等个,疲惫的脸上布满了菜色,不时用手摸摸棺材。他,就是程德清,八路军活动战区后方医院代表,刚从西安归来。

原来,程德清是奉命到西安买一批急用药的,同行的还有一位战士。他们到了西安,找到西安救济总署,费尽了周折,总算买到了药品。可怎么运送回晋,成了一大难题,因为沿途要闯过日军的重重关卡,稍不留意就会前功尽弃。于是,他们想出了一个办法:先搞来一副棺材,把药品放在棺材底层。程德清扮成孝子,让另一名战士和临时雇来的脚夫抬着棺材起程。在陕西境内还算顺利。谁知一过佳县,进入山西,就遇到了日军的春季大扫荡。在一次与小股日军的遭遇战中,战士牺牲了,脚夫跑了。程德清趁乱把棺材推到一个小山沟里,侥幸脱身。后来,他在老乡的帮助下,找回了棺材,幸好药品还在。看着偌大的一副棺材,他不禁犯了愁:眼下怎样才能尽快把药品运回后方医院呢?战士们都急等着这救命的药啊!他眼前又浮现出一幅幅扭曲的血淋淋的面孔……

---

* 中国人民大学马克思主义学院1994级硕士研究生。
** 中国人民大学马克思主义学院1991级本科生。

程德清潜到村子里找老乡想办法。正巧碰到了一队阎锡山部队的散兵。共同的民族仇恨把他们团结在了一起。于是，出现了本文开头的一幕。

夜色愈沉了，这支疲惫的队伍还在缓缓地行进着。他们心里都很紧张。前面就是鬼子的岗楼。他们必须赶过岗楼才能休息。程德清一边走一边盘算着。

转过山脚，鬼子的岗楼呈现出来。远远的可以看见楼顶那盏探照灯和鬼子巡逻哨。程德清心里一紧，扫了扫身边这些有气无力的散兵，迅速地权衡着：是闯还是避？闯过去，会和鬼子正面冲突，药品就保不住了；绕开呢，必须翻山，那山脊离岗楼近，也要冒险。他想到这次出来的任务，想到临行前首长严厉的目光，果断地作出决定：保住药品要紧，绕！

于是，前队变作后队，绕上了翻山的小道。

月亮爬上来，照在崎岖的山路上，照在每个人的脸上。一行人谁也顾不上说话，只听到"沙沙沙"的脚步声。

快到鬼子岗楼对面的山脊了。大家的心都提到了嗓子眼儿上。个个小心翼翼，凝神戒备。

忽然，"咕咚"一声，前面一个散兵踩滑了一块山石，直滚到山下，发出一阵空荡的回响。鬼子的探照灯迅速扫过来。跟着，一梭子弹也打了过来。

"快走！"程德清大叫一声，随手扔出一颗手榴弹，在岗楼外炸开了花。散兵们也跟着开了枪。

程德清两步蹿到棺材前面，拖着棺材，迅速向半山坡上的破庙撤。身后传来"嗒嗒"的枪声和鬼子的叫喊声。

这下，程德清可着急了：人可以跑。可药品怎么办？他望了望跟在身后的散兵和前面不远的破山庙，一个计策油然而生。

"快把棺材拖到庙里！"几个人一起使劲，很快到了庙前。

这是一座年久失修的山神庙，供着的山神已掉了半边身子。程德清把棺材塞到神龛下，推倒山神像。然后拉响一颗手榴弹，山神庙顿时塌下来，结结实实地盖住了棺材……

药品终于保住了。后来，这些药品被程德清分散运回了后方医院。

夜闯平汉线
——档案系原党总支副书记刘正业的回忆
姜广武* 程 瑞**

1944年9月,天气还似夏日般炎热。一天,我们突然接到命令"速赴冀中军区,帮助开展抗日工作"。

我和其他几位同志立刻从冀鲁豫根据地北上,奔赴新的"战场"。炎热的天气使我们本已不平静的心情更加激荡,同志们有如叱咤沙场的将军,个个意气风发,食苦如饴,迅速赶到了河北定县。

定县地方党委告诉我们,北上的最大困难,就是要闯过敌人严密封锁的平汉线。为了保证我们安全通过,他们决定,由敌后武工队护送我们,夜闯平汉线。

我们随同十几个武工队员,在黄昏时分,来到了离铁路十几里远的一个村子里,在一个村民家里吃饭、休息。武工队的负责人告诉我们:好好睡觉,养足精神。夜里十点钟,我们再出发,因为那时候,敌人的警惕性会有所放松。

我躺在土炕上,心潮起伏。一忽儿想到,今晚不知将会遇到什么样的凶险;一忽儿又憧憬着未来的美好前景。我翻来覆去,怎么也睡不着。我悄悄看了看身边,其他的同志似乎也睡得不安稳。我又坐起来,向地上看了看,发现睡在谷草上的武工队员却个个鼻息沉沉,已安然进入了梦乡。这些终日里出生入死的同志毕竟跟我们不同,他们的意志看来已磨炼得如钢般硬,什么样的艰苦环境对他们来说,都能轻易地适应了。有了这样的同志,胜利一定会属于我

---

* 中国人民大学信息资源管理学院毕业生。
** 中国人民大学信息资源管理学院毕业生。

们的。我忽然觉得心里一定，躺下身，慢慢地睡着了。

快到十点时，我被叫醒，睁眼一看，武工队员们不知何时已收拾停当。每个人都精神饱满，头上扎着白围巾，肩上挂着一捆绑带，腰里别着短枪，脚上穿着草鞋，浑身上下干净利落，显得格外精干。我和其他几位同志赶快下了炕，穿上鞋，在武工队员的保护下，向铁路进发。

天公作美，那夜无月，四周显得黑糊糊地，正适合我们行动。大家一言不发，悄悄而迅速地摸至铁路边。

但是鬼子的装甲车每隔一会儿，就轰隆隆地巡逻一遍。车轮轧击着铁轨，声音冲破了宁静的夜空，格外刺耳。不远处，就有一座鬼子的炮楼，探照灯光像魔鬼的恶爪般似乎要抓点什么，来回地挥舞着。我们必须谨慎行事。

更可恶的是，鬼子在铁路的另一边，挖了一条两丈来深、几丈宽的深沟，沟底尽是陷人的污泥，一根根削尖了的木桩，从污泥中探出来，像要择人而啮。

我们瞅准装甲车开过的一个间隙，迅速过了铁路，顺着沟沿滑到沟底，躲避着尖桩，踩着污泥，深一脚，浅一脚地向沟的另一边快速摸去。突然，我的脚深陷进污泥中，我一使劲把脚拔了出来，鞋却留在污泥里。我悄声地告诉身边的武工队员，他一声不吭，一把抓住我的胳膊，不容我犹豫，一直把我拉到沟边。

大家毫不停顿，立即向沟顶爬去。可是，我丢了鞋，脚上又沾满了黏滑的污泥，根本就使不上劲，爬了一小段就滑了下来，试了几次，还是立在沟底，我看着同志们全都迅速地爬上了沟顶，心里十分着急。正当我不知所措之时，两条绑带从上边一下子垂了下来，我赶紧死命抓住，几下子被拖了上去。

我们刚撤离铁路边，鬼子的装甲车就开了过来。我惊出了一身汗，心怦怦乱跳，心想，幸亏武工队考虑周到，带了绑带来，否

则，再耽误一会儿，就有生命危险了。真可谓千钧一发，刻不容缓。

  我们又向前走了不多远，前面出现了一片开阔地。我仔细一看，不由得暗骂一声"该死"。原来，凶残的敌人不让老百姓在这片地里种庄稼，却种上了一大片蒺藜。密密的蒺藜满布尖刺，根本没有下脚的地方。

  情况危急，不容我们作他想，只能从这片蒺藜地上踩过去。我低头看了看自己的光脚，一狠心，向蒺藜地踏去。钻心地刺痛一下子疼到了头发梢，大粒的冷汗从脸上淌了来。我咬着牙，一声不吭，跑过那一片蒺藜。

  过了蒺藜地，危险暂时离开了我们。我心情一松，身子一晃，坐到了地上。我捧起双脚一看，脚底已血肉模糊，几十根长刺深深地扎在肉里。我又咬着牙把刺一根根拔了出来，心里不住地痛骂日本鬼子。

  天快亮了，我们的队伍稍事休整后，继续前进。危险和疼痛依然在心头，但这只能更坚定我们把革命坚持下去的决心。黑夜毕竟快过去了，我们抬起头，昂起胸，坚定地走向黎明。

幸 存 者

胡晓柯*　胡颂文**

　　这是一则血与火铸就的英雄的故事。故事悲壮而传奇，使我们想起了那场血雨腥风的战争。故事里的那位幸存者不在遥远的地方，他就生活在我们的身旁。读罢此文，人大出版社原党总支副书记邓茂生这个名字一定会令您久久难忘。

　　1940年春，日本侵略者加紧了对敌后抗日根据地的清剿，斗争环境一天比一天残酷。

　　有一天，邓茂生和八路军敌工部部长毛蓬前往山西阳曲县城开会，二人跋山涉水来到了一个叫石槽村的地方。时值正午，他们饥肠辘辘，决定就在村里弄点吃的。粗糙的高粱米，发黑的萝卜干，对于他们来说是那么香甜可口。

　　突然，街上人跑狗叫，一片杂乱，经验告诉他们：鬼子进村了！

　　"同志们，快撤！"区长老高果断地喊了一句，带头冲出屋外，不幸当场中弹身亡。紧随其后的农会主任老刘刚冲到院内也倒下了。

　　邓茂生和毛蓬冲出屋时，院门已被狡猾的敌人关上了，他们又只好准备返回屋里。这时，敌人在屋上架起了机枪。子弹像无数条火蛇在院内窜动。

　　还没有返回屋里，邓茂生猛然感到全身一震。身体像被人从后面推了一把。扑倒在地上。血从他的腿部、胳膊和手上涌出。

　　只要有一口气就必须活下来！邓茂生想起了首长的教导，将身体努力向前挪动，但由于伤势过重，他终于趴在地上不能动弹。

---

　　* 中国人民大学马克思主义学院1994级硕士研究生。
　** 中国人民大学马克思主义学院1991级本科生。

不知是在邓茂生受伤之前还是之后毛蓬同志也受了伤,他见邓茂生倒在地上,仍不顾一切地冲过来,焦急地呼唤着邓茂生的名字。邓茂生心里异常明白,但此时他已经不能说话。毛蓬意识到牺牲已不可避免,猛然间无法抑制自己的感情,使出全身力气连声高呼:"共产党万岁!共产党万岁!"随后是一阵更密集的机枪扫射声,邓茂生心里明白:毛蓬同志牺牲了!

邓茂生躺在战友身旁,悲痛、激愤难以言状!

敌人发现屋中还有人,拼命往里冲,从屋里射出的子弹击毙了一名鬼子。敌人不敢继续往屋里冲,但他们使出了惨无人道的手段,在窑洞里堆起了柴垛,熊熊的大火吐出滚滚浓烟,一直烧到天黑。

第二天天一亮,鬼子带着伪军又来了。他们在屋上朝院内、屋里砸石头,有几块打在邓茂生的身上,他竟感觉不出痛。

鬼子打开了院子的后门,用刺刀逼着伪军往里冲,但谁也不敢挪动半步。邓茂生趴在地上听到了日本军官"叽里哇啦"的怪叫和"噼噼啪啪"的耳光声。从后门到正屋不到三米远的距离,敌人竟从早上一直折腾到下午。好不容易冲到了屋里,一看空无一人,日本军官也觉得滑稽,禁不住哈哈大笑,接着窑洞内更是一阵乱哄哄的怪笑。

实际上,屋里的人不知什么时候已悄悄地进入了东屋。

敌人走了,一无所获。

一个肥头大耳,手持"王八盒子"枪的汉奸回头瞅了瞅被烟熏得漆黑的窑洞,仿佛又发现了什么。疾步返回东屋,他使劲推了推门,但没有推开。于是他赶紧追出去把这个重要的发现报告了鬼子。鬼子们又回来了。他们又一次使用上述"最有效"的攻击手段。就这样本该活下来的同志全被活活闷死在东屋里。

汉奸洋洋得意地走向院子,猛然在邓茂生身边停住。他用脚踢了踢邓茂生,并示意一名鬼子过来。过来的鬼子俯身抓起邓茂生的衣领,然后朝下摔,又用刺刀在邓茂生头部比画了几下,怪声怪气地对汉奸说:"死——了——"随后汉奸尾随鬼子兵走了。

邓茂生被摔得头昏眼花,但他明白在他身上所发生的一切。

敌人走后不久老百姓来了。他们看到地上的尸体,看着被烟熏黑了的窑洞和被摔得七零八落的家什,一个个失声痛哭。一位二十来岁的年轻人发现邓茂生艰难地挪了挪身体,惊讶地叫道:"快!还有一个活着!"乡亲们不由分说七手八脚地把邓茂生抬走了。

事后,邓茂生被送往后方养伤,一年后他的身影又出现在抗日前线上。

选 择

——徐伟立老人谈走上革命道路

李永强[*]

"扛枪打仗并不如想象中那般有趣,没有谁会在吃得饱、穿得暖,生活平静、幸福的时候想去打仗。我们都不是战争狂人,但是在有家不能回、有学不能上、朝不保夕的情况下,除了反抗,我们还能做些什么?"

听完我们的问题,徐老就这样开始了她的讲述:

"我是南京人,七七事变的时候,我还在中央大学实验中学读高二。民族的灾难也打破了我原来平静幸福的生活。我的父亲是位留美学生。回国后在金陵大学任教授。在父亲影响下,我从小就爱读书、读报,注意国家大事,同时在学校受到一些高年级学生的影响,接触和吸收了不少进步思想。所以在日本侵略我国国土的消息传来时,我立即就有一种投身到抗日大潮中去的冲动。覆巢无完卵,我们应该反抗!但父亲却很反对。他不相信中国能打胜日本,他主张退让、躲避,所以极力阻止我们参加抗日活动。不久,日军进攻上海。南京乱成一片,人们都争先恐后地逃到内地去。我家也离开南京,迁往武汉。

"在途中,到处都是逃难的人群,搀着老的,领着小的,背着大包小包,像无头苍蝇似的漫无目的地随着别人向前涌……时不时还能看见一些从前线撤下来的伤兵,被担架抬着,有的胳膊断了,有的一条腿不见了,大声呻吟着,一片凄惨的景象。这一切加深了

---

[*] 中国人民大学出版社党委副书记。

我对日本人的仇恨，也更坚定了我反抗的意志。

"到了武汉，情况并没有许多好转。这里同样是一片混乱，人们整日心神不定，害怕日本人会再打到这里。不幸的是几个月后这预感成了事实。日军进攻武汉，飞机整天在头顶上盘旋、怪叫，威胁着每个人，父亲准备再迁往四川，说那里比较安全。但是我却不想再逃了，和平、幸福难道要靠退让和躲避才能得到吗？我想留下来，我要战斗！

"但是，如何才能留下来呢？我知道，父亲是绝对不会让我独自留在武汉的。唯一的办法便是不动声色，而在全家出发去四川的时候躲起来。我暗暗地和一个要好的同学商量，决定到时躲在她家。

"一切照原计划进行。但想到就要离开亲人，心里终究有些难过，想找人倾诉，三姐平日和我很谈得来，便将我的想法和计划悄悄地告诉了她。三姐有些舍不得，但她还是很支持我，并答应向家里人保密。她又掏出身上仅有的一元钱塞给我，让我多多注意安全。怀里揣着这一元钱，我匆匆与父母打了个招呼，便离开了家。我仿佛看见父母在慌乱地寻找我踪迹的身影。仿佛听见他们焦急地呼唤我名字的声音……含着泪，我向前走，始终不曾回头，因为我不想回头，也不敢回头。

"就这样，我留在了武汉。汇入到抗日救亡的洪流中，从此走上了革命斗争的道路。"

徐老回忆着，淡淡地讲述着自己当年的心境和选择，平静如水。可我们却从这份淡然、这份平静中深深感受到了老人那正义而高贵的灵魂。

珍贵的纪念

包 慧[*]

1938年底,陕北公学枸邑分校第一期学员即将毕业,一个振奋人心的消息,传遍了枸邑县看花宫(分校校部和女生大队的驻地),那就是党中央和中央军委决定,把我们分校和几个兄弟单位合并为抗大一分校,开赴晋东南敌后抗日根据地。

那些日子,全校都沸腾了!同学们写申请书、出墙报,向党表决心。"到敌人后方去,把鬼子赶出境"的歌声,回荡在学校驻地的各个村庄。

举行毕业典礼那天,一清早,男同学就在看花宫老乡的打麦场上搭起了戏台;同学们有的布置会场,有的贴标语,有的排练节目……整个看花宫充满节日的气氛。

隆重的毕业典礼进行不久,会议主席向大家宣布:今天有成仿吾校长、罗迈(李维汉)副校长特地从延安赶来参加我们的毕业典礼……这时会场一片欢腾,成、罗两位首长在两千多年轻人的鼓掌声、欢呼声中来到会场。当时的情景,至今还历历在目。成校长上台讲话时,会场一片寂静。成校长个子不高,声音却洪亮有力。他号召青年要起抗日的先锋作用;要到敌人的后方当老百姓的小学生;要我们发扬"忠诚、紧张、团结、活泼"的作风;要我们继承先辈"艰苦奋斗,英勇牺牲"的革命传统……突然不知哪个小伙子高喊着"欢迎'爸爸'、'妈妈'给我们唱一支歌"(因罗副校长比较严肃像个父亲,而成校长十分慈祥像个母亲,所以同学们这样亲切地称呼他们)。会场又重新欢腾起来,在一片掌声中,成、罗两

---

[*] 中国人民大学新闻学院教授。

位首长很快满足了大家的要求,在一起唱了一支歌。当时唱的什么歌已经记不起来了,但我永远记得两位首长那种爱护青年的举动,感动了大家,有些女同学竟高兴得掉下了眼泪。

成校长的讲话,给了大家极大的鼓励和教育。当天晚上,我们全班同学,盘坐在炕上,围着小油灯,兴奋地讨论到深夜。有一个同学建议说:"我们去敌后以前,请'爸爸'、'妈妈'和我们全班合影留念好吗?"大家顿时精神振作起来了,并选出了代表。第二天一大早,赶去校部请成、罗两首长。只见这两位首长笑呵呵地和我班代表握着手,来到了我们身边。我们这一群女孩子欢乐地连走带跑来到了看花宫村头破庙前大树底下(据说这里是当年杨贵妃看花的地方)。我们就在这里,和成、罗首长,留下了一张珍贵的合影。

不久,我们第一批学员整装出发,越过吕梁山脉,穿过敌人封锁线,到达晋东南抗大一分校。

那张珍贵的照片,伴我度过了漫长的战争岁月。泛黄的照片经过翻新,又放出了新的光彩!

吴老和司机

张茂秋[*]

50年代初，人民大学有个司机班，司机班的学员是一些赶马车随军进北平的"赶车娃"，学开轿车，有很多困难，学文化就更难了。许多人连签名都得用盖手印代替。在吴老的帮助下，司机们都进了业余学校，我就是那个学校的教师。吴老平易近人，平时很关心学员的学习和生活，一些小事令人终身难忘。

有一次，司机小王出车送吴老去开会。吴老在车上问他："今天有什么新闻？"小王认字不多，不懂得看报纸，摇着头腼腆地笑，吴老也笑了。下车时，吴老从手提包里取出当天的《人民日报》，交给他："小鬼，我还要去高教部，等回来时，我可要你还我的报纸噢。"后来小王跟我说，报纸上还有那么多有意思的事儿：周总理出访，苏联外长来访。他才明白街上挂了许多彩旗是怎么回事。顿时觉得眼睛亮了，世界有那么大。就这样，在吴老的鼓励下，他养成了看报纸的习惯。我让他写篇文章，他下笔就有话。

在业余学校，司机班的学员每次考试后的成绩单，吴老都要秘书拿给他亲自过目。有一回小王送吴老回校，吴老从兜里掏出一张纸条，是小王的中考成绩单，吴老很高兴地说："小鬼，考得不错嘛，成绩优秀。"小王看到好成绩让老校长知道了，心里很得意。吴老又说："你作文的分数还没有呢。"他这才想起，上回因为出车，没赶上考试。吴老和蔼地说："你明天就把作文本带来，车停时就写，抓紧时间，你会考好的。"后来小王的作文被当做范文在班上朗读，同学们热烈地鼓掌。那阵阵掌声，不知吴老可曾听见。

---

[*] 中国人民大学毕业生，作品摘自《春笋集》。

有一年冬天特别冷。一天，下了大雪。吴老要开一整天会。小王照例把车擦干净，因为担心吴老的手和膝盖受冻，特地准备一个暖水袋，吴老上车后笑着说："你真会打扮这车。"小王红着脸把暖水袋送到老校长膝盖上。吴老感激地说："小鬼，你还有秘密武器哩！"下车后，吴老走了几步，又转过身叮嘱小王："把车放好就去值班室休息吧，不要在车上等我，车里再好也不如屋里暖和。"小王望着那慈祥的身影，真的感到一阵阵暖意。

事隔四十多年了，吴老也离开了我们。但是那飞扬的雪花，那腼腆的小司机，还有吴老那慈祥可亲的音影，还像当初一样清晰可见。

记忆中最为壮丽的篇章

吴　微[*]

　　大军南下，渡江在即。我所在建制为"松浦大队"，任务是接管上海外围的江苏省松江、青浦等县政权。当时，给每个排都发了一本《松浦情况》小册子，里面详细记述了当地历史、地理、政治、经济、社会状况，政权结构，官员的特征以及他们的家庭成员和住址，还介绍了当地主要商号、学校、医院及其负责人和其他有影响的社会人士等。我记得，在松江县情况中，有一条写道，侯某某，士绅，住某巷几号，其第几子侯某某，早期共产党员，大革命时期领导农民暴动牺牲，等等。可见地下党为迎接解放所做的细致工作。

　　行军到达平潮，已是四月初。一天，大队召开紧急会议。政委说，现在要抽一部分同志插到部队里去，主要任务就是保证渡江的先头部队吃饭。他说，兵马未动，粮草先行。大批粮食供应用不着你们操心。考虑到部队过江以后，进展很快，冲在前沿的部队可能会分散，一时吃不上饭。所以，要你们去做群众工作，去买，去借，就地解决粮食问题。针对有些人不愿意做粮食工作，他提高嗓门喊道，列宁本人就亲自抓粮食工作，戴白手套的人是不能革命的，等等。那时，我虽然知道列宁，但列宁怎么做粮食工作，确实一无所知。然而政委的讲话把大家鼓动起来了，当即踊跃报名。这样，我就正式参军。领到一支三八式马枪，3粒子弹，成了10兵团31军的一名战士，编入新的工作队。想到我将随部队首批渡江，非常激动。

　　新编的大队先由平潮向西，直达黄桥镇。黄桥，这里曾是新四军自江南东进的前沿驻地。现在，镇上及其周围挤满了待命回师南下的

---

[*] 中国人民大学经济学院教授。

大军。粮食、猪肉（整片的咸肉）堆积如山。"黄桥烧饼黄又黄"，葱油芝麻的香气四溢。在这里我们奉命轻装。两天后，又折返原路东行。这一来回有200多华里。夜行昼伏，在江边一个村子住下。黄昏时分，大江那边，影影绰绰的山丘、树影。老乡说，那就是江阴要塞黄山炮台。事务长给我们送来面粉，每人二斤，要我们连夜做成烧饼自留备用。种种迹象表明，伟大的时刻即将来到了。

第二天，晚饭后紧急集合，出发。这是4月20日的傍晚。向东走了一阵，渐入黑夜。狭窄的土路上，人太多，稍不留神就会找不到自己的队伍。每人紧盯住前面同志左臂上缠着的白毛巾，忽而要轻声向后面传递不时更换的口令。在江边一条河汊的岸边，奉命就地休息。春夜的凉意，潮湿的地气。虽然集结着那么多的人，听到的唯有江水推动河水，河水拍打船帮的汩汩响声。

忽然，我们清楚地看见江面半空有一个向下游移动的红色亮点。前哨用电筒时亮时闭，好像是发出"问话"，但无回应。枪声骤起，那边打过来的子弹嗖嗖呼叫着从我们的头顶上飞过，这是我第一次领略的战场。当时人人都镇定、凝重，齐整地站着。排长下令"卧倒！"然而大家挤在一起，趴不下来，只有蹲着。一会儿，传来命令，要我们向后转移。

我们被引进一个大竹林里。这才发现，我们要插进的部队仍在前沿，而我们这些负责筹粮、保障吃饭的工作队却撤下来了。

过了一会儿，大江上游远处的夜空猛地白亮一片，尔后就是闷雷似的轰响。开炮了！那亮光并非反复闪现，而是持续不散的普照之光。那声响也没有节奏可辨，而是无间无断地隆隆震天，经久未息。

我们就被"禁锢"在这片竹林里。坐在背包上，靠在竹干上，反复地学习《入城守则》一类的小册子。苦挨了三天。24日上午，传来油印的《快报》："南京解放！"我们也突破了不堪忍受的隐蔽，爆发出欢呼。当晚，再次转移到江边。

深夜，下令登船。原先我没有看见在港口里有那么多的木船。此时，忽地桅杆竖起，钻天林立。我们上的那条船只能容一个班，12个人中，没有连排干部，没有一人打过仗。传来命令说，下船后，如果找不到队伍，到金童桥集合。回想起来，当时我们那种不知天高地厚，无所畏惧的劲头，倒有几分自豪，几分壮烈。因为南京虽然解放，对面可是江阴要塞，黄山炮台啊！我们所属的部队，肯定早已过江，他们现在到了哪里？吃饭怎么解决的？

木船离岸，扬帆加速。船工是两位中年男女。除了绳索与滑轮的滚擦声，江水与船头的拍击声，摇橹与扳舵的吱吱声，一片寂静。我坐在右舷内侧靠前（因为我是副班长），看不到远处。前后左右都是船，可以见到邻船同志们肩上的白色粮袋和毛巾。当时的气氛紧张、热烈、兴奋、神秘，是很复杂的。

船近江岸，天色渐明，下起雨来。没有码头，大家跳进水中，朝堤上冲去。江边原有芦苇，苇子砍掉了，水下的根茬还在。猛跳下去，许多同志的鞋底被戳穿了，小腿被划破了，鲜血流了出来。

冲上大堤，回头看去，滔滔大江，滚滚东逝。那群帆竞发，众舸争流的宏伟场景和军民奋击、人人皆要勇夺三军的磅礴气势，是我毕生难忘的。至今我还顽固地认为，自那以后，我所见到的任何有关大军渡江的电影纪录片、故事片、照片及文章记述等所再现的场面，与我所见、所闻、所思均相距甚远，都难以符合我对那一刻的壮丽记忆。

我们的队伍很快就在江堤上集合起来，从班排到大队完好无缺。雨仍在下着，我们走在千军万马踏过的小路上。路面烂成糨糊，路底却是绑硬。上淋下滑，很难走。许多人摔倒再爬起，满身泥水，十分狼狈。

从江边到金童桥，有20多华里。卸下湿了半截的背包，已过中午。太阳露了脸。大家忙晒衣被、粮袋。因为要准备随时出发，对身上的泥污只能干搓，尽量改善一下形象，毕竟是人民军队、胜利之师啊！

　　临时的驻地离黄山炮台很近。这时，我们才得知，要塞上的国民党驻军已被我地下党瓦解，起义了，有的则当了俘虏。江防陆军逃跑了，我军先头部队正在追击。难怪我们没有遇到什么抵抗。至于20日夜晚江面上出现的那个红亮点，则是英国军舰的桅灯，它与另一艘英舰"紫石英"号在南京附近的长江挑衅，遭到我军的猛烈反击，当时它正溜往上海。

　　追击的命令下来了。工作人员分散到后续部队的基层，我被派往第31军文工团。他们不让我背枪，要我扛一把油布套着的大胡琴，明显地是为了减轻我在行军中的负担。当时我的那副样子，大概是很滑稽的。

　　拂晓，开始雨中急行军，大体沿着公路向西。过江阴县城，跨铁路，穿越常州市区，除了中午在路边略事休息，啃干粮、喝水，不停地大步快走。正是江南草长，群莺乱飞的时节，麦苗青绿，菜花金黄，被春雨洗得越发清新。可是哪有闲情来品味呢？傍晚，到达宜兴的前黄镇，估计这一白天的行程，约为140华里。但国民党军逃窜了，部队将沿太湖西岸向浙江继续追击。我们这些工作队员则又被从部队中撤出，恢复了"松浦大队"建制，立即转往无锡去苏南区党委报到。

　　我们本来要第一批渡江，结果晚了三天。真是"起了大早，赶个晚集"。直到上海解放以后，我们才坐着火车到松江（许多同志是生来第一次坐火车）。那些当时未能参军的同志早已紧随大军南渡，绕过上海市区，解放了松江、青浦等县，完成了接管任务。"筹粮"和"接管"两项任务都没有用上我们。不无遗憾。

　　1950年，华东军区给我们颁发了"渡江胜利纪念章"。这枚古铜色的圆形纪念章，是我拥有的最为珍贵的财富。

人民大学的精神气质

周兴旺*

每一所著名大学都会有她独特的精神气质和风格传统，进入人民大学的人们，也常常会不自觉地为人大这种独特的气质和风格所感染。

准确地说，人大给每一个新来的拜访者的第一感觉是，严肃而深沉，缺少轻松，多了些凝重，在一种亲切中感觉到一种逼人的肃杀，在一种诚恳的气氛中潜伏着一种坚硬的理性。

这里不太像一个年轻人派对的乐园，更像一个适合成年人生活的简朴的居民院。

这里也不太像一个充满激情和浪漫的象牙塔，倒更像一个随时待命出征的忙碌的大本营。

与国内的许多花园式校园相比，她没有古董，基本上没有历史遗迹，整齐划一的道路和风格齐整的建筑很难让人产生童话般的想象力，学子们脸上带着那种明朗但又深邃的表情使人很难瞬刻进入他们的内心世界，而教师亲和的风格和犀利的谈吐，又往往让人容易产生探究的愿望。

简朴而又亲切，忠诚而又热情，纯粹而又繁复，明确而又深刻，坚定而又平实，谦逊而又稳健，雍容大度而又清澈明亮，激情洋溢而又内敛温和，富有想象力而又不乏悲观的估计，表述简单而又行动果决。这就是人大的风格和气质。人大可能是中国最难准确描述的大学之一了，诸多混合性的气质集于一身，使她成为一个单一和复杂的混合体。

---

* 中国人民大学新闻学院1992级硕士研究生。

人大也有可能是中国最容易被误解或者被误读的大学之一,她几乎浓缩了转型中国所有的矛盾和问题,当代中国的诸多文化冲突在她身上都能找到各自的投影。保守的人群说她激进,新潮的人群说她守旧,内向的人群说她活脱,热烈的人群说她拘谨。她在一些民间大学排行榜上备受争议,她曾经是最受器重和支持的大学,又曾是被打压和破坏最严重的地方,她因为"思想偏'左'"而被西方媒体诟病,又因为观点新锐而让世界目瞪口呆,她简陋的研究条件让许多人摇头叹气,但是她层出不穷的成果又让人觉得她仿佛有魔术师一样的神奇,她略显疲惫的步态很容易让人担心她的不堪重荷的体质,而她快步如飞的复苏又让人感觉她仿佛干什么事都能举重若轻,她曾经被理解为"红色教父",面容严峻得让外国人望而却步,她又是改革开放以来中国高校中第一批与西方资本主义零距离交流的桥头堡,其坦诚的姿态和雄辩的口齿让诸多世界级学者惊喜莫名,她的大撒把式的管理很容易让人产生伊甸园式的轻松错觉,而她近乎苛刻的课程要求又使她的学员能尝到几乎有从地狱里回还的痛楚。

所有的这些,都有片面的真实,而这一切的一切,似乎都掩盖了她本质上的真实,所以,包括人大的学子往往都很难登堂窥奥,外人就更难窥见她内在的峥嵘和奇伟。

然而,人大自身似乎很少理会这些反复无常的纷争和议论,她一如既往地保持她不紧不慢的节奏,她基本缄默的态度和一刻也不放松的精进,使她屡屡能化解误会、转危为安,她的平静的内心和清澈的理性足以使她信奉"行胜于言"的古训,自甘寂寞的她唯一没有放弃也始终未敢懈怠的是她与生俱来的责任感和忧患意识,这种并不太让人放松开心也不大符合时宜的气质和让人有点敬畏的紧张感,就是她人格的核心支柱,也是她不竭生命力的源泉——严谨精进的学风和与时俱进的传统。如果有心人能够看到人大的这种内

在的生命支托，对这所学府的精神气质也就会平添许多敬意。

走在车水马龙、人潮如织的中关村大街上，在领略了都市的繁华和忙碌之余，请你顺道拐进一道厚重的大门里。用花岗岩垒砌成的大门没有更多的装饰，亦如她里边的人们，平实亲切而又端庄淡泊。

阳光透过树叶打在校园的林荫道上，交织着学子们匆匆的脚步。

凉爽的清风和温暖的阳光沐浴着这个繁忙的校园。每个走在校园干道的人，都神清气朗的。不管他或她是不是这所大学的人，都能被这个校园的活力所感染和吸引。那是一种什么样的情绪呢？

向上、热情、坚毅、理智。

人与环境就这样静静地交流着。

如果你了解这个国家和人民历尽的苦难，你就会理解这个名字叫做"中国人民"的大学的艰辛与坚强。如果你还记得那段自力更生的朴素岁月，你就会理解这些来自全国各地的优秀学子的淡泊与坚持。

如果你相信淡泊以明志、宁静以致远的道理，你就会相信真正的家园在人的心中，而不是眼中。

是由于这里有栖居着那么多白发的先生和睿智的头脑，才使得此地分外地让人钦敬和向往。

数十年的磨炼使这个学校成熟而睿智，她有宽广的胸怀去接纳各地的孩子，她有温暖和热情去激发每个人的创造力，她有坚毅和理智去坚守豪华都市夹迫下的一片馨馨书香。

与人性的进化速度相比，这里的变化要迅疾得多。

但是，即使是拥有了华丽的高楼，也不一定可以促进人的净化。但愿在这个竞逐浮华和虚荣的世界里，这里还能一如既往地保持那份坚守和寂寞。

康德曾言：世界上有两样东西最让我震撼，一是夏夜里浩瀚的星空，一是人类道德的心灵。

说到这里，请你再次回味一下这里的天空和景物，还有与你血脉相通的人们。

希望让你震撼的是她蕴藏着的那些宽广壮美的心灵,和她流淌出来的浩瀚无际的睿智和宁静。

无论怎样的演绎和变幻,这个校园都不会改变她的本色,那是积淀在人们记忆深处的一种执著和景仰。

所谓高山仰止,景行行止。

难忘的陕公校歌

杨宪先[*]

说起来挺有意思,年幼读书时我并不爱唱歌,被同学戏称为"乐盲"。而从十七岁来到我党创办的陕北公学(简称陕公),却对歌咏产生了兴趣。那时,在革命圣地延安城郊,宝塔山下,延水河畔,我们这些活蹦乱跳的姑娘和小伙子,从清晨到夜晚,歌声笑语连绵不断,人们称延安为"歌咏城"。

每逢召开群众大会,互相拉歌:陕公来一个!抗大来一个!此起彼伏,歌声荡漾,陕公是以歌声昂扬而闻名于延安的。以后,大家又唱着歌告别了延安。

我唱着《陕公校歌》在陕北一步步成长,伴随着这歌声,我在东北的黑土地上和人民群众一起斗争,60年代又先后登上锦州师范学院、辽阳化纤工学院的讲坛,和教师职工们共同在高教阵线上奔波。在波浪滔天的海湾,我和民兵团的同志们徒步跋涉,荷枪实弹,"备战备荒为人民";在课堂上,我洗耳恭听中文、政治课……和教师们共同探讨提高教育、教学质量问题;在学生宿舍、学生食堂同吃同住的生活中,互相倾吐心声,探求人生真谛;走访执教多年的老教师,学习、总结其切身体会的经验;热情迎接新来的青年教师,安排好他们工作、食宿,使之体会到革命大家庭的温暖;迎新春晚会,送别毕业生……我也乐得凑趣,纵情高唱一首《陕公校歌》,师生一起欢聚,其乐融融。

一首优美的歌曲可以影响一个时代,可以影响人的一生。我之所以钟情于《陕公校歌》,就由于这首歌曲浓缩了我少年时期的美好岁月,寄托了"妈妈校长"成仿吾对我们的深情厚望和民族重

---

[*] 陕北公学学员,中国人民大学校友。

托。她是鼓舞我们奋勇拼搏的进行曲,是交织着成校长和吕骥老师心血的交响乐。因此,我才乐于一而再再而三地把她吟咏,让年轻一代共享这不可多得的荣耀和快乐。

当狂风暴雨来临,要渡过险滩、恶浪时,这首歌又成为指引我战胜险境的导航船,指导我乘风破浪前进的一盏明灯。在那史无前例的年月里,拼却性命为革命奋斗数十年的老革命,一夜之间被打成反革命的黑帮分子,关进昼夜不见天日的"牛棚",遭受拳打脚踢。当时,百感交集,回首往事,我又想起了难忘的陕公学习生活,想起了老校长和他创作的那铿锵有力的《陕公校歌》,我能一字不落、一音不差地低声吟唱起来:

这儿是我们祖先发祥之地/今天我们又在这儿团聚/民族的命运全担在我们双肩/抗日救亡要我们加倍努力/忠诚,团结,紧张,活泼/战斗地学习/努力,努力/争取国防教育的模范/努力/努力/锻炼成抗战的骨干/我们忠实于民族解放事业/我们献身于新社会的建设/昂头看那边/胜利就在前面。

这首歌曲给我以无比的鼓舞和坚强的毅力,使我得以在那场浩劫中幸存下来,今后,我仍然将以成校长为光荣的榜样,牢记您1977年写的《八十自述》:

人生八十古来稀/喜见妖帮又剥皮/阴谋欲毁英雄业/丑类终遭历史讥/拨乱反正人同愿/创新局面世所期/老夫贡献虽惭少/敢与中青迈步齐。

石　兽

许崇德[*]

在人大校医院的北墙下，匍匐着一对不太显眼的石兽，看样子相当古老。因为久遭风雨剥蚀，所以刻纹模糊，且已有点儿残缺了。人们走近前去细看，方能辨认出它们一只是石马，另一只是石羊。

我最初看到它们是在1951年。那时人民大学刚开发东部，建了一座灰楼和三幢红楼。我是研究生，在灰楼上课，住宿则在红三楼。来回两楼之间，活动面积有限。我年轻好动，所以一听完苏联专家的讲课之后，就往西边漫步。当时的人大没有围墙，分不清哪里是校内，哪里是校外，更没有什么西三环之类的马路。绿油油一片，全是农民的菜地。这里人烟稀少，却星星点点分布着不少墓地，反映了古城郊外的特色。我就在近处一块由柏树环绕着的矩形墓地里，发现了那石兽群。它们有的状似马羊，有的像狮虎，分行排列在一个长满杂草的坟头前面。石兽的个儿不算大，斧工也较粗放，但却颇具几分逗人的憨态。从此，这里便成为我课余经常光顾的假想中的小小动物园了。

不久后，人大的校园西扩。时值抗美援朝，为了节约国家财政开支，吴玉章校长决定放弃原来的以莫斯科大学为蓝本的建楼设想，改为暂时盖一批以平房为主、使用期为15年的简易校舍，取名一处、二处、三处、四处、五处以及北五楼、南五楼等，以应急需。

建筑群起来了，环境迅速改变。就近一带的菜地消失了，原来的墓地有的已盖上了校舍，有的则削平了坟头，留下柏树与绿地，

---

[*] 中国人民大学法学院教授。

融合成了校园的组成部分。迄今校园里错落地散布着的一片片苍松翠柏,其实有些就是以前的墓地留给我们的遗物。而那些石兽,当然也属于附带的遗留物。

从前,石兽们长期作为墓主人的身份标志,憨态十足地蹲在那里,冷观世事沧桑,偶尔在清明时节闻一回祭品飘香。而人大扩建后,它们的角色变了,成为新型社会主义大学的校园点缀。它们虽然依旧憨态十足地蹲在那里,但感受到的却是时代的巨变。它们朝听书声,暮听歌声,濡染着新的文化气息。

流光似水,岁月无情,我已经不再是年轻的研究生了。作为人大的教员,工作是忙碌的,生活是紧张的,使我无暇顾及那蹲在校园一角的石兽们。有一次下课后,当我夹着讲稿,拖着疲惫的身躯路过那小树丛的时候,忽然看到我六岁的女儿带领着她五岁的弟弟还有邻居家的小孩,正骑在石兽背上玩得兴高采烈。啊,我昔日假想中的动物园,现在已经成为我的第二代孩子们的乐园了。

又过了些时,"文化大革命"的风暴来临。人大在动乱中被撤销。石兽们呆呆地目送教职工们离别北京,远去江西。在那劈山凿石、垦荒种田的日日夜夜里,人大人又何尝不思念母校的一草一木,以至树林中的石兽呢!

一直到了1978年,人大复校,我才重返校园。当再次见到阔别多年的石兽时,它们还是憨态依然,默默地蹲在小树林里。不过,我的头发开始堆雪,而昔日成群的石兽也不知道从什么时候起,只剩下一马一羊很是冷清了。它俩历尽劫波,幸运地被保存了下来,又能继续承受人民大学浓郁的文化气息,倾听那熟悉的书声、歌声,眼看着广大师生争分夺秒、夜以继日地工作和学习了。

近来的一个星期日,春光明媚,惠风和畅。我带着刚上大学一年级读书的孙子,漫步来到校医院的北墙下。在绿草如茵的柏树林中,我向孙儿讲述起石兽的故事来:"这是你姑妈领着你爸爸小时

候,在差不多40年以前骑过的石马。别小觑它们的模样不显眼,年纪可比爷爷还要大几倍呢。它们在封建时代曾经看守过坟墓,见到过王朝的覆灭与民国的兴起,见到过日寇的肆虐和人民的斗争,也见到过旧政权的崩溃与新中国的诞生。它们是历史的见证人。"

我接着说:"五十多年来,石兽一直蹲在人民大学的校园里,以逗人的憨态注视着源源不断、成千上万的来自五湖四海的莘莘学子欣喜地跨进校门,接受马克思主义教育;又年年目送勤学成材的毕业生豪迈地从这里奔赴四面八方,为人民的事业贡献才智。在吴玉章老校长生前,石兽常望见他老人家持杖而行、巡视学校每一个角落的身影;也曾多次见到过朱德总司令在吴老陪同下,来校看望同学们时的慈容。在50年代初的某一个国庆日,当我们的游行队伍经过天安门的时候,石兽还听到过从远方传来的毛泽东站在城楼上的喊声:'人民大学的同志们万岁!'"

我又说:"在'文化大革命'初起时,邓小平、陶铸曾来人民大学参加一个通宵达旦的全校师生的辩论会。那年的某个晚上,周恩来总理还曾在我们学校的大操场接见过来自各地的青年群众,苦口婆心地作长篇演说。末了,周总理还用沙哑的嗓子高歌并指挥全场齐唱《大海航行靠舵手》哩。但不久,人民大学停办了,校舍由别的单位使用。我们的石兽当然也归别人管了。"

往事如昨,历历在目。但对我的第三代来说,那都是遥远的故事了。所以他听得出神,眼睛睁得大大的。孙儿来到人世间是如此之晚,从来没有经历过校园里"大炼钢铁"的不眠之夜,也没有看到过"诗画满墙"四处涂鸦;更没有见过大字报、批斗会,还有那"造反派"的打砸抢。孙儿心目中的人民大学是当前现实的人民大学,朝气蓬勃,紧张而有序。至于曲折的历史,他一时尚不能完全领会。

最后我告诉孙儿:"近几年的人大发展,一日千里!学校有了一个非常好的领导班子,这无论如何是人大之福。特别是江泽民同志来校视察之后,人民大学更是到处呈现新的气象。全校师生正意气风发,团结奋斗,向着建成世界一流名校的目标迈进。人民大学真是前程似锦啊!"

孙儿听了亦觉振奋。但毕竟稚气未脱,他翻身跨上石马,象征性地驰骋了起来。他同爷爷的心情一样:快马加鞭,奋勇前进!

我的老师何干之

宋　涛[*]

何干之同志是我 1939 年在陕北公学和华北联大学习时的老师,也是后来我在华北联大、中国人民大学所尊敬与共事的领导。他学识渊博、治学严谨,其学术风格与正直的人品一直影响着我,是我学习的楷模。

记得 1939 年的 4 月份,我由新四军推荐来到陕西旬邑看花宫的陕北公学学习,当时陕北公学的教员当中云集了许多知名人士,其中就有何干之老师,虽然只聆听他一次的讲课,但我已经通过他的著作从心中结识了他。1939 年 7 月,中央在陕北公学、鲁迅艺术学院、工人学校和青年训练班的基础上组建华北联合大学,并准备开赴晋察冀抗日根据地深入敌后办学。8 月,我们华北联大的师生就在罗瑞卿、成仿吾的带领下,渡黄河、过铁路、穿越封锁线,何干之老师也是我们千里小长征中的一员。10 月,我们终于抵达晋察冀边区的根据地河北阜平的城南庄。在城南庄驻扎后,何干之给我们上了第一节课,至今记忆犹新。由于战争,仅上了一课就因敌人的扫荡而被迫打游击了。我清楚地记得,在城南庄的第一节课,是何干之老师讲的中国的社会性质。他首先说中国是半封建半殖民地社会,然后问大家,什么是"半"?如何理解这个"半"字?大家都不知道,没有人能回答。何老师向我们解释说,"半"就是过渡的意思,封建不完全了,在向殖民地过渡,自鸦片战争以来,我国深受外国侵略,强加在中国人民头上的各种不平等条约,以及现在我们的国家正遭到日本等帝国主义国家的侵略,所以具有半殖民地性质,因此我国的社会性质是从半殖民地

---

[*] 中国人民大学经济学院教授。

向殖民地过渡。何老师讲课严谨又风趣，所以，至今印象十分深刻。

1940年春，随着敌人对边区冬季扫荡的结束，我在华北联大的学习生活也结束了，我被分配到边区四中开始了我的从教生涯。1944年，我们边区中学合并到华北联大，1945年抗战胜利后，华北联大迁到张家口继续办学，成仿吾校长和何干之等从延安陆续回到张家口，从此也就与何干之老师奠定了共事的缘分。1946年，在国民党反动派的进攻下，华北联大从张家口辗转撤退到冀中束鹿的杜家庄，华北联大恢复成立了政治学院，院长就是何干之同志，我是他领导的财经系的一名教员和系主任，开始在何干之的领导下，按照正规高等教育的发展思路办学。1948年，随着革命形势的变化，我们又迁到河北正定，组织上安排胡华与何干之老师二人教党史，我教抗日战争史，从而有更多的机会向何干之同志请教和商讨问题，我当时讲义的很多地方都得到了何老师的指导。几十年过去了，我还清晰地记得胡华住在前院，我住在中间，何干之住在后院。我们三个一起在华北大学分区队讲大课时的情景还历历在目。

华北大学进入北京之后不久，更名成立中国人民大学。何干之同志曾任党史系主任，肩负起培养党史教师和编写中国革命史教材的重任。1953年，何干之老师编写的《中国现代革命史》一书，一经出版，就被高教部定为全国高等院校的教材，广泛发行，可以说，何干之对中国革命史课程的建设和党的教育事业作出了卓越的贡献。

50年代，社会上反右派、反右倾等一些运动不断，中国人民大学校内也不平静。正值"大跃进"热火朝天的时候，我1958年下放河北安国任县委副书记进行调研，我亲眼看到了"深挖地，广积粮，大炼钢铁"种种场面，让我感到，这不是什么"大跃进"，而是实实在在的大破坏。我看了后心里很是不安，回来后学校的李培之同志带我到中南海总理住处，当面向周总理作了汇报。同时，我又分别给河北省委和国务院写了信。结果1959年春，我正在东北出差的途中就被电报催着回校了，回来后，就有人通知我，犯错误了，反"大跃进"、反人民公社、反毛主席，是三反分子。接着就是停职和一连串的批斗，就在我被关押、遭受批斗压力最重的时候，何干之同志特地去看我，一见到我，没说几句话，我就哭了，他也哭了。我说，干之同志，你是我的老师，我非常感谢你对我的同情，我认为我无愧于组织，无愧于人民。听了我的话，何干之同志更是趴在桌子上哭个不停，哭得很厉害，口中喃喃道，你不反党，你不反党……老师信任的话语，给了我无尽的力量，让我愈加珍惜与何干之同志的师生情谊和同志之间的友谊。

"文化大革命"时期，我与何干之老师的遭遇一样，一开始就被打倒，一起被"勒令"每天到教学大楼去扫厕所。我们常悄悄地凑到一起议论形势，记得我们曾书生气十足地讨论什么是"走资派"，谁够得上条件。干之说，我们不过是一个小小的系主任，算不上当权派，更算不上是走资本主义道路的当权派。我也赞同他的观点。"文化大革命"中期，我们又常在一起劳动。一次在大操场拔草、刨地，干之同志这时已被折磨得心力交瘁，烈日当头，他一下子晕倒了，我在他身边，一把抱住他，火速给他服下口袋里的硝酸甘油，和胡华一道把他送回家去。据胡华说，这已经是他第二次晕倒了。何干之同志遭到了"四人帮"的残酷迫害，关押、批斗、强迫劳动严重地损害了他的健康，但不能泯灭的是他心中的凛然正气和对从事事业的热爱。1969年11月，我是第一批下放到江西余江劳动的。有一天，我突然听到何干之不幸去世的消息，心里非常难过地哭了。1972年返校后，由于学校解散，也未能去看他的家属，很是遗憾。

这个遗憾后来得到了一些安慰，1973年1月15日，我特地找到干之老师的夫人刘炼同志，要她带我去八宝山革命公墓看望干之同志。这时天空尚未晴朗，我站在他的骨灰盒前，百感交集，泪如泉涌，喃喃地说："干之同志，我来看您了，我来晚了……"我相信他会听到的。

陕北三章

王乐乐*

杜梨树

在吴起,记者认识了一种叫杜梨的树。

据县上的同志介绍,杜梨树是陕北的一种乡土树,她粗壮挺拔,枝干遒劲,绿叶,蓬蓬勃勃,仿佛撑起的一柄巨伞,上百年的老杜梨树,树干要两三个大人伸展开双臂合抱才能围拢起来。春天,杜梨树开出白而小的花,一簇一簇地拥在一起,朴实而无娇艳之态。秋风乍起,光秃秃的枝条上结着一簇簇的杜梨。它的酱褐色的果实就已经成熟了,密密麻麻挂满枝头,跟山楂差不多大,缺少鲜亮的色彩,上面还布有斑点。杜梨果很小,圆圆的像花生豆,生吃是极难咬动的,一般是煮熟吃,酸中带涩。

然而,在吴起,杜梨又是不平凡的树。尤其,胜利山的那棵杜梨树,更是不平凡。

根据吴起县革命纪念馆原馆长吕军介绍,1935年10月19日,中央红军到达吴起以后,国民党军也追了过来。为彻底甩掉敌人,红军决定在吴起展开一次"切尾巴"战役。21日凌晨,毛主席登上了吴起镇西边的平台山,来到设在一棵杜梨树下的指挥所。召开战前动员会。他反复强调打好这场战役的重要性,并说要把这场战役的胜利,作为送给陕北老百姓的见面礼。会后,疲劳至极的毛主席对警卫员说,我现在要休息休息,枪打得激烈的时候不要叫醒我,等打冷枪的时候再叫我。毛主席就在树下躺下了。战

---

* 中国人民大学文学院 1985 级本科生。

斗打了几个小时后，大约上午9点，主要战斗基本结束，警卫员叫醒了毛主席。

毛主席视察了一下前沿阵地，风趣地说，步兵追骑兵，这在作战史上创造了一个奇迹。说完，拉着警卫员的手，来到杜梨树下，摘了一个杜梨，说，这个酸酸的，甜甜的，好吃。两人便在杜梨树下吃起杜梨来。

记者从二道川坐车上山，然后穿过酸刺林，趟过齐胸高的茅草，奋力登顶。远远地凝望，一棵大树矗立，高约6米，树冠直径也有6米。老人说，当年那棵杜梨树已经死掉了，这棵杜梨树是在原址补栽的。深秋的陕北，树叶绿中泛黄，记者绕树三匝，四下环望，遥想当年情景，心潮涌动，仿佛有一种冲动，遂口占一绝：

　　　　胜利山上杜梨树，
　　　　主席锦囊尾巴除。
　　　　不为吴起落脚定，
　　　　从此红日东方出。

磕头机

磕头机是老百姓的叫法，实际就是抽油机。石油在被钻探出来后，就要靠它把油抽进储油罐，再经管道或是油罐车运到炼油厂。

11年前，记者曾到与陕北相邻的陇东华池、环县一带采访，第一次得见磕头机，当时心中不免新奇。这一次，再见磕头机，却是另有一番风景和感慨。在从延安往吴起的路上，汽车沿洛河而上，视野所及，塬梁峁上，河畔地里，到处都散落着磕头机。磕头机被刷成橘黄色，在蓝天白云青山的映衬下，分外醒目。

历史上，陕北地瘠民贫，发展缓慢。其实，陕北真正是块宝地，她位于鄂尔多斯盆地陕北斜坡，油气资源丰富，储量竟占到全盆地的80％。1907年9月6日，名为"延一井"的我国大陆第一口石油井在延长县西门外钻探成功。同年10月，炼油坊建成并开始炼油，中国大陆石油工业由此诞生。20世纪，陕北人民抓住机遇，运用国家给予的优惠政策，搞起了石油开采。现在，延安辖下的吴起、志丹、延长、延川、子长、甘泉、安塞、洛川、富县、宝塔等区县都搞起了石油开采。来自石油的收入占到当地财政收入的80％以上，是名副其实的石油财政。

乌黑的石油为陕北带来了滚滚财源。以吴起县为例，全县12.7万人口，去年的财政收入是11个亿，比陕南的商洛、安康等一些地市的财政收入还要多。

俗话说，钱多了好办事。各地政府把从石油上赚来的钱投放到教育、文化、卫生等各项社会事业。吴起县实行了九年义务教育阶段学生免学杂费、书本费、住宿费、取暖费、教辅资料费和补助生活费的"五免一补"措施，这在吴仓堡乡初级中学得到了印证。在这所拥有400多名师生、条件一般的学校里，学生食堂、餐厅、浴室、宿舍一应俱全。初一2班的男生王树亿告诉记者，他家在20里外的地方，姐姐和他同在一班，都住学校，家里基本不用花什么钱，他们每人每月还能领到160元生活补助。

县上的同志说，现在的娃娃可好着呢！记者想起自己上学那会，父母为2块5毛钱学费发愁的情景，心有所感：现在的娃娃岂止是好着呢，简直就是幸福呀！

饮水思源。吴起人民今天的好日子，一方面是拜老天爷之赐，另一方面也是吴起人民艰苦奋斗的结果。不过，在民间，老百姓都说是托毛主席的福。他们说，在陕北，凡是毛主席到过的地方就有石油。像吴起、志丹、延长、延川、子长、甘泉、安塞、洛川、富县、宝塔等区县，毛主席都到过或生活战斗过。

剁荞面

毛主席到达吴起镇的前一天晚上，夜宿在铁边城镇张湾子村张廷汉家。毛主席向张廷汉了解家庭生活情况、周边群众生活情况，以及附近土匪恶霸的情况，还问了去吴起镇的路怎么走。张廷汉都一一详细回答。末了，张廷汉叫妻子用过完中秋节后珍藏下来的羊肉臊子、鸡蛋、葱花做起了羊肉臊子剁荞面。毛主席吃了两碗，连声赞道，一年了，还没有吃过这么好的饭。

89岁的宗世喜老人，虽然没有亲眼看见这一历史场景，但却通过自己亲身经历的事情，让我体会了那时陕北人民生活的艰难和红军缺衣少吃的困难。

红军到达吴起镇的时候，宗世喜所在的白沟洼村也住进了红军。身为村主席的宗世喜被叶剑英请去，要求帮助红军筹粮。宗世喜领着几十个战士，挨家挨户动员，有什么能吃的就买什么，像糜子、谷子、黑豆子等都有。有的粮食皮还没有去干净，红军也买走了；给红军买的猪，宰杀以后还没等把毛褪净，战士们就把肉切割开拿走了。有的老乡见红军战士面黄肌瘦，就把家里的锅巴和炒面拿出来。战士们狼吞虎咽一会儿就吃完了，用衣服袖子抹把嘴说，真香，然后不忘掏出银元付账。

说到这里，宗世喜老人欷歔不已。

从张廷汉家的臊子剁荞面，到宗世喜老人的唏嘘感叹，记者从中读出了吴起人民对红军战士的无私大爱，读出了吴起人民与红军战士亲如一家人的军民鱼水情。

长久以来，陕北因为自然条件所限，人民的吃饭问题没有得到很好的解决。由于水土流失严重，群众是广种薄收。一年到头，辛辛苦苦，勉强混个温饱。善于思考的吴起人民终于在20世纪的后几年开始了改变看老天爷脸色吃饭命运的大行动。他们痛下决心，全面退耕还林还草。在留下基本口粮田后,原来所有的耕地都种上沙棘树、沙打旺、紫花苜蓿。七八年过去了,吴起县的退耕还林工作取得了显著的成效。昔日光秃秃的山上,如今披上了绿装。站在吴起镇金佛坪的一座山头上,极目远眺,满眼青山一派绿。近处,一人高的沙棘树上,四散的枝条缀满了一嘟噜一嘟噜橘黄的小沙棘果,那情景让人忍不住有一股伸手摘果的冲动。沙棘树下,开紫色花的沙打旺草,迎风摇曳。

哦，"织染局"！令人怀念的"织染局"！

孙国华[*]

"织染局"是个地名，对我们这些在 1950 年就进入中国人民大学法律系从事法学研究的第一批研究生来说，它标志着我们人生最值得回忆的一个阶段、一种精神，一种朝气蓬勃、追求真理、克服困难、孜孜探索、向科学堡垒进军的精神。

1949 年毛泽东主席指出：人民战争的胜利，"像万里长征走完了第一步。残余的敌人尚待我们扫灭。严重的经济建设任务摆在我们面前，我们熟习的东西有些快要闲起来了，我们不熟习的东西正在强迫我们去做。这就是困难。……我们必须克服困难，我们必须学会 自己不懂的东西。"（见《论人民民民专政》）1949 年底，筹建中国人民大学的工作开始了，1950 年初，从中国政法大学转来了人大法律系的第一批学生，同时培养研究生的任务也提上日程。是年 7、8 月，我们这批二十来岁的青年男女被从全国各地调来当研究生，要向苏联专家学习崭新的学科——马克思列宁主义关于国家与法的科学。当时人大的人员，除住在铁狮子胡同和海运仓已被接管的朝阳大学校舍外，其余都分散在许多胡同，如东四六条、十二条、前细瓦厂胡同、烟袋斜街、白米斜街等。我们这批青年被分配到织染局胡同的一个四合院住，那是坐落在地安门东面稍偏南的一个独门独院。法律系的办公室和上课的教室，在铁一号。法律系的各教研室，在白米斜街。而我们的住地"织染局"恰好在这二者的中途。我们是一个班，大约 40 人左右，建立了一个党小组，一个团分支，给我们配备了一个管理员，一个炊事员，管理我们的吃住。

---

[*] 中国人民大学法学院教授。

我们的任务很明确,就是学会新的本领,首先要系统地学习马克思列宁主义毛泽东思想。秋季一开学,苏联专家就已到来。当时我们提出的口号是"向科学堡垒进军",毛泽东教导我们:"向一切内行的人学习","拜他们为师,恭恭敬敬地学,老老实实地学……钻进去,几个月,一两年,三五年,总可以学会的","苏联共产党就是我们的好先生,我们必须向他们学习"。

当时我们这批年轻人,都怀着学习新本领,建设新中国的决心、信心,学习热情很高,学习气氛极为浓烈。四合院的正房、西厢房是各组的学习室。全班共分国家与法的理论、国家与法的历史、国家法(宪法)、民法、刑法和国际法六个小组。在学习的时间,人人聚精会神地读书、作笔记,室内鸦雀无声。每次上课留的参考书很多,苏联专家很严格,所以在这一阶段我们阅读了大量的马列经典著作,如《资本论》、《什么是人民之友以及他们如何攻击社会民主主义者》、《我们究竟拒绝什么遗产》、《俄国资本主义的发展》等等,这些著作要求全看,并且要求作读书笔记。因此时间很紧,不努力,书就看不完。我们每个人都要制定个人具体的学习计划,必须合理分配时间,党团组织保证,学习小组每周检查个人学习计划完成情况,如参考书有多少页没看完,读书笔记作得如何,等等。组织生活也围绕学习、"向科学进军"的主题展开,检查学习态度,坚定克服困难的决心,交流学习心得、体会和学习方法方面的经验。

开学不久,冬季来临,当时经费少,如果要在所有的房间生火,烤火费不够。为了保证学习室的温暖,大家决定男同学睡觉的南屋不生火,把节约下来的煤用在学习室的火炉子上。所以,平时大家都在学习室学习、活动,只有到睡觉时才回到宿舍。我们睡的是上下铺,床一个挨着一个排得很紧,人多了似乎也不觉得冷了。

那时,提倡学习解放军,规定了严格的作息制度,实行供给制,每人一身蓝制服,不过起床都能按时,熄灯却很难按时,因为参考书看不完，不少人得请假在学习室"开夜车"。那时上课得去铁一号，到教研室开会得去白米斜街，路上三人以上自动排队行进。背着书包，有时还得带着马扎。这批穿着蓝制服的青年人从街上走过，给人一种欣欣向荣的新气象。当时课程主要有马列主义、政治经济学、俄语和各教研室的专业课。大家在一起，团结、紧张、有序而又活泼，我们还经常一起学唱歌，包括唱一些俄文歌曲，把唱歌和学俄语结合起来，我们还常自己组织晚会、演节目。"织染局"的一年，是苦读马列经典的一年，那时每个人作的读书笔记都有几十本。那一年的学习，给我们打下了坚实的理论和外语的基础。到1951年秋季开学，我们搬到了西郊现在的校址，才离开了"织染局"。

回想起来，正是"织染局"这一段，把我们这批年轻人引上了"向科学堡垒进军"的道路，开始了我们的学术生涯。也可以说，正是"织染局"把我们"织染"成才。后来我们这批研究生大部分成了新中国法学战线上的生力军，有不少人成了知名的教授、博士生导师、学科带头人，还有的当了我国驻联合国的副代表，有的成了有名的律师被选为中华律协的会长，有的担任了法学研究所的所长、政法院校的校长、法学院的院长、研究室的主任，有的现在不定期辛勤耕耘在法学教学和研究的战线上，为发展我国的马克思主义法学作出了令人瞩目的贡献。这些都离不开"织染局"的"织染"。

哦，"织染局"，令人怀念的"织染局"！56年后的今天，我们虽然都已年迈，大都年约七旬、八旬，但想起1950年到1951年在"织染局"的那一段，想起那种孜孜以求、钻研科学的永不磨灭的精神，想起那种朝气蓬勃、克服一切困难追求真理，献身人民的民主、法制建设事业，献身于祖国的社会主义建设事业的气概，便又增添了无限的力量和勇气。是的，学无止境，生命不息，钻研不止，吾将上下而求索！

文老师写的"班歌"

王思治*

我上初中时，正值抗日战争时期，距今已是四十多年了。当年教我们国文课的文玉笙老师，他的音容笑貌，至今仍深深地留在我的记忆中。

我所就读的蜀光中学，是我的家乡四川自贡市的以注重教学质量而著名的学校，学校从全省聘请有教学经验的教师来校任课。文老师是从川东一个县应聘而来的，他当时约摸四十岁。从我上初一起到初三毕业，他一直教我们的国文课，并担任了三年的班主任。

文老师国学根底深厚，他朗朗背诵许多古文篇，旁征博引诠释文义。我们上初一时，多是十一二岁的学童，起初对古文真是格格不入，又因未脱顽童习气，对文老师在课堂上背剪着手，踱着方步，或俯首低吟，或引吭成诵古文的忘情之态，常常窃笑，文老师从不因学生的不敬而发脾气，他总是循循善诱引导同学理解古人呕心沥血写出的名篇，其成文之不易；并从文章的时代背景，写景、写物、写人所涉及的典故史实中，饶有兴趣地进行讲解。正是文老师耐心的教导，在潜移默化中，我逐渐从对古文、历史的无知转变到爱好，这对我后来选择报考大学历史系，至今仍从事历史专业工作，是有相当影响的。

"师者，所以传道授业解惑也。"但文老师并不只是墨守古人这一遗训，而是在育人即对学生的品德做人方面也十分关注。他为人正直，生活清苦，终年一套长衫，从不阿谀当道者。抗战时期，人民生活困苦，国民党统治者却熟视无睹。记得文老师曾出一作文题

---

* 中国人民大学历史学院教授。

目：《劝赈灾民书》，以引导学生关心社会、关心民生。自然，他更期望他的学生将来能成为有用之材。他常常让同学们到他的住宿之处，谈古论今，鼓励同学上进。三年的师生之谊，使他对学生产生了浓厚的爱护之情。临到初中毕业之时，他特为我们写了一首"班歌"，作为临别赠言。因为我们升入高中后，他就不再给我们上课了。由于事隔多年，"班歌"的全文已经不能记全，但其主要段落至今不忘："三十年前好用功，男儿有志即英雄，三不朽德最崇，我校训'能'与'功'。盈盈卅二子，融融坐春风，但愿淡如水，不愿如醴浓……"现将此"班歌"略加注释如下：

孔子云："三十而立"。所以三十岁以前应努力用功，以期能做人成立。当时是男女分班，我们班全是男生，男儿贵在有志，有志者事竟成，故能立志奋斗者即英雄。古人认为人生有三不朽，即太上立德，其次立功，其次立言，故云"三不朽德最崇"。文老师所愿望于学生的是要以品德的修养锻炼放在首位。蜀光中学的校训是"能"、"功"二字，学生在校时应学到知识能力，将来走向社会方能有所成就，而所谓"功"。"班歌"勉励学生切不可忘记校训，应以此自勉。我们共有32位同学，即所谓"盈盈卅二子"。初中毕业时，同学都已从入学时的十一二岁，成长为十五六岁的青年，即将成年。文老师以"子"相称许，即含有继续努力学习的"学子"之意，又含有希望早日成立之意。十五六岁正是风华正茂的年代，"融融坐春风"，是希望同学们"春风得意马蹄疾"，努力奋进，不要有落伍者。古人重交友，朋友是五伦之一。君子爱人以德，故平交淡如水；小人相亲以利，故往还如醴浓（江米酒），但日久必酸。"但愿淡如水，不愿如醴浓"，是希望同学之间以德相交，不要以利相亲。

这首四十年前的"班歌"，尽管以儒家思想为依归，但反映了一个育人授业的好老师对学生的勉励、期望和告诫，文老师在教我们朗读班歌时，潸然泪下，使我至今不能忘怀，犹历历在目。

并非遥远的岁月

王振民 [*]

夜雨夹着槐花爽人的清芳涌进窗口，不知何处随风飘来一缕悦耳的笛声。那声音时断时连，撩人心绪，既陌生又有些耳熟。我苦思冥想，想从以往的岁月的夹缝中抽出一缕记忆中的残丝断片。回忆啊，回忆，往事回忆起来，有时刺得你心痛，有时激动得你流泪，在久久的思索里，我终于领略到，每次回忆，总会唤起前进的力量。

那是1959年夏天，我们法律系1955级的本科生，大多已经结束了毕业论文的写作。这是使我们珍重的最后一个学期，也是我们最具生命风采的人生交错点。我们每个人都弄不清此刻自己是焦虑、亢奋、恐惧还是留恋。最使我们意想不到的是，大学生活——这最为美妙的人生起点，竟像一道夏夜的闪电，刹那间在我们眼前神秘地消失。想到朝暮相处的同窗，顷刻间就要各奔东西，想到自此一别"相见时难"，心里有一种道不明的失落感。四度寒暑，风风火火，像是一场喧闹的宴席，直到杯尽盘空，才冷静下来，细细历数那每一寸都变得沉甸甸的光阴。我们在一起的时候，有过口角，有过争辩，有时像孩子一样为了一件微不足道的小事也会闹得面红耳赤。但是，一旦想到离开，心一下子软了，什么猜忌、怨恨、误解、积郁，仿佛过去的一切都可以谅解，而且变得倍加珍重。

甚至稚拙地想，如果早知道这样快就分别，当初在一起的时候，何不多吵几次架，那样，也许会在心上留下更多更深值得回味的记忆。

---

[*] 中国人民大学文学院教授。

在我们同年级的同学之间,架吵得最多的恐怕就数我和小黄了。我们两个年纪都比较小,单纯幼稚,又要强好胜。正因如此,我们彼此间了解得最多,感情也最深。那时,我们哪里知道,即使是在吵架斗嘴斗得最凶的时候,那感情的须也在默默滋长。

想不到,1957年那个潮湿灼热的暑天,不知为什么小黄被划成右派。厄运突然落在他的头上,而那重压却莫名地注入我的心里。那些动荡不安的日子,唯恐发生不测,我一步也不敢离开他。不知过了多久,他竟奇迹般地挺过来了。小黄过去最喜欢打排球,不知什么时候却对长笛着了迷。听人说,长笛的调子是幽蓝色的,吹奏起来,那声音妙似燥热天中一股沁人心脾的清泉。他此举确引起我的困惑不解,他是想借此浇熄心中的怨火,还是想为自己的感情降温?似乎都不是。那顽强的笛声,胜似一汪生命的清泉,润泽着他那饥渴的灵魂。渐渐我微妙地觉察到,他比以往镇定了许多,也老成了许多,仿佛在痛苦的昏厥过后清醒过来。

一个南国土生土长的"小老广",过不了多久将在驼铃叮咚的大漠深处——克拉玛依落户。那晚我把他送上西去的列车,我伫立在车窗侧畔,正处于找不到恰当安慰他话题的困窘中,他攥紧了我的手说:"你是在我最落魄的时候也不嫌弃我的好朋友,别难过,我不能就此自暴自弃,党不会抛弃我!……"一个硬骨铮铮的汉子,我第一次看到他在流泪。

列车一声狂啸,卷起一股烤人的热浪,把我远远抛在后面,眼前泛起一片在忽明忽暗中瑟瑟颤抖的细碎灯火。蓦然间,那一汪泉水般的长笛曲,又清清亮亮地响彻在我的耳边。

墨余随笔

·墨余随笔·

无尽的怀念

冯其庸[*]

编完了这部集子，一时思绪纷繁，纷至沓来，不可自止。这个集子所收的文章，刚好自1982年到1992年，整整十年。

在这十年里，我的师友，弃我而去者，何止五六位。回想当时，我的文章，或写作时或发表后，总会得到他们的反应，或者是所见相同，或者是有所商榷，他们在写作时，我出同样如此。现在当这些文章结集的时候，他们却已经不在了。我对着这些文章，不禁有人琴之叹。

当年与我相知甚深的是上海的杨廷福。他被错划为右派，历尽了人世的坎坷，后来又取得了学业上的极大成就，他因校注《大唐西域记》借调到中华书局数年，所以我们得朝夕相见，谈艺论文，无有虚日。当时我们自谓人生之乐，朋友之乐无过于此矣！最近我忽然翻到一张他给我的诗笺，有诗云：

旅居日下，挚友瓜饭楼主每招饮，欢若平生，
偶得四韵以奉

鸟鸣胡嘤嘤，出谷为求友。风雨欢同群，澹泊一尊酒。
变更反掌间，自怵每思危。鼎鼎百年里，志定期无亏。
鲰生百不识，于世如微虫。感激炯丹悃，浮誉非所崇。
当途富才杰，经世岂遗算。纡回念时艰，坐语独颜汗。

廷福呈稿

这四首诗，反映了我们当年论文之乐，所谓"风雨欢同群，澹泊一

---

[*] 中国人民大学国学院教授、院长。

尊酒",也反映了我们对时世艰难的感慨。我们自以为此乐方殷,百年可恃,谁知好景不长,癌症竟活生生地把他夺走了。1984年除夕前,已经告知他是癌症了,他在病榻上给我写了一封信,这封信书、辞俱好,但是却成了他的绝笔,我捧读这封信,泪涔涔下,不能终读,书云:

宽堂我兄尊右　弟致疾(现已确诊为肺癌)荷　兄雅厚殷殷,胜于骨肉,铭诸五内而已。弟素达观,枕上默诵禊帖,于石火电光之身,一笑置之。惟五伦之中,朋友第一,此谭浏阳已先我言之矣,固不能忘情也。枕上拟一联语:

向明独卧情怀远
忍疴自扶滋味辛

春节后弟家迁居南市新寓,弟住院现在化疗中(第一疗程已了,进步不大),尚需住几何时,尚不可知。所拟联语,恳兄挥毫(三尺对联)示下,弟即付装池。俟弟出院后,病榻朝夕相晤何如?言不尽意,
即颂
著安,并祝
春节新禧
阖第迪吉

弟杨廷福于病榻
癸亥岁不尽二日

这封信以后,我又到上海去看了他一次,已是病极之状,见我去几乎相持痛哭,我除拭泪长叹外,竟无言可以慰他,延至5月25日下午3时20分,终于与世长辞。我现在写这篇文章时,离他七周年的忌日,只有两个月了。

我的另一位好友，就是诗友江辛眉。辛眉兄的酒量、诗怀都是第一流的，而他的诗尤其快而且好。我们相聚，廷福常常与他打赌，他可以出题立就，毫不夸张。他悼念陈毅元帅的那首名作，我已在早先悼念他的文章里引用过了，日来捡旧札，竟找到了一张纸片，是他在一次会议上递给我的，上面写着一首诗，是悼念吴晗同志的，确是一首难得的好诗：

题吴晗同志遗札次程应镠兄原韵

感旧山阳笛，悲深向子期。
十年天下事，百丈镜中丝。
河尽槎回日，山空斧烂时。
春风鹃口血，能唤几人归。

与辛眉在一起，他的诗可以随口吟出，真是咳吐之间成珠玉。辛眉去世后不久，刘海粟大师给我写信时，也叹惜他的逝世。海老的信说：

其庸教授友爱：黄岳一别，于今六年，云何不思！

得惠书，欣慰无量。……我们的好友江辛眉物故，殊可痛怀，人之不可期也如此！政协会议结束，我打算在此休息几天，届时当趋访畅谈，草草具答，余惟珍爱不宣。

刘海粟
1988年4月3日

辛眉是在廷福逝世不久就去世的，当时我哭廷福的余痛未尽，根本没有想到辛眉兄会接踵而去，当时王运天兄自上海打电话告诉我，我几乎不相信自己的耳朵，一时急痛相加，差一点不能自持。现在就连海老也远在天边，不能相见，真是情何以堪。前年，我在上海，忽传海老有海外东坡之谣，我为之大痛，连作数诗，事后知道是宵小之辈的造谣，为之既愤且慰，当时有诗云：

>　　海阔天空老画师，江山万里一挥之。
>　　今来古往谁能似，只有富春黄大痴。

不知为什么，近来常常梦见海老，去年12月24日夜，梦见海老端坐抬椅中，虽华发飘萧，而豪气干云，意态如昔，醒后，我在枕上苦忆不止，口占一绝云：

>　　云山烟水苦难亲，昨夜三更梦见君。
>　　华发飘萧清瘦甚，先生豪气却干云。

我深深盼望和等待海老归来，以尽平生之欢。

　　我还有一位好友是祝肇年。肇年与我是先后同门，都是周贻白先生的学生，我比肇年早得多，我是1947年从周先生学的，肇年已经是解放之后了，就是因为周先生之故，我们遂成为莫逆之交。肇年也是吃尽了苦头，真是一言难尽。他往往晚上很晚来找我，一谈就是到深夜。他是戏曲名家，与他谈自然都是梨园新事或旧事，有时也为世情而慨叹。肇年论事往往容易激动，完全是诗人本色，而且善良天真到令人吃惊，但是我感到他直感的多。他病极时，我去看他，他倒反而平静安详。他对我说，他的病已不起，但他无所留恋。他说得那么平静，但我深深感到他的内心是多么悲苦啊！知道他坎坷一生的人，是更会理解他的这句话的。去年秋天，我在湘西吉首开会，遇到他的学生，我急忙打听他的病情，说较前有好转，我当时听了如闻妙音，如聆仙乐，真是心情为之一宽，岂知到我回京的第二天，不幸的消息就传来了。我在悲痛之余，写了三首悼诗：

>　　十年夺我三知音，痛哭苍天太不仁。
>　　坎坷平生祝季子，一生受苦到终身。
>　　论文促膝到论心，季子胸中太不平。

  拔剑长啸忽然起，恸哭神州要陆沉。

  文章掷地有金声，身世悠悠草一茎。
  一曲西厢妙能解，君是王郎再世人。

肇年是《西厢记》的专家，他曾与我多次深夜长谈《西厢》。他对《西厢》曲文的赏析，既深且透，而又无穿凿饾饤，我一直劝他写一部论证和赏析《西厢》的书，以饷世人，他也一直有此意，可恨天不假以年，还是连他和他胸中的《西厢》一并夺走了。

1984年12月15日，我受国务院、外交部、文化部的派遣，与周汝昌、李侃两先生一起到苏联列宁格勒鉴定《石头记》抄本，后来，李侃与我一起在我驻苏使馆宿舍起草了中苏联合出版《石头记》的文书，传真到国内获得批准，再译成俄文本完成了此行的任务。后来此书终书得以出版，流落域外的《石头记》抄本终于得赋归来，此事的前前后后，实际上皆是李一氓丈的操劳谋划。此书归来后，李一氓丈曾赋一诗，并请沈锡麟兄将诗稿交我，诗云：

  《石头记》清嘉道间钞本，道光中流入俄京，迄今已百五十年，不为世所知。去冬，周汝昌、冯其庸、李侃三同志亲往目验，认为颇有价值。顷其全书影本，由我驻苏大使馆托张致祥同志携回，喜而赋此。是当急谋付之影印，以饷世之治红学者。一九八五年三月二十日。

李一氓

  泪墨淋漓假亦真，红楼梦觉过来人。
  瓦灯残醉传双玉，鼓担新钞叫九城。
  价重一时倾域外，冰封万里识家门。
  老夫无意评脂砚，先告西山黄叶村。

  得诗稿，我即次李丈原韵奉和一首，诗云：

> 世事从来假复真，大千俱是梦中人。
> 一灯如豆抛红泪，百口飘零系紫城。
> 宝玉通灵归故国，奇书不胫出都门。
> 小生也是多情者，白酒三怀吊旧村。
>
> 1984年12月予赴苏联，鉴定《石头记》乾隆钞本，归后李一氓丈赐诗为贺，即次原韵。
>
> 宽堂冯其庸

此诗除了抄呈李老外，我还特意请丁山宜兴紫砂厂工艺师周寒碧制成大型曼生提梁壶，我将此诗写刻在壶上，以作永久的纪念。当时一共做三把，其中一把已流入海外，成为珍品收藏。此壶的图版，也已在近年出版的大型紫砂壶画册上不断刊登，成为紫砂佳话。可是李一氓丈却不幸于前年冬天去世了，当时我正在新疆吐鲁番调查伯孜克里克、吐峪沟千佛洞和高昌、交河古城。消息传来，我不能相信，我说我一定要到乌鲁木齐见到报纸报道，才能相信。话虽然如此说，可心里已经在忐忑不安了，到了乌鲁木齐，找到《人民日报》，李老去世的讣告赫然在目，我嗒焉若丧，一种莫名的痛苦向我袭来，我感到我又失去了一位师长和挚友。犹记不久前，李老在钓鱼台宴请台湾学者潘重规先生，通知我作陪，当日在座的记得有张光年、任继愈、周绍良、王蒙和我。李老对着客人和我们说，在这里大家可以无所不谈，我不是官，没有那么多麻烦，只管自便。因此大家散坐着交谈，十分亲切。

李老平时处理事情，非常果断，绝无官场习气，依然书生本色。虽然已八十以外的高龄，仍旧手不释卷。我们校注的《红楼梦》刚出不久，他就看过，并发表了热情鼓励的文章。我们刚从苏联回来，他就喜极而诗。他对国家和人民的文化事业充满着热情，在他领导下的古籍整理工作是有突出成绩的，我也是因为整理古籍，才与他有较多的接触。现在已经是人天永隔，不可再见了，细思前事，宁不令人痛煞！

十年中我失去的还有永生难忘的一位，就是我的老师王蘧常瑗仲先生。还是抗战胜利那一年（1945），无锡国专复校后，我在教务长冯振心先生的书房里，见到瑗仲师的章草条幅，是写的他自作的《再望长江》律诗，瑗师的章草是当世的一绝，就是放在中国书法史上，也可以说是前无古人的，所以无怪乎日本书法界称瑗师为当代的王羲之。瑗师晚年也刻有一章曰："王蘧常后右军一千六百五十二年生"，可见瑗师对自己的书法也是十分重视的，我当时既无比地倾倒于他的书法，又无比地欣赏这首诗，可以说是不减杜律。诗曰：

> 春草扁舟眼暂明，江涛还似旧时清。
> 曾留故国山河影，似带中原战伐声。
> 直下何辞千折尽，长驱会有万峰迎。
> 天回地转终填海，莫再呜咽意不平。

这首诗是抗战中写的，所以词意呜咽慷慨，而"直下""长驱"，爱国之情溢于言表。从此以后，我四十余年来一直未与瑗师失去联系，尤其是在社会的种种变动中，一直是相互忆念和信任的。前年，瑗师还特意为我写了《十八帖》长卷送给我，这所谓的《十八帖》，完全是我和王运天兄缠着他写出来的，我们说王右军有《十七帖》传世，瑗师应该有《十八帖》，我们吵吵着要他写，隔了几个月，谁知他竟给我写了十八封信，一信谈一事，如第一封信说：

十八日

书悉。屡欲我书十八帖，何敢续右军之貂。但以足下情辞恳款，又不忍拒。此书首有十八日字，置之卷前，即谓之十八帖可乎？一笑。

其庸弟　　兄蘧

第六封信说：

> 运天弟言
> 足下有米癖，得之黄河两岸及秦陇，大至数十斤，小亦数斤。古人所作归装，无此伟观，令人欣羡。

《十八帖》完成后，瑗师特地写信给我，要我到上海去取，我为此特意到了上海，拜见瑗师后，欢逾往日。饭间，瑗师还能吃肥肉，饭量还比我大，满以为百年可期，谁知我拜别后第五天，瑗师去世的噩耗就到来了，从此我失去了我最尊敬和慈爱的老师，这几年我每到上海，总觉茫茫然若有所失……

从此我也更加体认到师生感情和朋友感情的珍贵。

昔黄山谷悼东坡诗云：

> 有人夜半持山去，顿觉浮岚暖翠空。
> 试问安排华屋处，何如零落乱云中。
> 能回赵璧人安在，已入南柯梦不通。
> 赖有霜钟难席卷，袖椎来听响玲珑。

我现在才认识到山谷的这首诗写得多么好啊！"夜半山去"、"浮岚翠空"，真是我现在的实感，而"乱云零落"也真是这些已故知友的境遇。现在是赵璧难回，南柯已入，人天永隔，邈若山河矣！我现在当然没有石钟可敲，但面对着这本结集，面对着这些曾与知友们推敲过的文章，也犹如重听霜钟了！

（1992年3月28日于京华瓜饭楼）

李多奎轶闻

叶君远*

真正精彩的演出历久难忘，上点年岁的戏迷准还记得当年李多奎和裘盛戎合作的那出《赤桑镇》。两位演员声情激越、韵味十足的对唱，一句一好，满堂彩。遗憾的是当时无录像，唯有录音。我无缘去剧场，不过单是听广播，就感到了现场气氛的火爆。那真是这个剧目的绝唱。

人们如今动辄给谁谁冠以艺术家的头衔，可又都知道，真够格的没几个。想当年不兴这么称呼，但李多奎和裘盛戎，却是名副其实的京剧艺术家。

而今，听说过裘盛戎的年轻人好像还有一些，知道李多奎的怕是很少了。

李多奎是以唱功见长的老旦，其戏迷甚众。有一次，我和红学家、戏剧评论家冯其庸先生聊起了李多奎，他说李多奎嗓音条件太好了，高亮圆润，"轻描淡写"地就可以唱得极高，一点不感觉窘迫。低音照样打远，声贯满场，字字入耳。要知道，当时不用麦克风！听他的唱，你就能体会什么叫"声振林木"、"响遏行云"。并且他不是干卖嗓子，能以情带声，行腔极美，金少山形容为"蜂蜜滋味秋凉韵"，"蜂蜜滋味"好理解，"秋凉"，是指蝉鸣。秋凉时节的蝉鸣少了夏季的干燥，若断若续，缠绵苍凉，萦绕于心。

我舅舅也对李多奎的唱极着迷，他讲过一则轶闻。20世纪三四十年代，我舅舅家住在东珠市口鞭子巷，和李家后花园仅隔一堵墙。他发现，凡晚上有演出，李多奎必在后花园走一遍场子。得近

---

* 中国人民大学文学院教授。

水之便，他就站在条凳上，隔墙听蹭儿。每次都是琴师先来，李多奎再缓缓踱出。李口讷，不多说，一个眼神，就开唱。所有晚上唱段，都过一遍，一句不落，一句不敷衍，哪怕是最拿手的《钓金龟》，也一定唱得神完气足。有时还用八张八仙桌拼成一个小舞台，走一遍台步。

演出前走场子，当时不算新鲜事，好些演员都这么做。我舅舅还讲过另一则轶闻：当年他常到广和楼听戏，由于戏票不对号，就去得特别早，占好座。反正他年龄小，没事，中午一点开戏，上午十点就去了。当时有一位在"富连成"学戏的武生叫江世升，与袁世海先生同属"世"字辈儿，后来成了名角，那时也快出科了，每次演出肯定提前到，在台上先走一遍场子，嘴里打着锣鼓点子，其实演的不是压轴戏，可一样一丝不苟。不过，李多奎那样做，尤让人敬重，一是他长年坚持，二是他早就是大腕儿了。没有对艺术的珍重和痴迷的爱，怕难以做到。李多奎，常让我想到西藏转经不止的信徒，感觉他就如同信徒，心系一处，把京剧艺术当成了佛来敬奉。

天赋，加上这种宗教般的虔诚，没理由不成为一代名角。二十世纪前五十年京剧的繁荣，是由一大批像李多奎这样的艺术宗教信徒构建的。

今天的京剧自然无法与二十世纪前五十年相比，繁华不再。可是如果有像李多奎那样的演员演出，照样火爆，不信您去听听于魁智、张火丁的戏，就会相信我说的不虚。可惜，这样的演员太少了。

·墨余随笔·

板 书

叶君远*

  板书是指用粉笔在黑板上写字。
  自从有了粉笔和黑板以后,很少学生没有受过板书的恩惠了。对于教育来说,其泽被之广,功劳之大,可谓甚矣,恐怕没有哪一种书法能够比得上。当今,各种形式、层次的书法大赛层出不穷,却从来没听说为板书举办过什么比赛。是因为它旋生旋灭,不好保存?还是因为它太实用,反而使人忽略了它的美学价值,就像种田的和做工的也从来没有人想起为他们举办什么大赛一样?
  世界上的事物好像就是这样,越是有用、越是有价值的反而越不事张扬。
  我却对板书情有独钟。从小学读到研究生,而后留校任教,先是观赏别人的板书,之后自己也操起了粉笔生涯,让学生评头品足了。我发现,"字如其人"这句话,用在板书上最明显不过了。因为谁也不把它当书法看,写起来不存好坏想,不做作,不矫饰,随心所欲,个性毕露。每当我忆起过去的教师,不由也会想起他们的板书。它们有的老到,有的稚嫩,有的端正,有的潦草,有的劲健,有的娟秀,有的活泼,有的拘谨,细想想,好像与书写者的教学风格甚至脾气秉性及处世行事的作风都和谐一致,融为了一个整体。
  北大中文系袁行霈教授的板书是我所见过的板书中最漂亮的了。他像写毛笔字,竖行右起,笔势"飘若游云,矫若惊龙",颇得二王笔意。听他的课是一种艺术享受,这享受不仅有听觉的,也

---

* 中国人民大学文学院教授。

有视觉的。很多学生一边听,一边偷偷学着写。记得当时听的是"中国古代诗歌艺术",精到的内容,流畅的表述,儒雅的风度,再加上潇洒的书法,让人觉得处处熨帖舒服。

记得有一位老一辈的教授曾开玩笑说,你们的袁老师不会失业,若失业了,他可以给人写扇面。

给我印象深刻的还有几位中学老师的板书。

我在北京二中读了六年。二中的老师写一笔好字的不少,不过,有两位的特点尤其突出,让人不能忘怀。老同学回忆往事,常常聊起他们。一位是教地理的沈希铮老师。他给所有班级上的第一节课,总要做两点自我声明,一是说话南腔北调,二是写字用左手。听说他原来也用右手写字,后来右手一度出了毛病,改用左手,习惯了,便不再改回来。正像费新我的"左书"一样,沈老师的板书也别具韵味,拗折盘梗,瘦硬有力。另一位是教几何的张士祥老师。他身高足有一米九,学生戏称他"张大个儿"。老实说,他的字属于规规矩矩的那一种,算不上好看,令人惊讶的是其布局。他写字,总是从黑板的左上角写起(别人没他的身高,够不着),等到写到右下角的最后一个字,便快下课了。每节课,不多不少,都是满满当当一黑板。我们怀疑他一定是在教案中精心设计好了,不然何以如此准确?

最有意思的是一位外校老师,只是听说,没见过,甚至不知道他的姓,然而其板书中的一手绝活却总让我神往。我是听二哥说的,他当年在二十四中念书。他说他们学校有一位几何老师,画圆不用圆规,却倍儿圆。这位老师并没有教过他们班,他们久闻其名,极希望领略他的风采。一次考试,恰巧由这位老师监考。待宣布了考试纪律后,一位淘气而聪明的学生忽然站起来,绝对认真地说:"老师,您给画个钟吧,我们好掌握时间。"老师拿起粉笔,立刻吸引了全班的视线。只见他面仍朝前,右手直直地伸向后面,以肩为轴,稳稳地转了一圈,然后右手微缩,猛地往黑板上一点,便是圆心了,之后再添上表针。整个过程,全班始终屏气凝神,目不转睛。下课后,有人迫不及待地用圆规去量,竟分毫不差,真可谓神乎其技了。大家不由肃然起敬。据说凭这一手,这位老师无论到哪一个班上课,哪个班都服了,乖乖地听讲。我常想,不知道这位老师还在不在,不知道这样的老师今天还有没有?

百家廊记

李永祜[*]

时惟二〇〇一年十月,百家廊落成。

夫学校不可无名师,校园不可无景观。有名师则可为国家育英才,增光辉;有景观则可使校园生靓色,添丽彩。

我中国人民大学自重新命名组建以来,校园建设成就不菲。然命运多舛,屡经曲折,曾遭"文化大革命"涂炭,校区被分割,房舍被他占,数十年前之旧建筑破败不堪,此状况尤以校园西部为甚。故学校虽名师济济,然校园景象难以相称,令人慨叹。

新世纪肇始,校长纪宝成先生莅校任职,注重学校总体建设与发展面貌,尤属意校园西区改观,并有建百家园廊之倡议。于是拆旧楼,撤商场,清杂物,复就其地鸠工构新。度其地势,审其环境,量其面积,堆土石为山丘,植绿草为芳坪,架梁椽为亭廊。梁椽施以彩绘,廊顶覆以琉瓦,楹联悬挂于亭柱,卵石镶嵌于小径。廊之亭有三,主亭居中,题名"百家廊";边亭曰凝思、曰雅集,左辅右弼,彼此呼应,状若拱辰,浑然一体。亭廊背倚山丘,两侧环抱,襟连松林,前望校区;有龙盘虎踞之势,具揽才迎宾之形;涵开放前瞻之意蕴,喻面向社会、面向全球之精神。亭廊四周苍松翠柏掩映,曲径绿茵相连,清风徐来,好鸟时鸣,幽静清雅,令人心旷神怡,流连忘返。此亭廊既经竣工,顿改西区旧貌,遂成全校优美景观之一矣。

盖廊名百家者,取"百家争鸣,百花齐放"之意也。百家争鸣为科学文化发展必由之路,亦为改革开放时代之内在要求。我校自

---

[*] 中国人民大学文学院教授。

前身陕北公学始，六十余载，均置身时代前列。实事求是、与时俱进，实我校之灵魂与优良传统也。以中华大地之广袤，我校园区与百家廊景点不啻沧海一粟。然百家争鸣方针，令吾辈思维空间恢恢无垠。壮神思则驰骋于八极之至远，运心灵则翱游于万仞之极高。发挥创造伟力，探究天人关系，阐发不世之论，此为应有之义也。若夫论争鸣，既可问难答辩于课堂，亦可凝思遐想于亭廊。交流切磋，博古通今。论贯中西，创一家探骊撷珠之言；形成学派，争鸣于国内外士林。跻身于世界一流学苑，活跃于此广阔大舞台，则为我人大人新世纪之所追求与实践也。

我校在读莘莘学子暨执教专家学者诸公，抱负高远，宏志烈烈。随此百家廊之落成、启用，必将登楼更上一层，以副亭廊构建之初衷与主旨，斯乃可期焉！

是为记。

天路流浪——高更

张 法[*]

好多人都希望有一个稳定的高收入的工作和有一个和睦的家庭,高更却主动地放弃了他拥有的这两个东西;好多人都希望去繁华的都市以看、听、感受、享受时代的最先进的东西,高更却主动地离开了欧洲最繁华的都市巴黎,到太平洋上的一个尚处于原始社会阶段的小岛(塔希提岛)上去了。

高更丢下常人认为最幸福的东西是为了什么呢?画画!要画画,巴黎是世界上最著名的艺术之都,全球的美术家和爱好者从世界各地跑到巴黎去学画,去获得一个金字招牌和获取美术界的名声。高更却反其道而行之,从一个美术圣地到一个根本就没有艺术的野岛去画画。高更是去画画,又不仅是画画,因为他要通过画画得到的不是一种世俗的、物质的东西,而是一种天国的、精神的东西。他的行为,从肉体和生活的角度来说,完全是一种向下的自我流浪,他过着与岛上原始村民一样的低等生活,裸身赤足,布衣土食;但从心灵和境界的角度来看,却纯粹是一种向上的精神追求——他走在凡夫俗子难以理解的天路历程之中。

一幅幅画,构成了高更漫长的向上天路。那原始质朴的自然风光,那肤色黝黑、体格健壮的土著男女,画面情调无论炽烈还是安详,运动还是静穆,都表现出一种与文明社会不同的淳朴、率真,既现实之至又如诗如梦,如在目前又有一种神秘的意味。不是技术教育,不是美术史逻辑,而是高更的心灵求索构成了他的绘画永存画史的独特风貌,他的画令同时代的人猛然一惊,令后世的人沉思

---

[*] 中国人民大学哲学院教授。

遐想。

　　在死亡之前的一月中，高更在狂热中夜以继日地画他一生中的最宏伟的作品，仅从其标题就可以窥见天路求索之心：我们从哪儿来？我们是谁？我们往哪里去？这作品既可看做是高更之路的一种提示，也可以视为一种路标，指点着这位伟大画家灵魂的轨迹：从巴黎飘向塔希提，从生走向死，在尘世翘首天堂……

　　当高更以绘画向人们展示如是的天路流浪时，不会使现代社会中的我们重新思考现代文明中的"幸福"？

拜访余光中先生

詹杭伦*

2005年6月2—8日，我受台湾中山大学中文系的邀请，赴高雄佛光山出席"第四届国际东方诗话学术研讨会"。行前，我受学校港澳台办公室委托，持冯俊副校长签署的邀请函，当面邀请台湾著名诗人、散文家、台湾中山大学外国语文学系光华讲座教授余光中先生来我校访问和演讲。

6月7日下午2点，我在台湾中山大学中文系廖宏昌教授陪同下，到余先生的研究室拜访。余先生的研究室在中山大学人文学院五楼，面对大海，敞亮典雅。余先生鹤发童颜，精神矍铄，站在门口迎接我们，很是热情。坐定后，我即呈上冯副校长的邀请函，并向他简介我校在人文社会科学研究中的地位，以及准备成立国学院的设想，并转达人民大学学子对余先生的仰慕心情。余先生清楚地回忆起几年前我校台办马琰女士曾邀请过他，并记得马琰的父亲是中文系的一位老教授，只是因为近几年大陆的大学和其他单位出访邀约太多，应接不暇，加之在本地的教学与写作事务繁重，每年只能有选择地去一两个地方，所以一直未能到人民大学来。他听我谈起人民大学弘扬国学的举措，很感兴趣。他说中国传统文化深入人心，他自己则是"汉魂已深，唐命已牢"，任随如何"去中国化"都摇撼不了。他听说我是四川人，便说起他与太太在抗战时期都生活在四川，此后两人之间的对话都用川语，五十多年的川语川流不休，加起来该比回川的路更长了。有一次，他在四川大学访问，应校长之邀发表演讲。他向校长提出，他的四川话有演讲的水平，他

---

* 中国人民大学国学院教授。

可否采用四川话演讲？校长连忙说，不要，不要，四川大学的学生来自全国各地，请先生还是用普通话演讲。此时，余先生有点激愤地说，台湾目前推广闽南话，那只有一块小地方的人听得懂，要沟通交流，还是应该用普通话。余先生说，他目前日程排得很满，6月10日要去湖南主持一个龙舟会开幕式，6月14日与一些流行歌星一起在香港红磡体育馆演出，主办单位要他朗诵诗歌，他说别人都唱，那我也唱，准备带一把吉他登场，演唱他自己的新诗。与余先生一席谈，感受到他完全没有老者的迟暮神态，全身心洋溢着年轻人的充沛活力。乘余先生谈得兴起，我赶紧说，余先生如果到人民大学演讲，八百人大礼堂肯定爆满，也许需要移师到世纪馆去。余先生于是欣然允诺，秋天（10—11月间）来人民大学访问和演讲（余先生已于2005年11月18—20日偕夫人访问中国人民大学，为人大师生举办了"诗歌与音乐"学术报告暨诗歌朗诵会，受到全校师生热烈欢迎，并与纪宝成校长会晤合影，详见人大新闻网站报道）。

　　拜访结束，余先生签名送给我一本他的最新散文集《青铜一梦》。廖宏昌教授拿来数码相机，让我与余先生合影留念。余先生执意坐到沙发上来，与我并排照相；我则执意请余先生坐在书桌前，我侍立在旁。两张照片都很清晰，在我离开台湾前，廖教授已经把照片传送到了我的信箱里。这趟台湾之行，佛光山盛会和拜访余先生，感触良多，成诗一首，以资纪念：

> 大千世界识诗人，倜傥风流情愫真。
> 一曲菱歌思旧谊，三更夏雨润清晨。
> 佛光指引来时路，圆月萦怀别后亲。
> 再续鸥盟应有日，轻拈彩笔已如神。

科学研究的艰苦岁月
——怀念胡华老师

彭 明[*]

一

没有电灯，也没有煤油灯，只有一个漆黑的小铁碗盛着为数不多的菜子油，几支灯芯草轮流地燃起一缕缕摇曳不定的灯光。灯光下，一位不满27岁的青年正在用一支蘸水的钢笔（还需不时地更换笔尖）奋笔疾书。时值三伏天，他还需不时地抽出一只手来拍打叮在腿上的蚊虫。已是深夜了，他站起来伸伸手脚，仍伏在案上……

这就是我所见到的胡华老师在1948年夏季写作《中国新民主主义革命史》时的情景。

二

胡华是1938年到陕北公学学习的。在那里，他不仅听到了毛泽东、周恩来等一些党的负责人的报告，还较系统地学习了马列主义的基本理论。

1939年，他随成仿吾校长到敌后创办华北联合大学。第二年就担任"中国近代革命运动史"的教员。这时他还只有18岁。成仿吾校长给了他一本自己编写的《中国苏维埃运动史提纲》手稿；何干之教授借给他几十本中国近代史和中国革命问题的书籍，其中的几本封面上有毛泽东亲笔签名（这是何来前方时，毛亲自送他的）。

这些，成为胡华老师早年教学的重要依据。特别是当他读到毛

---

[*] 中国人民大学马克思主义学院教授。

泽东的《新民主主义论》并进行钻研后,《中国新民主主义革命史》一书的指导思想就已初步形成了。

三

华北联大的教学重视理论联系实际。胡华老师除任课外,还兼任队长、班主任和党的总支、支部工作。每到反"扫荡"时,他就带着学生和地方游击队一起打游击。为了晋察冀边区的建设,他还带学生参加民主建设运动、扩军运动、统一累进税、拥军优属和抚恤救济工作。他还作为华北联大的代表,参加过晋察冀边区参议会的工作。

因此,胡华老师从事《中国新民主主义革命史》的教学和写作,是有着对解放区的实际运动的了解作基础的,绝不是纸上谈兵。

四

1945年日本投降后,晋察冀解放区的中心移入张家口,胡华老师调入张家口从事工人运动,任张家口市总工会宣传部副部长、部长等职。在此期间,他和市总工会其他领导同志一起先后指导了130多次反奸清算斗争,组织工人开展生产竞赛,并在工人中发展党的组织。从事工人运动的经验,使其对马克思主义的理解更加深刻了。他把这些经验经常用文字总结出来,发表在当时出版的《北方文化》杂志和《晋察冀日报》上。这些文章还经常为当时在重庆出版的《群众》杂志所转载。

我当时在张家口的华北联大教育学院史地系学习,那时虽然还不认识胡华老师,但已读到了他在报刊上发表的文章,可说是"未见其人,先识其文"了。

总之,我觉得他这一段从事工人运动的经验,对于他后来写《中国新民主主义革命史》也是大有帮助的。那时从事总工会工作

的一位领导人就是七七事变前在宋哲元二十九军中从事党的秘密工作的萧明同志。胡华从这位领导人的口述中，记录下很多宝贵材料，特别是有关卢沟桥事变的材料。

五

1946年10月，国民党军队抢占张家口，我们华北联大经过一番辗转千里的"小长征"，转移到冀中区的束鹿县的农村中。为了保密，对外称"平原宣教团"。

虽在农村艰苦的环境又值内战全面爆发的情况下，我们联大仍然坚持上课（当然也利用了课余的大部分时间从事当地的土改运动）。当时教育学院分三个系：教育、国文、史地。老院长于力（董鲁安）先兼国文系主任，后又兼史地系主任，他原是燕京大学的教授，对文字学很有研究，给我们讲"国文发凡"，很受欢迎。副院长丁浩川兼教育系主任，是一位很有造诣的教育学家，曾任过陕甘宁边区的教育厅长。他给我们讲"教育概论"，也很受欢迎。我们史地系有一位讲自然地理的孙敬之老师，是北师大地理系毕业的，很有学问，他经常带着我们夜观星座，并教我们做地理模型（玩具），也很受欢迎。在那样的艰难困苦的环境中，能够听到这么多课，已是莫大的享受了。但是，作为史地系学生的我们，总在想着，能够有一位讲中国近代历史的老师来给我们讲课就更好了。

忽然有一天，村里出现了一位新人，好像白面书生，又像是一位年轻的老干部。同学们纷纷议论这是什么人。当然，他们很快就知道了，这就是学校给我们派来的胡华老师，时任史地系的副主任（后兼任院总支副书记）。他给我们讲"中国近代革命运动史"，热情洋溢，语言生动，史料感人，头一堂课就给大家带来很好的印象。那时学生们虽然席地而坐，膝盖就是书桌，但仍然不停地在记笔记。

六

1947年3月，教育学院根据学校规定，成立培养研究生的各种专业的研究室。我和几位同学被挑选到中国近代史研究室，室主任和导师就是胡华老师。

研究室首先要做的就是收集和整理资料。

当时各地正在土改复查，我们从驻地附近农会征集到很多图书资料，如《东方杂志》、《国闻周报》、《万有文库》等，都是很完整的。

胡华老师指导我们把收集到的资料，分别按专题整理，装订成册。这一步工作，对我们研究工作是很有利的。有些资料，胡华老师入城以后很久，还都保存着，每本资料上都有他亲自书写的毛笔字。

当时，联大图书馆保存的解放区的图书报刊资料还是很丰富的。胡华老师也收集保存了不少的党史、革命史资料。这些都为我们研究室的工作开展带来很大的便利。

在收集资料的同时，我们还编写了一些小册子。我和胡华老师合写了《日本投降以来的中国政局史话》，胡华老师独自写了《美帝国主义侵华史略》。这两本小书都是冀中新华书店在1947年夏季出版的。现在的北京图书馆可能还会查到。当时稿费很少，只是供全研究室的人员赶了一次大集，买了些菜，自己动手，会了一顿餐，虽不丰盛，但也吃得津津有味，因为是自己的劳动所得。我们当时也没想到要稿费，因为不是为稿费而写作的。日子过得很清苦，但也很高兴，因为开始有成果问世。

这一段研究室的工作，对胡华老师的写作是很有利的。当时他住的房间里，四壁书架都摆满了图书资料。凡是来过的客人，不管学生还是老师，没有不称羡他的书房的。

七

1948年4月,由于华北解放区已连成一片,中共中央决定把以成仿吾为校长的华北联大同以范文澜为校长的北方大学合并,在正定成立华北大学。党中央派吴老(玉章)任校长,范、成任副校长,钱俊瑞任教务长。党中央在关于华北大学的决定中,规定要开设"中共党史"("中国革命史")课,胡华老师担任了中共党史教学组组长,并负责编写教材。

吴老一生的历史就是一部中国近现代史和中共党史,他曾著有中国历史和中国戊戌变法以来的民族解放运动史等方面的书,还经常为华大师生举行讲座。胡华老师在他的身边工作,受其言传身教,获益不少。范老是著名的历史学家,他的治学精神也感染着胡华。

当时的"中共党史",也就是"中国新民主主义革命史"。为了贯彻毛泽东的"古今中外"法,也有必要把五四以前的"旧民主主义革命史"加叙一段,以说明党史的来龙去脉。于是,胡华当时把我调去起草自鸦片战争以来的旧民主主义革命史,主要依据是范老的《中国近代史》(这份稿子后来单独出版)。

八

我和胡华教授相识四十余年,他是我的老师;尤其是在他在世的最后10年,为帮他看《中共党史人物传》的稿子,每次审稿会(一年两次)我们总是相伴而行。

1987年11月下旬,他去上海动手术,我去广州参加审稿会。在审稿会上接到他致全体编委的信,信中更多的还是谈人物传,希望编委们一定要把50卷的计划完成。

《中共党史人物传》是三级审稿制:初审、复审、终审。胡华教授逝世后,即由我代他终审。我是以一个学生的心情,替代老师从事这项事业的，所以每次签字时总是小心翼翼地在后面写上一个"代"字。我曾一再表示：50卷是一部整体的丛书，我们绝不能变动主编的名字，如果变动的话，我就退出编委会。其实，这时已编完44卷，未完的仅有6卷了。经过大家的努力，终于在1991年七一前出书，以纪念中国共产党建党70周年。

50卷书，历时11载，有一个由粗到细，由不完善到逐渐完善的过程。

万事开头难。由于稿源不多、编辑力量不足，最初的几卷是比较粗疏的，稿件质量不齐，规格要求不一，史料也缺乏审核，所以问题较多。但是，一些传主的史绩，还是很感人的，颇有教育意义。因此，书一问世，即受到各方重视，发行份数尚属可观。记得1980年8月间，我在河南信阳鸡公山参加第一次审稿会后，曾写下这样几句诗记录当时的心情：

遥望青山路几重？
鸡公隐隐白云封；
凭栏犹忆英雄事，
千古文章方寸中。

经过几次审稿会，特别是1981年重庆会议和1983年的长沙会议后，征稿有了计划性，审稿也加强了科学性，因此传记质量大有提高，当人物传出版到30卷时，受到国内外的广泛重视。1986年6月28日新华社播发的新闻说："在中国现代史研究的领域里，尚未发现系统的纪传体史书，《中共党史人物传》集数百革命人物传记于一书，填补了这个空白。这套丛书详细记述了这些人物的具体活动，从而丰富了党史、军史、革命史的内容。"1985年4月在美国出版的《共和中国》第10卷第2期中，一位美国历史学博士评论说："和以往出版的那些人物传记比较起来，这套书显著的一点是对历史人物不作《圣经》中'使徒行传'式的歌颂——即只讲优点，不讲缺点，而给予比较全面的历史评价。这样它就成为一个很有价值的史料宝库……这一点反映着近来中国史学的进步。它是研究中国史学发展的一个典型。"一位美国学者于1986年7月4日写给主编胡华教授的信中说："《中共党史人物传》的注释常常提到参考的原始资料，80年代以前这种详细的注释罕见。外国人误解中国历史的原因，常常在原始资料最难得。"

许多中央领导人和革命老前辈在看到人物传后，也纷纷以文字或口头讲话的形式予以鼓励。聂荣臻元帅说："《中共党史人物传》充实和补充了党史、军史，成为我们进行社会主义精神文明教育的生动教材。"（1986年5月18日聂荣臻给《中共党史人物传》的题词）自第31卷起，《中共党史人物传》的封面和扉页书名用字，均改用了陈云同志题写的手书体。

由于《中共党史人物传》多年来的成就，1986年获全国优秀畅销书奖，1987年获"吴玉章奖金"历史学一等奖。

总之，50卷书，数百个传记，得来实在不易。首先，应归功于那些创造了历史的杰出人物，没有他们过去的实践，也就没有今天的认识。其次，应归功于那些不辞劳苦、到处寻集资料、刻苦钻研的作者。有的作者为了写一篇传记，完成一个课题的调查研究，不惜踏遍千山万水，其精神是十分感人的。特别应该感谢的是中共中央文献研究室的几位作者，提供了毛泽东、刘少奇、周恩来、朱德的几个大传，为50卷形成一个良好的收尾。再次，编委们的辛劳，也是值得一提的。在审稿期间，他们日夜操劳，逐字逐句审改稿件，费尽了心血。有的编委就是为此献出了生命的（如武汉湖北财经大学的廖鑫初同志在审稿期间心脏病发作猝然去世）。

最后，我们不应忘记的是主编胡华教授。从1980年至1987年，他先后主持了14次审稿会。每次经过初审、复审后送给终审的稿子都有 50 万字至 70 万字，他每天工作都在 10 小时以上，往往夜已很深，他仍伏案精读、细改。工作结束不了，他只好把大量的稿件带回学校继续完成。多年来假期的大部分时间，可以说都贡献在这一事业上。就在他逝世的前一年暑期，我和他一起到大连度假，他仍然日夜看稿改稿，以至操劳过度，肠胃出血，而那时我还不知他已身罹绝症！

我选择了历史专业

戴 逸[*]

1946年夏季,我正在上海交通大学铁道管理系学习,即将升入二年级,却重新投考了北京大学历史系。被录取后,作为一年级的新生,到北京学习。

我的亲戚、同学、朋友无不投以惊异的眼光。上海交大是名牌大学,铁道管理是热门专业,毕业以后职业有保障。而在旧社会,文科各专业没有多大出路,求职谋生较困难。为什么非要吃亏一年,去当北大历史系的新生?在人们看来,这好像"下乔木而迁于幽谷",难以理解。

在人们的生活道路上,往往要遇到可左可右的十字路口,需要作出选择。我选择了历史学专业,在当时看来,这似乎是奇怪的选择。但我热爱自己的专业,对36年来走过的道路并不后悔,并且还欣幸当时的正确选择。

人在幼年、少年、青年时代走过了一段学习和生活的道路,逐渐形成自己的理想、志趣、性格、爱好、世界观。这些主观的因素是激励和推动每个人前进的力量。人们将根据各自的经历,沿着不同的道路,作出反应,进行选择,持续地努力,发挥各自的才能,去实现美好的理想。世界上许许多多的人和事,时时刻刻在影响人们志趣、性格、世界观的形成。我想,其中,书籍对人的影响恐怕是极为深刻、极为重要的。古往今来的贤哲之士不知道已经说过了多少赞美书籍的话,但每个人还会有自己不同的具体感受。

我所以走上了研究历史的道路,很大程度上和我少年和青年时

---

[*] 中国人民大学历史学院教授。

代阅读的书籍有关,我最早接触而且对我影响至深的是连环图画。

大约刚进小学不久,我就开始看起连环图画了。在我的家乡,有一批以出租"小人书"谋生者,每到下午四点钟,就出来串街走巷,为小学生供应课外读物。他们都是些穷困潦倒的人,穿着旧长衫,头戴遮阳帽,背着破旧的藤篮或皮箱,里面塞满各种各样的连环图画。他们专和孩子们打交道,我和姊姊、兄弟们是他们的常客。每到夏天,夕阳西下,鸦噪蝉鸣,在树荫深处的流动书摊旁,总吸引了许多孩子。租金是便宜公道的,一个铜板租好几本书,租书人定时到来,第二天就可以换新书看。我最感兴趣的是历史故事,《东周列国志》、《三国演义》、《说唐》、《西游记》、《水浒传》等等,种类很多,内容不断更新。每本历史故事书,我总是津津有味地看了又看,爱不释手。有一位租书人据说是因抽鸦片而穷困失意的小知识分子,百无聊赖,也干起出租小人书的行当来。他却是一位善讲故事的能手,在许多小顾客的纠缠和恳请下,他有时给说一段"书",内容生动隽永,人物神采飞扬。久而久之,我对历史养成了特殊的爱好,凡是画着历史故事的连环图画,我都爱不释手。我还清楚地记得:当时新出了一套《薛仁贵征东》的连环图画,故事生动,图画精美。我渴望购买一套,家里大人不给买,我使尽了一切办法,又是哭闹,又是哀求,又是软磨,好不容易得到大人的同意了,我兴高采烈的心情实在难以形容。不料,这时我因淘气掐死了家中一盆兰花,这对孩子来说是一个大错误,购书的权利被取消了。我为此而懊丧难过了很长一段时间,偷偷地哭泣,却始终没有能得到这套心爱的小人书。

今天回想起来,小人书里讲的历史,出自道听途说,真真假假,有许多是不可信的。可是,大多数中国人的历史知识,恐怕都来自演义、戏曲和小人书,这类读物和通俗戏曲对人们的精神世界起着潜移默化的作用,不知不觉之中,它在对你灌输知识,培养你的兴趣，塑造你的性格，引导你走进生活。如果有人问我：你怎么会爱好历史的，我将回答：最初是受了连环图画的影响，它是我最早阅读的历史书，而那位租书人是我启蒙的历史教师。尽管当时小人书里的历史知识并不正确，但重要的不是它给了我什么具体的知识，而在于唤起了我一种特殊的兴趣和爱好。如果，我没有儿童时代的这段经历，也许这种兴趣和爱好会长期沉眠在我的心底。我十分感谢那些辛勤地编绘连环图画的无名作者们，也感谢奔波劳碌、为小读者送去精神食粮和讲说历史故事的租书人，是他们把我带到了一个丰富浩瀚、令人心醉神往的神奇世界的边缘。自然，一个孩子还谈不上有多少历史知识，但我也算得上是个小小的历史爱好者了。

到了中学时代，我的"历史癖"与年俱增，语文和历史是我最喜爱的课程。学校里的课本不能满足我的要求，我就去寻找课外读物，当然不再看连环图画，而是去寻找各种古籍。我的故乡江苏常熟县是文化发达之区，历史上出过不少诗人、画家、文士，也有很多有名的藏书楼。我读中学已是抗日战争时期，由于战争的破坏，经济萧条，昔日人文荟萃之地，至此已风流云散。可街市上还保存了几家小小的古籍书店，摆着各种线装书，这是我经常光顾的地方。一个中学生，自然不会有多大财力去买书，幸好旧书店的老板们还算大方，允许人们在那里随便看书。这等于是个开架阅览室，书籍并不多，也没有什么宋元精椠，但对于我一个中学生来说，已是极丰富的宝库了。旧书店里是没有座位的，只能捧着书，站立着阅读，时间一长，两腿酸疼，头晕眼花。尽管这样，这里仍是我课后的乐园。我并没有阅读古籍的起码常识，更不懂专门的目录学、版本学，只是乱翻乱看，贪婪地读着，经史子集，诗文词曲，一知半解，生吞活剥，什么都感到新鲜有趣。一进旧书店，就感到琳琅满目，如入山阴道上，应接不暇。有时，我也得到一点零用钱，几乎悉数在这里花费掉,买几册经过慎重挑选的廉价书。到了高中毕业时,我自己居然也拥有了一个小小的书库,自然,这个小书库十分贫乏寒酸,但它是我的唯一财产,是多年来苦心搜集和积攒起来的,我十分珍爱它,为它感到自豪。记得我很长时间想购买一部《昭明文选》,但那样的"大部头书"已超过了我的购买力。有一次,旧书店来了一部印刷精美的大字本《昭明文选》,却残缺多卷,因此价钱很便宜,我简直喜出望外,凑够了钱,购买回去,这算是我小书库里的"珍本"书了。我决心抄写补齐它,借了完整的本子,又是抄写,又是装订,将近忙了一个月,才补足了这部"珍本文选"。我的书籍很多都是像这样来之不易的。今天,这些书籍已大多散失,我只保存着有限的几种了,但每一种书几乎都能唤起我一段有趣而美好的回忆。

中学时代,数理化课程很繁重,压得人喘不过气来。我在应付了这些课程之后,总还要匀出时间去浏览历史和文学书籍。有时跑到旧书店,有时钻进图书馆,有时就在家里小楼上,在买来的书上,用红蓝色笔,浓圈密点。我那时不懂得写卡片、做笔记的方法,唯一的读书法是标点断句,这种方法很简单省事,靠这种方法当然不能深入理解书籍的内容。但为了把古书标点开,也需要动动脑子,仔细去寻绎它的意义。每当夜深人静,万籁俱寂,独坐小楼之上,青灯黄卷,咿唔讽诵,手握彤管,朱蓝粲然,竟也自得其乐,我就是这样不求甚解地读了不少古籍。这些书籍确是我的良师益友,它向我娓娓诉说着我国悠久古老的文明发展的历史,讲述着我们祖先生活着和斗争着的那个时代的生动故事。我在祖国历史文化遗产的辉煌宫殿中摸索着,可我并不是有意识地在寻求知识,而仅仅是课余的爱好,为了获得精神上的满足和享受。

尽管我非常喜爱历史和文学,可当我高中毕业以后,并没有去报考文科。那是在抗日战争的最后一年,当时,重理轻文的风气很

严重。人们的偏见、社会的舆论以及求职谋生的考虑，把青年学生大批地推向理工科。学文史被认为是没有出息的。再说，在日本占领下的上海，很多大学迁往内地去了，上海并没有好的文科大学。在这种情况下，我考入了上海交通大学。

青少年时代逐渐形成的爱好、志趣、理想，推动着人们去选择和开辟自己的生活道路。我在上海交大学习，那些课程总和我格格不入，我还是想念着历史和文学，真是"身在曹营心在汉"，感到苦闷、困惑、彷徨无计，展开了激烈的思想斗争。

真是碰巧，抗战胜利后，1946年夏，北京大学第一次在上海招生，考场设在交大，就在我的宿舍楼下。如果不是这次送到鼻子底下来的机会，我大概也不会再去改换自己所学习的专业了。一种强烈的冲动诱使我去试一试，果然被录取了。经过反复考虑，我决定放弃上海交大的学籍，到北京大学上学，重新开始大学生活。

这是我生活中的一次重要转折，似乎一次偶然的机会完全改变了我以后的学习和生活。其实，我选择历史专业是并不奇怪的。人们在幼年和青少年时代的环境和经历就在为他的整个生活道路做准备，我早年遇到的人和事、读过的书籍在我幼小的心灵上打下了深深的印记，这对我未来的专业选择和生活道路起着极重大的作用，我走上历史研究工作的岗位是有其必然性的。即使我失去了投考北大历史系的机会，仍在交大学习，我的职业和生活道路将会完全不同，但我仍然会是一个历史科学的热烈的业余爱好者。

·墨余随笔·

圆明园与大观园

戴 逸[*]

《钦定日下旧闻考》卷八十《圆明园一》有如下记载：

  清晖阁北壁悬《圆明园全图》。乾隆二年，命画院郎世宁、唐岱、孙祜、沈源、张万邦、丁观鹏恭绘。御题"大观"二字。

乾隆题《圆明园全图》为"大观"，这一点似乎还未被红学家们所注意，它和《红楼梦》中的大观园是偶然的巧合，还是有某些联系呢？

圆明园是雍正为皇子时的赐园，建于康熙五十四年（1715年），原来的房舍不多。雍正即位后，经常驻跸于此。雍正、乾隆二朝，迭加扩建，工程浩大，历时甚久。曹雪芹生长于雍乾之际，此时，北京城内和西郊造园之风大盛。《红楼梦》写大观园的建造正是现实生活在文学中的反映。

圆明园的第一次扩建工程大约始于雍正三年（1723年），时曹雪芹二岁。几年之内，完成了前后湖周围20余景。第二次扩建工程，始于乾隆三年（1738年），时曹雪芹15岁，至九年（1744年）完成40景。以后仍陆续施工。像今天尚留废墟的西洋楼建成于乾隆十八年（1753年），此时《红楼梦》已有甲戌本的初稿。安澜园建成于乾隆二十七年（1762年，雪芹卒年），之后，狮子林、如园以及漪春园相继建造。可见在曹雪芹一生中，圆明园时时在扩建施工，尤其是乾隆三年至九年，扩建达到高潮，正所谓"恢拓营缮，宏规大起"。

据档案所载：御题"大观"二字的《圆明园全图》是乾隆三年挂

---

[*] 中国人民大学历史学院教授。

在清晖阁墙壁上的，此时还在乾隆扩建以前，因此全图所绘应是雍正扩建后的圆明园旧貌。何以题"大观"二字，乾隆在《圆明园后记》中说："规模之宏敞，邱壑之幽深，风土草木之清佳，高楼邃室之具备，亦可称观止。"这和贾元春题名大观园时所咏"天上人间诸景备，芳园应锡大观名"是同样的意思。圆明园是康熙赐名，有康熙、雍正两帝御书的"圆明"匾额挂在殿内，乾隆不会去更改这个名字。如果让乾隆另起园名的话，他会不会就用所题的"大观"二字呢？

乾隆大举扩建圆明园正值曹雪芹青年时代，根据曹的年龄、身份、居住地点、社会关系，他很有机会进入圆明园，甚至看见或听说过这幅御题"大观"的圆明园全图。

圆明园的建造和管理，归内务府负责，曹家是内务府包衣，应有进入圆明园的机会。御园重地，皇帝住园必要肃静回避，严禁闲杂人等出入，但圆明园同时又是不断扩建的大工地，四方云集，人头攒动，非常热闹。曹雪芹长期住在西郊，和圆明园工地近在咫尺，他不会去受雇做工，但工地上的差事很多，他会不会去当个差以挣钱糊口呢？特别是曹雪芹能诗工画，多才多艺，又懂得园林艺术。御园工地不是正十分需要这样的人才吗？曹寅晚年曾监造畅春园，现有从满文译出的内务府奏销档为证。曹家式微后，恰逢圆明园大工举行，他家子弟在此谋个差使也是顺理成章的。如果曹雪芹真的当了差，那就不属于"闲杂人等"，而是每天必须到御园去应值点卯，对那里的景色亲游饱览，必定感受极深。

可惜曹雪芹没有留下生平事迹的材料，几乎他的一切活动，只能作合理的推测而难以确证。退一步说，即使他并没有参加御园工程，按照他的社会关系也能亲闻并熟知圆明园诸景，甚至有进园一览的可能。曹家虽已中落，但有不少上层关系和阔亲戚。怡亲王允祥是曹家的恩主，曹家被抄没后，雍正将他们交给允祥看管。下一代怡亲王弘晓是个最早的红学迷，现在传世的怡府本即是弘晓主持抄录的。兵部尚书傅鼐是曹寅的妹夫,平郡王福彭的生母是曹寅的女儿、曹雪芹的亲姑妈。他们都是雍乾之际炙手可热的大人物,曾陪皇帝游览御园。雍正所写《圆明园记》说:"春秋佳日,景物芳鲜,禽奏和声,花凝湛露,偶召诸王大臣从容游赏,济以舟楫,饷以果蔬,一体宣情,抒写畅洽。"这就是雍正和王公大臣们在圆明园游览、宴会、荡舟、吟诗的情形。特别是福彭,他曾是乾隆未即位时的伴读,在园内的长春仙馆、武陵春色等处读书,每天出入圆明园,对园内诸景必眼熟能详,了如指掌。圆明园扩建的盛况,形诸奏牍谏疏,以至百姓间街谈巷议,是当时北京城的热门新闻。当时的曹雪芹少年好奇,又爱园林艺术,必定会关心和打听消息。他和姑妈、表哥闲话家常也一定会谈到这座人间天上的园林杰作。如果说,他在《红楼梦》中所写的大观园和当时正在扩建的皇家园林有密切关系,这应该不是无稽之谈。

自然,曹雪芹并没有把圆明园搬到小说里去。乾隆九年,圆明园最大的扩建工程完成,此时恰是曹雪芹开笔创作《红楼梦》之际。但刚刚建成的这个被乾隆誉为"天宝地灵之区,帝王游豫之地,无以逾此"的天下第一园,想必给曹雪芹以启示和借鉴,使他能够为红楼诸钗安排大观园这样一个绚丽多彩的活动舞台。

因此,大观园的某些结构与皇家园林有相似之处。例如,它气魄宏伟,范围广大。贾蓉说大观园的面积"一共丈量准了,三里半大",据此估测,将近三百亩。北京城找不出这样大的私家园林。而雍正扩建后的圆明园占地约六百亩,仅比大观园大出一倍。

作为大观园正殿的大观楼"崇阁巍峨,层楼高起",具有皇家气派,为一般人家所不及。大观园是为贵妃归宁而盖造的"省亲别墅",贵妃在内宫的位次很高,这座园林的规格就不能与一般富户相比。曹雪芹参考行宫御园的建筑结构来描写大观园,正是符合小说情节和人物身份的需要。

大观园中有个稻香村,"里面数楹茅屋。外面却是桑、榆、槿、柘",这一派"田园风光"和大观园并不协调,所以贾宝玉批评它"分明是人力造作成的"。曹雪芹安置的稻香村,很有可能是受御园布局的启发。圆明园中的"杏花春馆"、"北远山村"、"多稼如云"都是农村景致。封建时代以农为本,皇家园囿中设置这样的景点,表示皇帝"劝农"、"观耕"的意思,这是私人园囿中所少见的。

大观园中有个梨香园,为伶人所居。这个院落和大观园既连接,又分开,其形式颇似圆明园中的升平署。

大观园中有妙玉居住的栊翠庵,还有玉皇庙、达摩庵,与书中所谓"山下得幽尼佛寺"、"林中藏女道丹房"类似。圆明园40景中的"慈云普护"、"日天琳宇"、"鸿慈永佑",或供神佛,或奉祖宗,一般花园中很少建置庙宇。皇家园林中用以求福祈寿的宗教建筑特别多,如清漪园内的大报恩延寿寺,香山的实胜寺、宝谛寺、宝相寺,北海的永安寺、阐福寺、小西天等均建于乾隆年间。大观园之所以建置庵、庙可能是受了御园的影响。

当然,并不是说大观园就是圆明园。大观园是曹雪芹为《红楼梦》中众多人物进行活动而虚构的空间环境,它是艺术创造而非实在建筑。执意寻找它是哪个园子,何处府第,岂非刻舟求剑?但是,艺术创造绝不能凭空想象,没有现实中的名园胜景,曹雪芹才能再高,想象力再丰富,也难以虚构一座宏伟雅丽、诸景俱备的大观园。圆明园是乾隆初年皇家造园风尚鼎盛时期的产物,曹雪芹也许见闻到乾隆御题"大观"的《圆明园全图》。这座集中国古代园林艺术大成的圆明园对触发曹雪芹的灵感很重要,所以圆明园和其他御园很可能是他塑造大观园的主要借鉴。

·墨余随笔·

"奇异果"的奇异变迁
——猕猴桃漂洋过海回归散记

高　放[*]

记得是 10 年前访问美国时,一对美国老朋友伉俪在新泽西州他们家附近的餐馆请我们吃西式自助餐。各种美味佳肴尝遍之后,他们带我们夫妇随意去挑选一些水果清口。我见到有一种翠绿的圆形水果薄片,中间杂有一圈黑色的斑点,形象典雅,但不知其名。主人告诉我,那叫 kiwi,是从新西兰进口的,非常可口。我品尝之后感到汁多、清凉、爽口,但并不很甜,正适合我这个糖尿病患者,便多要了几片,越吃越有一种奇异感!这究竟是一种什么水果呢?什么叫 kiwi 呢?回到住所后我便翻查 1984 年出版的英华大辞典,其中仅说 kiwi 是新西兰产的一种不能飞行的鸟——鹬鸵,又用以对新西兰人的称呼。看到这种翻译,真是丈二和尚摸不着头脑!再查 1991 年新版英文本韦氏词典,才明白 kiwi 一词自 1966 年起美国在与新西兰进行农产品贸易中又用以指源于中国的一种鹅莓(gooseberry)。可见,kiwi 一词从 60 年代后期起又用以指一种从新西兰进口的水果。后几周,我们住到亚特兰大市女儿家。有一天我们到华人开的超级市场采购,突然发现架上标有 kiwi 的水果,括弧用中文写明"奇异果",这显然是用中文谐音字命名的。这莫非是英文辞典上所说的源于中国的鹅莓?我女儿说:"这就是咱们中国的猕猴桃"。自此我才恍然大悟,可是我在北京住了几十年,从未在店铺里见过这种水果。只是 70 年代初到湖南韶山参观时在小摊上买过猕

---

[*] 中国人民大学国际关系学院教授。

猴桃,其貌不扬,个小皮厚,酸中带涩,实在难吃。没想到,新西兰产的猕猴桃竟这么鲜美!

回国后从书刊中得知,原来明朝李时珍著《本草纲目》已有这样的记载,说此桃"其形如梨,其色如桃,而猕猴喜食,故有诸名"。但是它不属蔷薇科的果桃,而为落叶藤本植物,茎成蔓状,五六月间开白花,果实味浆果。共有 50 多个品种,几乎全产于我国,一直成野生状态,多供观赏和药用,能治疗咽喉炎、肝炎、消化道疾病等。《诗经》中早已写有此物,唐朝岑参更有"中庭井阑上,一架猕猴桃"诗句。1906 年新西兰园艺家从我国引种去后加以改良,精心培育,经过小试、中试,于 1940 年开始商品化大生产,从 60 年代起大量出口,到 70 年代已形成新兴产业。新西兰的"奇异果"比之中华猕猴桃个头大,品质优,味道美,耐储藏(冷藏 9 个月以上而无损原味)。新西兰人把广袤无垠的草原开发成大型奇异果果园的格子区。每区约 1.5 亩,并以防风林带隔开;每排果树间隔 5 米,还建造了藤萝架,以便其荆条蔓长,每年冬夏两次剪枝,并且适时施肥、灌溉。现在种植 6 万多公顷,年产 1 000 多万斤,95% 销往海外,占其出口水果的第 2 位(仅次于苹果),每年可赚几亿美元。当今在世界上"奇异果"已成为新西兰的别号与标记。

70 年代末 80 年代初,我们了解到中华猕猴桃变成新西兰奇异果的奇迹后,曾多次派代表团到新西兰考察和取经。原来中华猕猴桃是"果中之王"或"果中皇后",每百克鲜果含维生素 C 150~420 毫克,比苹果高 19~33 倍,比梨高 22~139 倍,还含 12 种氨基酸与丰富的葡萄糖、蛋白质,以及钙、磷、铁等矿物元素。对肿瘤、心血管等均有预防作用和辅助疗效。被公认为"防癌果品"和"长生果",属健美防老祛病的绿色食品。1983 年我国成立中华猕猴桃科技开发公司,拥有试验园 1 300 多公顷,也进行改良品种的栽培。近几年我们在北京果品市场上已经能够买到个大、味美的国产

"奇异果"，价钱每斤几元，比新西兰进口的每斤 20 多元便宜很多。在 2001 年 4 月 15 日《北京日报》上，我还看到一条标题为"中华猕猴桃新品欧洲拍出好价钱"的喜讯。其中报道说：由中国科学院武汉植物研究所培育的一种猕猴桃新品系，日前在意大利以 17.2 万美元拍卖繁殖权取得成功，这是中国水果品种首次按照国际通行规则进入国际市场。中国猕猴桃的新品系将在法国、意大利和希腊三国进行品种区试，它打破了欧洲猕猴桃由新西兰的奇异果一统天下的局面。如果说中华猕猴桃变为新西兰的新产品畅销世界是奇异果的第一次奇异变迁的话，那么中华猕猴桃经过改良的品系能够进入欧洲市场，岂不是奇异果的第二次奇异变迁？这显然是开放促进改革的一个重要成果。

当然，我们不能以此自满。当今我国加入世界贸易组织后水果市场正面临着严重的挑战。据 2001 年 12 月 24 日《光明日报》刊登的记者武勤英的采访，她在北京宣武区永安路附近一家超市里，看到柜台上摆着的进口洋水果和国产水果的鲜明对比。比如，新西兰奇异果每斤 22 元，买者并不嫌贵，颇有销路；而国产猕猴桃每斤 3.3 元，问津者少，只好论堆卖，这显然缘于国产的品质还有相当差距。这种情况目前在国内市场上倒也适应不同水平消费者的各自要求，可是长此以往这怎么能够与进口洋水果竞争呢？更遑论扩大出口参与国际竞争了。我国武汉培育成功的猕猴桃新品系尽管已经出口欧洲，然而神州地域辽阔，各地区发展很不平衡。据说在陕西等猕猴桃主产区还要给这种浆果喷洒"膨大剂"，这样种植出的水果品质自然达不到新西兰的那么奇异。

看来"入世"这第二次对外开放应该加快对内改革。政府和科研部门要大力增强科技与管理下乡，重点扶持猕猴桃主产区，尽快改良其品性，以提高竞争力。但愿过几年能在美国超市上买到价廉物美的中华猕猴桃。

由上可见，有了中外交流才有猕猴桃漂洋过海的第一次变迁，有了我国自觉的对外开放才有奇异果的第二次奇异变迁。如果我国在"入世"后进一步加强科技革新，那必然还会有奇异果的第三次奇异变迁。

从奇异果奇异变迁的轨迹可以看出，中外交流、对外开放和科技革新对于经济社会的发展和国家民族的振兴是何等重要啊！

·墨余随笔·

满城尽带黄金甲

尹文胜[*]

说来也巧,历史上两个有名的莽夫,一黄巢,一朱元璋,都吟咏过菊花。

黄巢的两首菊花诗,我们都很熟悉。其中一首是《不第后赋菊》:

待到秋来九月八,
我花开后百花杀。
冲天香阵透长安,
满城尽带黄金甲。

一个落第的秀才,走在初秋的长安街头,心中充满了懊丧以及嫉妒乃至愤懑。或许,他无意间走到了一丛待开的菊花之前,于是,眼前景触动心中情,一腔嫉妒和愤懑转化为这一首诗篇。他期盼着或者想象着自己,此番虽然落第,但就如同眼前这菊花,在百花之后,它会独自爆发,怒放人间,笑傲同侪。

菊花开,百花谢,原本是自然之常;托物言志,借菊花盛开而抒发天地翻覆的豪情,也是人情之常。让人诧异在于,这个赏菊的年轻人显然对"百花杀"的境遇怀着深刻的快意。"我花开后百花杀",分明带着咬牙切齿的报复的仇恨。

诗中杀气腾腾,几年后果然血流沃野。盛况空前的唐王朝,压根儿就不会想到,有一天,正是这个它没有相中的秀才,给了它致命的一刀,黄巢"杀"回长安的时候,真是身披"黄金甲",且自

---

[*] 中国人民大学文学院 1984 级本科生。

称黄王，号冲天大将军。一切仿佛都在印证这首诗简直就是预言。不过，这其实是后话。不知道当时读到这首诗的人怎样理解，就今天的注解来说，"黄金甲"指代"起义军"云云，显然是后人之见，很是牵强附会的。这个在长安落第落泊的秀才，应当不会料到，多年之后会成为"起义军"的一员。在诗中，可以肯定，"黄金甲"只是指代菊花瓣而已，至于后来起义军头戴黄巾，绝不是写诗的时候就设计好了的吧。

黄巢另一首《题菊花》，相传是他五岁时口占而成。据南宋张端义《贵耳集》记载："黄巢五岁侍翁父，为菊花连句，翁思索未至，巢随口应曰：'堪于百花为总首，自然天赐赫黄衣。'巢父怪，欲击巢。乃翁曰：'孙能诗，但未知轻重，可令再赋一篇'。巢应之曰：'飒飒西风满院栽，蕊寒香冷蝶难来。他年我若为青帝，报与桃花一处开。'"这记载大约也是不可靠的。这几句诗，哪里像一个五岁孩童的口气，虽然带一点稚气，甚至有一点比不上桃花的自卑，但已然显露或者暗藏了不同凡响的抱负在其中。就心态和主旨来看，当是和《不第后赋菊》是或前或后的作品。有意思的是，张端义于《题菊花》诗下做了这样的批注："跋扈之意，现于孩提时。加以数年，岂不为神器之大盗耶！"这也是事后诸葛，是明知黄巢成了"神器之大盗"而给他下了一个"提前"的评论。

不过，很贴切。黄巢两首菊花诗的诗风，倘要一词以蔽之，正是"跋扈"。性情跋扈，延伸到诗外，便是残暴。在中国历史上，黄巢是数得着的杀人不眨眼的魔王。他入主长安后，据《新唐书》记载，"巢怒民迎王师，纵击杀八万人，流于路可涉也，谓之洗城"。诗人韦庄当时身陷长安，他在名作《秦妇吟》里极力描摹了平民和贵族遭受掳掠和奸淫的惨状："内库烧为锦绣灰，天街踏尽公卿骨"、"明朝晓至三峰路，百万人家无一户"。此后，民间就一直流传"黄巢杀人八百万，在劫难逃"之说。果真"满城尽带黄金甲"的时候，竟然"冲天血腥透长安"，是一幅多么恐怖的景象啊。

至于朱元璋也有一首《咏菊花》，读来就不免要令人发笑了：

> 百花发时我不发，
> 我若发时都吓杀。
> 要与西风战一场，
> 满身披就黄金甲。

这算是朱皇帝较有名的一首诗。一看就知道抄袭了黄巢，但口气可是朱皇帝本人的。当过和尚的人，写诗也一样的无法无天浑不讲理，更加直白，更加蛮横，更加凌厉。和黄巢一脉相传的是，也突出了一个"杀"字。诗大约作于朱元璋率领红巾军与元军激战的年代。像黄巢一样，明明是黄色的菊花，可在他的眼里，变成了战士的黄金铠甲，进而大约由黄金铠甲，还想到了披黄衣，坐金殿。只不知道他黄袍加身的那一刻，是否想到过，他曾经吓杀砍杀了多少生灵啊。

朱元璋的残暴是无须举例的。且看他另外一首《不惹庵示僧》：

> 杀尽江南百万兵，
> 腰间宝剑血犹腥。
> 山僧不识英雄汉，
> 只凭哓哓问姓名。

这可是他自己交代的。杀人百万，想来并非虚数；宝剑血腥，也应是实写。两句诗流露出的夸耀和得意，真让人不寒而栗。嘴脸不仅丑恶，而且狰狞。所谓"要与西风战一场"的后果，原来就是"杀尽江南百万兵"。其实，差不多是"杀尽了江南"的。

诗无达诂。黄巢和朱元璋的菊花诗，至今欣赏的或许还大有人在。暴烈的诗风，或者说，不可一世的姿态，有时确实能起到"征

服"读者的效果。值得提醒的只在于，对黄巢此后农民起义领袖身份的肯定，相应的成为评价乃至诠释他早年诗歌的依据，是没有道理的；同样，对朱元璋此后成就了帝业的肯定，相应地成为赞赏他所谓诗歌的标准，也是不可取的。

其实，菊花只属于真正有节操的文人，而不能委身举着屠刀的武士。看看屈原"朝饮木兰之坠露兮，夕餐秋菊之落英"；看看陶渊明"采菊东篱下，悠然见南山"；看看孟浩然的"待到重阳日，还来就菊花"；看看元稹"不是花中偏爱菊，此花开后更无花"；看看杜牧"尘世难逢开口笑，菊花须插满头归"；看看郑思肖"宁可枝头抱香死，何曾吹堕北风中"；看看李清照"莫道不消魂，帘卷西风，人比黄花瘦"，就可以知道，什么才是诗歌的品格，什么才是菊花的品格。

和他们比起来，黄巢咏菊，是由自卑而自大，进而起专制独霸的念头，以"百花杀，我独放"才肯罢休，见出心地的险和窄；而朱元璋的菊花诗，拼拼凑凑，又出以恶狠狠的口吻，简直就是洒狗血。

好大一本书

袁济喜[*]

  1984年深秋的十月底,早上十点左右,我在甘肃酒泉小城边上的戈壁滩上踽踽独行。虽说还未入冬,但在位于大漠之中的酒泉小城中,已经能感受到寒冬的萧索凛冽。不过,在这远离繁华都市的西北小城边上一望无垠的戈壁滩上独行,感觉中自有一番从未体会到的心旷神怡与孤独寂寞相交杂的心境。

  心境是缘于那一片宛如汉唐边塞诗中常见的如画如歌的景致:遥远的祁连雪山逶迤蜿蜒,山顶上的雪景在阳光照耀下忽闪忽闪,眼前的兰新铁路向远处伸展开去,列车呼叫着轰隆驰过,给宁静荒凉的小城带来些许生气。我在卵石嶙峋的戈壁滩上独行,没有目标,没有目的,只是一种心境的驱使。我突然觉得,这绵延不尽,一望无垠的茫茫大漠,好像一本神奇的大书,那一块块戈壁碎石,宛如书上的一个个字码,随着日照升高而腾起的地气,仿佛是从书中扬起的无声的旋律,在诉说着过去发生在这里的历史,在昭示着现在的西北,启发着行人的感思,"大乐与天地同和","文者,天地之心也",我不由得想起古书上的这些论音乐与文学源于天籁与大地的哲言。然而,只有到了那种原初的自然之野中,你才能真正感到这是好大一本书。

  1984年秋天,正是我上中国人民大学中文系古代文学硕士研究生的第三年,按照当时学校的规定,我和其他几位老师与同学开始了一个多月的西北之行。西北之行的选定,当然是因为专业上的需要,我从大学开始就爱好汉魏六朝文学与艺术。这一段时期是中华民族历史上处于上升的时期,也是历经战乱与痛苦的年代,然而却孕

---

[*] 中国人民大学国学院教授。

育了中华民族文化史上最具魅力与风采的魏晋南北朝文艺与美学。除了典籍上记载的那些理论与作品外，还有大量的文物遗迹，散落在西北的许多地方，著名的北朝石刻艺术，大都分布在西北之地，如陕西的霍去病墓前石刻、甘肃的敦煌石刻与壁画、兰州附近的炳灵寺石窟、天水的麦积山石窟艺术……每每读到古书上这些惊艳千古的艺术遗迹，观赏画册与影集上的这些文物风采，辄心向往之，不能自已，一直想找机会去圆这一寻古夙梦。我知道，对于中华文化的认识，纸上的东西若不能与实物的体验观察相融会，永远只是隔靴搔痒，高堂讲章，于是经过和指导老师协商，我们去了西北，从敦煌分手后，我一个人又去了西北的张掖、酒泉、天水等河西走廊地区。

我和老师来到敦煌莫高窟之后，即刻就被这里的壁画与石刻的魅力感染上了。虽说在实习前查阅了许多资料，对这里的状况多少也有些知道，然而，当置身于洞窟之中，我们还是对惊艳动人的敦煌艺术赞叹震栗不已。最能体现佛教艺术精神的是北朝"佛本生"，即释迦牟尼成佛故事的壁画。"割肉救鸽"、"舍身饲虎"、"须达奴舍身乐施"的感人故事，在壁画中重现出来。历经千百年，仍然显示出其特有的魅力。壁画的线条、色彩与造型在岁月的洗磨下，不仅没有褪去其原来的精神气韵之美，反而越发透射出撼人的意蕴。壁画的红色与蓝色，长年的风化下，变成了深褐色与深蓝色，这是敦煌壁画常见的色彩基调。然而这两种颜色在今日反而显示出意想不到的视觉效果：它炽烈而不飘浮，悲古而不浅薄，在凝重与深挚的造型中，强烈地传达出那个兵荒马乱、生灵涂炭岁月中人们对佛教的寄托慰藉的无可奈何心境。这是在观赏图片中难以感受到的。壁画中的佛像雕塑大多为秀骨清相，是北朝雕像受东晋南朝以来人物造型追求传神写照、气韵生动影响的产物。佛像在超脱中透出对芸芸众生的怜悯和居高临下的关怀，使善男信女对之顶礼膜拜，狂热信奉。汉魏之后，中国社会空前动荡，战乱不休，南北分裂，人民痛苦不堪。汤用彤先生说,"当时人意欲探求玄远之世界,脱离尘世之苦海,探得生存之奥秘。"时代的动荡与人生的悲剧,经过宗教的凝缩与变幻,被转化成极度宁谧超然的佛像与壁画。它充分说明了中国文化善于将苦难与纷乱升华为超然宁静的特点。

夜深人静,万籁俱寂。我一个人步出莫高窟边上的招待所,在清冷寂静的小路上漫步。夜色中满浸着干燥的沙丘地带特有的清亮月辉,月光一泻如注,四周树影婆娑。眺望对面的三危山,黑黝黝的山峦之影向两侧斜削下去,给人一种余音袅袅、神秘莫测之感。山的两侧凿有许多耳洞,据说这是给当年从四面八方来到这里修行与礼佛的苦行僧们居住的。可以想象,在这荒无人烟的大漠之中,那些苦行僧们长年累月在这里修行的虔诚与意志是如何匪夷所思,令人惊叹的。20世纪70年代末,人们读到过徐迟的《祁连山下》,说到常书鸿先生当年来到戈壁滩时,风沙弥漫,一片荒凉,他的妻子难以忍受这里的艰苦,弃他而去。当时对这段描写,并未有太多的感受,如今,在实地体味一下这里的荒凉与寂寥,仿佛可以听到那个年代人们跳动的心脉。在宗教的净界中,人们破碎的心灵与躁动的灵魂得到了暂时的慰藉,在折磨自身、虔诚礼佛中得到麻醉与解脱。然而,从现实到幻境,在那如歌如泣的吟诉、如梦如幻的艺术中,溶进了多少历史与先民的痛苦与凄惨。我强烈地感受到了,无论是那默默无闻的耳洞,还是为人惊叹的壁画雕塑,都在传说着昔日的历史与人生,是中华民族的悲惨一页,被幻化成了那奇特的佛教艺术巨作。如果说,书本与画册只是一种知识的传授,那实地的感受则是生命的体验,你可以贴近古人与历史,与他们对话与交谈,那种宗教美学中呈现出来的"无情世界的情感"(马克思论宗教语)是需要灵魂的触摸与体会才能得其三昧的。第二年我在写作《六朝美学》的佛教与审美的章节时,尽管只花了两个月的时间,却时时能感受到当时在莫高窟月下沉思的心路历程,笔下汩然流淌

着那时的情思。书稿杀青后，连我自己也感叹写作过程中的笔端奇迹。也许，这就是古人常说的"文以气为主"，而这"气"之所凝，是西北雄奇丰厚的人文历史韵致所成。

  西北之行中，时时感受到这本大书中的浑朴厚重与万千历史，就像老子说的"行不言之教"。这里的文物历史，风土人情，以其默然无语、大巧若拙的天机，启迪着我的思想，修正着我沾沾自喜、似是而非的书本知识。那几年我读研究生时，从中国文学理论转入到对中国美学史的痴迷，而刚问世不久的李泽厚先生的《美的历程》，以其深邃敏锐的思想触角、跳跃飞动的文字，吸引着许多青年学子，我也被其中的文采与思想所折服，进而对其中的一些结论未暇深思。书中对汉代艺术这样说道："在汉代艺术中，运动、力量、气势就是它的本质。"书中列举的是"荆轲刺秦王"、"马踏飞燕"等汉画像砖与雕塑，唯独没有提到汉武帝大将霍去病墓前的石雕作品。这次西北行的第一站便是西安，在西安郊区的霍去病墓前的石刻，它造型浑朴天然，气派恢宏，有马牛羊虎野猪等造型作品，这座汉代抗匈名将的墓葬前的石刻与其景观相融合，简直就是霍去病生前纵横驰骋的祁连山缩影。然而，尽管霍大将军的赫赫战功是在飞动的金戈铁马中凝就，但是这里所有的石刻作品却并没有去表现飞动与气势之美，而是高超地化动为静，寓力量于巍然之中。我在观看这些石刻时最叹为观止的便是天然去雕饰的浑朴大巧。比如西汉元狩六年（公元前117年）前后创作的"跃马"石刻，长达2.5米，主题是一匹休憩卧地而即将跃起的马。作者善于利用石块的原初质地与造型，略施斧斤，删繁就简，生动地传达出跃马雄健刚烈，即将征战疆场，一跃千里的气势。这里的气势不显现于外在的奔跑速度之中，而恰恰是在凝重、踞卧中见出其雄风万里气概，与汉代山东、江苏与河南南阳等地出土的墓室中的画砖线刻风格重在飞动不同。至于墓前的另一"石虎"，更是表现出作者的大匠无法,以天为工的艺术心胸与造型魅力。虎与马相比,以凶猛、速度著称,然而深谙于虎之凶猛轻捷之性的石刻大师,却放弃了常人的创作手段,只是选择了一块长石,抓住虎在攫取猎物前虎视眈眈、伺机而起的瞬间之静,仅仅在虎的身躯上略施几道阴线之刻,就将虎的斑纹和嘴边髭毛表现了出来。德国美学家莱辛在《拉奥孔》中谈到雕塑与绘画要善于表现"不到顶点"之美,这"不到顶点"正是联结故事前后的机栝,是化静为动的功夫。当我在实地细细观看与思考时,只觉得这本活书,融解与修正了原先课堂与文字之书的知识。那历经沧桑、愈显魅力的石刻,使人回到了当年祁连山下,汉军与匈奴铁骑血腥厮杀的场面。然而,"一将功成万骨枯",无论是卫青还是霍去病的显赫功绩,都是祁连山下无数枯骨堆就的。当我盘桓其间时,不由感受到那个金戈铁马年代中的汉代悲古情结。后来我在写作《两汉精神世界》时,每每想到这些,不禁感喟万端。古人云,读万卷书,行万里路。传说明清之际的思想家与学者顾炎武感愤于明代的衰亡,曾遍行天下,也到过西北。顾炎武旅行时随身带上几大车书,每到一地考察历史与地理时,随时将实地考察所见与书籍中所载相对照,发现有所不对,辄加以改正,其关于历史地理与天下兴亡的《日知录》、《天下郡国利病书》等书,许多就是在读天下郡国这本大书时形成的。西北之行,使我感到古人学问的天机缘自何处。

"行行重行行,与君生别离"。古诗中的行旅多与离愁别恨相联系。是啊,在交通不便、兵荒马乱的年头,羁旅行愁带给人的往往是不快与愁闷,尤其是在茫茫大漠之中行走。不过,那次的西北之行,并没有使我感到愁闷与落拓,而是处处体尝到西北人民的温情与细腻。人们都说西北粗放豪爽,但在西北的许多场合,却使我感受到西北人的细腻温情。比如那次我一个人在上午登上了嘉峪关长城观赏万里长城西端的雄浑荒凉,体味着汉唐古诗中咏叹边城烽火的诗境。当我麻烦一位携家游嘉峪关的西北男子为我拍完照后,正想谢谢他时,这位西北汉子却热情地对我说,你是从外地来的吧,来,我再帮你照几张,来这一次不容易啊。当我表示不好意思时,他执意要帮我再照几张。一天,我在张掖的清晨,去小摊吃早餐时,摊上照例是西北随处可见的大锅支起的羊杂碎汤,西北的羊杂碎汤,比起北京,其醇鲜可口令人大爽,回味极好,吃完一碗后,其中还剩许多杂碎,我正想问再添一些汤可否时,边上的一位老乡主动对我说,随便添,没关系,说罢起身拿起我的碗,走到大铁锅旁,用大勺子为我添了满满一大碗鲜美的羊汤。西北之行的有一天,在酒泉火车站下车后,已是十一点左右了,天寒月黑,北风呼号,这儿离市中心还有一段路,为了安全,我就近找了车站的招待所住下。在小屋中,车站招待所一位大嫂,见我是来自外地的学生,忙前忙后地为我送水,捅火炉,换床单,就像家中的亲人一般,还关切地对我说,晚上要注意炉子中的煤气,千万不要大意。那一晚,虽说是在荒凉边远的戈壁滩上的小站投宿,但我没有小说与电影中经常写到的凄寒与孤寂,睡得很踏实,很香甜。

来到张掖的第二天的一个中午,天朗气清,秋高云淡,我找人问清楚了去张掖师专的路,一个人步行来到了位于张掖郊区的张掖师专。张掖过去传说是"张臂掖国"之意,顾名思义,是汉代人将这块西域明珠视为拱护江山的边地。生活在这里的人民,如今却仍然在并不发达的环境中生活,偌大的一个张掖地区,只有一个专门培养中小学师资的师专,教育事业的欠发达可想而知。这里的学生与内地学生相比,他们的学习与生活,他们的性情与思想究竟怎样,我很想知道。到了张掖师专,当我随便推开一间男学生宿舍的门,自我介绍是人民大学的中文系研究生,想来这里看看时,他们没有表现出丝毫的奇怪,而是围成一圈,并将其他宿舍的人叫来与我一起聊天。他们兴奋地问起北京的大学生生活,问起北京的发展。与他们交谈，没有距离，也没有顾忌，使我强烈地感受到与北京大学生不同的气息。这些生于西北的年轻学生，具有西北人的淳朴善良，热情好客，1984年，中国的商品经济还不发达，人们的观念还远远没有像今天那样功利，尤其是这块地方的学子，他们关注的是如何学好知识，建设家乡，建设"四个现代化"，想到外面去闯闯的学生很少；他们打听的是北京的学生如何学习与生活，他们将来打算干些什么。问的问题都是实实在在的，比如北京的大学生与研究生，平时看些什么书，星期天怎么过的，至于毕业之后的志向之类，他们并不感兴趣，但朦朦胧胧地透露出对外面世界的向往，好像与内地和沿海大学生的敏捷有所不同。细细想想，在这块原初与广漠的大地，耕种与收获是人们自古以来的生存思维，他们世世代代在这里与自然既亲和又抗争，艰难地繁衍生息，互相交兵又互相融合，这里至今还是一个多民族居住的地方。那山，那水，那风，那漠，造就了西北人民浑朴木讷的性格与思维。不过，人们也不应忘记，最先结束六国纷乱、统一中国，建立两千多年的中央集权模式的大一统封建帝国的，不是内地的齐鲁韩楚等国，而是被许多人看不起的西北秦国，其变法过程中的制度创新，奠定了中国长达几千年封建社会的基础。也许，西北的崛起，将会在中国历史上再度创造奇迹。

茫茫西北之行，一个多月的奔波，很累，很苦，为了节省经费，漫长的火车旅途，都是在颠簸中度过的。有时太累了，就找一张旧报纸，垫在座位底下，和衣而卧，与现在外出打工的农民没有什么两样。解读西北这本大书，是不容易的，它使我看到这块神奇的大地，既像深秋那样萧索，又像初春那样地气上扬，暖意始萌。有时一提起西北，我常常情不自禁地与印象中的情景联系起来：千里无人烟的戈壁滩，凌晨火车驶过小站时荒凉的小屋，寒风中手执信号旗瑟缩站立的穿着蓝色铁道制服的工人；还有蜷卧西北小旅舍时偶听远处兰新线上列车的一声汽笛，在荒茫中，还真有一丝"鸡声茅店月，人迹板桥霜"般的凄凉。有一天凌晨，当我正在寂寞奔驰的列车上打盹时，只见隔壁车厢里过来几个身着白色警服佩枪的警察，挨着座位盘查乘客的证件，有人告诉我，这是在搜捕逃犯，这里的列车上时常有这样的检查，西北有许多劳改农场，这使我不禁想起张贤亮小说中令人毛骨悚然的劳改农场的情景，对这块地方产生了一种畏惧之感。

然而，这块地方透出的改革开放气息却是寒风遮挡不住的。虽近寒冬，但酒泉城里的青年人在深秋时节穿着仍然是那么亮丽，人们在百货商场中熙熙攘攘，挑选商品。在小城一些古旧的小巷中，一些来自浙江的小商小贩，正在使劲叫卖地摊上花花绿绿的腈纶毛衣和各种各样的时尚衣服与小商品，周围簇拥着各种年龄的西北人，在人们那热切的眼光中，透出对未来的热情与渴望。

许多年过去了。我没有再去过一次西北。时隔二十多年，我从上海来到北京定居，已从一个学生变成了大学教师。但时时感怀那次西北之行，时间越久，越能感受这本大书对自己学术精神的濡染。中国古人历来认为天地与人民是一本大书，出身于陕西的汉代史学家司马迁二十岁之后遍游天下，《史记》之奇气来自于天地人民生命之气的陶冶，这已是不争的事实与共识。转而想到当前中国文艺与学术的虚浮，失去了人文追求与宇宙之气的依托，于是我们时常有失落与不到位之感。再想想现在的大学生与研究生教育，实习时最多是到实际部门走走，为就业探路，很少到西北这样原初与浑厚的人文自然环境中去洗礼，去感受人生和历史。国家也取消了这笔经费。我总觉得，文化上无根的知识与技巧，是无法托起汉唐时代这样中华民族强大繁盛的宏图大业的。迈向新世纪的中国人，究竟怎样定位人生与历史，这仍然是一个困惑的思考，因为经济与科技的发展，并不能完全指明人生的目标与历史的坐标。

•墨余随笔•

你横着切过苹果吗？

袁新文[*]

你横着切过苹果吗？面对这个生活中再平常不过的小问题，可能很多人会摇头。可是有位上幼儿园的小孩横着切过，切开之后，你猜他发现了什么？他居然看到，苹果里面有一个五角星！

这是在第十届"雨花奖"全国中学生作文大赛颁奖会上，一位女作家讲的小故事。在场的许多人感到新鲜有趣，也有的人将信将疑，其实，这个故事已被编进苏教版小学语文课本，和许多人一样，我第一次读到这个故事时也有点怀疑，于是拿一个苹果拦腰切开，真的看到一个由苹果籽组成的、形状可爱的五角星！

相信很多家长和我一样，习惯把苹果竖着切，切的时候还不忘考考孩子：切三块怎么切？切五块怎么切？切八块要切几刀？自鸣得意地以为懂得陶行知先生说的"生活即教育"，可是，我们这些大人怎么就没有想到过横切苹果，怎么就没有发现苹果肚子里还藏着五角星呢？

当家长的，当老师的，在面对孩子时，常常在潜意识里认为自己是大人，比孩子懂得多，比孩子高明得多，应当把自己的知识、经验等等一股脑地灌输给孩子，让他们快点成龙成凤，但，是否有人琢磨过，反思过，大人们在灌输知识和经验的同时，也把自己的思维定式加给了孩子，无形之中限制甚至禁锢了孩子的思维活力和想象力。

更有甚者，大人们拿自己固有的思维方式和价值观作为标杆，对孩子们稀奇古怪的想法和做法嗤之以鼻，甚至认为是"异端"、"叛逆"，强烈排斥和反对。在应试教育的环境里，老师们在考试时只认标准答案，对有新意、有创意，但与标准答案相左的回答，动

---

[*] 中国人民大学文学院 1985 级本科生。

辄打上红叉。有次考试出了这样一道题:"冰融化了变成什么?"有位学生答是"春天"。老师毫不犹豫地给了零分,因为标准答案是"水"。这样的例子不胜枚举,由此可以想象,多少孩子的奇思妙想、灵感火花,就这样被无情地掐灭了,扼杀了。

有意思的是,一位老师就是在讲切苹果这个故事时遇到一件意想不到的事,老师问学生,"这个故事给你留下最深的印象是什么?"同学们异口同声地回答:"横切苹果的方法与众不同!"老师又问:"你平时是怎么切苹果的?你看到的像什么呀?"一位男孩怯声怯气地说,"我都是竖着切的,我看到的苹果像屁股。"学生们哄堂大笑。老师拿出一个苹果,在讲台上竖着切下去,指着半个苹果说:"你们看,是不是有点像屁股?这位同学的看法与众不同,这不也是创造吗?"

其实,孩子也是大人的老师。当家长的,当老师的,不应该从孩子身上多学点东西吗?不应该多鼓励孩子奇思怪想、大胆尝试吗?牛顿由树上掉下来的苹果,突发奇想并发现了万有引力;孩子横切苹果,发现了里面的五角星;竖切苹果,发现像屁股。大人们,我们从切开的和没切开的苹果中,也能得到什么样的启示呢?

·墨余随笔·

有志者事竟成

张宝瑞[*]

我曾经写过首七律诗《自鉴》,诗曰:

> 凄厉半生苦语迟,沧桑笑对榜揭时。
> 绣花鞋落无人觅,落梦花飞有谁知?
> 醉鬼原来伴自醉,痴侠依旧青衫痴。
> 书魂孽海飘无定,望断云居有泪湿。

这诗里寓含了我创作的境况,但真正解谜还要从神秘的十号大院谈起。我1952年8月23日出生在北京,从我记事的时候开始,我们一家人就居住在东城区喜鹊胡同十号大院里,一直到1975年才离开这里。十号大院是一个典型的北京四合院,一共是三进院落,住着十余户人家。据说,抗战之前这里是一对年轻的日本夫妇居住的地方。据说有一天,人们发现这对日本夫妇被人杀死在浴盆里。抗战胜利之后,这所凶宅才变成普通中国百姓居住,里面住的人也很杂,有知识分子,有工人。我家住的是二进院的东厢房,原来是日本人家的厨房,一大一小两间屋子,很小。院子的厕所在三进院后面,每次上厕所都要穿过悠长的回廊,在很多家的窗户前经过,才能到那里。厕所的灯也不知是被哪个坏小子打坏了,门也破了。一到晚上,漆黑一片。所以,由于小的时候对所有事物都充满了好奇,我对院子里居住的形形色色的人都观察得很仔细。

院子虽然只有十几户人家,却有三个人精神上有毛病。他们一类属暴力型,那是一个工厂的女工,有人诬告她偷了工厂的布,实

---

[*] 中国人民大学新闻学院1978级本科生,新华出版社副总编辑。

际上她没有偷,一下子就给刺激疯了;我记得她梳着短发,两眼发直,冒着绿色的凶光,脸上长满了粉刺。一类属政治型,他经常骂共产党,后来疯死了;还有一个属青春型,也就十五六岁,看见你就笑。环境造成了一种特殊的气氛,给我留下的印象非常深刻。上厕所要经过三进院,而那个暴力型的女精神病患者就住在三进院,她的房间紧闭,窗户糊满了旧报纸。我13岁时,有一天晚上想上厕所。可是哥哥又不在家,于是我想让妹妹陪我去。妹妹使劲摇着她的"小刷子",说:"我不去!那儿闹鬼……"我使劲瞪了她一眼,说:"世界上哪有鬼?都是人编的。"妹妹撅着小嘴说:"后院有一个疯子,她的眼睛可凶了,我怕她。""胆小鬼!哼!"

我拿了一个手电筒,朝厕所跑去,正值冬天,西北风刮得紧。我穿过三进院时,正见疯子的房间亮着微弱的光,里面传出"嚷嚷"的声音,我赶紧跑了几步。冲进男厕所,可是门扣不上,屋里漆黑一团,我扭开手电筒,不亮,忘记放电池了。真是黄鼠狼专咬病鸭子。墙皮脱落,房上枣树枯枝呼呼地响。我正蹲坑,忽然听到隔壁女厕所那边有动静,呼呼的喘气声……我真的有些害怕了。这时我出现了幻觉:感觉到一块砖落了下来,伸过来一只黑手,手背上刻着一朵金色的梅花……后来这个恐怖故事在"文化大革命"期间流传很广……

在十号大院的三进院里,唯一的一幢两层的建筑就在我家的对面,也就是二进院的西厢房。二层的住户姓王,女主人是中学老师,带着两个女儿和父母一起生活。对面的这幢灰色的二层小楼,对我来说是最神秘的地方。因为就在我家的对面,所以我总是注意观察她家的情况。但是,她家窗户上的所有布帘子总是挂得严严实实的,一年四季都是一样,外面的人根本无法看清里面。只是王老师的两个漂亮女儿总是站在二楼的栏杆上眺望,我们叫她们姐姐妹妹。她们若有所思的样子给我留下了很深的印象。通往王家居住的二楼的木楼梯,一般不让别人上去。

有的时候,我就站在楼梯口向上看,但从来不敢上去。王老师的母亲是一个经常出去买菜的老婆婆,她驼背,从楼上下来的时候,把楼梯地板踩得嘎吱嘎吱直响,我一听到这种奇怪的声音,就忍不住出去张望。这些人,使十号大院充满了神秘的感觉,在日后我创作《一只绣花鞋》故事的时候,王老师的两个女儿就成为了故事里黄家姐妹的原型人物。

左邻唐家,住的是一条窄窄的院落。户主原是开滦煤矿的资本家,他满头银发,长得威严阴冷。他的腰有毛病,经常拄着拐杖,在门前晒太阳。他有三个如花似玉的女儿,大女儿厚道谦和,二女儿是教师,文雅恬静,三女儿比较摩登。唐家三姐妹成为我小说中白家三姐妹白蔷、白薇、白蕾的原型人物。

十号大院西临一处西洋式建筑,很神秘,院子有围墙,围墙上有铁丝网,院子里有花园,可以看见里面的古槐树和秋海棠,开花的时候,飘来淡淡的幽香。西洋式建筑的主体是一幢二层的小洋楼,有地下室,其实,这就是我后来创作《一只绣花鞋》时描写的梅花党北京总部的原型建筑。抗战时期是日本驻北平领事馆。可以说,喜鹊胡同的十号大院以及大院周围的一些建筑使我萌生了很多丰富的想象,在后来都体现在自己编出的一系列关于梅花党的故事里面,而我写作《梅花党》系列故事的时候,我家还居住在十号大院里。除去冬天天气冷之外,其他几个季节里,我几乎每天都坐在门前母亲种的葡萄架下面写稿子,写着写着,看一看周围的环境就又有了思路,所以,写完故事之后,我难免也要遐想一下,我家住的院子里会不会有像故事里一样神奇的事物。我还记得,有一天,我突然问我母亲:"妈,咱家的房子是什么时候建造的啊?"母亲听了之后告诉我大约是民国的建筑,于是,我就问:"这么老的房子,那院子里会不会有地穴?"母亲听了之后,看了我一眼:"你小说写多了吧!"但我还是相信十号大院里一定有地穴之类的东西,后来,我从邻居家借来了一把铁锹,一有时间就在院子里四处乱挖。不过,还真被我挖

着了！就在我家小屋窗户的前面，我挖开了一个洞口，那简直是一个无底洞，特别的深，我把石头丢进去，半天才听到声音，而且里面有水流的响声，我就猜想可能是藏东西用的地方，黑洞洞的，就赶紧把它填上了。但那个挖出来的地穴给我留下了很深刻的印象。

1969年3月1日，我被学校分配到北京最东南的北京铁合金厂工作，直到1979年3月1日上大学，我在工厂整整工作了十年。报到之后第一天的晚上就要上夜班，一上炉台，我就愣住了，只见炉火熊熊，温度特别高，沸腾的铁水即使是在冬天也要让人汗流浃背。工厂厂房是半开放式的，风一吹进来，滚滚的烟尘和炉灰四处飞扬。后来，我在炉前工作的时候，经常坐在前面背唐诗宋词，不知觉间，飞扬起的炉灰铺满全身，确实有了一种"孤舟蓑笠翁，独钓寒江雪"的意境，进入工厂工作之后不久，我就被调到301号炉甲班，做生产班长，班子有十几个人。这些工友很有意思，有"小爬虎"刘稳、"侃爷"李万安、"小才女"尚丽荣、"老渔翁"冯佑、老金师傅……实际上，从1969年起，我就已经开始给工友们讲各种故事。那时工厂的工作特别累，而且我们是三班倒，上夜班的时候最难熬。我当时作为生产班长，最初的目的就是为了调动大家干活儿的积极性。特别是上夜班的时候大家都是爱犯困，于是，我就给大家讲故事。我现编现讲，特别吸引人，大家都把眼睛瞪得溜圆听我的故事。到该干活的时候，我就结一个扣子："欲知后事如何，且听下回分解，大家抄家伙干活！"于是，人家吆喝一声拿起工具开始干活了，就这样，讲故事提起大家的精神头。不过有些故事很神秘，听了之后很害怕，但越害怕越愿听，可是听完的时候一些胆子小的人就不敢上厕所了，因为工厂的厕所在车间外面，而且里面的灯光很昏暗，有的时候灯坏了一点光都没有，所以有的工友干脆就在炉下方便，炉下经常冒出一片臊气，久而久之，也就习以为常……

我这一讲就是十年。工厂的十年生活就像一场梦，这场梦是在一个人一生当中最美好的岁月中度过的。冬天上夜班时，寒风呼啸，炉前大火熊熊，火星四溅，全班十来个人围坐在炉前听我侃故事，风卷炉灰，我们都成了"雪人"。由于大家都爱听故事，劳动的积极性也被带动了起来，所以我所在的生产班组几乎年年都是厂里的班组生产冠军，而我因为所在的班组生产上的业绩也"平步青云"，还当了车间团总支副书记，也是每年的先进生产者。可见在文化生活极度贫乏的时代里，文学对人们产生的巨大影响。

1971年的时候，我18岁。每当夜幕降临的时候，我就会坐在我家屋子前面的葡萄架下写我的小说《一只绣花鞋》。在葡萄架不远的地方，有一株母亲亲手栽下的白丁香，花开的季节，飘来淡淡的白丁香花的清香，夹杂着枣林的气韵，灰色的旧屋顶笼罩在黛色之中，偶尔传来灰喜鹊的叫声，此情此景，颇有韵味，都能刺激我想象出很多故事——我一天能写出几千字的小说。"开饭了！"那是母亲在小厨房里弄好饭以后叫我们去吃饭，母亲的声音总是会立即打断我的思路，但我还是很愿意听到母亲叫"吃饭了"的声音，因为我抵抗不住母亲做好的饭菜的诱惑，她做的饭，特别好吃。吃过晚饭再写上一会儿，我就要出发了，因为晚上还要去工厂上夜班。乘坐348路公交班车可以直接到达工厂的门口。

我1971—1973年创作的《落花梦》，它流传并不广泛，但是它深刻，是那个失语时代的叛逆作品。看过这部作品，可能想象不出这竟出自"文化大革命"时期一个19岁的青年工人之手。首先它在故事情节上一反"革命文学"套路，而是笔随性情，恣意而为，勾勒出一个光怪陆离的天国世界。当自由的话语权被剥夺，主流话语用干涩的声调不断地向人们布道时，我只有求助于荒诞了。在中世纪，但丁用《神曲》来总结历史，评价现实；而在"文化大革命"时期的中国，就有了《落花梦》这样的游戏小说，它是一个19岁的炉前工在那个拒斥古典的时代，用整个传统文化说的一个认真的游戏。我仿佛拿着一个内能巨大的月光宝盒在历史文学的时空中自由穿梭，和一位位历史名人、文化名人甚至文学人物结一场绝古旷今的"镜花缘"，让逝去的或虚幻的面孔来聆听我真实的呼喊，在现世的无言中与书中的相识在纸上同游……

我在"文化大革命"时期创作的手抄本作品并不仅仅是《梅花党》系列与《落花梦》，还有一些小说、诗歌以及电影作品等。

我也写电影文学剧本，我很喜欢邹容，他17岁牺牲，他那种无畏的精神很令人佩服，所以我就写出了电影文学剧本《邹容》。"文化大革命"期间，我还创作了《憧憬》、《价值》、《老头店的姑娘》、《空间，有无数深邃的眼睛》等小说和诗集《咏史七律一百零二首》、诗论《墨海淘沙》、话剧剧本《假如生活欺骗了你》、电影文学剧本《巾帼英雄》等。

1970年，我一气呵成了一部《咏史七律一百零二首》。以七律的形式，创作102首诗，谈古论今，指点江山，悠悠中华五千年文明史，名人多揽在诗囊之中。1976年5月，我又写了影射"四五"天安门事件的电影文学剧本《国恋》，但由于政治原因，只在极少数亲密朋友中秘密传阅。这部电影文学剧本实际上是当时最早的一部反映"四五"天安门事件的文学作品，剧中写的红岩广场就是暗指天安门广场，书中的反面人物张帅，是"白卷英雄"张铁生和黄帅的合字。剧中有刚刚平反解放的老干部、老将军凌云飞，也有"四人帮"的爪牙谢群，即谢静宜和叶群的合字。长诗《恩来之歌》是我在1976年1月9日周恩来去世之后的第二天写成的，这首长诗的第一个读者就是我表哥姜立忠，之后开始抄写流传。有人说，手抄本犹如"文化大革命"时期我们嚼过的玉米面窝头和菜团子，可是你们别小看这些菜团子，就如同你们别小看了人类那些光着屁股的猿猴老祖宗一样，当然这种比喻未必那么恰当。你们想一想，从1966年开始的历时十载的"文化大革命"，无疑是中国当代社会经历的一场大灾难、大破坏。一时间,文坛陷入万马齐喑、百花凋零的悲惨境地,连老舍这样的优秀作家都跳了太平湖。但是一向富于反抗意识、想象力的中国人,不能容忍文化沙漠中长途跋涉的饥渴,于是民间口头文学不胫而走,各种手抄本应运而生。诞生于"文化大革命"这一特殊历史时期的特殊历史环境中的"手抄本文学",是中国文学史乃至世界文学史上一种特殊的文化现象。

我始终认为,这世间许多东西都可以没有,但是伟大的文学作品和真实的历史记载是不朽的,中国历史上南北朝时期尽管发生两次废佛焚卷事件,但是隋末的有志僧人静琬在北京京西石经山毅然发起石刻佛经运动,历经隋唐辽金元明一千余年,经数万僧人的磨砺,终于完成石刻大佛经,成为世界佛教史上一件惊天动地的壮举,北京石经山云居寺也被誉为"北京的敦煌"。秦始皇可以"焚书坑儒","烟雨骊山君子仇,咸阳四百六十丘",但"坑灰未冷山东乱,刘项原来不读书"。司马迁忍受宫刑,著出了辉煌的《史记》;李白不被唐玄宗重用,但是成为中国历史上公认的最伟大的诗人!我觉得,这就是"文化大革命"手抄本的真正意义所在!同时,我也是在手抄本的创作中成长起来,形成了在那种困难的境遇和重体力劳动的重压下的精神动力,以至于在1978年以初一的文化基础考取了中国人民大学一分校新闻系。

我始终认为,文学是人学,真正伟大的文学作品应当是深刻挖掘人性的作品,而不是附庸风雅无病呻吟之作。在中国文学史上,是李白、曹雪芹的成就大,还是周邦彦、柳永的成就大,当然是李白、曹雪芹。李白确实有过丞相梦,但他绝不会为了得到这顶乌纱帽,媚颜屈膝于唐玄宗和权臣,"安能摧眉折腰事权贵,使我不得开心颜!"他最后浪迹江湖,与山水明月美酒为伴。

我在20世纪80年代和90年代初期陆续推出了9部长篇武侠小说,1992年我决定暂时在武侠小说方面封笔,毅然转向现代题材小

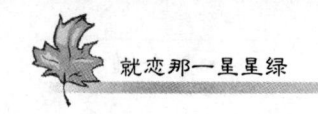

说，我想更直接面对社会现实，进一步深刻挖掘人性。近年来在繁忙的工作之余，我创作了《你到底想要什么?》、《人为谁活着?》、《夜香》、《走投无路》等反映现实题材的长篇小说。

"文化大革命"已经过去 30 年了，手抄本也已进入历史的档案，但是中华民族的文明之火生生不息，愈烧愈旺，中国人的英勇顽强的精神永恒！

我的昆虫记

李 成[*]

前不久，我买了一本法布尔的《昆虫记》。这是一本文学性很高的科普读物。有人称之为"昆虫的史诗"。翻开这本书，我们就恍若进入一个斑斓多姿、灵异有趣的昆虫世界，令人大感大自然是如此丰富奇妙，造化的伟力无微不至，如此神奇。

翻读这样的一部书，自然会勾起我的一些回忆，对自己曾经接触过的昆虫的回忆。

我生长在乡村，从会走路开始，就整天到晚在田野上跑，接触到的昆虫应该比现在城里的孩子多吧。然而，少小无知，接触了就接触了，并未有意去认识它，事隔多年，许多印象已经淡薄，有的昆虫甚至连名字也叫不出来。

但有一些是特别难忘的，其中有——

蝉

这是昆虫界声名最大的昆虫之一。正如法布尔所言："有谁不知道蝉呢？"我也是很小的时候就知道它了，躺在摇篮里，只听院落里的高大柳树上，有什么一个劲儿在"叫"，最初我以为是只鸟哩。其实不是。稍大一点后，我就从村子里的小孩子们那里得知这只"鸟"叫"知了"，因为它发出的鸣叫极像汉字中"知"的读音，有趣的是，它在鸣叫时，可以一直就这么一个音无止无尽地叫下去，基本上没什么变化，那个劲头真叫人佩服。在我住的村庄里，绿树很多，因此夏日一来，蝉也很多，当然也没多到到处都是，鸣

---

[*] 中国人民大学文学院1991级本科生。

声鼎沸的程度，记得《诗经》中有"如蜩如螗，如沸如羹"的句子，就是用来形容声音之杂乱的，而这"蜩"就是指蝉。但四五只乃至七八只同时鸣叫的情况总是有的，而且，我还发现一个有趣的现象，就是几只蝉在鸣叫时，总像是在进行一项接力赛，一只方才住口，另一只立即接声而唱，此起彼伏，像是达成了默契似的，每当蝉鸣的时候，我总要引颈而望，然而有密密的枝叶遮挡，我总是望不见，只觉得有蝉栖息在高高的树梢而已。

或许正因为栖息得高，而且有密叶遮挡，蝉自以为很安全，就放心大胆地一味高叫。往往很容易就落入捕获者之手。因此，蝉常常成为一些寓言故事讽喻的对象。在我看来，蝉确实有些笨，呆头呆脑地叮在树上，不够机警。我小时候就和小伙伴们捕过蝉，用铁丝做成一个圈，插在竹竿上，拿到某个屋角粘上一些蛛网，就可以拿来黏蝉了，这没有什么难的（因此，多年后我读庄子的寓言"痀偻承蜩"，并没有觉得那个痀偻者有什么特别了不起）。蝉捕来以后，我们就把它的翅膀剪短，使它不能再飞走。而玩弄蝉的乐趣，就在于让它鸣叫。呆头呆脑的蝉被捕以后不再鸣叫，但只要敲敲它的大脑袋——它那脑袋也真够大，仿佛与肩等宽，它便又会叫上一阵。有些小伙伴不知从哪里学会将蝉烧烤来吃，而我是从不吃这样怪异的食物的，即便后来进城在一些筵席上，有一道炸蝉蛹的名菜，我也是不敢下箸的。

对蝉的好感乃至敬仰，是在中学读到课文里那篇法布尔所写的《蝉》（也就是《昆虫记》里的一篇），"四年的地下苦工，三个月阳光下的欢乐"，这样的句子深深地刻印在我的心底，并作为鼓舞自己艰苦奋斗、冲破黑暗走向光明的佳例。自然，唐诗里赞赏蝉高尚品质的诗句同样深深地打动了我："垂緌饮清露，流响出疏桐。居高声自远，非是藉秋风。"（虞世南《蝉》）

萤

在我看来，萤是有灵性的动物。那么小的一只昆虫，身体上却背负着一小团荧荧的光，真是奇妙极了。远远地看去，整个萤都是通体透明的，更是使人喜欢。

在乡村里，流萤是很多的。夏夜里，田野上、村庄旁的树丛和溪水上，到处都飘飞着一群一群的流萤，荧光一闪一闪，参差起伏，十分好看。这是村里的孩子们最感欢乐的时光，他们都奔出家门，拿着扇子（不一定是"轻罗小扇"——虽然杜牧有"轻罗小扇扑流萤"的名句，并成为一幅比较典型的田园画，但我们一般用的都是芭蕉扇），四处追赶捕捉这一只只亮晶晶的萤火虫，即使手脚被灌木丛中的荆棘划破，裤管被夜露打湿了，也在所不顾。我自然也是其中的一个。我们把流萤捕捉来，放在玻璃瓶里，带进蚊帐，似乎这样一来，就可以让这些流萤照着自己的梦——一个仲夏夜之梦。有时候，我们也把其中一只拿在手里，捏住它的翅膀，将它那发光的屁股对着打开的课本，让它照亮一个一个的字，似乎还真能勉强将字认出。我不记得，那时是否已经知道"囊萤夜读"的佳话，后来知道了，认为车胤"夏月则练囊盛数十萤火以照书"，是很自然就想到的办法。有人讥讽他花工夫捉萤，得不偿失，其实是不对的，萤火虫不是在白天可捕捉的，而夜晚要想捕到几十只流萤，那是很容易的；而萤火虫，确实可以照亮一个个字，因此，我对此故事还是比较相信的。

萤火虫是成群出现的，有时候，田陌间，也可看到单独一只在那里一闪一灭，忽高忽低地不屈奋飞，似乎在寻觅伙伴。一个人走在夜间的小道上，四处静寂无人，一只两只流萤飞来，未尝不是一种安慰。这些流萤仿佛是赶来为我们做伴和引路，因此，令人心生感激。

我小时候也对萤火虫产生过极大的好奇心。我不知道它是从何

变来的，何以会发光发亮。后来读到古书，知道一种说法：它是由腐草变化而成《月令》："季夏之月，腐草为萤。"《尔雅翼》："萤，夜飞之虫，腹下有光，腐草及烂竹根所化。"等等）。李商隐也有一句名诗："于今腐草无萤火，终古垂杨有暮鸦。"事实上不是如此，只是古人见萤火飞自腐草，产生的自然联想而已。不过李商隐在这里提到一个关于萤火虫的典故，倒是值得一记：据《隋书》记载，大业十二年（公元616年），隋炀帝在东都景华宫放萤取乐。数斛萤火虫一齐放，那是什么情景，也完全可以想见，真亏隋炀帝能想得出。玩物丧志，以至亡国"丧其元"，但罪不在"物"。

对于萤火虫，法布尔也有一篇很好的文字，说"这个人见人爱的小东西，为了表达生活的欢乐，竟然在屁股上面挂了一只小小的灯笼……古代希腊人把它称为'朗皮里斯'，意为'屁股上挂灯笼者'；法语中则称它为'发光的蠕虫'。其实，萤火虫绝对不是什么……蠕虫"。他还说："萤火虫看上去既小又弱，像是与他人无害，可它却是个最小最小的食肉动物，是猎取野味的猎手，而且，捕猎时还相当地狠毒。"可见，人们对类似于这样的小动物还是充满许多误解，尤其是像我这样一个生物学知识贫乏的人来说，更是如此。但是，夏夜里萤火虫给我留下的好印象至今依然无法抹去。

蜂

在我们乡村小伙伴们那里，早就认为蜂有"家蜂"与"野蜂"之分，"家蜂"是家养的，是用来取蜜的；而野蜂不是，且野蜂就只能蜇人，特别是一种个儿很大的野蜂，蜇起人来很厉害，皮肤肿得老高，且几天不退。我们把这种蜂叫"葫芦蜂"，或许是因其形状像葫芦，腰细股大，也许还含有它蜇起人来很"疯"、很盲目之意。这种野蜂有时会在野地里树丛中发现，人们一般不敢轻易动它，只能用竹竿把它的巢捅掉，或用烟把它熏走。怕烟，可能是所有蜜蜂的共同习性。比利时作家梅特林克在《在蜂箱的入口》中谈到人对付蜜蜂的方法:"只需要适时喷一点烟,且十分镇定,不慌不忙,武器精良的工蜂便会任人掠夺,想不到拔出刺来。"确实如此。我小时候就曾在我家院落的墙头上发现了一窝蜂,一只只野蜂像轰炸机似的,咄咄逼人地飞来,盘旋,令人不敢靠近,最终也是采用"烟攻"的办法把它解决掉的。

我对蜂的最初的认识可能是从野蜂开始的,因为当初我们那里没有人养蜜蜂。但我觉得应该补充一句:野蜂也似乎分好几种,也有不怎么蜇人的。每当田野里油菜花一片金黄的时候,就有许多野蜂嘤嘤嗡嗡地飞来采蜜。有时候,它们也飞到村庄里,钻进墙壁上一个个小洞眼里。这种蜂子性格温和,而这正成了它的弱点。我们小孩子就抓住这一弱点,守在墙壁下,用细柴棍子把这些蜜蜂捅出来,放进玻璃瓶或火柴盒里玩耍,听它嗡嗡嘤嘤地鸣唱。这几乎是我小时候最爱玩的游戏之一。

我第一次见到成箱的蜜蜂,大约是六七岁的光景。有一次,我与另一个差不多同岁的小伙伴一起从大马路上经过,看到路边码放着一只只蜂箱,就好奇地跑过去看,看到许许多多的蜜蜂在蜂箱口蠕动、进进出出,惊讶极了。我简直有点不敢相信,这也是"蜂子"。看着看着,我竟然起了侵犯的念头,把脚猛地踩向几只在地上爬行的蜜蜂,这下不得了了,这些蜜蜂一哄而起,向我扑来。"快跑!"我的同伴发一声喊,我们俩便撒开脚丫,飞奔而去,这下更糟了,这些蜜蜂像一阵风似的追赶我们而来,直往我们身上猛叮,我俩抱头鼠窜,仍然免不了头上、背上被蜇了好几口,红肿几天才消退。

正因为得过这次教训,所以我长时期对蜜蜂比较畏惧。直到有一年,我们村子里来了一户外地的放蜂人,才有所改变。这户放蜂人把蜂箱放置在村庄的打谷场上,田野里便到处可以听见蜜蜂那轻盈悦耳的歌声。我还看见放蜂人手戴手套,头戴面罩,把一块块的隔板从蜂箱里拿出来仔细察看,那些蜜蜂密密地聚集在隔板上,还爬满放蜂人的手臂,倒是驯服极了。这使我也大胆地走近前来观看,看放蜂人如何割蜜,如何取蜡。我记得在连续几日阴雨天之后,放蜂人还要把买来的红糖洒在隔板上,喂给蜜蜂吃。这才对蜜蜂总算有了一些了解。

蜜蜂的国度是个组织性很强的社会。蜜蜂分工协作,井井有条;蜂房也构筑得十分精巧。我偶然翻书,看到《关尹子》中有一句:"圣人师蜂立君臣。"似乎还是第一次听说。由此想到,人向大自然学习,以造化为师,从一开始就是如此,且总是无止境的呀!

确实应当向这些可爱的小生灵致敬!

螳螂与蚂蚱

很长一段时间我对螳螂和蚂蚱不是很能分得清。《辞海》上说蚂蚱是"蝗"的俗名,但有的地方也兼指蚱蜢。在我的家乡,我从未能见过蝗虫。《辞海》上引用《尔雅·释虫》邢昺疏解释蚱蜢:"形似蝗而小,善跳者是也。"关于螳螂,《辞海》则说:"体形较大,色黄褐、暗褐或绿色。生有粗大呈镰刀状的前足一对,用以捕捉害虫,故为益虫。"这样看来,这两种昆虫,都为我小时候常见。我见蚂蚱,主要是见它在草丛里蹦,没有引起特别的注意;而螳螂,似乎更常见,而且捉来放在掌心上玩过。这种螳螂确实是通体皆绿,与青草同色,且身材颀长。被捉到后,也不惊不慌;不是麻木不仁,就是具有一种置生死于度外的大将风度,而且还较听话,善与人"配合"。我们把螳螂捉来,除了玩,主要还有个目的,就是让它啃食掉在我们肢体上生出的小肉瘤——我们那里把这种小肉瘤叫做瘊子。我不知道这是否有效,因为我手上或身上没有生过这种瘊子。

不过我确信它是可以啃食肉瘤的。因为我从法布尔的《昆虫记》里知道，蚱蜢就是一种肉食动物。"在梧桐树那浓密的枝杈中，突然会传来一声如哀鸣般的闷响，短促而凄厉。这是被绿蚱蜢突然袭击所惊扰的蝉的绝望的哀号；绿蚱蜢是夜间凶猛凌厉的猎手，它向蝉扑去，拦腰将蝉抱住，把它开膛破肚，掏取了心肺。"这是为我所不知的、一幅多么惊心动魄的画面！真没有想到，就是在这一只只看似温和灵巧的昆虫的王国，竟也时刻在上演着弱肉强食的一幕，正如法布尔所说："（昆虫们在）欢歌曼舞之后，竟是杀戮。"真是让人大开眼界。

由蚱蜢，我又想起了另一种昆虫，它们是生在灶上的，而身形有些类似于蚱蜢，所以我们把它叫做"灶蚂子"。但它是通体黑色，又有点像蟑螂，晚上才出现在灶台，常见几只灶蚂子一惊四散，行动极快。这种昆虫白天很少见它出来，这跟蟑螂有别，似乎也没有蟑螂那么令人恶心。

以上我已提及我小时候经常接触的好几种昆虫，但这些并不是我特别着迷的。我最感兴趣的是一种俗名叫"黄牛"的甲虫，但恰恰是这种昆虫我连它的学名也叫不出。我只知道它们也分作两类，一类体圆，有成年人的拇指甲那么大，黑亮亮的甲壳开合自如，甲壳下是一对细纱般的翅膀。另一类是长形的，头部有两根触须似的长角，摆动起来，像是戏台上头插雉羽的将军，十分好看。这两类甲虫都生活在树上，尤其是喜欢生活在桃树上，它们一般都聚集在一起汲从树的节疤处流出的液。或许是贪婪于此（跟"鸟为食亡"一样），显得很笨，极易为人捕捉。但有时捕捉的人弄得动静太大，它们也会飞走的。我小时候特别喜欢捕捉这种甲虫，捉来后，也剪去它们的翅膀，看它们徒劳地乱转跶。有时不小心，也让没有剪去翅膀的飞去了，飞到屋梁上，啃啃木头，我也因此受到父亲的斥责。圆形的甲虫，特别温驯，从不咬人；而长形的，口里有一对锯

就恋那一星星绿

钳似的牙齿，有时也作咬人状，所以捕捉起来，我也就小心翼翼，而有一次也正好被咬了一下，大叫一声，惊醒了正在午睡的父亲，自然是又受到了一阵责骂。但我还是乐此不疲地捕捉它们，有时还用线把它们的脚拴上，像放风筝一样让它们在空中盘旋。

由此可见，我也曾是一名顽劣的儿童。我喜爱昆虫，这是一些可爱的小动物。自然界生长这么多小精灵，是多么地吸引人呀。我曾长时间注视它们，甚至想象自己进入了它们的世界。在一首孩提时代的诗里，我还曾写道："一只小瓢瓢虫教我伏在一片叶子上，收起翅膀一动不动。"这当然是因凝神而入幻的结果。

我接触到的昆虫当然不止这些。比如还有飞蛾，也就是扑火的那一种。夏夜里在灯下看书，说不定就有一只飞蛾从窗户飞进来，绕着电灯乱转。（如果还是油灯的话，说不定它的翅膀就被灯火燎到了，这使我想起捷克诗人塞弗尔特的一首读后令人不禁莞尔的小诗——《灯泡》："在灯泡凉凉的光亮周围，振动着一群不知疲倦的翅膀。爱迪生先生，放下书本，抬头张望，不禁粲然一笑。这些夜蛾的生命不知被他拯救了多少！"）飞蛾，一般通体是绿色的，头大身细，像一支火柴，翅翼薄如细纱，长相十分乖巧伶俐。我常常凝视它，觉得它如果再大些就会像小仙女，应该成为蒲松龄笔下的精灵的。

还有蜻蜓、蝴蝶，还有蟋蟀、蜘蛛……这些可爱的小动物曾经一样样来到我的眼前，启迪我睁开眼睛观察这个世界，向造化、向大自然投去最初探索的目光。现在，我身在城市，与这些昆虫隔离得很远，不知它们（当然是以前接触到的昆虫的后裔）别来无恙否？特别是那一只只亮晶晶的萤火虫，还在我家乡的田野上渡陌临流、参差飞舞，用微小的光照亮一片片树叶、一朵朵花、一颗颗嫩芽么？我很是挂念。但是，我不能够回去，只能坐在书房里，一次次翻阅法布尔的著作，并写下自己的"昆虫记"，聊寄心中的一缕情思。

· 348 ·

•墨余随笔•

故乡草木状

李 成[*]

我知道从前有一部书叫《南方草木状》,我一直想读一读此书,可惜没有读到。

我想读这部书,是想加深一下对自己在童年和少年时曾经接触过的那些花花草草的认识。

我想起来,有时候还很庆幸,有那么多年,我与大地,与大自然是那么亲密地联系在一起,不像现在,整天躲在钢筋水泥的结构里,走在夹杂烟尘的街市上。那时候,哪一天不跟泥土、植物、溪水打交道呢,仿佛自己就是一株植物,生长在田野里,和万物一道接受阳光雨露。

"采采卷耳,不盈顷筐。嗟我怀人,置彼周行。""参差荇菜,左右流之。""采采芣苢,薄言采之。""扈江离与辟芷兮,纫秋兰以为佩。""朝搴阰之木兰兮,夕揽洲之宿莽。"从《诗经》和《楚辞》里我们可以看到,我们的先民们跟植物贴得多么的近,接触到的植物是多么广泛。然而现在,我们生活在城里的人正在一步步远离这些植物,特别是那些生长在大自然的怀抱、不受污染的野生植物。

于是,我只剩下对故乡草木的怀念。

油菜花

我认为故乡第一好看的花就是油菜花,这不仅是因为它有观赏价值,而且还有实用价值,油菜花落后结出的菜子,是可以用来榨油的。

油菜花长到一尺多高,就开始开花。先是零零落落的,最后会

---

[*] 中国人民大学文学院 1991 级本科生。

在一夜之间，所有的油菜花一起开放。我们那里是产油区，油菜种植面积很大，有时候，看似整个田野都是，望之似一片海洋，只偶尔点缀着一块两块绿色的庄稼——小麦。油菜花是金黄色的，非常明艳，而且，长得非常整齐，阳光照射在这片海洋上，上下辉映，大地浮光耀金，走近前都觉得晃眼，看上去让人心情格外喜悦。

在丘陵地带，油菜田没有那么广袤的一片，但也会顺着坡岗，这里一块，那里一块，像晾晒的地毯；而且随着坡势，仿佛这块金色的地毯，被风吹动，就要飞去。

油菜花开的时候，正是四五月间，天气变得越来越暖和。蜜蜂飞来了，扑进花的海洋，听见它们的歌唱，就知道它们也感到特别愉快。乡村里的农人也忙碌起来，整天到晚扛着锄头，在田间出没。一条条溪水穿过油菜田，那溪水也格外清亮。坐在油菜田间读书，花光灿烂，书上的字也一个个像有了灵性，活跃起来。

油菜花的黄是一种明黄，像金子一样。我小时候看着这些油菜花，总不由感叹花儿怎么开得这么好，开得这样多。我甚至疑心是否能从中提炼出黄金来。稍大才嘲笑自己当时的想法有多么庸俗，黄金哪比得上这些油菜花呢？不过话说回来，当油菜花凋零的时候，那一片片花瓣掉落在田间溪畔，还真像一张张金叶呢！

紫云英

由油菜花我很容易就想起紫云英，因为它们都是大面积种植的，但紫云英开花要比油菜花早多了，早春二月，大地才刚刚解冻，紫云英便开始像星星一样一朵朵绽放，因此要比油菜花开整整早一个季节，是田野间最早开花的植物之一。

种植紫云英是为了让它成为肥料，使田地肥沃起来。我记得每到紫云英花开得最茂盛的时候，农人们便把田地翻耕过来，点种上庄稼。

紫云英开花总是连阡连陌的，它们像蔓草一样互相纠缠在一起。因此，植有紫云英的田里是密不透隙的。紫云英开紫色的小花，间有白花，很好看。为了说明它，我查了手头的一部《辞海》，竟然没有查到；《现代汉语词典》里也没有"紫云英"这一条目，倒是有叫"紫菀"的，说它是"多年生草本植物，叶子椭圆状披针形，头状花序，边缘的小花雌性，呈舌状、蓝紫色"。有点像紫云英，只是不知确否。

我小时候常常在紫云英地里奔跑。和小伙伴们一起挖猪菜，有时候因为贪玩，没挖到猪菜，也可以割一点紫云英充数。但割多了是不行的，割多了被生产队里发现是要挨批的，因为乡农对它十分重视。

对了，我们那里把紫云英叫做"花草"，既是花又是草，花草并重，种了它可以使土地增产增收。

映山红

亦名杜鹃。常绿或落地灌木，叶子椭圆形，花多为红色。一般开在山冈上、岩石缝里。

对于映山红最强烈的印象，当然来自电影《闪闪的红星》，那里有许多镜头展示漫山遍野红杜鹃，而且虽说是灌木，也长得很高、很茁壮。我的家乡是丘陵地区，只有一些微微起伏的土坡，虽然也偶或见到映山红，但一般只是一两丛，没有成片的。

我最初见到比较多的映山红是在离我家大约十里的山里。那里有一定的高度了，是我祖先去世后的栖息地。十多岁时，父亲第一次带我去那里，夜晚宿在山脚下的亲戚家。吃过晚饭，步入里室，见窗台上一只玻璃瓶里插着一束映山红，朵朵怒放如火焰，我感觉到一种强烈的大山气息。这一束映山红昭示不仅有亲戚在欢迎我，就是连大山也在欢迎我呢！我的心头充满欣喜。

第二天一早上山，山径两侧时而可见映山红，一棵棵、一簇簇，没有规则地开放着。这些映山红紧紧地抓住岩石和泥土，把根扎得很深，很稳，我觉得必须用很大的劲头，用锋利的斧头才可能把它劈下。在祖坟的边上，也有一大簇在盛开，一束束火焰跳动着，在晨风里摇起来。

扫完墓后，我在山头上漫步，只见一棵棵青松直立在岩上，而林间映山红点燃的火焰仍在飘摇。虽然已是春天，山中寒意犹存。但那一束束火焰告诉我们：山是活的。

木槿

"落叶灌木。叶卵形，有三大脉，往往三裂。夏秋开花，花冠紫红或白色，供观赏，兼作藩篱。"（《辞海》）木槿最初引起我的注意，就是村前那一道用木槿织成的篱笆。这道篱笆圈起了很大一块土地，里面种植着小麦、棉花及豆菽等类作物。此前，这块土地是个水潭，我很小的时候，见到许多乡村少年光着屁股在浑浊的潭水里游泳，但不知何时就种上了庄稼。

木槿带给我的回忆既是快乐的又是痛苦的。快乐是因为，木槿很柔韧，织成的篱笆也坚固，我们小孩子就把一些木槿的头缠在一起，做成一个马鞍形的躺椅，然后躺上去，不仅很舒适，而且还有弹性，可以一摇一晃，像睡在摇篮里一般。每当我奉命看场，就带着一本书躺在上面看。我清楚地记得，我曾经躺在木槿上面读过一本回忆皖南事变的集子，其中收录有李一氓的一篇文章，我才知道李一氓这个大文人原来是从军队里出来的，且有着一些惊险的经历。痛苦的回忆也是由于木槿有柔韧性，可以用它制成鞭子，每当我犯了错，父母就气冲冲地奔到这个篱笆地旁，折下几根槿条，裹成一根鞭子抽打我。我的感觉那是很疼的。

我家乡的木槿，开的花是紫中带一点蓝的，一朵朵有点像小喇叭。

蒲与艾

这里的蒲是菖蒲。每年端午节的时候,我们家乡家家都将菖蒲与艾结扎成束,挂在门楣上。据说这是可以避邪去秽的。这似乎与屈原沉水也有关系,是民间为其祈福的办法。这个风俗流传很广,《辞海》里提到过,《辞海》说:"菖蒲亦称白菖蒲。多年生水生草本,有香气。花黄色。"我似乎没有看过开花的菖蒲,或许看过也不记得了;只记得它的叶柄很长,叶子婆娑,有点像芭蕉,与芭蕉叶不同的是菖蒲叶呈羽状。

艾则是常见植物。我记得艾有点像芝麻秆,只是它的茎秆比芝麻要细,要柔软。艾的茎叶揉之有香气,可以用来杀虫和防治植物病害,这就是为什么人们把它挂在门楣的内在原因。这一点,《尔雅翼》一书也注意到了,说:"庶草治病,各有所宜,惟艾可用百疾。"可见其功用之大。该书还说到:"岁或多病,则艾生之,亦天预备以救人尔。"把它抬得很高,"故名医草"。

我所见的艾更多的是干艾,也就是上年或几年前采来后风干的,这有它的用途,就是可以拿来煎水,供产妇沐浴,如此则祛百病而健肌体。这是我乡的风俗。这在《尔雅翼》里也得到一定的证实:"艾以久蓄为善。"

另外,夏夜里,乡人也常将艾与蒲及其他有辛辣气味的植物放在一起点燃生烟,用来驱蚊。

薄荷

由艾与蒲的药用价值,我想到了薄荷。我上初中那一年,邻村在许多旱地上都种植物,并在村路口建起了一个小高炉——炉子结构还很复杂,外罩是不锈钢的,据说这是用来炼制凉油的,由此我认识了薄荷这种植物,不很高,有点像蓬蒿。每当走进薄荷田里,

的确可以闻到一种刺鼻的清凉的气息,让人醒脑提神。但炼制薄荷成功了没有,似乎是没有答案,可能最初是炼出了一些,但成色不够,最后是不了了之。

《辞海》:"薄荷:植物名。多年生草本。茎方形。叶对生,卵形或长圆形。茎叶可提取薄荷油、薄荷脑,并可入药。"

兰草

我要用它来结束这篇对故乡草木的回忆。兰草,也就叫兰。《尔雅翼》的作者给了它很高的评价,"兰是香草之最"。屈原在它的诗歌里经常提到这种植物,前面已引有"纫秋兰以为佩",还有"滋兰之九畹兮","秋兰兮麋芜,罗生兮堂下","秋兰兮青青,绿叶兮紫茎",等等。兰草开花分春秋两季,"花在春则黄,在秋则紫,春黄不若秋紫之芳馥。"《尔雅翼》的作者说:"予生江南,自幼所见兰蕙甚熟。兰之叶如莎,首春则苗其芽,长五六寸,其杪作一花,花甚芳香,大抵生深林之中,微风过之,其香蔼然而达于外,故曰'芝兰生于深林,不以无人而不芳',又曰'株秽除兮兰芷睹',以其生深林之下,似慎独也,故称幽兰。"

"空谷幽兰",早已是一句成语,以喻远离世俗。

我小时候虽然生长在农村,倒是没有见过空谷幽兰。即使偶尔在山沟里见到一株兰草,也不以意。但忽然有一年,妹妹们从邻家移植了几株在院里,的确是开着淡黄色的花,其香浓郁袭人,溢满庭院,其态盈然可喜。这才知道,我们村庄附近也有这么美丽、淡雅的香草,始信"十步之内,必有芳草"之说不诬,同时也很欣喜农家也懂得美的欣赏与享受。

"女性拯救人类"的悲剧性
——读《劳伦斯评论》

杨慧林[*]

《旧约·创世纪》记载着一个耐人寻味的故事:"当人在世上多起来,又生女儿的时候,上帝的儿子们看见人的女子美貌,就随意挑选,娶来为妻。……上帝的儿子们和人的女子们交合生子,那就是上古英武有名的人。"(创6:1—4)或许可以说,就意味着精神与生命的交融,永恒在人间的会通。而常常令我们难以理解的是:上帝的儿子们所爱的对象是人类的女儿,他们与人类沟通的方式竟是直接的性行为!

《圣经》中这一古老的意象,注定要为"水儿做的"女性添加一层不染的神采。从而在男性创造力趋于衰竭的每一个时刻,在人类不由自主地回首来处的每一个关口,我们总是呼唤"女性"的力量,以寄托最后的救世希望。"女性拯救人类"因此而成为长久的话题。

《圣经》中这一古老的意象,也注定要孕育出一个"女人的儿子"——D. H. 劳伦斯。在他之前,从来没有人那样偏执地借助性爱的激情反抗社会,从来没有人那样直白地确认"性爱……可以救赎……失落于文明荒原的生命",从来没有人那样坦然地昭示"性"与"性别"对于世界的意义。"女性拯救人类"的话题由此而进入尘世,使每一个凡夫俗子触手可及。

在劳伦斯看来,文明的灾难就在于对"性"的抑制和仇恨;只

---

[*] 中国人民大学文学院教授。

有"健全、本能的性爱经历",才能帮助人们获得解脱。于是他不断营造着"上帝的儿子们和人类的女儿们在一起的时候",而且以细腻的描述,使那些朦胧、微妙的体验显得纯正而辉煌。劳伦斯的那支笔,点拨了男性,迷醉了女性,也撼动了整个世界。然而当他一再重复《圣经》的母题时,其实本可以激发起人们的某种疑惑:上帝的儿子倘若象征着完满的存在,何以要来尘世追寻人类的女儿呢?他们是否可能由此得到"美"呢?

无论如何,上帝的儿子们确实选择了人间的女性。但是与其说这一选择的意义在于"性"的本身,倒不如说是对女性这一相对远离物质活动、因而对立于男性文明的群体别有怀抱。或许就像上帝眷顾他的羔羊、拣选他的子民,甚至就像耶稣的"道成肉身"一样。以此为缘,创造着文明,受益于文明,却又无法从文明中感到满足的人类,才得以建立他们对永恒、未知和终极价值的期待。

就"神与人的交合"作如是观,我们便会感到它在神人双方的不同意味。以"女儿的儿子"而言,模仿神的性行为早已失去了原本可能含有的精神性、崇高感和创造的意义。如果说"女性拯救人类"的大旗仍然具有感召力,恰恰是因为此中之"女性"已非人类"性"活动的一方,而是更多地成为我们寄托给"她"的信念、希望和一种对立性的力量。否则,任何一个"健全、本能"的人都可以完成的"经历",又何必要轻言"拯救"?

很可惜,执著于"血液意识"的劳伦斯,断然切割了"性"的来路与去处,使它成为"自有永有"之物,成为始于斯,又终于斯的信仰对象本身。所以他意识到"一个我所爱的女人使我与神秘的未知直接交流",却并不想就那神秘的未知作进一步的分析、充分洞悉人为的存在。这阻遏了劳伦斯继续前行的思想线索。

基于对"性"的信念,劳伦斯将他的小说元素扩展为一种社会批判理论,并且在自己的生活中身体力行。他认为,以基督教原则为基础的西方文明,是与人类天性相对立的,因为"基督教……希望人类成为一个爱的整体。……但是我们连不博爱和不平等的自由都没有,还谈何自由?"他因此而相信"只有堕落的民族才实行民主",并力图将"爱"的革命落实在男人和女人之间。

劳伦斯彻底在批判着文明秩序,但始终没能理解基督教之"爱"的真正涵义。当"爱"成为一种宗教的命题时,它在本质上是被信仰化而不是伦理化。劳伦斯的社会批判将"爱"限定在道德秩序和行为规范的层面上,犹如他对"性"的张扬一样。这种"性"的宗教及其描述虽然很美,缺少的却正是"性"与"美"本来就可以通向的真正的宗教感。正是因此,他的作品总是遭到误解;忽而被围追堵截,忽而又成全了猥琐之人。

劳伦斯在生活中尝试他小说人物的原则时,看样子也不算成功。他终于找到的那位抛夫弃子、随他私奔的弗丽达,一面爱得死去活来,一面钟情于劳伦斯的友人,幸而那位绅士"表现了对劳伦斯的忠诚"。劳伦斯还曾带上弗丽达去看望一对夫妇,而那位"长得很帅"的男主人,后来便成为弗丽达的第三任丈夫。凭借这样一位女性,劳伦斯是否能拯救自己尚且待论,又何谈救人呢?

男性化的社会和文明往往喜欢扮演喜剧性的角色,却重复着同一幕悲剧,那就是过于直接地将"女性"救世的力量世俗化、具象化,乃至有时会直接寄望于"性"的行为和对象。这不仅使"女性"较为虚灵的价值和意义丧失殆尽,而且也使男性的精神性思索沦为欲望的托辞。更令人深思的是:在人类信仰的种种居所之中,因为这种具象化而与初衷相悖的,又何止"女性"?

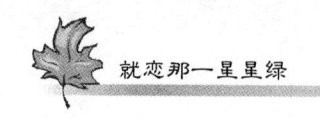

文人难得身后名
——忆念赵澧先生

杨慧林[*]

多年以前曾于《道藏精华录》读得佳句:"俗人以酒色杀身,商人以货财杀子孙,文人以学术杀天下后世。"关于俗人、商人和文人的断言,无疑都出自文人,然而俗人之"杀身"、商人之"杀子孙"意义都很明确,唯独文人自己的"杀天下后世"颇费琢磨。学术何以会将后世斩尽杀绝呢?这是在彰显文人的力量?是在提示"话语霸权"的事实?还是仅仅在控诉某些"学术"的害人?

读书之乐常在心有所动,而未必要得确解。但是不知为什么,对文人、学术接触得越多,就越是想到那未有确解的文人之"杀"。这样的问题总是难以讨论。其原因不仅在于可能遇到的歧义,更在于无法回避文人与学术之中的文野之分。当今学术界老黄牛一代大师尚在,新一代大师辈出,强分君子、小人之学是不合宜的。不过既能对此淡然,又能对此坦然的学者,其实并不多。

以求师问道而论,我一向相信自己的运气,总有令我敬重者可以追随,而在诸师之中赵澧先生年长,且已先归道山,谈论文人之"杀"的敏感话题当较省顾忌。

我是赵澧先生的最后一个弟子。随先生读书时,先生已值暮年,且在经受帕金森综合征的折磨。初识者也很难想象,这就是在西南联大时期与冯至先生以新诗唱和的那位热情的智者,这就是用流畅的译笔为我们介绍莎士比亚、叶芝、尤金·奥尼尔、田纳西·

---

[*] 中国人民大学文学院教授。

威廉斯或者考德威尔的赵仲沅先生。但是先生的目光依然敏锐,思想依然活跃。当年他曾以一本1942年的新剑桥版《莎士比亚全集》相赠,扉页上留有先生自印的藏书票:枯藤、老树、断崖、残月,而那前景却是一匹骏马,马背上的少女长发低垂,若有所思。从这部书里我不仅读到了"良本"的莎士比亚,似乎也读到了更完整的赵澧先生。如今的文人、学者一旦沾得个"诗"字,便每每以夸张和略带表演性的矫情相标榜,而赵澧先生则使我第一次想到:一颗永远不会衰老的诗魂,其实最终可以将热情修炼成一种恬淡的智慧。

随赵澧先生读书,体悟多于直接的领受,因此即使我能贴近灵界中的先生,他也未必就"文人"给我一个直接的答案。文人之"杀"当中的真正问题,对赵澧先生而言或许是根本上不存在的。他的沉静和宽容,又使他不可能去追究作为"类"的文人的品格。我常想效法先生,对此却自知未曾得着一二。因为这不是学问,而是境界;它需要慧根,还需要时间。但是我非常清楚地知道:赵澧先生的无言,从来都包含着他的回答。尽管他平和、少语,在世人最易留心的诸多问题上,却总有不肯苟同之处。这历来为我的师友们所珍视。而先生勤于修身、慎于立言,要想寻得真传,只能去细细品味他的整个生命。当下的学界,未知天命便已"著作等身"者不在少数。与之相比,赵澧先生说得很少,写得也不多,不过时间越久我越会怀疑:使人受益更多的究竟是哪一种学者呢?

赵澧先生治学,如其做人一样平实。以文人之"杀"一类的问题求证于他,或许也是不合适的。他宽容了一辈子,怎么会与我们计较?我们是谁,怎么有资格扰其灵界的安宁?几年前他在病榻上留给我的最后一句话,只是"快回去休息"。我把它看做一种象征,并以此提醒自己善待所有的人。

文人重名。而身前之名易有,身后之名难得。成就身后之名的人格和学术,才能在后世免去"杀天下"的恶名。是为文人之

"杀"的误解。

许多学者都曾疑心古罗马哲人塞内加的为人,但他确实留下了一句相当坦率的话:"自从有了学者,好人就没有了……我们学会论辩,却学不会活着。"文人之辩对于西方人,看来也同样是一个问题。

·墨余随笔·

我的读书生涯

卫兴华[*]

我出生于山西省的一个穷乡僻壤的农村——五台县善文村。祖辈世代务农。我是在母亲穷愁的眼泪和叹息中长大的。因此,我读书的道路是曲折的、艰难的,但同时又是刻苦的、奋发的。

我六岁入小学,勤奋读书,成绩名列前茅。我对语文教学特别迷恋。到了高年级时,乡村教师孟槐官教我们读《论说精华》,是文言读本,我被它的优美文句和描写所吸引。有些句子现在还能背诵出来,如"山青水绿,鸟语花香,非春日之景象耶"。"牛耕田,马曳车,劳则劳矣,习之久而不以为苦,诚是人也,岂可不如牛马乎"。后来我们还选读《古文观止》中的《辨奸论》等文章。我的语文基础,80%是在小学获得的。特别使我记忆犹新的,是孟老师每天在我们晚自习结束,就寝前的约半小时中,给我们读《三国演义》。我们围坐在炕上的一个小书桌旁,倾听他有声有色地朗读。我们听得十分入神,思绪和情感随着故事情节的展开而起伏跌宕。由此,我喜欢上了中国古典小说。然而20世纪30年代的偏僻农村,找不到任何课外书籍,系统读《三国演义》、《水浒》、《红楼梦》等,是长大以后的事了。

为了"转换门风",父亲送我到离村30里的东冶镇沱阳高等小学读书。学校有个图书馆,我常借中外童话一类书籍。"芝麻开门"的故事,我现在还记得清楚。由于"七七事变"后日寇铁蹄践踏到东冶镇,后又驻军我村,我被迫辍学回村务农。但"读书"、"上学"的希望与追求,一直萌动于脑际。做梦常常梦见我又上学了,

---

[*] 中国人民大学经济学院教授。

读书了，醒来却是一场空。

想读书，但在当时的环境中，既无条件，又找不到书读，劳累了一天，无精神食粮，颇为苦闷。一天，一位同村朋友告诉我，他在村外的一块田地里发现有人藏了不少书籍。我俩相约前往，刨开埋书的坑，见到书如获至宝，选了一部分回家阅读。其中有《在德国女牢中》、《各国革命史》、《春天里的秋天》等。后来弄清这些书籍是本村一位已经去世的革命者留下的。他的兄、侄是目不识丁的农民，怕这些书被日军发现惹祸，故埋藏到地里了，如果下雨会全被损毁。可我们一直没有敢告诉主人。当时我们二人各有十几本书可供阅读了，它们发挥了作用，我从其中获得了知识和进步思想，但由于书的"来路不正"，总感忐忑不安。

我想尽办法，去亲戚家找寻书籍，去邻居家也问询书籍。凡能弄到手的书，杂七杂八，什么都读。既读过高尔基的《母亲》，也读过《水浒》、《济公传》、《薛仁贵征东》、《薛仁贵征西》等，还读过介绍亚当·斯密、马尔萨斯经济学观点的小册子。每天务农劳累之余，我躲进一间空屋中，躺在炕上，一边休息一边读书，是一种很高的享受。

我始终有一个信念：读书能长知识，长本领。只有有知识，有本领，才能做大事，给社会作贡献。这个信念自少年时代起就支撑着我，使我在任何艰苦复杂的环境中都要抓住一切机会读书、求知，并在读书中追求自己的理想。

后来，我到东冶镇济生恒药材庄当了一名小伙计。不是正式店员，而是一个打杂的临时工。只供伙食，没有报酬。我给人家做饭，给"掌柜的"提茶壶、倒夜壶，有时也帮助卖丸药。忙忙碌碌，没有读书时间。但有个劳作可利用读书，那就是中药铺要碾中药（碾成粉末做药丸），所用工具是一种铁制的用双脚做动力的碾药具，人坐在高凳子上，两脚踩在铁轱辘的左右横梁上在铁槽中前后滚动。每干这种劳作时，我就体力劳动与脑力活动相结合。用双腿双脚机械性劳动——碾药材，而双手则捧一本书阅读。"掌柜的"大概同情我的好学精神，没有干涉和责备过我。

读书、求学的追求，使我于1942年考入东冶镇的一所中学补习班。失学四年后又进入学校读书，恍然梦中。住校的只有包括我在内的二三个人。当时，既无电灯，校方也不供应我们油灯，我自己也买不起蜡烛或油灯，晚上想看书，就借用月光；冬天有红泥小火炉，下边炉口亮，也可借光读书。这使我想起古人读书"如囊萤，如映雪"、"凿壁偷光"的故事情景来。无意中学习了古人，却不懂得在逐渐损害着自己的眼睛。

当时东冶镇和我们邻村驻扎着日本侵略军。我考入东冶中学补习班时，把以前小学老师给我起的官名"卫显贵"自觉地改为"卫兴华"，以示"抗日救国、复兴中华"之意。由于我在暗中向同学宣传抗日思想，校方在我外出时搜查了我的住室。我藏放在铺盖卷中的两本书《各国革命史》和《辩证唯物论》被搜走。校长和一位主管教师（其实他们都是好人）把我传到办公室，问我看这两本书"是有意识的还是无意识的？"我只好回答说"是无意识的"。他们把书交给我，要我当场烧掉。我只得忍痛把书撕开，塞在地灶（北方土炕有地灶，冬天生火取暖）内烧为灰烬。真是读书难，书难读啊！

为了不再受奴化教育，我开始向往到后方正规学校读书。后来，我通过日军封锁线，到了晋西隰县，考入进山中学。学校校务主任赵宗复是山西省政府主席赵戴文的儿子，他早在1933年在燕京大学读书时就加入了共产党。后党组织安排他留在二战区利用他父亲与阎锡山的特殊关系，从事地下工作。我受到他的关心和爱护，在政治思想上也深受他的影响。抗战胜利后，进山中学迁回太原。在赵的领导下，学校图书馆订购了许多进步书刊，包括大量苏联小说的中译本,如《铁流》、《钢铁是怎样炼成的》、《毁灭》等;还有反映解放区运动的著作,如艾青的诗集,赵树理、丁玲、周扬等的作品;至于鲁迅、茅盾、巴金等的著作就更多了;此外,还有一些社会科学著作,如艾思奇的《大众哲学》、胡绳的《唯物辩证法入门》、华岗的《中华民族解放运动史》等。为了更好地发挥进步书刊的影响,在赵宗复的指导下,高年级学生和青年教师组织起"青年读书会"。我任干事长,其他职务如副干事长、干事等都由地下革命同志担任。读书会每两周举行一次读书报告会,每次都安排专人准备作重点发言,评介所读书籍的基本内容,并进行分析、评论。会上还要介绍新购进了什么好书,请大家借阅。这种读书活动是非公开性的,是团结革命师生共同进步的一种组织形式。

如果说,我在少年时代是能找到什么书就看什么书的话,这时我则是有选择地阅读进步文艺书刊和社会科学读物了。而且为了影响更多的师生走向进步,我利用各种机会扩大进步书刊的来源,有时还冒一定的风险。1947年夏,我通过阎军封锁线,进入解放区太谷县岳家庄,那是太行区党委太原工作委员会所在地。我在那里狼吞虎咽地阅读了解放区出版的理论和文艺书籍。回太原前,领导问我需要什么,我不假思索地说,我要带一批书走。于是由我选了二十几本书,包在一个包袱中,带回太原。当时要经过阎军把守的交通线和碉堡,有被搜查出的危险。我准备了万一被搜查出时如何应变的对策。好在吉人天相,我顺利地返回学校。

进山中学的各种进步活动,引起了敌特的注意,他们怎样逮捕地下革命同志、怎样杀害革命青年,这里不谈。只谈两件与读书有关的事情。一件事是,阎锡山的特务机关"山西特种警宪指挥处",为引诱地下革命同志上钩,在临近进山中学的一条街上(新城北街)上开了一个书店,出卖进步书刊。我进去看过一两次,其中有鲁迅的著作,还有何干之的有关鲁迅思想研究的书。地下党组织在弄清了该书店的性质后，通知同志们提高警惕，不要上当。

第二件事是，1947年秋，在北平汇文中学读书的一位山西籍学生辛家骏，给太原的老同学们邮寄书籍，惹出了麻烦。他分几次邮寄了《土地大纲》、毛泽东的《论联合政府》，还有樊弘教授写的一篇《马克思与孙中山》等，结果全被山西特务机关查扣。致使包括我在内的七八位同学被扣押多日。敌人误以为北平与太原之间有共产党组织的联络网。其实，辛家骏同学寄书，完全是出于自己进步热情的个人行为。

我讲这些有关读书方面的个人际遇和历史点滴，希望有助于现代青年朋友们了解在旧中国我们这一代人读书环境的复杂和艰难。与我们相比，现在青少年的读书环境是多么优越和幸福啊！

我现在从事教学和研究的领域是经济学专业。说实话，我在青少年时代是喜欢文学的，曾想从事文学或新闻事业。我在中学时代在报刊上发表过散文、杂文、通讯、评论等数十篇，一家报纸还连载过我写的一篇小说。1948年我回到解放区后，一切服从组织安排，1950年组织上调我到中国人民大学政治经济学教研室做研究生，开始系统地、正规地研读马列著作。《资本论》、《政治经济学批判》、《共产党宣言》、《雇佣劳动与资本》、《价值、价格与利润》、《家庭、私有制和国家的起源》、《苏联社会主义经济问题》……一本一本去啃。有些大部头经典著作如《资本论》难读懂，就一遍、两遍、三遍地去读。我的研究生阶段的读书生活，非常刻苦、艰难、紧张。一切节假日、一切空暇包括午休时间，都用来读书。虽然有苦读书、读书苦的感觉，但当自己弄懂和把握了博大精深的马列主义的有关基本理论和方法，并在历次考试中，获得全优成绩时，又会有苦中有甜、苦中有乐的收获感。我的理论基础就是在这个时期打下的。

我从1952年研究生毕业起，教了一辈子书。教与读的专业是经济学。我读书，没有"一目十行"或"过目不忘"之才，只能用笨办法，即眼勤、脑勤、手勤。眼勤，就是多读，"人一能之己十之"，难懂的地方多读几遍，或是再从别的相关著作中找佐证和旁证。"读书不求甚解"，"不读书好求甚解"都要不得。脑勤，是指读书要开动脑筋，不能人云亦云，更不能以讹传讹，亦不能浅尝辄止，要探求其究竟，求得真解。手勤，是指随手写眉批，画重点，注明同一观点或提法或论断在该书何页或其他书的何页，还要写卡片，写心得。这样做，既有利于对所读书籍内容融会贯通，又有利于为进行科学研究积累学术资料。

有学者云："为学当如金字塔，要能博大要能高"。我自知才疏学浅，难以博览群书，达到博大精深的地步。我读书的要求是，与其多而疏、快而浅，不如少而精、细而深。就是说，我读书不愿贪多求快，而重在读深、读透。当然，如果谁能做到多而精、快而深，那属上乘，而我自己力不能及。

从经济学领域来看，我深感我国对马、恩、列的著作研究得很不够，而且存在着不少没有读懂反被误解和曲解且以讹传讹的东西。这不仅会带来学术上和理论上的混乱，有时还会导致政治和政策上的失误。例一：从1958年开始，毛泽东同志一再提出"限制资产阶级法权"、"批判资产阶级法权"、"破除资产阶级法权"的号召。张春桥紧紧跟上，获得毛泽东欣赏。毛泽东把马克思和列宁讲过的"资产阶级法权"（后来翻译界将"法权"改译作"权利"），理解为等级观念和等级制度、上下级间的"猫鼠关系"或"父子关系"。于是八级工资制、按劳分配制都被看做应被限制或破除的"资产阶级法权"。其实，马克思在《哥达纲领批判》中所讲的"资产阶级法权（权利）"，是指按劳分配中所通行的与商品等价交换同一原则的等量劳动相交换的平等权利，是形式上不平等而事实上平等的权利。因为商品等价交换原则和等量劳动交换的平等权利，在资产阶级社会中存在和实行,故从抽象的意义上说它是资产阶级权利。资产阶级正是在反对封建等级制度和封建特权中提出平等权利的要求和口号的。把等级制度、工资等级差别、上下级间的不平等关系当做资产阶级权利,完全背离了马克思的原意。

例二:马克思在《哥达纲领批判》中指出:在资产主义社会和共产主义社会之间,有一个从前者变为后者的革命时期。同这个时期相适应的也有个政治上的过渡时期。马克思明确指出,共产主义社会分两个阶段,即共产主义社会第一阶段和其高级阶段。第一阶段就是我们现在所说的社会主义社会,高级阶段就是一般所说的未来共产主义社会。这种划分在列宁的《国家与革命》一书中讲得很清楚。列宁明确把马克思所讲的"过渡时期",定位为从资本主义社会到社会主义社会,自然只能和必然首先过渡到其第一阶段即社会主义社会。而我国在"左"的一套思想、理论和政策膨胀时,宣传中硬是曲解马、列的本意,硬说马、列所讲的过渡时期是指过渡到共产主义社会高级阶段的时期,从而认为整个社会主义社会是过渡时期,据而将列宁关于过渡时期斗争空前残酷,空前尖锐的话,加之于社会主义社会,为大搞"以阶级斗争为纲"制造理论依据,结果给我国的社会主义事业造成了很大的伤害。

可见,怎样读书,怎样忠实地弄懂和把握原著的有关观点和精神实质,特别是怎样做到学习马列著作不走样,不歪曲,已不仅仅是个学术问题,有时会涉及整个社会主义经济和政治及文化发展的得失成败问题。

现在,经济体制改革和经济发展呼唤着经济学的繁荣。目前经济学界很活跃,这是好事。但与此伴生的是经济理论很混乱。胡乱引证和曲解马、恩、列著作中的有关论述,乱搬乱套西方经济学的理论观点,甚至误解和曲解邓小平同志有关改革与发展的重要论点的现象,到处可见。有些还是出自有影响的著名学者的笔下。为了澄清理论是非，我常常做点正本清源的工作，发表一些辩驳性的文章。例如，不少人在大报刊上写文章或在出版的论著中论证计划经济不等于社会主义，资本主义也有计划这一论断时，引证恩格斯1891年批判德国社会民主党的纲领草案中所提"根源于资本主义私人生产的本质的无计划性"所讲的一些话作为论据。恩格斯说"如果我们从股份公司进而来看那支配着和垄断着整个工业部门的托拉斯，那末，那里不仅私人生产停止了，而且无计划性也没有了"。恩格斯的本意是：随着单个资本家经营的生产（即"私人生产"）发展为股份公司和托拉斯，公司和托拉斯内部的计划性加强了。但直到第二次世界大战前，资本主义国家并没有整个社会的统一的经济计划。社会生产的无计划与公司和托拉斯内部的有计划并存。恩格斯在《反杜林论》中就深刻地讲过这个道理。而我们的理论宣传没有弄清恩格斯的话的原意，竟据以论证早在一百多年前资本主义国家就已消除了社会生产的无计划性！这种宣传也违反历史事实。

读书，要经过自己的消化、吸收，变为自己的知识财富。而对于非科学赝劣的内容则要过滤、摒弃，要提高读书的鉴别力。我读书、读报刊，对作者的引证和论据，不轻信，而是要查证、核实。有的人的论著和资料性作品中，充满了对别人论述的断章取义、歪曲原意、胡乱评论、哗众取宠，我曾指名道姓地写系列文章予以批评。学界应杜绝这种恶劣的学风和文风。

• 墨余随笔 •

书斋回首

方汉奇[*]

我虽然并非书香门第出身,却从小爱书如命,总喜欢为自己在可能的条件下布置一个小小的读书的环境。青年时代没有专用的书房,只能在案头上摆几摞书,在精神上得到一点满足。后来参加工作,有了工资收入,所买书渐多,宁可挤掉其他生活空间,也要为自己布置一个小小的放书读书的天地。近几年来,住房条件稍有改善,有了专门的书斋,环壁皆书,触目皆书,更有坐拥书城之乐。

这么多的书,不是一下子涌来的,而是一本一本地买进来的。大体上有这么两种买法。一种是围绕任务买。接了一项任务或一项研究课题之后,这批书就成了班底,新的任务或课题来了,这些书的某些部分还可以继续效力,然后再根据新的需要补充新的书。另一种是兴之所到随意购买。逛书店时,碰上了难得的好书,虽然暂时用不着,也随手买了下来。一些可遇不可求的书,大多数是这么买进来的。解放前后,上海、北京两地的旧书店、旧书摊很多,漫步书肆,负手对冷摊,成为我当时公余的一大乐事。去得多了,每次买个一本两本,也搜访到了不少称心的书。也有送上门来让你选购的时候。50年代初期,琉璃厂一些旧书店的店员们隔三差五地骑着自行车往学校里送书。敲门进来以后,就打开包袱让你自己挑选,新书旧书都有。这些店员们熟悉业务,了解各个教师的专业。送上门的书多数对口。手头不方便没关系,书先留下,记上欠账,等开了工资他再来取。一时拿不定主意,也没关系,留下来先看着,不合意,下次来的时候再取走。服务得如此周到,叫你不好意

---

[*] 中国人民大学新闻学院教授。

思让他空手回去，多少总得买几本，几家转下来，带来的书很快卖完了。1956年公私合营以后，人人端上了"铁饭碗"，这种特殊的服务项目也就不再有人干了。50年代后期及以后，图书这一行也渐渐形成了卖方市场。想买的书没有，即使报上登上广告的书也不一定买得着，一些受到好评的书，等你看到书评的时候，店里八成早就卖光了。有些书就像天上的彗星似的，只在店里摆上几天，就一闪而过，无影无踪，再也不见了。等它再版，还不知何年何月。吃了几次堑以后，总结出一条经验，就是书店要勤跑，碰到用得着的书立刻就买，千万别犹豫，过两天再去，也许就没了。因此多年来养成了一个习惯，就是每进一次城，必上一趟书店，以免漏掉好书。住在郊区，城不能常进，实际上还是漏掉了不少。到外地出差开会什么的，哪怕是到了小县城，也必得上一趟书店，因为往往可以从那里买到一些北京早已售罄了的书。自己搞的专业属于边缘学科，书买得很杂，文史哲无所不包，目的在于实用，不重收藏，从不计较版本，更不会花大价钱去买善本。因此买的书虽然不少，值钱的并不多，藏书家们看了，恐怕是不屑一顾的。

　　40年来，我的这个小小的书斋也有过几次盈缩。50年代的最初三年在上海，赶上土改和三反五反，一些旧社会过来的大户人家纷纷贱卖存书，旧书市场价格低廉，线装书尤其便宜，便宜到可以用一斤普通的报纸换一斤书，一部线装的二十四史，当时只值十几二十斤废报纸的价钱。可惜我当时的兴奋点在搜访和新闻史研究有关的旧报纸上，不大留意于这些线装书，但也着实买了不少有价值的旧报资料，其中有不少还是较为罕见的海内孤本，它们在当时的价钱比那些不值钱的线装书还要便宜。小小的书斋也因此充实起来。1953年到北京后，历年收集的近3 000种藏报，全都送给了公家，书斋顿时就小了一圈，但这次是自愿的。第二次收缩是"文化大革命"时期，抄家被抄去了一部分，"一号命令"下来以后以七分钱一斤的废纸价格卖掉了一大部分,下"五七干校"的时候,因为带不走,又狠心扔掉了一部分,最后随全家人搬到江西余江县刘家站人大五七干校的,只剩下区区五大箱书了。这些书辗转托运到江西,走的路线和李清照在《金石录后序》中所提到的那条流亡路线大体相近,只是有水路陆路之别,她和赵明诚的大批藏书,就是在那一路上散失的。想起失书的痛苦,不免古今同慨。这五大箱书作为劫后的孑遗,从干校驻地搬上车船运回北京的时候,虽然让现在已都是教授的几位"五七战友"出了一身大汗,但重新上架后,已经稀稀落落,不成格局了。这是又一次收缩,是被迫的,不是自愿的。拨乱反正以后,小小的书斋才又逐渐地丰盈了起来。1978年以来,发展得更快,这以后的二十多年是我国图书界出书最多的二十多年,也是我这个小小的书斋进书最多的时期,同时也是自己承担任务最多、工作最忙和对这些书的使用率最高的时期,书斋的规模也在不断地加大。在林园二楼住的时候,房子面积小,堆得满屋,时时为找书发愁。搬到宜园二楼以后,书房的面积增加,找起来就方便多了。知识分子历来与国同运,小小的书斋似乎也是这样。

　　书买多了,老伴有些意见,说:"孩子们都不搞你这一行,买这么多书留给谁呀!"其实,书是为了工作需要买的,是为自己的工作服务的,何必考虑留给谁。而且从来没有只聚不散的藏书之家。语云:"君子之泽,五世而斩。"一些盖上了"子子孙孙永保勿失"之类藏书章的名家藏书,照样流失不误。在这个问题上就不必胶柱鼓瑟,过于计较了。

瓷片的回音

马欣然[*]

近日喜得一书,上海古籍出版社出版的《寻访中华名窑》,封面是一张幽深静谧的照片,群山叠嶂,一泓清水从远处山脚向近处流伸蔓延,近处的湖滩占据画面的三分之一,湖滩布满碎瓷残陶,题目的寓意尽在画面中了。随即翻阅,为作者不懈的追求、潜心的钻研、广博的学识所折服。

封面的照片也许记载了浙江"上林湖问瓷"的情景吧,我有种似曾相识的感觉,好像在余秋雨的散文中见到过,余氏在文中说道:小时候在家乡村外的河边耍,河滩上到处都是瓷片,自然是孩子们向河面削片的好物件,看着瓷片一跳一跳向对岸飞去,孩子们当然兴奋无比。而当他后来回想起这满河的碎瓷片,产生了疑问:莫不是古时候的越窑吧?钱汉东在《寻访中华名窑》中给予了明确的回答:位于浙东慈溪桥头镇的"上林湖是越窑青瓷的发源地之一","这里群山环抱,重峦叠嶂,山下碧波荡漾,空气清新","环湖15公里的岸边,遗存着160多处从汉到宋的古窑址,犹如一颗颗璀璨夺目的明珠,镶嵌在这风水宝地上,闪烁着耀眼的光辉。"显然,余秋雨的家乡就是其中之一。余氏的散文主要抒发了对家乡的思念,有一种对家乡所处的古老越地沧桑之变的感慨;而钱氏主要是考据,科学地论证了中国瓷器的历史变迁。书中记载:"越窑青瓷烧造历史长达千余年之久,在越地最早完成了原始青瓷向青瓷的过渡,这在中国陶瓷史上具有划时代的意义。凝聚着古越人智慧结晶的龙窑技术及其产品已臻完善,在经历战国秦汉数百年的动荡与

---

[*] 中国人民大学新闻学院2004级硕士研究生。

停滞以后，最迟于东汉晚期，以上虞小仙坛窑址为代表的宁绍平原东部地区，已经烧制出成熟瓷器。我们之所以称上林湖为越窑中心，是因为目前发现的作坊遗址唐代的有 66 处，五代到宋 100 余处，共计达 160 余处。可见是一个规模庞大的越窑烧制中心区域。"原来古越窑如此辉煌，它是对世界文明的巨大贡献。

  我们在博物馆见到过青瓷，它的地位非同小可。书中记载："千古称绝的越窑青瓷，类如冰，质如玉，上贡朝廷，下售黎民，远销海外。"那么，古人为何钟情于青瓷呢？作者认为"山翠、水碧、天蓝、瓷青，此地有别处看不出的景观"，之所以对青瓷情有独钟，可能与中国的文化理念有关，"古人将代表东、南、西、北四个不同方位的星宿分别称之为青龙、朱雀、白虎、玄武，这四个方位又代表四个不同季节。青，草长莺飞的春天；朱，骄阳似火的夏天；白，西风肃杀的秋天；玄，昼短夜长的冬天。世人对青瓷的珍爱，除了它能给人们带来视觉上的愉悦感外，更重要的是它融合了大自然的万般景色，青山绿水，碧海蓝天，青色给人们还来无限生机和活力。……上林湖的工匠们可谓是将春色永驻人间的使者。"作者的分析有道理，可见他并非只是简单的考古，而是将古物与人的性情结合起来，更具人文精神。

  然而，如此鼎盛的越窑却难逃衰败的命运。书中记载："遗憾的是越窑青瓷进入宋代后，终于盛极而衰了。宋廷为加强中央集权，从根本上消除吴越国的政治影响和经济实力，将上林湖的能工巧匠调往北方，这为汝窑、钧窑等北方名窑的发展提供了技术上的保证。而浙东地区极度繁荣的农业，导致燃料的短缺和工匠工钱的上升，这无疑敲响了上林湖瓷业的丧钟。"瓷器，是因人类生活起居的需要应运而生的，后来因人们的审美需求而日臻精美，又因宫廷与民间的等级森严而具备了特殊身份的含义，总之，瓷器不愧为古老文明的象征，英语中的"瓷器"单词不是与"秦汉"的"秦"

相同吗？中国的瓷器世界闻名，它是我们这个文明古国的标志之一。古往今来，书中所记载的中华名窑除景德镇等少数几个窑还在继续烧制，大多都灰飞烟灭成为遗址了。看来，沧桑、盛衰的变迁是带有规律性的，也是不可逆转的。

　　作者走遍了大江南北，白山黑水，草原戈壁，记下了各地各族各个时期的名窑，使读者感受到了中华文明的深广。感动之余，我更强烈地感受到了古老文明的兴衰，那么多的，曾经烧制出美轮美奂的瓷器的名窑，却都成了废墟或碎片，有的甚至只有记载，连瓷片都难觅踪影了。据说，当今中国出口的瓷器在国外竞争不过欧洲，甚至比不上日本、韩国。瓷器大国不再辉煌了，光辉已成为过去。其实，盛衰是必然的，一个国家、一个民族不可能维持几千年的繁荣昌盛。繁荣之时必定是国家民族的优势占上风，而衰败之时则是民族的缺点及内在矛盾的总爆发，于是再以民族自身的优势去克服解决，历史就在这种轮回中发展、前进，谁也难以回避逃脱。不过，无论国力如何，民族的精神品质会永存的。也许这些就是中华名窑遗址仅存瓷片的回音吧。

·墨余随笔·

大足石刻的美学断想

杨念群 [*]

大足石刻和我国早期佛教石窟艺术的作品有所不同。如果说云岗、龙门石窟的佛雕是以其威慑力俘虏众生的话,大足石刻则以其返朴归真的艺术透视力反射出信徒们对现实世界的渴望,它的艺术象征着人格的升华。

我国早期石窟的佛雕主要是秉承着权势者的意志而雕,是权力的象征。以一佛二菩萨为特征的扇面形象,其姿态安稳凝重,脸部永远隐藏着深不可测的微笑,让信徒在惊叹佛法无边的同时,感到心灵功能与自身的渺小。龙门奉先寺卢金那佛咄咄逼人的气势使人望而皈依。

当人们不能把握自己的命运时,往往把生命托付给冷酷无情的偶像,在静谧的神学思考中倾听佛的召唤,这便是对生命的否定。随着历史的发展,人们渐渐地采取了对生命的肯定,不希求达于生命的彼岸,想让生命在此岸闪光。南宋的雕刻家们正是以卓越的胆识揭开了佛像神圣的面纱,让人性光辉在芸芸众生面前大放异彩。

以一代名僧赵智风为发起人的大足石刻,以其不同以往的庞大连环雕刻群闻名于世。在这里,佛像与凡人并列,儒学与佛教混杂。尽管仍有大量的大尊佛圣像,如长达31米的释迦涅槃像,但佛祖耀人眼目的光辉已为人性的光辉所湮没,抽象的神秘的宗教思想被形象化、世俗化了。你看:人猴相嬉图,闹乱了僧家的禅心密境,牧童横笛吹破人佛的神秘气氛,"数珠手观音"脸庞圆润秀丽,含颦欲笑又略略带羞,神情怡然自若,简直是个戴花冠的妩媚的妙

---

[*] 中国人民大学历史学院教授。

龄少女，哪里像大慈大悲的观世音菩萨。还有那"父母恩重经变像"，从父母投佛求嗣到子女长大成人，生动形象，构成一首动人心弦的摇篮曲，活生生像一个宋代家庭生活的缩影。

在如此纷繁撩人眼目的宏大雕刻中，僧人会忘记打坐，禅心也绝难入定。善男信女们在它面前跪下时，已引不起神圣虔诚的心理崇拜，也不会认为它真会"法力无边"，人们仿佛已溶化于普贤菩萨温柔、宽容的母性之爱中，脑海里会闪烁出在生活中似曾相识的感觉。

"艺术的价值在于切断历史延续性的垂直冲击，真正优秀的作品，都创造了从自己开始的历史。"（今道友信——日本美学家）大足石刻以其破坏性的创造力，使佛的地位在人们心目中逐渐向世俗世界下降，并以其浓重的世俗人情味困幽住了信徒们的心灵，使人性回归，让人格升华。它们以自己洋溢的青春活力，嘲笑早期对生命否定的佛雕的庞大身躯、冷峻面容和高居于芸芸众生之上的呆板和不近人情。

"我们欣赏艺术杰作时，我们会保持一种像灌满水的山湖似的沉默。"（今道友信）徜徉于目不暇给、灿烂生辉的大足石刻艺术宝库时，心情或开朗，或惊异，或压抑……确如被包融于特定的历史氛围中随之起伏跌宕。佛雕艺术的变迁正是人的地位改变的写照，人类是伟大的，他们通过自己努力，摆脱了一无所有之境，以自己理性的光芒突破了自然蒙蔽着他们的阴霾，他们超越了自身的局限面，神驰于诸天的灵境，他们像太阳一样以巨人的步伐遨游在广阔无垠的宇宙里。我们不再需要偶像，它束缚人的时代永远不会再来了。大足石刻——你所留下的不仅是艺术的欣赏价值，还有那永久的沉思。

墨余随笔

吴 方[*]

一

暑假时候在北大勺园开会，由钱理群君介绍，得识远道与会的日本学者尾崎文昭先生。我当时感觉"尾崎"这个名字似乎在哪里见过，又一时想不上来，赶上一回聚会闲谈，有人提起尾崎写过研究周作人的文章，于是恍然记起与此有关的一点读书印象。

其时是在1989年春，看到舒芜先生在《读书》杂志上有篇文章，谈周作人。文中特别提到尾崎的论文，名为《与陈独秀分道扬镳的周作人》，舒芜认为尾崎氏所讲的事情以及提出的问题很有意义，我读了，也很同意。这几年，研究周作人的文字比较多了，简单说罢，无非因为周作人不光做汉奸，又确实是五四新文化思潮中一个有一定个性、一定影响的人物，所以还值得研究，其中也包括不宜将其一笔抹煞的意思。比如他与陈独秀的论战，便体现出一种独特的文化姿态。

1922年周作人与陈独秀的公开论战，因宗教问题而引起。陈独秀当时积极参与了一个"非基督教非宗教大同盟"的运动。而以周作人领衔的五教授（还有钱玄同、沈兼士、沈士远、马裕藻）则发表宣言，反对这个运动以群众的压力干涉个人思想信仰的自由。非宗教大同盟的宣言以及陈独秀针对周作人的诘责，属于比较激烈的主张，自然，这也有当时反帝反封建的思想意识作背景。不过，问题主要倒不在这儿，换句话说，你可以不拥护基督教或任何宗教，也可以批评宗教传播中的极端现象，但你不能依仗势力，通过搞运

---

[*] 中国人民大学文学院1978级本科生。

动的办法来压迫持有某种信仰的人。否则的话，讲科学，讲理性，一到做起来，恰恰正是失去科学、理性的精神了。周作人大约有感于此，所以未免担心：如果失去思想自由的保障，即使侥幸不在这回被除减之列，却不知何时还要轮到自己头上。

说来似乎也就是个思想文化演进上的"规则"问题，"规则"后面隐含一种重视形式合理性的文化态度。如尾崎所谓："这个问题的重要性，在当时则近乎被人忽视。打那后相隔了五六十年，经历了'文化大革命'的动乱后的今天，它才终于为人们所重新认识。"

好多年前，顾颉刚先生写过一本《秦汉方士与儒生》，对我们了解中国古代文化、思想的脉络有帮助。但有点儿令我惊异的是，以顾先生这样的学者，竟也在70年代重版序言中表示：秦始皇"坑儒"是有一定道理的，这不能不反映出时势对思想学术的巨大影响。换句话说，秦时的儒士，固然有他们的迂陋、荒唐、不合时宜以至于谬误，但"坑"毕竟不算解决问题的办法，而且只能是无道理的、专制的办法。两千年来，"坑"的阴影笼罩在中国读书人的头上，其明显及潜在的后果无可估量。当然，随着文化环境的正常化，我想，顾先生一定也会修正他在70年代（"评法批儒"后）的那个看法。

二

读了一些关于学者王国维的书，收获也有困惑也有。就拿王国维晚年的保守来说，有人讲，他是给清朝做了殉葬品。乍一看是这样。陈寅恪先生也从同情的角度说到这情形，其挽王国维自沉诗云："赢得大清干净水，年年呜咽说灵均。"但似乎事情又不是那么简单——好像王国维只是一个不合时宜的"保皇派"。譬如说"殉葬"，为什么1911年清朝被推翻时他不殉葬，1924年溥仪被驱逐出紫禁城时他也不死节，甚至未跟随左右，反而担任了清华大学的教职呢？这问题就难用几句话说清楚。

王氏书信集中有一封长信，反映出他守旧意识中有一种特别的倾向。信写给当时北大教授兼故宫博物院理事沈兼士和马衡，内容是抗议北大考古学会发表宣言抨击皇室私占古物。王国维显然是在为已下台的皇室说话。引两段文字如下：

> 故今日宫中储藏，与夫文华、武英诸殿陈列诸物（此二殿物民国尚未缴价以前），以古今中外之法律言之，固无一非皇室之私产。此民国优待皇室条件之所规定，法律之所保护，历任政府之所曾以公文承认者也。夫以如此明白之私产而谓之"占据"，是皇室于实际上并未占据任何之财产，而学会诸君于文字上已侵犯明白之私产矣。夫不考内府收藏之历史与优待条件，是为不智；知之而故为是言，是为不仁……
>
> 诸君苟以取消民国而别建一新国家则已，若犹是中华民国之国立大学，则于民国所以成立之条件，与其保护财产之法律，必有遵守之义务；况大学者全国最高之学府，诸君又以学术为己任，立言之顷，不容卤莽灭裂如是也。抑弟更有进者，学术固为人类最高事业之一，然非与道德法律互为维持，则万无独存之理。而保存古物不过学术中之一条目，若为是故，而侵犯道德法律所公认为社会国家根本之所有权，则社会国家行且解体，学术将何所附丽？

复按此一已成陈迹的旧案，难免产生矛盾的感觉。一方面站在保存古物或革命的立场上，一般不会同情腐败的清朝皇室；另一方面，若站在法理的立场而非仅仅从情理出发，又不能不承认王国维的话有一定道理。一方面王氏维护清室利益的态度是守旧的，另一方面他强调法治，社会应形成尊重法律的意识，这态度其实又是很现代的。看来，王国维的保守不全出于盲目的感情用事，他的态度，也许无效，却还有意义。换句话说，尽管目的正确，就只有

"无法无天",难道不能通过合法的程序去行动吗?王国维这封信的意义,可能在于提醒人们,社会行动亦不能离开形式合理性的要求,容易令人由此联想的情形是"文化大革命"中的"抄家"风,当时也曾被视为革命、正义的行动,甚至连被抄家者也不敢怀疑这种行动没有某种道理,至于是否合乎法律,似乎根本不在考虑中。然而现在我们还认为这是合理的吗?郑姚念媛在《申江梦回》(中译名《上海生死劫》)中叙述"文化大革命"中被抄家的情景,她写道:"虽然我知道没什么用处,也没有意义,我还是举起一本宪法,平静地说:'没有拘捕令而私闯民居,是违反中华人民共和国宪法的。'有个女孩子走近对我说:'你想玩什么把戏?你只有低头认错的份儿。'她握着拳头在我鼻子前面晃动。另一个年轻人把面对大门挂在黑木柜上的镜子打破。接着,有个人对我大声说:'把钥匙交出来!'"

王国维根本不可能预见以后那些诸如此类的事情,可历史现象的内涵原是一个(如在文化态度上所坚持的形式意识)。这使我不敢妄评王国维是落伍者。

三

本世纪上半叶中国文化思想史,有影响开风气的人物,除了鲁迅、胡适、陈独秀,还可以举出梁启超和蔡元培。梁为"文宗",蔡称"良师"。若从思想与为人的风格上试为扪摸,譬如讲"执"与"不执",二人多近于"不执"这一面。换个说法就是多"变",都是不断地审时度势调整自我。梁启超的言论和著作洋洋洒洒,但他自己也曾反省道:"太无成见,往往徇物而夺其所守。"又云:"不惜以今日之我与昨日之我战。"蔡元培做过清朝的翰林,又是反清革命党;他当北大校长既引进陈独秀、李大钊,又引进刘师培、辜鸿铭;身为国民党元老,又是进步的民权保障同盟的发起人;总的看经历曲折却不是一种单色彩。然而论其"不执"和"多变",

也许又恰恰体现了他们在文化思想态度上的一个主要特征,即"开放"。他们在"治国平天下"方面,并未成就显赫的事功,其主要贡献在于促进建立一个开放的探索真知的文化环境。比较文化姿态上的"破坏型"、"迷恋骸骨型",他们都可算"启发型"、"继往开来型",也是跳出了知识、思想的"简单再生产"的模式。细分二者,梁氏常以文章启发志气,蔡氏常起到文化"酵母"的作用,这大概就是"良师"的意思。

1933年,正是白色恐怖统治时期,蔡元培在上海发起成立马克思纪念会,不难想象当时这样做所受到的压力。但是蔡元培敢于坚持他的道理,虽然他未必是一个马克思主义者。他的话不是从政治鼓动家出发的立场,却讲得很好:

> 一种思想之产生,一种学说之成立,断非偶然之奇迹,吾人如能基于纯正研究学术之立场,则无论为附和或为反对,但于此种思想学说,都应切实研究,惟研究乃能附和,亦惟研究乃能反对。盖真理惟研究乃能愈益接近也。今以反对共产党之故遂及于马克思之思想与学说,则为盲目,为思想上之义和团。

从一两个事例可看出蔡先生非常重视思想和学术发展的形式,非常重视教育发展的形式,形式亦即合理的存在形式,也是一种有意味的形式。这种形式着重文化发展的保障和引导机制,并非我们称之为形式主义的那种表面文章,是一份思想文化的宝贵遗产。

四

世上读书人大都知道有一副对联是劝人苦读饱学的,曰:"书山有路勤为径,学海无涯苦作舟。"小时候念得这格言,便准备了长大要做读书的"苦行僧"。然而终究没有做苦行僧,因为后来发现,可读的书真是越来越多,上下古今,交通中外,哪里是一个人

所读得尽、读得通的！不免想到读书光靠"苦"和"勤"，不够用了，不如实际点儿。便在心里把那句格言改了，叫作："书山有路巧为径，学海无涯悟作舟。"虽不能至，心向往之。

读梁漱溟先生的自传《我的努力与反省》，也有番如此的感想。譬如你要读历史，"五车之书"读得太累，不如换个口味去翻翻人物传记。这类书比较有"润"性，读起来也有滋味，而且有所知有所思，是可以取一个别致的视角去看历史的。读梁先生的自述，便时时感到一个人、一个正直的知识分子与历史那种分不开的关系，做学问与求致用的紧密联结。梁先生为当代一大学者，但他自己却说：我实在不是学问中人，只可算是"问题中人"。如果问他学问从哪儿来的，他总说是人生问题、社会问题逼出来的。"带着问题学"，梁漱溟可算是"始作俑者"。60年代，大家都记得，全国上下也讲"带着问题学"，但此问题不是彼问题。梁先生一生殚精竭虑的是民族民生的大问题，他的学无褊狭、独立思考、表里如一，皆在"自述"里体现着一种勇气、个性。近代中国在内忧外患中追求"经世致用"的一批知识分子走过了曲折的路，梁先生一生也在这条路上坎坷跋涉、上下求索，而不免于孤独和痛苦。

也正因如此罢，梁漱溟在人心目中可视为奇人。他的"奇"不仅在于以二十二岁年龄且无大学学历犹坐了北大哲学讲席，也不仅在于1953年他与大人物之间有过令人闻之色变的争执。其实读其自述下来，分明感到，他的"奇"，尤在于他的言行、理想之无所施展，生不逢时；而他又偏不肯在此一命运前退缩，不肯学世人之随波逐流。中国的问题太复杂，20世纪中国的政治、经济、文化处境的选择又尤为错综复杂，如梁漱溟自己所苦恼的："不苦于没有道理说服人而苦于说服人的道理太多。"然而他始终执守于良知、人格和自己的思考，风尘仆仆于中国的历史大舞台，任凭历史嘲弄着一个书生的苦心，最终落得一个不可能实现其理想的理想主义者。

是不是"最后一个儒生"？这样看梁漱溟的"奇"，本是与天才无关的。"学问之途无他，求其放心而已矣"，他绳己求诸人的不过是"踏实"，是对中国的现实总是加以踏实的思考，对未来加以踏实的选择。可惜在一个不踏实的时代，这样便免不了成为悲剧性的失败者，或者说，不能不承担有良知的中国知识分子的无可逃避的命运，"两间余一卒，荷戟独彷徨"。

所以他自己亦曾慨叹："我亦是被历史决定的，所以我亦料不到自己啊！"这样的"最后一个"，在历史中会有许多"料不到"。因为命运与性格的撞击，恰恰是产生人生戏剧性的渊薮。如书中所写的，一不料年轻时心信佛学意欲出世，后来却积极入世，弘扬儒家思想。二不料原本讨厌哲学的空玄，后来却为人生问题而钻研哲学。三不料作为一个都市长大的人，后来却努力于乡村建设运动，直到抗战而不得不中辍。四不料对中国前途的思考和奔走全无成效，以至后来有说不尽的反省。五不料思想其实是抹煞不掉的。虽然这老头儿一生蹉跎，八面碰壁，但到底我们看他对中国社会、历史、文化的认识仍有价值。而且历史的经验业已证明他所不幸而言中的东西，仍值得今人省思不已。因此这样并非有意为之的"自传"，以其坦诚剖判，等于为百年来动荡的中国史，留下了一份可珍视的"白皮书"，所谓一叶知秋，又使我浮想于沧海风波间来去的一叶扁舟。

"永忆江湖悲白发，欲回天地入扁舟。"梁先生撒手人世前留下的这本小书，在这个意义上，不妨以"史眼"观之，也许比正儿八经的史书更有看头。

斜阳系缆
——漫谈历史中的俞平伯

吴 方[*]

那还是庚午秋，1990年10月，忽闻俞平伯先生以九十高龄遽归道山了。想到俞先生大概是来也从容去也从容，落花澹矣，似具一种特别的风致，还记得他咏春的旧词："……春来依旧矣，春去知何似，花鸟总芳菲，空枝闻鸟啼"，寸心真堪细味。

盍兴乎来！得读俞先生大本小本新本旧本的遗著，又一番春草绿庭阶的时候了。翻览旧章，已兼旬日，可片片断断，终不得纲领，不由颓然一叹，以俞氏之数度劫波，沧桑略饱，如其自述"苍狗白衣云影迁，悲欢离合幻尘缘"，又加晚景有十年安定，亦未断文墨因缘，何以不曾作过自传、回忆录或者哪怕一点儿"忆往"呢？这很"可惜"。在时人看，也未免"不入时"。莫非情形真的是秋月当窗情味已归寂寥？也许"不言"正包涵着许多东西，难言或惘于"往事知多少"；或许"不入时"也正是老人的个性？

由个性而想到俞先生的"超脱"和"日暮心"等等，世情冷暖中其人心境当与"故作洒脱"无关，也不是"向前看"那般事，实际上倒不如说禁忌犹在更合适。譬如1954年那场大批判，以俞平伯为靶子，使其"名播"四海，三十余年不移，是直到1986年才做了新的结论予以解脱，俞先生虽然是好做梦的人，然而这场噩梦何其长也。翳影不去，不够超脱的人难免熬它不过，超脱如俞氏者，大概也只能"而已而已"了。让人可以理解的是：时间流逝，以及一

---

[*] 中国人民大学文学院1978级本科生。

种传统的文化性格对历史的"抗拒",往往在于将荣辱得失都看淡漠了。诚然,"无言"也是一种言语,下面这段话似乎可以发往日"未发之覆"。据俞老外孙韦奈记:

> 一九九〇年十月十五日,我的外祖父俞平伯在家中与世长辞,在病榻上苦熬了半年的他,终于得到了解脱。丧事遵嘱从简,像生前一样,他穿着半新不旧的中式棉袄、夹裤和一双布底鞋,在火化场依次排队,等候完成人生的最后一步。
> 他将近一个世纪的人生之路并不平坦,然而在他八十五岁那年,只用十四个字概括为"历历前尘吾倦说,方知四纪阻华年。"华年受阻,应始于一九五四年那场对他来说是极不公正的批判,那年他只有五十四岁。(《我的外祖父俞平伯》,载《光明日报》,1992-04-04)

俞老晚年心态流露,在"倦说"二字,然而"方知"一句,落一"阻"字,似包孕甚多。"华年"当为韶华之年,"四纪"已近于"知天命"了,大坎坷在此际,也就是所谓"人过中年"。不过俞平伯的超脱又非仅在坎壈之后,读他早年的散文,便可知他于人生即离之间特有的感悟,是因源远所以流长的。他有散文一题曰《中年》,便说:

> 当遥指青山是我们的归路,不免感到轻微的战栗。(或者不很轻微更是人情。)可是走得近了,空翠渐减,终于到了某一点,不见遥青,只见平淡无奇的道路树石,憧憬既已消释了,我们遂坦然长往。所谓某一点原是很难确定的,假如有,那就是中年。
> ....
> 再以山作比。上去时兴致蓬勃,唯恐山径虽长不敌脚步之健。事实上呢,好一座大山,且有得走哩。因此凡来游的都快

乐地努力地向前走。及走上山顶，四顾空阔，面前蜿蜒着一条下山的路，若论初心，那时应当感到何等的颓唐呢。但是，不。我们起先认为过健的脚力，与山径相形而见绌，兴致呢，于山尖一望之余随烟云而俱远；现在只剩得一个意念，逐渐地迫切起来，这就是想回家。下山的路去得疾啊，可是，对于归人，你得知道，却别有一般滋味的。(《杂拌儿之二》)

俞氏多感岁时却少激昂意态，退而于古槐居里自吟自嗟，也是一种性格使然。从客观上说；是就某种得失是非让一地步而天地稍宽；就主观而言，也不妨获得一种达观或静观的状态，聊以解忧。我们从这一思路去想，或者可以替俞平伯晚年的"讳言"(关于以往)以及"有弗为"作一解。不过，解迷总不免有"强作"的一面，何况世情心史往往最难透辟分明。即以1954年"批俞"大冲击后，红学史云遮雾苦有增无已而言，俞氏身处其中，除了只能躬自厚责之外，又何以清理"剪不断，理还乱，是红学"呢？"倦说"同"困知"相联系，也是很自然的。1975年俞平伯曾念着"不胜回车腹痛之悲，悬剑空垅之恨"，回忆畴昔与陈寅恪共读韦庄《秦妇吟》(没世重出)的情景，并草《读陈寅恪〈秦妇吟校笺〉》一文，其中论及"韦庄晚年深讳此诗之原由"，自称"呓词"，其实有"慎言"深意。文章先引陈寅恪对此一问题的看法："……端已之诗流行一世，本写故国乱离之惨状，适触新朝宫闱之隐情，所以讳莫如深，志希免祸。以生平之杰构，古今之至文，而竟垂戒子孙禁其传布者，其故倘在斯欤？倘在斯欤？"俞平伯认为陈氏的结论"固视旧说为有进"，进而又点出："然终不过可能或有之事耳。于篇末再作疑词，亦其慎也。昔刘孝标之重答秣陵曰：'音徽未沫，而其人已亡；青简尚新，而宿草将列。'窃有同慨焉。"由此不免想到现代红学史上所曾面临的类似情况，想到探求历史真实的困难以及前贤对这种真实的尊重，后人又是否与俞先生"有同慨焉"？这是读先生未沫之言可以兴会的一点启示。

话说回来，几十年风也萧萧雨也潇潇，在寂寞和沉默中做着"想回家"的归客，俞平伯的由隐而显，本是不情愿地让现代历史戏剧来作了安排。晚生者也能多识其名，盖源于1954年那场运动及其余波后浪——恐怕没有多少人了解那个作为五四新诗人、曾以现代散文小品名家兼擅治古代诗词曲的俞平伯——这场运动使"俞平伯"三个字成了"整个学术文化领域里的资产阶级唯心论"的代名词。如果后来还有另外一点格外的印象，需补说是来自十年前读杨绛的《干校六记》。杨文记实，又尤以记年逾七旬的俞平老和俞师母"还像学龄儿童那样排着队伍远赴干校上学"一节，最令人欷歔。

1954年陡然掀起的"评红批俞"运动，现在可以看得比较清楚，既出之偶然又可归诸必然。翻检旧案，这场运动可以称得上中国现代学术思潮史上的重点章节，即在现代文化的意识形态支配背景、思想模式、治学方法以及思潮风气等方面，都要求一个整体性的深刻变动，或者说，要求在"不破不立"之中确定一种由思想斗争来统率的新的学术范式。结合对俞平伯的批判，和对《红楼梦》的讨论，以唯物史观为圭臬的社会历史批评，现实主义和典型化的文艺理论以及进行思想斗争的方法日益成为主导，大抵都是新范式的展开。这一变动，在学术史的意义上，和五四以后一批学人用新方法整理国故（包括胡适以考证为宗的新红学）有点相似，但性质、势头、影响都严重、深远得多。如果说这是一篇"大文章"，批判俞平伯的"《红楼梦》研究"恰好拿来做了"破题"。

读"故纸"一束以及近几十年的红学小史，不知为什么会有"相逢一笑"之感。这倒不是自觉"旁观者清"或"看人挑担不觉沉"，相反，却免不了有"你不说我还明白，你越说我越糊涂"的情况。是真糊涂。因为原则上虽然明白"真理越辩越明"，但在具体进入问题时,接触与《红楼梦》有关的作者,作者与文本关系、版本、结构断续、内容阐释以及叙述方式、风格等等上面发生的争论,往往众说纷纭,令人莫衷一是。兼而怀疑,由于史料的阙隐不彰和优秀作品所具有的开放性、阐释的更多可能性,清楚是否可能?或者说,(倘若)"水至清则无鱼",便好么?大概也因此,"红学"不妨成了与对象若即若离的另外一种"游戏"。参与"游戏",也意味着寻求某种当下性的文化旨趣。不过,这还是显示了一种典型的学术困难,"实事求是"的困难:太执著不行,学术本身却要求执著,太有定见不行,学术又需要定见以至于排他性的定见来支撑。我想,学术的进境,又只可能在于相对地克服这种困难的努力中。

话扯远了,还是说1954年的俞平伯。据统计,从1954年9月到翌年5月,国内主要报刊发表批俞文章和座谈纪要约一百三十余篇,不包括毛泽东那封著名的信和俞平伯的检讨。后来对这场运动的评价也很不一致,或基本肯定,或基本否定,或有所折衷,这也不必说了。只是我们忍不住好奇,要将有关文字拿来对读,多少觉得有些事情太离"求是"的谱。譬如,俞平伯并非纯粹的红学考证家,他曾在早期出版的《红楼梦辨》中说过文学考证可以同小说批评相结合的意思:"考证虽是近于科学的,历史的,但并无妨于文艺底领略,且岂但无妨,更可以引读者作深一层的领略。"又说:"我们可以一方作《红楼梦》的分析工夫,但一方仍可以综合地去赏鉴、陶醉;不能说因为有了考证,便妨害人们的鉴赏。"他还一再申言:小说只是小说;希望能"不把浑圆的体看作平薄的片"。但是后来的批判则断言,俞平伯"只不过是以考证的方法代替了文学批评的原则而已"。这么一来,"帽子"和"脑袋"之间似乎还有相当大的距离。"帽子"从此滥制矣。

又譬如,俞平伯在1952年重版《红楼梦辨》(更名《红楼梦研究》)时,已删掉了"把曹雪芹的生平跟书中贾家的事情搅在一起"

的《红楼梦年表》,也删去了"《红楼梦》是作者底自传"这句话。实际上他早在1925年就修正和批评了"自传说",并强调:"小说纵写实,终与传记文学有别……吾非谓书中无作者之生平寓焉,然不当处处以此求之,处处以此求之必不通,不通而勉强求其通,则凿矣。以之笑索隐,则五十步与百步耳,吾正恐来者之笑吾辈也。"(转引自刘梦溪《红学》)但是1954年的批判却仍然要栽给俞平伯一罪:"和胡适一样,说《红楼梦》是作者的自传",后面烧火升温,请君入炉的话当然也还多,这样的例子更还不少。俞平伯当然讷讷不能辩。

说到学术史传统,自有卓然的典范或溃毁的教训,有这样的思想或那样的方法,有学风上的朴实或者空疏,流派也不尽二三数。但是若究其要旨,深的不能说,浅的,在学和术的入门处尽量做实事求是,应该算一条,起码的一条。章太炎讲治学心得,所谓"审名实、重佐证、戒妄牵、守凡例、断情感、汰华辞"大抵也以此为宗基,可这也迫于时势牵拘未尝就容易做到的。俞平伯的思想高度和学术路子,或不免有其局限,而求真(真率、坦诚)、求是(平情平心而论)又不失其可以一近謦咳的风度。也就是说,无论在整个做学问的过程中会不会有失误,都抱着平实地了解和研究的态度,用他自己的话说,"自以为是很平心的"。俞平伯的"《红楼梦》研究"确没有多么了不起处,但他的"平心"自省可堪体味,尽管当年他所处的时势情境不肯容纳这两个字。

"试玉要烧三日满,辨材须待七年期。"(白居易《放言》)等着俞平伯的,不止一个"七年"。

  盖闻逆旅炊粱。衰荣如此。墓门宿草,恩怨何曾。是以白饭黄齑,苜蓿之盘飨还是;乌纱红袖,傀儡之装扮已非。

  盖闻游子忘归,觉九天之尚隘;劳人反本,知寸心之已宽。是以单枕闲凭,有如此夜;千秋长想,不似当年。(《燕郊集·演连珠》)

俞平伯作过一些"连珠体"的文字，颇可讽诵，也是借以述发对世态人情的体会，如谓"上书慨慷，非无阿世之嫌，说难卑微，弥感忧时之重"；"思无不周，虽远必察，情有独钟，虽近犹迷"；"塞雁城乌，画屏自暖，单衾小簟，一舸分寒"；或者"悲愉啼笑，物性率真，容貌威仪，人文起伪"；等等。颇可见理趣、性情。这亦如他的散文小品（《杂拌儿》《燕知草》《燕郊集》等），虽然评家觉其有板滞、繁缛、朦胧或者枯涩的毛病，但有个性和特有的风致，仍是为人为文于世于己若即若离的一格，骨相不失冲淡自然。即如下面的文字，也还可感：

> 人和"其他"外缘的关联，打开窗子说亮话，是没有那回事。真的不可须臾离的外缘是人与人的系属，所谓人间便是。我们试想：若没有飘零的游子，则西风下的黄叶，原不妨由它们花花自己去响着。若没有憔悴的女儿，则枯干了的红莲花瓣，何必常夹在诗集呢？人万一没有悲欢离合，月即使有阴晴圆缺，又何为呢？怀中不曾收得美人的倩影，则入画的湖山，其黯淡又将如何呢？……一言蔽之，人对于万有的趣味，都从人间趣味的本身投射出来的。这基本趣味假如消失了，则大地河山及它所有的兰因絮果毕落于渺茫了。（《清河坊》）

孔子有言："盍各言尔志。"这趣味的依恋，载道怕载不起，总还不妨"言志"，这性情在俞平伯的天地里沉浮，局限自是不待言。好处大概是不拘泥，或者说有所执有所不执，不端着架子，礼法、世故种种也不大在乎了。落到文字，虽然表面上俞平伯的涩味不如朱自清的清秀，不得"入口即化"，也不如周作人的简淡蕴藉，但在内里的气质，恐怕又最洒脱和雅致。进而言，也是"以自然为怀"，如其所谓"一切文化都是顺其自然之理以反自然"，人就生活在这种矛盾里，意识到这种矛盾的不可强作解结，也便能徜徉于"渐近自然"

的一层。我想，他的"趣味为主"，便这么着来了。也是不愿胶柱鼓瑟的意思。读书、作文、赋诗、说词、度曲，连带着为人处事，因研究《红楼梦》而挨批，总之在"趣味"一点，都可以互为印证。

时代也曾不容许趣味的存在，俞先生亦长久沉默。现在重晤先生的文字，知味仍复不浅。知堂曾说，"平伯所写的文章"，"是那样的旧而又这样的新"。感觉这还是很相宜的话，宜于三复斯言。俞平伯的文化经历也表示，他既是个新人物又是个旧人物，这使他承受幸与不幸的命运，走完旅途。谁又能简单地洞察历史？

（1992年4月于北京小街）

帝王心理与文字狱

郭成康*

说起文字狱，今天的人往往觉得古代帝王心理很阴暗，很不正常，其实，惯于制造文字狱的多是神经健全的有为之主，他们心里十分清楚不能以文字罪人，比如清朝雍正年间，内阁学士查嗣庭典试江西，因所出考题被雍正帝认为是影射自己而被杀，但在结案时，雍正却说自己治查嗣庭的罪并不是因为他在江西出的试题有毛病，以示查并非"偶因文字获罪"。搞文字狱的专家乾隆皇帝更是常把"朕从不以语言文字罪人"挂在嘴边，可见他并非不懂语言文字所表达的思想与实际行动有着严格的法律区别，而且严格来讲，钦定的《大清律例》中也没有"以文字罪人"的法律根据，相反，《大清律例》却明确载有将"以文字罪人"定为犯罪行为的条例："有举首诗文书札悖逆者，除显有逆迹，仍照律拟罪外，若只字句失检，涉于疑似，并无确实悖逆形迹者，将举首之人，即以所诬之罪，依律反坐。"

"悖逆"在清代属于十恶不赦的最严重的政治性犯罪，罪犯处以凌迟极刑，其亲属也要受到株连。论其罪款，不外诋毁清朝、指斥皇帝两大类。上述《大清律例》条例强调把有无"确实悖逆形迹"——即当事人是否有推翻清朝统治的行为——作为文字狱最后定案的根据，可谓抓住了遏制文字狱产生的关键。这样来界定的"形迹"一词，和今天法律意义上"行为"这一概念十分接近。

既然如此，为什么清代，特别是雄才大略的康雍乾三位皇帝当政时文字狱又那么多呢？问题恐怕就发生在究竟应如何解释"悖逆

---

* 中国人民大学历史学院教授。

实迹"上。雍正皇帝和中年以后的乾隆皇帝总是指斥以文触法者有"种种悖逆实迹"是不是我们今天所讲的法律意义上的"行为"呢？还是看上面提到的查嗣庭文字处理狱：雍正说我之所以杀查嗣庭，是因为他有"种种实迹"，那究竟是什么呢？原来是抄查嗣庭家时发现的两本日记，在那里记下了查嗣庭对已去世的康熙皇帝的种种不满，对雍正初政的一些微词。查嗣庭将自己夜深人静时所写的日记置之高阁，从来没有明示于他人，如果不是雍正抄了他的家，可能谁也不知道他有这样的两本日记。他并没有借日记宣传他的思想，更谈不上有颠覆清廷的相应行为，因此，不能把他定性为反清的宣传煽动罪——当然，这是今天的认识，雍正并不这么看。应该说，这桩著名的文字狱很有典型性，它表明以雍正为代表的清朝皇帝的逻辑很简捷：凡是有讥讽皇帝、诋毁清朝之嫌的，不管你有没有危害清朝统治的行为，都视为有"悖逆"的"实迹"。清代文字狱特别多，与皇帝对"实迹"做如此强词夺理的解释，随意扩大其外延，实在有很大关系。

皇帝嘴上说不以文字罪人，却又硬把有问题的文字或根本没有问题的文字打成"悖逆"大罪，是不是心理有毛病呢？似乎也不好这样讲，因为他们自有他们的一套逻辑，这反映出了清朝皇帝对整饬思想极端重要性的认识。

雍正时，浙江总督程元章曾用奏折密报说，据淳安县生员吴雾的揭发，告假回籍的宛平县县丞吴茂育刊刻了一本叫《求志篇》的书有问题，他调来该书翻检后认为，吴茂育"语言感慨，词气不平，肆口妄谈，毫无忌惮"，特别是首序文只写"癸卯九月"，而不书"雍正元年"，更干法纪。程元章力图证明吴茂育包藏祸心，不承认清朝的正统地位。雍正看了，十分满意，在程元章的折子上批示："嘉是览之！"接着大段论述程元章好在哪里，雍正说，盗贼明火执仗，是有形的，地方官即使想掩盖也势所不能；至于那些专以文字蛊惑人心的"匪奸",如地方官不留心观察,尽可置之不问,很难败露。而权衡二者,"匪奸"之为害国家、淆乱人心,"甚于盗贼远矣"!这一段文字是雍正从他发动的吕留良文字狱总结出来的重要经验,也是清朝皇帝乃至一切专制帝王大搞文字狱的指导思想。

雍正之子乾隆全盘接受,而且认识得更深刻,措施也更有力。乾隆说:"干犯法纪之人,莫如悖逆、贪污二者,于法断无可纵!"如果真的图谋推翻清朝统治并付诸行动,那么,律以"悖逆",也还算罪有应得;但乾隆这里说的"悖逆",指的是文人著书写史流露出的反满反清思想。就在这篇谕旨中,乾隆说一本叫《东明历》的野史"不但邪言左道、煽惑愚民,且有肆行诋毁本朝之语,此而不谓之'逆',则必如何而后谓之'逆'者?"

显然,雍正和乾隆高度重视抓意识形态,与出身于少数民族的最高统治者对占人口绝大多数且文化优越的汉族臣民的猜忌和防范有很大关系。从形式上看,满族是统治民族,汉族是被征服的民族,以几百万人口的少数民族统治两三亿人口的具有悠久历史文化传统的汉族及其他少数民族,谈何容易?所以说,表面上看,他们可能有些神经过敏,但设身处地地想,不能不说他们的思想是正常的,心理是健全的。历数清朝的文字狱,确有一些大案,如康熙初年的《明史》案、康熙晚年的《南山集》案,以及雍正时的吕留良案等,被治罪的思想家、史学家等,都具有强烈的反满反清思想,另有诸多文字狱的当事人也的确被抓住了某些把柄,比如乾隆四十四年(1779年),安徽天长县生员程树榴为好友王沅所作《爱竹轩书稿》写序,故意说什么"造物者之心愈老而愈辣,斯所操之术乃愈出而愈巧",以发泄对乾隆皇帝查办禁书的险恶用心的愤懑,结果被人检举了,法司律以大逆,凌迟处死,乾隆说该犯"隐喻讪谤",巧骂当今皇帝,"从宽改为斩决"。这一类文字狱其实治的是思想罪,在今天看来当然是荒谬的,非法的,但在当时,从满族皇帝的心理来看，又不能说全无道理，他们从维护清朝统治的合法性这一安身立命的根本出发，势不能容汉族文人反满反清思想的蔓延滋长。这样看，雍正说以文字蛊惑人心的"匪奸"，之为害国家、淆乱人心，甚于明火执仗的盗贼，乾隆把文字"悖逆"与吏治腐败同样视为法律严厉打击的最主要的目标，也就不难理解了。

真正难以理解的是，为什么清代，特别是乾隆中期竟出现了那么频繁而酷烈的文字狱，而且其中多数文字狱根本没有反清反满的确凿证据。

在乾隆统治中国的六十余年中，文网之密，文祸之多，远远超过了顺治、康熙、雍正三朝，在中国古代历史上也是前所未有的。而乾隆朝一百三十余起文字狱集中发生在乾隆十六年（1751年）至乾隆四十八年（1783年）这段时期，特别是从乾隆三十九年（1774年）开始查办明末野史等违碍禁书以后，文字狱更是大肆泛滥起来。是不是这时民族矛盾、阶级矛盾趋于紧张，迫切需要统治者强化对思想意识的控制呢？不可否认，满汉民族矛盾、民族斗争在乾隆朝始终是客观存在的，"反清复明"的旗帜也不时为某些政治势力所利用，但较之清入关初期的顺治时期和康熙中期以前来说，满汉民族矛盾斗争不是越来越尖锐，而是逐渐和缓了下来，汉族臣民作为一个整体，已认同了清朝对全国的统治。这时西方列强的威胁还没有作为一个必须认真对待的问题被提到国家议事日程上来，整个国际形势对中国很有利。既然如此，乾隆为什么在清朝统治业已稳定下来的时候发动查办禁书运动，大张旗鼓地向思想领域中潜在的反满民族思想、民族情绪做一彻底整肃呢？

一种推测是，他把满汉之间的民族矛盾和民族斗争的严重性夸大了，特别是夸大了反映在明末清初某些诗文野史中反清民族意识的作用。应该说，这种推测可能大体符合乾隆的心理。一方面，由于人口压力、米价上涨、吏治腐败、陋规泛滥等原因，广大民众自乾隆中期以后生计日益艰难，不满情绪开始蕴蓄，乾隆确实感到一种统治危机感；另一方面，也不可忽视，乾隆的夸大满汉之间民族矛盾、民族斗争严重性的思维方式带有某种有意为之的成分，这和他的祖父康熙、父亲雍正似乎也是一脉相通的。他们祖孙三人惯于把一些将来可能发生的问题预先向族人提出，甚至把本来并不存在的危机也故弄玄虚地设为靶子，以引起满洲上层的注意和警觉。尽管康雍乾三帝经常念叨"满汉一家"这句口头禅，但心里却总难免怀着坐在火山顶上的危机感，所以他们有天然的忧患意识，遇到困难宁肯说得严重一些，把后果有意夸大一些，久而久之，变成了一种特定的思维方式，和历史上以老大自居的汉族王朝帝王的心理自有所不同。

当然，乾隆又与康熙的心理有别。他是一个自视甚高、特别自负的帝王，自以为事关全局、事关长远的最重大最棘手的战略性问题，列祖列宗格于当时形势未能解决，后世子孙又可能没有魄力、没有能力解决，因此，釜底抽薪、一劳永逸、不留后患、干净利索地处置妥帖，非他莫属。譬如爱新觉罗皇族的历史遗留问题，如果他不出来廓清纠正，他的后世子孙谁也不能、也不敢重翻旧案，乾隆毅然为国初睿亲王多尔衮冤案平反昭雪一事最是显例；再有，关系大清帝国和满洲江山亿万年永不变色的各种隐患如果他不排除，他的后世子孙谁也不能、也不敢冒天下之大不韪去排除。"野火烧不尽，春风吹又生"，明清鼎革之际具有强烈反清意识的遗民们留下的诋毁满族统治、怀恋前朝的文字作品就是乾隆心中久欲斩尽杀绝的"离离原上草"。在命全国查缴禁书的谕旨中乾隆毫不掩饰地说："明季末造，野史甚多，其间毁誉任意，传闻异词，必有抵触本朝之语，正当及此一番查办，尽行销毁，杜遏邪言，以正人心而厚风俗，断不宜置之不办！"而天下承平百年，乾隆以为此时正是进行彻底手术的千载难逢的大好时机。他的如意算盘不外是，将载有汉人反清反满，乃至反金、反元内容的书籍搜剔净尽，"尽行销毁"，那么汉人就会根本不知自己的历史与文化，一代一代浑浑噩噩地永远安心充当满洲贵族的奴子而不觉。

不过，要把天下书籍一本一本地搜查审阅个遍，把该禁的书统统劈板烧毁，又有谁能做到呢？两千年前简册帛书尚少时法力无边的秦始皇尚且做不到，更何况印刷术高度发达的乾隆年间呢。但乾隆自信能做到！为了实现这个看来根本无法达到的目标，乾隆开动了强大而效率空前提高的整部国家机器，亲自督责从中央到地方的数以十万计的大大小小官吏队伍，向全国撒下了密不透风的查缴古今群籍的罗网，从人文渊薮的江苏、浙江到偏远的边疆地区，从繁华城市到穷乡僻壤。乾隆先是打着"稽古右文"，"嘉惠士林"的旗号，以诱使人们自动缴出家藏之书；此计不成，则立即改变面孔，通过厉行查办禁书强迫人们呈缴违碍书籍；上自地方大吏、下至草野细民一时反应不过来，畏首畏尾，迟回观望，为推动禁书运动的开展，乾隆不惜祭起文字狱的法宝，连续制造王锡侯、徐述夔两大震惊朝野的冤案，使天下臣民在恐怖的气氛中为保官或保命而迅即行动起来；为保持令人觳觫战栗的高压态势，乾隆在一个相当长的时间里，隔几个月就蓄意制造一起当时名为"书祸"的文字狱，直到他判断禁书业已搜罗殆尽时，政策才有所舒缓。在查办禁书最严厉的十年间，全国告讦蜂起，居心叵测的奸民借片纸只字倾害仇家，以报睚眦之恨；良善之人安坐家中而横祸飞来，立致家破人亡。举人王锡侯编了一本名为《字贯》的字典，因未避"庙讳"和"御名"（即康雍乾三帝名字）掉了脑袋；早已物故的原任知县徐述夔的诗句"明朝期振翮，一举去清都"，被乾隆硬打成"非常悖逆之词"，徐述夔照大逆凌迟律，锉碎其尸，枭首示众，其孙徐食田以藏匿逆书拟斩。王、徐两大案完全是乾隆为震慑士民尽快交出全部家藏书籍而一手制造的冤案，而以"杞人忧转切，翘首待重明"、"长明宁易得"、"短发支长恨"等诗句被指为"大逆之词"者，可

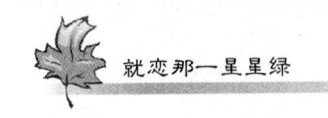

谓指不胜屈。更有令人哭笑不得者，连胡乱涂画、投递"狂诞"纸片的精神病患者也被列入逆案，凌迟处死。

如果说文字狱是些心理怪癖的帝王胡乱搞出的闹剧那并不可怕；真正可怕并值得深入研究的倒是那些心智健全、逻辑清晰的强干之主蓄意筹划出来荼毒苍生的文祸。

历史是一面镜子。

历史与现实之间并不存在一条不可逾越的鸿沟。稍有年纪的中国人恐怕对文字狱并不陌生。

为使以文字罪人的悲剧不在我们和我们后代身上重演，认真总结历史上文字狱浩劫的教训，特别是从政治体制上、从法律上进行深入细致的研究仍然非常必要。而以帝王心理作为一个特殊视角考察历史上的文字狱，本文似乎只能说开了一个头，这篇大文章恐怕人们还需继续做下去。

一直在路上寻找远方

家 居 北 京

翟凤林*

　　以一个远游学子的身份，私自号称"家居北京"，心下窃有些惶惶然，比之那些可以在周末回到真正的家的同学，我的家在校园。

　　印象最深的是有一次，快要下课了，书包里的饭盆、勺子开始磕碰有声，听来显得可亲。老师急急地布置了作业，临了又叮嘱："这章比较抽象，回家再看看。"乍闻此言，同学们一阵哗然笑道："家？——我们的家不在这儿。"

　　老师所指的家无疑就是我们的宿舍了。每每在劳顿一天之后，躺在学九楼的一张上铺上，我打开橘黄色的床灯，捧着词汇书或是杂文选，开始享受我在北京的"家"了。

　　既来之，则安之。家居北京，就会有在京城的种种妙处与方便。

　　北京有许多好地方，故宫、颐和园、北海、圆明园，等等。好固好之，但昂贵的门票令我这个布衣深感囊中羞涩。然而，家居北京，时间有的是，机会有的是。比之千里迢迢、涉洋渡海前来一观美景的人，我大可自慰地不着急。

　　寻一个轻闲的大周末，把平时的庞杂事务抛诸脑后，坐公共，倒地铁，顺便买几只焦圈、驴打滚，个把小时之后，便可以静立于中南海外连绵的红墙下，嗅着缤纷出墙的皎皎白玉兰，举目望去，小孩子们扯着长长的、细若游丝的渔线，浴着春风与夕阳，他们笑闹着，与父母争辩着。悠然中，我竟也体会到北京对我这个外来者展示的一丝亲切。

　　家居北京，我可以在仲夏的某夜，来到清华园，漫步于荷塘

---

* 中国人民大学社会与人口学院 1994 级本科生。

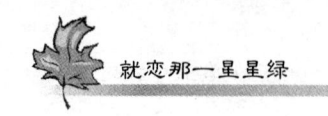

边,听蝉鸣与蛙声和弦的一首夜曲,看层层叠叠、密密匝匝的荷叶间袅袅孑立的白荷,缅怀若干年前曾在这里把酒邀月的朱自清先生。杨柳依依,月光点点,心中平添些许空灵。

漫步在街头,或是徜徉于校园,看看熙熙攘攘的行人,也别有趣味在心头。然而,你绝不能轻视那些匆匆而逝的陌生面孔,他们也许衣着普通,举止平凡,但在京城这么一个人杰地灵的宝地,刚刚与你擦肩而过的那位长者或许就是一位你心仪已久的人物。

在街头随处可见的报摊上挑拣几份对口味的报纸,寻一条干净的石凳坐下,展开报纸细读,分明感受到京城咄咄逼人的大家风范;或者,看累了抬头环视周围怡然自乐的人们,竟觉得家居北京的我,本身已为她平添了一道靓丽的风景。

大 三 情 缘

邵 晶[*]

　　大三的心情是一片沉静的海洋。曾经那么多灿烂的梦想，从此不会再挂在嘴上，盛在眼里，而是刻在了心中。

　　走在校园，很多熟悉的风景与面容淡淡掠过。也许没有大一的清纯，大二的潇洒和大四的通晓，但拥有的是一份大一没有的自信，大二没有的审慎和大四没有的时间。送走两程流年似水，还有两程似水流年，又到了要打点行装的日子。出国、考研、留校、谋职……今天的谋划就是明天的战场，今天的汲取就是明天的财富。一双双提前收拾整理的双手，只为了大四不再有匆匆上路的遗憾。

　　大三人，开始试着掌握自己真实的命运。

　　大三的日子，平添很多沉默。在师弟师妹身旁走过，再一次被欢乐的笑声感动，心里明白，那就是旧日同样认真追逐过的情怀。大一时，总感觉大三人的眼里有着某些让人无法读懂和企及的东西，如此就这样匆匆已大三，才知道越来越多的冷却和缄默并非都出于情愿，就像要长大的孩子不得不扔掉许多心爱依旧的玩具。毕竟，半年后就要实习，两年后就要各奔前程。所以，学会在练达人情中积累人生体验；学会不再相信表面的美丽而要透视其中真相；学会面对和坦然于那些不想接受而又不能不接受的否定；最重要的是告诉自己：剖析自身，接受自身，永远不逃避，才是勇者真正的态度。

　　大三的驿站，毕竟只是一个中点，上路的号角只是隐约回荡，冷静只证明不会像以往那样因为大学路还长，就在漠视时光的情绪

---

[*] 中国人民大学新闻学院 1995 级本科生。

里虚掷许多光阴和情感。我们都还有时间和空间，再度拉紧放飞蓝天的快乐，去感觉朝阳，感觉清露，感觉交流，感觉心动。大三的心，是冷却而不是冷漠，是沉静而不是沉沦，是沉默而不是城府。所以，多想好好触摸这有限的生活中时时在身边流动着的每一个真实的细节。生命会因为曾那么用心的呵护成长而不再显得脆弱和不堪一击，心灵的最底层也因为仍然埋存着那么多温暖依旧的瞬间而再度绽放，去回应那段并不曾错过的青春。

匆匆已大三，所有的经历和梦想缓缓沉淀成一级必经的山阶，我们站在上面，眺望四周一片崭新的仁山智水，重新确定自己的高度。

父亲与儿子

叶国标[*]

父亲因为身体不好,提前退休了。寒假回家我发现父亲的头发更白了,皱纹更深了,背也更驼了,那饱经沧桑、过早苍老的脸看了叫我心酸。

我11岁那年,母亲因病去世。父亲坐在土灶前失声痛哭,一边哭一边轻唤母亲的名字,像一个孤苦无依的孩子。为了抚育我们未成年的三兄妹,父亲从外地调到家附近工作。

我上初一的时候,父亲有了另外一个女人。年少的我,觉得父亲的再婚是对我生身之母的背叛,我开始用一种陌生的、冷漠的目光看父亲了。继母第一次做的饭菜,我一口也没有吃。继母在我家住的第一夜,我故意不睡,看书到天亮……父亲没有责怪我,他努力做出一副高兴的样子,嘴角挂着一丝笑容。但从父亲的眼睛里,我分明读出了一种无奈和期待。

后来,我考上了县重点中学。学校离家有一百多里地。上学那天,父亲身体发烧,我执意要一个人走,父亲说什么也不肯,说我头一回出远门行李又多,放心不下。就这样,父亲挑着行李,我远远地跟在后面,一起上路了。到了车站,父亲爬上爬下,把行李一件一件地搬上车背的行李架。汽车开动前的一刻,父亲又一次爬上车背,查看行李是不是捆结实了。路上,车子颠簸得厉害,父亲晕车,吐得脸色都发青了,却轻描淡写地说:"没事,吐完了更好受。"

到了学校,父亲替我铺好了床,还买了两袋奶粉。第二天一早,父亲要走了。临别时,父亲塞给我两百块钱,嘱咐道:"想吃

---

[*] 中国人民大学新闻学院1993级硕士研究生。

什么自己买,不要节省。你大了,要学会照料自己。念书很要紧,身体也很要紧。"不知是因为疲惫,还是因为伤感,父亲的声音有些嘶哑。父亲的眼睛布满血丝,这一宿他肯定没睡好。

上学期间,父亲常托人捎来肉炒霉干菜,罐子每次都塞得实实的,肉总是比霉干菜还多。父亲知道我爱吃番薯,有一回,他竟特意扛了一筐过来。那天,我正在上课。父亲冒冒失失地敲开了教室的门,又冒冒失失地告诉老师是给儿子送番薯来的。同学们下意识地把目光扫向我,我一时耳根发烫,窘迫难当。课后,我对父亲说:"以后别这样了。"语气很生硬。父亲用困惑的目光望着我,半天讲不出话来。

我心里明白,父亲的爱是朴实而深沉的,是发自肺腑的,但我对父亲、对家庭却有一种不可名状的抵触情绪。我埋头读书,极少想家,当时最大的心愿是:考上大学,远走高飞,离开家越远越好。高考填表,我的"第一志愿"是吉林大学国际新闻专业。结果"第一志愿"落了空,"参考志愿"却实现了,浙江师范大学录取了我。我垂头丧气,一肚子委屈。父亲却满心欢喜,说:"师大好,离家近,当老师安安稳稳,哪个朝代都少不了教书先生。"父亲还宰了家里的猪,郑重其事地摆了几桌酒,请来亲朋好友,庆贺我"金榜题名"。那日,父亲喝醉了,我头一回见父亲喝得那么多。

大学毕业后,我留校当了教员。但最终我还是违背了父亲要我安心教书的意愿,考到了中国人民大学新闻学院攻读硕士,要圆我埋在心底的"远游梦"。看得出来,父亲的内心是高兴的、自豪的,但也表达了他的忧虑:"读书读书读白了胡子看谁还肯嫁给你。以后当了记者满天飞,我死的时候拍电报过来恐怕还找不着你。"

一次,香港作家梁凤仪来校作报告,她的一番话深深触动了我:"父母的爱是博大无私的,但做孩子的常常不体谅、不理解,任性、自私、粗心:与伙伴玩耍,深夜不归,忘了父母正在家中担惊受怕；父母生日，忘记送一份礼物点一支歌……我现在功成名就了，但父母却不在了，看不到他们女儿的成功，这是我终生的遗憾……"

从那以后，我给家里的信写得勤了，每发表一篇作品都要寄给父亲看。去年，父亲55岁生日的时候，我买了5斤枸杞寄回家，附了一张生日卡，上面恭恭敬敬地写下我的祝福："平安快乐，健康长寿。"

洮河流珠时

牛 鹏[*]

春天的脚步总是又轻又快,还没有来得及折下一枝新绿的杨柳,便又是蝉鸣蛙嘶一片。恨春惜春的伤感,在岁月的长河里浮动泛沉,凝成不散的诗魂词魄。其实,或许正是对于春过高的期望,使得我们忽却了淡淡春意里无尽的韵。

何必燕子衔泥?何必垂柳飘絮?三月洮河流珠时,筏客们的春天便到了。霜晨时分,太阳蒙着一层薄薄的冰屑,蔫蔫地坐在积石山的山洼里,只一抹霜红,染透了洮河水。河如赤练,如潮冰珠乱泻而下,尺寸不一,形状各异的玉珠上下飞溅,折射出深浅不一的赤红光点,千人万马般向北追逐而去。玉珠落盘般的清脆,群鹊报喜来的嘈杂,冰川崩裂时的訇訇然,此刻都融入了寒峻的天穹。看两岸巨岩,露出黝黑或赤褐的岩芯,钢铁般地矗立在晓雾晨霜中,任滔滔珠潮迭声呐喊,随萧萧衰草迎风起舞。远处荒山,则早已被高原烈日烤坏,失却刚毅的青黑色,处处酥碎,层层剥蚀,红黄相间的岭麓植被稀疏,颓然群立。

看惯了草长莺飞的人们,发现自己春的灵感被这寒气冻得了无生机,难觅半点春的浪漫,这确非"应是绿肥红瘦"的春天,因为河边挑水的姑娘还缠着结实的毛围巾,呼吸出团团白雾。但放筏的人们会生气地把旱烟锅往鞋底上磕磕,冷冷白你一眼:咋不到春天?四月八的山货节没几天了。李易安的故国之思,是蚱蜢舟载不动的沉重,而放筏客们要运走的却是豆子、党参。冰消河开时,春天的生计便开始了。

---

[*] 中国人民大学财政金融学院 1993 级本科生。

"西上丹噶尔起筏哩哟……"老把式卷起裤腿,手持竹篙立在筏头,在流珠飞沫中小心而又果敢地把篙频频点入河中。压筏的年轻人便这样大声地唱着,为老把式壮胆。飞筏如箭,沿着似潮冰珠弹向远方,最后变成一个闪烁的小黑点,在橙色的河面上跳跃,与藏青色的山崖混为一体。用不了一天,这筏子便会闯入黄河,冲过幽森的大峡,在蓝天白云下漂行在开阔的川塬河段上,永远是轻快、利索的性格。吱呀呀的水车,也开始在寒雾中转动起来,和着冰屑舀起一筒筒河水,与修剪果树的老汉一起忙着迎接晚归的梨花、桃花,一起向河面上漂来的筏客们大声地打着招呼。不管认识与否,总有一句现成的呼唤:终于开春了。

向往人大的孩子

彭凯雷*

还有谁缅怀往昔的一句话、一个梦想？我却总难忘记一个孩子内心酝酿长久以后，两片薄薄的嘴唇在一启之间，言说出一个内心的秘密，一个久藏的愿望，我要上人民大学。

一句话只说一次。一句话意味着义无反顾、坚定不移、激情与力量。这个孩子就是我。我常常回忆当初这一句简简单单的话，多么简单的一句话，却让我内心一往无前，跌跌撞撞地要向理想奔去。同时，我就会想起那幅闻名于世的希望工程的图片。一个生活困顿的小女孩，将一切一切都凝成了四个字：我想上学！内心锻打的语言，如同横亘于高远的一把剑，剔除了我们心头的抑郁与负担，让自己重新回到锋利、明亮的时代。

一年的大学生活，忙忙碌碌中，我总愿回忆当年的情形，"人大，多么令人神往！"有许多人已淡忘，并极力地抹去记忆。一个连考了几年才考入的朋友，很不耐烦，"人大有什么，不就这个样子！"我便抿紧了嘴唇，不再说话。是的，来到人大校园，一切都那么平静，甚至有些平淡，可谁又能怀疑其中的热情与力量呢？

暑假，返回兰州，在去内蒙参加一个夏令营之前，匆匆地寻找往昔的朋友。我想起高中的同学，尤其是王乐，去年高考，他比我低 101 分，落榜后，在一所补习班复读。

我想起寒假时，我们几个要好的朋友，相聚买菜吃火锅的情景。热气腾腾中，王乐开口了，他对我说，咱们明年见，但我决不叫你师哥。或许只有我记得，他脸上的神情，不容置疑和坚定。

---

* 中国人民大学新闻学院 1995 级本科生。

然而我没有想到他会落榜。我们在高三，学习成绩一同在上升。后来，仔细想想，也有些缘由。他比我更为理想，高三下学期，他还手捧一册《反杜林论》，看得津津有味。"五月，爬兰山的好日子"，一个星期后，他返回时已是深夜。而我终日埋头书本，很少抬起头来，去看天空云朵。而我喜欢王乐，有点不循规蹈矩，但却内蕴着尘世中少有的青春之火与激情。

回来，碰到一兰大的同学，问及王乐，说他估分很高，却报的是武汉大学国际金融。她还笑着谈王乐，他寒假后，颇郑重地对家里说，我要报人民大学。"他怎么又没报人大？"我问。"不想见你。"我一时语塞。

后来我给他家打电话，他父亲接的。他父亲是新闻系主任，非常热忱。言谈中还提及我送王乐的那本诗集，说他仔细看了，很不错。我连忙说，以前写的，很久远了。后来，我才发现自己不仅少年世故起来，而且没了少年时代的自信与激情了。王乐的父亲一定要我去家里坐坐。王乐接时，我听见他父亲还在说叫我去他家玩，而王乐再没有提及。

再后来，分数出来了，他分数上升了100.5分，仅比我去年低0.5分。我没有惊讶。见面时，是省图书馆。他说话很少，或许不愿与我深谈。"到北京来，北大、人大挺好的。"我说。他并没回答我，似乎在自言自语，我想忘掉高三的课程，我想实实在在学一门手艺。

以后，我再没有见到王乐，兰州，黄河两岸的兰州，山峦环绕的兰州，有时很小，有时也很大。听别人讲，他第一志愿是武大，第二志愿是兰大中文。怎么不是新闻呢？那个和他相当熟稔的女孩说，他父亲是新闻系主任，二姐新闻系毕业，他不愿别人背后胡乱猜想。

王乐，他将去武汉，志愿上没有中国人民大学。或许，他真的是不愿见我，而我总惦念着他。回到兰州，在他身上，我捕捉到了我昨日的少年气息。是的，人民大学，对于我、他，是美好，抑或平淡，无论填报与否，但都曾是一种理想，曾经多么激荡我们的内心，像和天空连成一片的峰顶，牵引我们向上的愿望。如今，王乐已将理想深埋于心底，不再言说。而我，在兰州重新汲取了它，重新在心头孕育生长。向往人大的孩子，永远是向往人大的孩子。我又找回了那份心动的感觉，我又能够看到，一个孩子，面对星空，怀揣理想，内心激动而紧张，屏住了呼吸。……永远向上！

期　望

陈发宝[*]

夕阳的余晖斜射进我家的土屋里，虚弱无助的父亲躺在板床上。他的脸蜡黄蜡黄的，消瘦得厉害，他那满布青筋和老茧的大手再也扶不动屋角的铁锄。

父亲是坚强的。

我们的村子坐落在川北的大山里。这儿交通不便，土地贫瘠。号称"天府之国"的成都平原离我们很遥远，村里的男女老少只能倔强地在土里刨食。在我很小的时候，有一幅图画就已铭刻在我永恒的记忆中：寒风凛凛，我拖着鼻涕蜷着身蹲在田坎上，看着父亲赤脚走进水田里翻耕。他的身后，浑浊的水田泛起暗红的水花……懂事以后我才明白那是父亲冻裂的脚渗出血来染红了水花……就这样辛劳，我们五个孩子总算能用瓜菜和玉米面填饱肚子。就这样，从小我虽比不上城里孩子吃得好，却从来也没有挨过饿。

父亲尊重读书人，他念过私塾，所以，当家境开始好转后，他把我们一个个都送进了学堂。为了孩子读书，父亲没有过上一天好日子。庄稼人就那两亩地，耕种、耕种，刨出的东西要填饱七张嘴就已经不容易了，我们兄弟姐妹再穷也没有欠过学费。"不能让孩子挨骂，不能让孩子受委屈啊。"就为这，父亲和母亲天没亮就下地，下工回来就带着孩子们用篾条编竹筐；就为这，父亲没穿过一件好衣裳。

我是最小的孩子，读书成绩也特别好，我成了父亲的期望。每天晚饭后，父亲总要向我讲一番应该好好学习以及他认为该如何好

---

[*] 中国人民大学新闻学院1999级硕士研究生。

好学习的道路。他说:"读书就像农民种地,你不哄地,地就不哄你,只有勤劳,才有好收成,否则就要饿肚皮。"

1995年我被保送到中国人民大学念本科。哥哥姐姐凑了钱,父亲和母亲第一次到了北京,游览了长城、故宫、颐和园……回到老家后,父亲常戴起老花眼镜看在北京照的照片,他说那是他一辈子最幸福的时光。

父亲是一个本分的农民。他辛勤耕作,为着把五个孩子拉扯成人,他唯一的心愿就是孩子能成材。本科四年,父亲给我写了厚厚几本信,他唠唠叨叨地教育着异地求学的儿子:好好学习、正直做人……

我考上研究生,父亲以我为傲。回到家,我帮父亲扛谷子,同时暗暗发誓:等我工作了,我要给父亲缝新衣,我不让父亲再如此辛劳。然而,天总无情。父亲病了,医生说是肺癌晚期。

父亲不要开刀,他又一次显示了他的倔强,任凭我们如何劝说也毫不动摇。他知道肺癌是没得救了,他更不愿把近三万块钱的债务留给子女。父亲已如风中之烛,不知何时就会离我们而去,他一辈子燃烧,他在燃烧中获得亲情的快乐。但我们这些做子女的呢,"谁言寸草心,报得三春晖"?

面对病床上的父亲,我想哭。十几年读书生涯,我总从父母处索取。我多想在不久的将来奉养父母,共享天伦之乐,聊尽做儿子的一份心啊,然而,我已深味到"子欲养而亲不待"的悲凉了。人生的残酷,生命的悲剧尽在这生离死别中了。

头发花白的母亲捧了一碗鱼汤走过来了,那是大哥在河里捕的鱼,母亲与父亲相依为命一辈子,我想我们更难分担母亲那沉甸甸的悲哀。我无言了,我只祈求上苍让我们能为父亲过六十大寿,满足他一个辛勤一生的父亲最后的愿望,我期望我能为他献一个大蛋糕。

雪中废园

那兰忆*

我，一个人，走在这苍茫世界。寂静，悄无声息的寂静，弥散在冰冷的空气中，充斥于天地间的每个角落，和着那一片苍白，幻化出凄清一片。

风无声，雪无痕。来时的脚印已躺在脚下，静静在沉睡。或许这一睡，即是千年。于是，我像一个游魂，带着茫然的眼神，在这废园中寻寻觅觅。

园中有湖，却早已沉寂在数尺寒冰、千层白雪之下。那矮矮的，在雪中略微突起的湖堤只静静地拥着湖，不言不语。岸边的柳树低垂着，早在寒冬之前就将尽数的叶片轻抛入湖，祭祀着早已逝去的福海。这会儿，它正沉默于寒风大雪之中。湖中有岛。那些个怪石嶙峋的土堆此时更像是静卧在雪中的荒原，任凭雪去掩埋那些"蓬莱仙岛"或"海岳开襟"的辉煌，一千层，一万层，却未曾留下只言片语。

宫殿的废墟静默着。闭着她曾经流光溢彩的双眸，像在凭吊大水法中消失的清泉，远瀛观中永逝的雕梁斗拱，死一般地沉寂在雪下，沉寂在一片无奈的悲伤中。巨大的石块散落在废墟周围，那上面曾有无数象征繁华与高贵的精美花纹，如今却只是一张残破的脸庞，在白雪下静默着，徒增一种无法言喻的颓丧与凄凉。曾经华美一时的雕像支离破碎地躺在乱石堆中，不管雪有多深，也盖不住她那无声的哭泣，抹不去她无言的叹息。就连断垣残壁中的野草也窝在雪中，默不作声地极尽其枯荣。是不忍正视如今的清冷，还是不堪回首往日的繁华？用手轻触带雪的残垣，指间传来一阵冰凉，寒

---

* 中国人民大学毕业生，作品摘自《春笋集》。

透心骨。那是这片荒园用它的温度，在对我说话。

蓦然回首，嘴角却不觉浅笑。原来，还有一些东西是不甘沉默的。那些高大的石柱，就这么立着，百年了，虽然守护的是一片废墟，诉说的是一个远去的繁荣；虽然经历了一样炙热的火，一样冰冷的雪，但，他们却是如此坚强。还有，那些残存的石阶，虽然拥住的是一丛乱石，宣告的是一个往昔的强盛；虽然经历了一样浓烈的烟，一样寒冷的风，但，他们却是如此坚定。更有，那个小岛旁残存的、孤零零的石雕，虽然守望的是一丘废石，泣诉的是一个早已虚无的王朝；虽然经历了一样可怕的噩梦，一样残酷的劫掠，但，她却如此地执著——哪怕这一个世纪的无情岁月已啄食了她的双眼，撕碎了她的衣裙。

是的，每时每刻，只要你从他们身边走过就能听见他们的声音，那穿透历史的声音。还有，那种撕裂伤口后，撕心裂肺般的痛苦的哀号！

我凝望着这被苍白与青灰色充斥的世界，心中感慨万千。蓦然——我发现就在那断壁的一隅，闪耀着一团艳黄。一朵黄菊，不知从何时起，就静静地躺在那里。叶秆早已枯萎，那花，却黄得正艳！

走出废园，路上没有我的脚印。先前幽魂一般的我，真的找到了什么。

老 榕 树

符建平[*]

在故乡小屋的门前,有一棵古老的榕树……

当我生下来的时候,那榕树就已经站在那儿了。很多人都不知道榕树的年龄,粗壮而斑驳的树干,默默地记载着它沧桑的故事。

榕树虽然古朴,但那些枝、那些叶却一点也不老气横秋。

榕树向四周舒展,圈出一柄巨伞,冠盖着我家屋檐,枝头繁茂的叶子边长边落,年复一年地绿着,不知疲倦地营造着这儿特有的那份和谐、恬静和清凉。

童年,我常常看那榕树,看榕花几时开,听蝉在枝头鸣,通过密密麻麻的枝叶,看山外精彩的世界。

想起家门前的老榕树,我总会想起我的母亲。榕树的根就是母亲的魂,榕树的干就是母亲的性格。大山培养了母亲灿烂的性格,既善良又尖酸,既勤劳又愚钝。母亲可以为一分钱和街头小贩争上半天,却又偷偷地把家中的鸡蛋送给邻居月子里的媳妇;她可以披星戴月地穿梭在榕树下边,却又会在夜深人静之时,乞求菩萨保佑我平安走正路。

母亲在天亮之前准备好黄豆、绿豆、花生,从榕树的这边走到榕树的那边,再走上几十里山路到城里去卖;夜幕降临之时,母亲会从榕树的那头走过来,拖着一身的疲惫,带着一头的露水。日夜穿梭在榕树的下边,母亲拖着虚弱的身体为我凑齐了一年又一年的学费。

现在想起来,我不禁潸然泪下。母亲硬是用她柔弱的肩骨供我读完了初中。母亲40岁生日那天,我也恰巧收到桃源一中的录取通

---

[*] 中国人民大学公共管理学院2000级本科生。

知书。捧着那页薄薄的、沉甸甸的通知书,母亲瞳孔里闪出灼人的光,激动得双手一阵阵发颤。那一天,母亲破天荒地邀请来村里乡邻,摆起宴席祝贺了一番。"山沟飞出'金凤凰'了!""家贫志不短啊!"村里人纷纷地说。母亲那些天是多么自豪啊!

一天早晨醒来,忽然不见了母亲的踪影,跑出门外,只看见父亲站在榕树下,呆呆地望着大山,绵绵的大山延伸到山外的世界……

我顿时明白,当时家还穷,母亲为了供我读书,和同村的张婶小媳妇去广东打工了。我不禁号啕大哭:"母亲啊,您那虚弱的身体又怎么能够经得起南方的酷热呢?母亲,儿子宁愿放弃学业也不愿您为我受如此的苦啊!"

榕树还是静静地立在那儿,依然痴情不改地开着花、吐着绿……

就这样,我带着母亲一生中所有情感的积攒跨入了高中的门槛。

母亲会经常给我写信,信是别人代笔的,但那话却是母亲的话,那样的亲切、温暖,捧着母亲的信,我总是泪如泉涌。母亲也会每月给我寄来150元钱,透过钞票上油渍的汗味,我就想哭……

于是,隔着八千里路云和月,我一次次地阅读南方的广东。

于是,广东省有了我刻骨铭心的思念。

我的目光穿越南方的暮霭,融入那一片片多情的杏花雨,我仿佛看到了流水线机器旁母亲虚弱而疲惫的身影;我仿佛听见了母亲一遍遍地呼喊着我的小名……

母亲,您在他乡还好吗?

一晃三年高中毕业了,我焦急地奔向家中,去拜望已经归乡,我日思夜想的母亲。门前的榕树依然枝繁叶茂,可是榕树下的母亲却苍老消瘦了许多。望着母亲瘦削的面庞、深陷下去的眼睛和过早爬上来的白发,我伤心地哭了。母亲也哭了,紧紧地抱着我,母亲喃喃地说:"平儿,别哭!妈很好,不信你看这榕树……"

榕树的根是母亲的魂,可是母亲并没有榕树这样硬朗,母亲的身体很差。张婶小媳妇告诉我为了给我挣学费,母亲在厂里省吃俭用,拼命加班加点,一而再再而三地晕倒在机器旁。这次回乡是因为母亲实在是太虚弱了,再待在厂里会出人命的,张婶小媳妇便将母亲送了回来。

听到这些,我如五雷轰顶,悲痛涌上心头,泪水在眼眶里打转,心灵深处在不停地呼喊着:母亲,我恩重如山的母亲哟!

当我第一次南下打工挣钱为母亲治病时,我觉得好兴奋。今年暑假,参加完高考的我匆匆跳上了南下的列车,我拼命挣来了1 000元钱,当我挽扶着母亲走进县人民医院时,母亲哭了,我也哭了。

母亲是坚强,可是母亲虚弱的身子已经太累了。我真的不忍心母亲再为我奔波劳累。

接到中国人民大学的录取通知书,母亲异常的兴奋。就在门前的榕树下,瘦弱的母亲牵着我的手,意味深长地说:"平儿,你去读吧!我会尽全力支持你的!""不,妈,我不会再让你为我受累的,从今以后,我要自己养活自己,即使是申请助学贷款,我也不会再让你为我受苦!"母亲的眼睛湿润了。

带着母亲的嘱托,我匆匆踏上了北上求学的列车。母亲在榕树下面一遍遍地念叨着"路上小心"、"别受凉了",说着说着忍不住蹲下来大哭……

啊,母亲,您让在京城的儿子如何不想念您呢?

啊,家门前的老榕树,您永远珍藏在我生命的记忆里。

啊,家门前的老榕树,您是我魂牵梦绕的故土情。

回眸故乡之时,我总会看见,天与地的交汇之处,母亲站在榕树下面,一声声呼喊着我的小名,不动地站在那儿,形成了一道感人的风景。

让我们举杯

汤新颖[*]

又踏上了那条上山的石板路，夕阳正红，可是我是和别的一些朋友同行，里面没有你。

秋天，那没有一丝白云的蓝天，和那明净如洗的山峦河川，是那么的舒展，夹杂着几许空寂和恬淡。幽深的山谷里是那大片大片火红的枫叶，给沉默的大山涂上了一层厚重的油彩。

还记得吗？那年春天我们也相伴来游香山。正是黄昏，踩着薄薄的暮色，哼着不成调儿的欢歌上山。你背着装满野餐用的东西的包走在前面，我不紧不慢地跟在你身后，山桃花零落的花瓣和你米色风衣的下摆在我眼前忽闪忽闪……

那块状如静卧的少女的山石还安详地躺在那儿。你曾经一遍一遍地抚摸它。夜幕降临时你曾在"她"身边对着初生的新月虔诚地许愿。我看到你眼角的泪珠在月光下晶莹闪动。你是那么地爱动情，但接着我们却又笑作一团。啊，还有那棵斑驳的银杏树，它的枝丫已近乎光秃，树下厚积着枯黄的叶片，我们曾经久久凝望着它，争相称赞它的俊逸、高洁和挺拔，树下留下笑话串串……

又是晚餐、清风、朗月、疏星、篝火、歌声。我仿佛又看到目光如水的你坐在我对面高高举起酒瓶："让我们举杯！"继而又欢快地问我："好玩吗？"

"好玩！太好玩了！"我兴高采烈。

你曾经那么爱说爱笑，你曾经那么喜欢在 Party 上高歌并大嚷"让我们举杯"……可是在数次的聚会上我只看到你淡漠的双眸与

---

[*] 中国人民大学新闻学院 1996 级本科生。

紧闭的嘴唇,我才惊觉你数日来的转变。

然而当我领悟时那个春天已经完结,山桃花也已凋谢。我和夏天都无法安慰你。

"友谊万岁,友谊万岁,友谊地久天长……"朋友们又唱起这首熟而又熟的歌,今宵又将是一个喧闹的青春之夜,然而黎明再不会听到隔夜的雨声夹着你的呼唤从山顶传来。我却久久徘徊,夜风中默默凝视山脚下那一片璨然莹动的灯火,遥祝负笈他乡的你得到幸福与安宁。

天亮了,我马上也将告别这个地方了,这个系着我们青春的欢歌和泪水的地方。何日能复来,无法知晓。这中间又将流逝多少岁月和故事,也无法预料。

又站在那棵银杏树下遥望,晨曦中山川莽莽平野茫茫,如带的河流闪着冥冥的光蜿蜒迷失于天际间。我们不懂得生活,甚至不懂我们自己。当我们经过希求后的坎坷与创痛,刚对人生有一点儿领悟的时候,那许多美好珍贵的东西却已如东去的川流一样一去不复返了。

一阵晨风袭来,银杏树上残存的叶子在风中挣扎着、颤抖着。也许,我们注定要经过那么多混沌而稚纯的春天,经过火热痴狂的夏天,才能走到成熟充实的秋天,收获成果或过失。然后我们的生命才会像冬雪般纯洁而肃穆地零落,重归于我们源之于它的泥土。

一轮裹着如纱似的薄雾的朝阳升起来了。朋友,不知你是否依旧。珍惜每一分光阴、每一个微笑和每一个期许的眼神吧……还记得席慕容的那句话吗?"生命原是不断地受伤和不断地复原,世界仍是一个温柔地等待你成熟的果园。"真希望你能够再眨眨眼,对我欢快地说:"让我们举杯!"而且你的眸光好坦然,好坦然。

父亲的第一个电话

李继先[*]

午休时被一阵电话铃声叫醒。我懒懒地去接。是父亲。那边刚叫出我的名字,我就听出来了,尽管这是第一次在电话里听到父亲的声音。

弟弟家装上电话已经有几个年头了,父亲却从来没有给我打过电话,一则因为弟弟家搬到镇上去了,二则平时也没多大事,即便有事也是我给家里打,或是弟弟打给我,再转告父亲。父亲亲自给我打电话,今天是第一次。所以,我心里有种说不出的惊喜。

我原以为父亲把我放飞以后,再也不会管我了;我原以为他看到我的翅膀硬了,再也不会为我担心什么了;我原以为他看到我能在空中或高或低地飞翔了,除了为我自豪,偶尔拿出印着我照片的书在村里展示一番之外,再也不会像小时候直到天黑仍不见我回家那样牵挂我,四处寻找我了。所以这些年来,我多少有点儿失落,与父亲之间似乎生分了一些。说心里话,做儿子的即使再成熟,甚至自己也做了爸爸,内心却仍旧有想被父母当成孩子呵护的一丝情愫。

然而,我错了。是"非典"告诉我的。或许,在你平安、顺利、得意的时候,你会从父母的视线中沉淀下去,他们会为你出息了而高兴,但你的华贵名车引不起他们多大的兴趣,他们仍然会心安理得地守着居住了多年的老屋,把关怀投向生活艰难的兄弟姐妹。但是,外面一旦有什么风吹草动,对你的担心就会一下子把他们攫住。只有这时,身在异乡的你才会体会到,你从未远离过他们

---

[*] 中国人民大学商学院 2001 级本科生。

的视野，你还是他们的掌上明珠。那根爱的红丝线虽是无形，却依然坚韧如初。就拿眼下来说吧，北京关于"非典"的风声正紧，家乡更是传得沸沸扬扬，弟弟不两天就来一个电话。即便这样，父亲还是不放心，还是要亲耳听一听他儿子的声音，唯有这样，他才能彻底放下心来。

听到是父亲，我很意外。想到现在是非常时期，我又有点儿震动。

电话里，父亲的第一句话就是"你没事吧！"声音低沉得像压城的黑云。听到我说没事，他才松了一口气，但声音依旧沉甸甸的，一遍一遍地嘱咐我："可别出门啊！"我一遍一遍地答应着，眼中已是溢着泪水了。见我答应得很乖，他才放心地挂上电话。

放下电话，我已睡意全无。父亲的第一个电话，持续不到两分钟，说的话没有超过十句，却像一个响雷，震得我的大脑一片空白。这雷声响在我感情的天空上，回荡在我旷远的心灵里，让我对亲情和爱有了更深一层的认识。

或许，"非典"过后，父亲仍然不会主动给我来电话，但有这一个电话就足够了，这一个电话中蕴含的养分足以滋养我的后半生。

谢谢你，我的父亲！

筒子楼的喜剧

刘建军[*]

由于搬家，无意中见到自己五年前的日记。那是还在筒子楼过着"青年教师"生涯的产物。这就使我忽而又回到了过去。

翻看过去的记录，发现其中颇多激愤之语。我学着鲁迅的口吻说"我总要上下四方寻求，得到一种最黑、最黑、最黑的咒文，先来诅咒这筒子楼的生活……"

显然，我过去对筒子楼有所不满。于是发出抗议，发出诅咒，这是我们那一代"青年教师"特有的声音。当然，抗议是没用的，诅咒也一样。筒子楼依然是筒子楼，我们依然是筒子楼的住户。我过去知道人不能选择自己的出生地，不能选择自己的父母和生日，但后来进而知道：筒子楼也是不能选择的。

当抗议失去了呐喊，诅咒失去了恶毒时，幽默就到来了。看下去，就会发现这样的话：

"当你侧身行走在两边堆满杂物的筒子楼道时，你会以为自己来到了繁闹的香港。"

"在自己家睡觉，能体验到别人在你头上走路……"

"邻家的女人端着便盆从你面前疾步走过，你会发现她一丝羞涩，""但如果你每天早晨听到某女士打喷嚏到七个以上，你会觉得女性魅力大减……"

"在筒子楼居住十年以上的人，比如我自己，那就有资格去核基地工作，因为能忍受公厕恶臭的人，必能对核辐射无动于衷。"

"等待茅坑，犹如在餐馆中等待饭桌……"

---

[*] 中国人民大学马克思主义学院教授。

你已经看到，筒子楼里的幽默别具风格，是某种类似"黑色幽默"的东西。幽默是轻松愉快的，但黑色又有些冷漠滞重。二者的结合，就成为一种奇妙的东西。它们犹如一些黑色的花，夹在我的日记本里。

但是，这些都是过去的事情了。几年前开始，"青年教师"陆续搬离筒子楼，筒子楼也终于要离开人大校园，准备进历史博物馆。现在回想起来，筒子楼里的生活，也不全然没有乐趣。毕竟，那里住着的都是风华正茂的年轻人，而且还有许多祖国的花朵在那开放。生活中的一幕幕生动的景象，都是一些轻喜剧，给人以回忆的快乐。下面我撷取几个生活片断，以飨读者：

某一日，东风2楼（筒子楼之一）三层的门上贴着一张这样的告示："……谁家的孩子，在我门口拉野屎，让我差点滑倒。做父母的应该好好管一管，并在实际生活中以身作则。——受害人某某谨提出如上之希望"。如此告示与其说是一种抱怨，不如说是一种文学创作，以特殊的方式让大家一笑罢了。由此可见筒子楼人的胸怀。

某一日，筒子楼里抓到了一个"小偷"。他先敲了某家的门，里面没有动静，他就轻轻地推门而入，结果发现屋子的主人正在深情地注视着他。于是他就被抓住，并展开了一场"是小偷"和"不是小偷"的辩论。房主认为，陌生人未经许可，擅自开门进屋，就是小偷的行径。而被抓者则说，我进入你家只有几秒钟的时间，以此之短暂时间不可能偷什么东西，因此不是"小偷"。大家为"小偷"的幽默感所吸引，认为辩论十分精彩。由于一时难见结果，大家最后一致同意移交校卫队裁决。

总之，筒子楼里的生活颇有乐趣。可以说是上演了一幕幕生活的喜剧。但我以剧中人的资格宣布：希望这样的喜剧永远不要重演了。

走进音乐

史文芳*

起因很简单,热情很高涨,歌声很优美,效果很理想,心情很愉快。在教室里重温上课的感觉,在独唱中调试自己的嗓音,在合声中掌握发音的方法,我们在学习中感悟到歌唱的快乐。——这是"走进音乐"选修课课后的感想,情之所至,跃然纸上。

"走进音乐"选修课的开设倡议,缘于寒假前单位组织"和谐友爱一家人"主题联欢会的启迪。许多人在欣赏受过专业训练的歌手优美动听的歌声后,赞佩的同时也希望自己能够得到专业指导和艺术熏陶。承蒙大家的信任,选修课开设的具体事宜由我来协调和组织。凭着优良的资源配置——教师和教室,我们开始策划课程内容,明确活动主题,确定上课时间。就这样,日程安排很快呈现在热情提议者的面前。我之所以为工作以外的事忙碌,是被大家的热情所感染,是被主讲者的奉献精神所感动。我们提出的口号是:请大家积极参与,带上你的好朋友,送你一份好心情。"走进音乐"选修课就这样诞生并大张旗鼓地开始了。

参与者带着提议时的热情,走进了选修课的课堂。我们目的很明确,利用业余时间,充实自己,提高素质,在音乐中释放压力,调节情趣,愉悦身心,放松情绪,增进感情,掌握唱歌技巧。

几节课之后,我真不敢说自己走进了音乐,因为发现了自身的音乐盲区。但我的感觉越来越好,兴趣也超出了我的预想。曾几何时,我对音乐特别是"声乐"存在过多的尊敬和畏惧,甚至被"艺术"两个字所迷惑,但当我走进音乐时却发现,音符中流淌的不仅

---

* 中国人民大学教务处干部。

是曲调，而且是艺术和文化，我感受到了音乐的底蕴和厚重，音乐的内涵和能量。

程兰循序渐进并由浅入深地讲解，以及每次课堂上的示范或课程结束时的美声演唱，使课堂安静又和谐，我们仿佛真的走进典雅神圣并充满哲理的音乐殿堂。当"走进音乐"选修课进入实质性的教学阶段时，开始了一对一的唱歌指导。当点到我亮相时，我不禁惴惴不安：我最清楚自己的音质，嗓音很低，高音失声，站在众人面前单独试唱有点怯场。但为维护老师的尊严，也做点表率，即便嗓音不好，可扭捏也不是我的风格，豁出去就算抛砖引玉吧。我壮着胆子，站起来时我感到自己脸热得发红，就拿着歌谱掩饰着心虚。唱，一曲终了，居然还有掌声！我想，大家鼓励我的同时也是在给自己壮胆。大家给我的评价是，音域厚重，像关牧村，还夸张地说我的声音像低音贝斯。其实我知道，自己的声音不过是尚未开发的原生态！经过一对一的专业指导，果然每个人都知道了自己薄弱环节和影响正常发音的根源所在。青春年少时，我们缺少音乐的基础教育，记忆中的音乐课就是跟着老师唱歌，用白嗓唱，大声地唱，不知道唱歌还有方法和技巧。

选修课节次不多，但是每次都有收获。学员上课守时，表情庄重，举止拘谨，都十分迫切地希望掌握音乐技巧。通过学习，我们不仅对乐理、乐器、唱法有所了解，而且知道了唱音的"发源地"，知道了唱歌时五官应有"月牙"型的表情和神态。凡此种种，"走进音乐"选修课使我们的综合素质得到了又一次提升。

我意外地感到，唱歌激发了我对以前不太关注的问题的思考，扩大了我对音乐的想象，学会了感受音乐的方式——其实倾听是一种美，通过倾听，我们感受到音乐曲目中的悲与喜，感受到富有旋律的声音如行云流水般舒畅。同时，我还体会到声乐艺术是音乐和文学的结合。在拿到一首歌谱时，除了要熟悉音乐本身，还要认真地去体验、去感受，理解歌曲语言，并对歌曲语言的重音、语调的色彩变化、高低快慢变化、连续停顿等进行斟酌。这能帮助我们在演唱时表达出歌曲的意境。用心之后，我真的在"喀秋莎"的节奏中感到快捷刚毅；在"摇篮曲"中感到母性的张扬；在"送别"中体会到那种依依不舍的情感；最后，民歌"茉莉花"欢快的节拍带我"走进新时代"。

曲终课结情未了。每周三的选修课使我们的生活丰富起来，走在路上也不由自主地哼着熟悉的曲调。以前尚未开发的音域得到挖掘和开垦，也平添了几分自信。我们在学习中寻求指导，在指导中得到知识，在知识中变得充实，在充实中获得快乐，在快乐中拥有健康。

走进音乐，身心愉悦！

有你陪伴的六年

路蒙佳*

2004年6月28日,是我硕士毕业的日子。我迫不及待地穿上宽大神气的硕士服,流连在校园的各个角落。人说毕业时最容易感怀过去,此时,在人大6年的点点滴滴就像潮水般涌上了心头。

1998年8月,我拿到了中国人民大学的录取通知书,成为财金学院当年唯一一名坐着轮椅进入人大的学生。踏入高等学府是莘莘学子的梦想,对我来说,这感觉更是美妙和难忘。我曾幻想大学校园的样子:她是星辰大海般宽广包容的,是青草茵茵样浪漫纯情的,更是随处散溢着书香,博学睿智的。种种幻想激励着我快点投入她的怀抱,所有的汗水和病痛,都变得不值一提了。而当我真正来到人大,才发觉和我所想的并不完全相同,她更像一位身边的挚友,陪我欢笑,伴我成长。

和人大的"初识"简单而紧凑——参观图书馆、看校史纪录片、参加迎新晚会……仿佛翻开一本崭新的相册,陌生又新鲜的大学生活开始了。同学们很自然地推我上课堂,上楼时就招呼四个男生抬我的轮椅;女生们则帮着拿我的书包等杂物。一切都有条不紊。院里也很照顾我,允许我中午的时候在院阅览室休息。就这样,原先设想的种种困难在大家的帮助下一一解决了。

然而,还是有不少问题要自己克服。大学的课时比中学长,课间休息次数有限。为了不给大家增添太多的麻烦,我一年四季都限制饮水量,午饭不喝汤、不喝粥。对许多肢残的大学生来说,这都是一种习惯,我也不例外。再有就是我的腰部两侧肌肉力量不均造

---

* 中国人民大学财政金融学院1998级本科生。

成了严重的代偿性脊柱侧弯，只要坐着就必须得勒上特制的护腰支撑腰部。即使这样，长时间坐着也很吃力，中午必须躺下休息一小时以上，才能继续下午的学习。到了夏天，我也不能解下身上厚重的护腰，回家的时候身上往往浸满了汗水。

这些"日常功课"都是为了继续学业必须要做的。我并不在意它们是否难捱，因为对我来说，每一分在人大度过的时光都很宝贵。我很清楚，为了来到人大，我，还有那些关心我的人，为此付出了多少。没有什么可以阻止我和大家一起学习，向生活微笑的权利，这是我享受青春的方式。

本科四年，我尽情呼吸着人大的空气，一点点成长。在那些深浅不一的足迹中间，更刻满着温馨感人的回忆。四年过去，我被保送读研。对于坐在轮椅上的我来说，这又是一个全新的开始。2003年1月，我有幸参加了北京市优秀残疾人大学生座谈会，市残联多年来一直关心我的李雪梅阿姨听到我上了研究生，高兴地祝贺我。雪梅阿姨还问我，想不想念博士？我点点头。她便笑着说："没问题的，我等你的好消息。"其实，当时那只是模糊的期望。硕士期间，越深入学习我就越感到专业知识与能力的欠缺。短短两年还不够，要做一个合格的人大金融专业毕业生，我应该再多多"打磨"自己。

好在，我又遇到了一个温暖团结的集体。虽然硕士期间和大家相处的机会不多，但我仍然是班里的"重点保护对象"，同学们依然风雨无阻地接送我上下课。

确定了自己的方向与信心，我又满怀希望地参加了博士生入学考试，并顺利地被人大财金学院金融学专业录取，研究方向是银行理论与实践。拿到录取通知的一刻，我想到不少同学在校友录留言上写的寄语："学校真好，我还想在这儿多待两年。"可以继续享用这绵绵眷恋之情的我，多么幸运。不是吗？

静园窗外，那棵高大的银杏树依旧满是郁郁葱葱的绿色。六年了，寒来暑往，树叶儿由嫩绿转为深绿，又转为金黄，不变的是它茁壮的身形。人大有很多这样的银杏，看到它们我就会想起陪伴我六年的母校。身为一名残疾学生，多数时间我只能从窗口看这个世界，但人大给了我一片天空，赋予我自由翱翔的机会，砥砺我坚忍的信念。这信念是人大给我最珍贵的礼物，是它伴我度过清新快乐的校园生活，是它让所有不可能变成现实，它将深植我心，引领我开创美好的未来。

一直在路上寻找远方

胡苏莞[*]

序

［专栏·东游西顾］胡遮遮，女，即将21岁。深感山河年华甚好，习惯性地出走。故此为旅行专栏。

2005年10月22日

"带我走，到远方。此地，土俱是泪。"
——波德莱尔的诗句出现在阿兰·德波顿的书《旅行的艺术》里

"总有一天，抵达任何想到的远方。"
——胡遮遮在高中时代地图册扉页题字

"Warning! It will take you further than you think..."
——一只防水透气GARMONT登山鞋的价签吊牌

远方是一个很重要的词，那儿到底有什么？

可能有一朵花一阵风，一个人一段情，一座与你的城不同的城，一只温顺的猫和一颗星。

当然也可能什么都没有。

那么我们要到的远方，大概有60％在心里罢，30％在路上，还有10％在更远的远方。请原谅我并无科学依据的数字。

很多时候我们仅仅是为了离开这里。也差不多有同样多的时候

---

[*] 中国人民大学新闻学院2003级本科生。

我们仅仅是为了到达那里。我们走了很多的路，见到很多的人；路过很多的风景，写过很多张明信片，听过很多遍《旅行的意义》。

仍然在踏上归途的时候忘记来路。

我在这里写一些自己的旅程。给看到开头那句诗也忍不住想哭泣的人，给同样喜欢在地图上圈出要去的地方和去过的地方的人。给面对"你最想要机器猫的哪种宝贝？"这个问题时，回答"任意门"的人。给总是生活在刚结束与将开始的两次旅行空隙的人。当然也给心中有远方的人。

景语皆情语。

没有合适的旅伴就一个人上路，背起行囊走进火车站或机场大厅。置身在无数缘由离开或者回归的人群中，旅途开始在这样繁杂庞大而特殊的场所。也许走得越远，离内心的声音便越近。

比起专业摄影，我更喜欢"专业旅行"。甚至希望那些一直举着相机拍个不停的人，能够放下来亲自看一看，不要让相机阻挡了我们观望与感受这个真实世界的步伐。

会遇到非常多有意思的路人。同在旅途，彼此能够轻易熟悉。但是回到城市回到自己的生活轨道，即使分别时留下所有联系方式，仍然是萍水相逢。

一个朋友看完波德莱尔那句诗后，和我一样总会想起另一句著名的诗，用来作结尾吧。

> 为什么我的眼中常含泪水，因为我爱这土地爱得深沉！

● 次回预告：甘南。

● 感谢在"留食"被我们抢了不少卤肉饭吃的社长。使我与新周再续前缘，虽然心中忐忑，但终于得以认真回想，思考，书写。

第一篇　长耳朵的梦露顺时针行走甘南（上）

2005 年 11 月 5 日

甘南归来，众多朋友听完梦露的描述都会发出感叹：哦，你们跑那么老远的就为看俩庙吗？！

梦露惆怅地晕倒。虽然是实情，拉卜楞寺和郎木寺就是此行最主要的俩地方，但没真正到过那里的人真的不能理解。放眼望去，满大街除了穿各色冲锋衣真户外或伪户外的游人，就是喇嘛。喇嘛们裹着异常鲜艳夺目的红袍子，打手机发短信说笑追跑唱流行歌曲。还有的扛着绿色的墩布或者铁皮烟囱悠然自得地走着，让人觉得恍惚而后现代。简直是行为艺术。

去看诵经的那个凌晨，5 点起床把自己裹严实，没戴头灯用手机照明。进寺必须要顺时针转着进。

天蒙蒙亮，喇嘛们纷纷动身，但是悄无声息，动作缓慢而虔诚，偶尔用脑门在墙上磕一下，向大殿聚集。梦露跟牢一个老喇嘛，走走停停一路紧张得手心出汗。

零乱的诵经声从大殿门前高高的台阶上传来，越来越齐，越来越大。什么也听不懂，但又仿佛能听懂。然后是一声号角，浑厚悠远而又不容置疑的号角，梦露永远记得这声响，经脉恨不得倒流。

宛如天籁。所有的喇嘛哗啦啦地涌进大殿开始上早课，就像鸟群忽然哗啦啦地飞向天空，梦露悄悄站在角落里，浓重的酥油味让她有些昏昏欲睡，光线很暗，依稀看到帷幔上的刺绣精美夺目。有个小喇嘛走神儿了，另一个看看自己的同伴又看看她，腼腆地笑，有个老喇嘛走过来轻轻问她，姑娘，你冷不冷？往里站站，里面暖和。

梦露在山坡上认识了一个独自看着牛羊发呆的喇嘛哥哥，他有世界上最温厚的笑最平静的眼。虽然他不懂汉语，但是梦露觉得自己能知道他的内心，是多么洁净，幸福，安宁。

梦露还把一只从西区超市买的塑料水壶送给了一个藏族老头，那个爷爷不停地拧开又拧上瓶子的螺旋口的盖子，兴奋地竖起大拇指，他从身上掏出一把钱要给梦露，梦露当然不能要，后来我们又见到他，他逢人便拿出水壶展示一番，还乐呵呵地让别人给他和水壶照合影。

面对他们，梦露总有些不知所措的紧张，生怕将他们玻璃样的心沾染了城市的灰。

直到离开拉卜楞寺，也没找到买门票的地方，其实梦露还真想买张票留个纪念，可就是没找着。

拉卜楞寺结构严密，造型让人叹为观止，但它是个开放式的寺院。从每个路口都能自由地进出。

后来郎木寺情况就大不一样，不买票绝对不让进，喇嘛都成了职业售票员，导游，甚至担当保安的责任。梦露有些感叹，连这偏远地区的寺庙都站在了市场化大潮的浪尖儿上。无怪激不起任何的宗教情怀了。

像我们这样不太有文化的女青年，还在总结着藏传佛教项重要的一种表达形式："转"——顺时针转的时候，梦露已经由宗教情怀转向另一种迅速发酵的情怀。旅行的意义追加一条收获。

真真使我们嫉妒不已，梦露但笑不语。

第二篇　小右令和大姐端庄也没闲着（甘南下）

2005 年 11 月 11 日

我们的郎木寺小向导陈志强小朋友 12 岁。他在纸片儿上很认真地写下自己的地址以便我们回去之后给他寄照片：四川省若尔盖县郎木寺镇红星乡回民村 12 号 624504 陳志强。

小右令眼最尖首先发出疑问，名字为啥要写繁体字呀？

"因为我比较喜欢古代的那种感觉。"陈志强不好意思地笑笑说。

!!!!!你们一定能了解我们当时那种惊讶又欢喜的感觉,在一个非常偏远的小山村有这么一个小男孩儿,他的爷爷学识渊博,最大的领导来视察或旅游都由他作向导讲解(虽然我们也不知"最大的领导"有多大)。他学习成绩很好,明年就要到镇上去上中学了,他喜欢古代的感觉,专门从字典里查出不同字的繁体写法,他给我们讲寺庙,活佛,石头,花草,河流,要保护生态环境平衡……他语调沉稳,透着股小大人的自信劲儿。

他轻轻地跟我们说11岁的弟弟因为豁唇很自卑,所以他走到哪儿都带着弟弟一起玩,穿着牛仔装的小哥俩儿拉着手搭着背有说有笑地走在前面,可一见我们举起相机就马上立正站好表情紧张笑也不会笑了。使劲逗他们,俩人才露出腼腆的笑面对镜头。

分别的时候我们买了20个本子送给他,他很高兴,交给弟弟拿着,我们不住地回头,他们站在一个山头上冲我们挥手作别,当然,他们会有很好的未来,会长大成人,生活幸福。

接着,我们在阿里饭馆质朴的木头桌子前喝酸奶,与和气的老板聊天儿,还看到了灵子5月在这里的留言以及胡邓老师的照片,又转战著名的丽莎吃著名的苹果派,期间一拨又一拨朋友赶来同吃同乐,以至走的时候谁都以为别人统一结了账于是谁都没有结账。

本着新时期有素质的青年一代不能吃霸王餐的精神,第二天我们回到丽莎,小右令问正在炒菜的老板,老板啊,你知道我们来干吗的吗?老板一脸茫然地用围裙擦擦手说不知道。我们笑成一团。

终于老板娘笑嘻嘻地拿着账本走出来了结了这场事故。

行程中另一项重要议题是杀人游戏,小右令从一个一拿到杀手牌就坐立不安第一轮就被轻而易举揪出来的新手,成为隐藏在人民内部最阴险的恐怖分子,路人乙白天因为高原反映而卧床休息,到了晚上就眼冒绿光用天津话叫嚣着:"傻人!快来傻人!"大姐端庄不再每每被人指认道貌岸然,然而看谁都像杀手看谁又都像好人……游戏在最后一晚杀到高潮,为甘南之行画上圆满句号。

结果日后被讨论最多的不是被我们好不容易赶上的火葬,也不是良辰美景与佳人,而是斗智斗勇杀杀杀。

第三篇　野外所倡导的粗糙生活

2005 年 11 月 24 日

倘若现在脚指头上还残留着夏天涂上去的鲜红指甲油,会让人觉得这是个粗糙的女人吧。大部分人会觉得说你生活粗糙,至少不是褒义吧。

野外生活的人倒不会这么想,其实应该是"户外",户外是个大家耳熟能详的词儿。"野外"出自在郎木寺天葬台上我接爸爸的一个电话,之前他发了几条短信打了几个电话我都没注意,因为我在聚精会神心情复杂地看天葬。看完要下山了电话又来了,问我咋这么半天不理他。我底气十足地告诉他我们这天天在野外生活谁有工夫老去看手机呀,再说也不方便摁短信啊……后面笑倒一片真正搞户外的人。

其实我要说的是出门在野外,我们就得抛弃城市的牵牵挂挂,精致舒适,小资小调儿,别扭情绪。就得将吃喝拉撒睡充分地融入到淳朴的民风广阔的天地中去,享受粗糙的村妞生活。

别指望今天吃喝都是热的,一天坐七八个小时的车,路过镇子买几张大饼再切二斤牛肉,七嘴八舌就是人间美味。坐在饭馆里皱着眉头说"这是人能吃的菜么",还要歇斯底里冲服务员喊"你们这麻酱怎么跟我们北京不一样啊"的人,恐怕没人愿意与之同行还得成为笑柄。

拉撒的问题则是有条件的要上,没有条件的创造条件也要上,男左女右不许偷看，提上裤子还是良好市民，活人总不能被那啥憋死。能借到厕所时，踩着摇摇欲坠的木板儿往下看看，运气好能看见猪就在底下打滚儿哼哼，或者在山间，那厕所就直通小溪，溪水潺潺伴你唏嘘。有个朋友说在去布达拉宫的路上，前面走着三个穿宽大长袍的藏族妇女，走着走着忽然不见了，寻觅一下发现仨人齐刷刷地蹲路边儿了……建议我们女生出去玩儿备好长袍，这是玩笑话，要是触及了民族问题，我先道歉。

至于睡，有张干净点儿的床就挺好。大多青年旅社都是男女混住，大家热热闹闹聊天儿，心里敞亮也就坦荡。忘不了的还是郎木寺，旅店全都爆满，一番哀求后一个老板答应带我们去他家住。说是他家其实就是半山腰上一个毛坯房，背着大包走十几分钟黑漆漆山路，屋里啥也没有，地上打个大通铺，五个床位挤六个人，睡的时候啥姿势醒来还是啥姿势，不过那夜睡得十分沉，梦也没做一个。

说来说去野外所倡导的粗糙生活，也就是那么种大大咧咧的劲儿，有啥吃啥，逮哪睡哪，乐乐呵呵，想二就二。

由俗到雅或许容易，由雅再回归俗就要难些，这事儿没啥好坏，只是方式性格习惯的不同，回到城市，我们当然不能因为人家生活精致讲究就讨厌人家，但是对那些能随便往马路牙子上一坐就香喷喷嚼煎饼的同类，更容易亲近吧。

关于一只松鼠的札记

魏 姣[*]

结 缘

在涞源那座被新辟为旅游地的山上,村民们提着小铁丝笼卖松鼠。十块钱两只,讨价还价声仍然不断。人们总是用自己的价值观去衡量万物。只因为星星太远,否则它们也会被摘下来贴上标价。我看中了一只野气十足的小松鼠,耳孔周围鼓着几个暗灰的小包。你为什么是五块钱?谁能用五块钱造出这条可爱的小生命?光滑的皮毛,敏健的四肢,雪亮的眼睛——我的无价之宝!

牢 笼

人犯罪了,要被关进牢笼。

而你无辜,却失去了自由。

当时,你也许正在与同伴在茂林中嬉闹,或是正在妈妈怀中撒娇?你正在摘采芬芳的野果,或是在舔饮清洌的甘泉……

猛然,你被一张恐怖的大网罩住了。周围一片漆黑,你的世界从此天崩地裂,快乐无忧的童年结束了(因为我买到你时你还是一只幼鼠)。

你显然不能接受这个现实。从颠簸的公共汽车到拥挤的列车上,从宾馆到我清净的小屋里,你一刻不停地撕咬着铁笼,筋疲力尽时,你就瞪着眼睛,竖着胡子,喘一会儿粗气。无数次的徒劳使你癫狂,最后竟开始用柔软的躯体横冲乱撞。

---

[*] 中国人民大学文学院 2005 级本科生。

楼下有遛狗的，遛鸟的，我也带你去散步。从我拎起笼子的刹那，你就紧张地弓起身子，左顾右盼。当煦暖的阳光照耀着你，清风拂过你，碧绿的草坪映入你的眼帘时，你的眼睛不再眨动，立起身，腹部微微地颤动着，两只前爪扒住铁丝网，犹如一个长久暗无天日的囚犯突然见到了光明。我一路走过，你不停地发疯，牙齿响亮地磕着铁丝。我只得把笼子放进草丛，你埋头咬草，爪子深深地插进泥土，仿佛要与大地融为一体。你鼻头上的毛被磨光了，露出一道血痕。从此，我再也不带你去散步。

相　识

　　泰戈尔说，在远古创世的清晨，通过一条太初乐园的单纯的小径，人和动物的心曾彼此访问过。如今的对视好像两个朋友带着面具相逢，在伪装下彼此模糊地互认着。

　　我永远也不能忘记我和你那次长久的对视。你昂着头，两爪抱在胸前，呼吸急促，像刚学会站立的婴儿。你惊诧万分地望着我，眼睛瞪到最大，两颗黑眼珠像要随时迸出。也许因为很久没眨眼，你的眼眶晶莹发亮，好像要滴下泪来。

　　我虔诚地与你对视。人对于你是多么陌生的概念。在你的眼里，我的脸一定是巨大而恐怖的，被铁网隔得四分五裂。或许，你根本没有那么大的视野。

　　我以为我们会一直这样望下去，你却猛然抖了抖脑袋，耳背上的一个灰色的小球落到地上。小球竟然会动，我无意一踩，血。原来是草虱子！我忙找了镊子帮你周身清理一番。你舒服地眯上了眼睛。

彷　徨

　　我把你带到窗前，想让你看看窗外的景色，吸吸新鲜的空气，可我担心你害怕凌空的感觉。

我打开音响,想让音乐驱走你的寂寞,又怕人的音乐对于你来说是噪音。我无法弄来树叶沙沙响,山虫吱吱叫,鸟的歌唱和泉水的叮咚。

我想用一切美食填充你贪婪的小爪和小嘴,又怕撑坏你的小胃。

我真想帮你打开铁笼,又怕你的无影无踪。

如果你能回到原来的家,我就能割舍对你的爱,还你最大的幸福,可都市茫茫,人海熙攘,群山连绵,连我都恐怕找不回去,何况是你?

我想彻底驯服你,让你成为乖巧的家中一员,可我怕万一有一天你离开我,失去了生存的能力。

异 化

我生日那天,蛋糕剩了一块。我用手指粘些奶油,放在你嘴边。你先是嗅了嗅,然后大胆地舔了一口,竟愉快地连蹦带跳,随后便歪着头把我的手指舔得干干净净。

自那以后,我就有意用各种各样的食品试探你,你最爱吃的竟然是冰激凌,包括各式的奶油,当然最好是加点糖或可可!其次是牛奶、水果……当抱着冰激凌时,你的前爪冰凉难忍,宁可频频换爪或叼起食物两爪在空中猛甩几下也舍不得遗漏一点。待美味吞下后,你迅速将前爪抱住脑袋和两颊使劲揉搓,在洗净脸面的同时使两爪温暖。难怪乎有人说现在是全盘西化的时代。连真正土生土长在山沟里的你怎么也如此崇洋媚外?

水果之中,你偏爱苹果,抱起一块就"沙沙"地啃,但也有吃腻的时候。香蕉和葡萄,你兴趣不大,只尝个鲜。你最吃不够的是石榴。不管喂你多少颗,你都贪婪地藏在嘴里,直到两腮圆鼓,仍然东张西望。确定我不再给你喂时,才不情愿地吐出一颗,捧在爪里慢慢享用。最后,总能在笼子下见到一堆被你小牙打磨得极为光滑

的石榴籽。奇怪的是，你不太爱吃松子。不过如果饿极了，瓜子和花生也吃得津津有味，皮撒一地，每当早晨我上学离家时，会匆匆喂你几粒花生，你佯装珍惜地吞下，藏在两腮里，然后脑袋转来转去，两只黑眼睛期盼地望着我。如果顺便再喂你一两块奶油面包，你会欢快无比。但总是在回家后发现你先前吞下的花生被吐在地上。

既然你那么爱吃西餐，给你取个英文名——吉米吧。

愧　疚

你又在疯狂地撕咬铁笼，我厉声叫："吉米！"并狠狠地击了一下掌。你浑身一抖，立即缩成一个小球，半眯着眼睛，一动不动。我呆住了，你竟然听我的话了？平白无故的，造物主的两个平等精灵改变了关系，我成了你的主人？我呵斥你，不过是因为你牙齿磕笼子的声音打扰了我读书，也许仅仅是在耗费时光。而我夺去的，是你唯一的可怜的争取自由的希望！

我讨厌马戏，因为那里的动物是博人一笑的奴隶。你没有必要屈从我的意志，我只想做你的朋友，或者，是姐姐。好喜欢《精灵鼠小弟》那部电影。如果你也能穿上衣服，与我共餐该多好。我会在卧室里为你支一张小床。实在不忍看你在铁笼里酣睡。每当望着你的睡态，爱就从我心中汩汩流出。小巧的身体蜷成一个完美的圆，嘴巴埋进温暖的小腹里，前爪藏在胸前，后爪贴着两腮，蓬松的尾巴环盖在身上，是世界上最柔软的被子。

寂　寞

我有那么多朋友，那么多书，还有数不清的CD和DVD。我可以煲电话粥，还可以逛商场游公园。有时，我仍然感到空虚寂寞。可我的吉米呢？每次我兴冲冲地从外面回来，看到你在笼中缩成团儿，眼睛里全是茫然，你是怎样熬过这漫长的一天？或者，全家在乐融融地观看美国大片时,我不经意地瞟你一眼,你正百无聊赖地舔着小爪,那样子可爱又可怜!

我蹲下陪你,你看不到完整的我,也听不懂我说话。我不会叫。受伤的野猫能在清冷的夜晚哀嚎,被激怒的狗会冲着敌人狂吠,丧失伴侣的鸟儿可在枝头悲鸣。你的痛苦却是封闭的。

我突然意识到我养着你,如同人被抓到外星球上,没有自由,完全陌生的环境,找不到一个同类。那是怎样的一种恐慌和寂寞?

我爱你,爱的自私而徒劳,不止一个朋友提议放了你,可天渐渐凉了。你那么怕冷,来一阵风,你都会发抖,打喷嚏。明年夏天好吗?

价　值

曾有一段可怕的日子让我感受到了真正的痛苦。不是捶胸顿足,也不是号啕大哭,是生命失去了重量。往日一切爱好都失去了吸引力,我呆坐在窗前,看着来来往往的人,真切地觉得自己被世界遗弃了。像幽灵在窥视人间,无论如何也无法介入。不知道该做什么,只觉得心里的血正慢慢流走,要变成一个空壳。恍惚中,全身轻飘,生命正离我而去。

沉静如同瓷器被打碎,哐啷哐啷的声音将我从麻木中惊醒。我茫然地扭过头,你正饿得发疯。笼下的报纸被你撕成碎片,你侧着头,猛地伸出前爪去抓笼子不远处的一块面包渣。不料,它被推出了好远。你绝望地抓住铁网,目不转睛地盯着那不可企及的美餐,气喘吁吁。

我已经好久没喂你了,你变得那么消瘦和狼狈。

我一跃而起,把面包渣送入你的小爪。你饿极了,并不吃,把它储藏在腮中,哀求似的望着我。我飞快地找来杏仁、巧克力、苹果。你吃饱喝足了,精神焕发地翘起尾巴,舔我的小手。

那亲昵的小舌头让我感动不已。与你相比，我仍是强者，强到可以维持你的生存。我的生命曾有一刻真的要无形无质了，只是喂了你，我的吉米，让我觉得有事可做。我又找回了生命的重量。

乐　观

其实，你比我想象的要乐观。人要是像你这般处境，早已抑郁而死。你崇尚自由，但失去它也能活；你钟爱奶油和石榴，也能尽情享受廉价的瓜子。你可以专心地玩一片树叶，把塑料绳编成小团，把绒布撕成柔软的丝。我们在一旁喧闹，你照样呼呼大睡。被无理惊醒后，你只是换个姿势继续做美梦。冬天，你不像以前那么活泼了，在松草和棉布做成的窝里，睡得昏天黑地，甚至忘了吃食。狂风呼啸的夜晚，你还是会瑟瑟发抖，我读书时，就把你放在我的台灯边，你便趁着暖光甜甜睡去。我睡觉时，就把你挪到我卧室的暖气旁。看着你恬静的睡态，我觉得很踏实。

魅　力

春意盎然，我忍不住带你去楼下的亭子里透风。

他带着他的狗路过，他是我的邻居，我们却从没说过话。他是女孩们谈论最多的"牵绅士狗的男孩"。他的狗和他一样傲气，走路昂首翘尾，目不斜视。滑亮的皮毛和优美的身型显示着它的贵族气质。

你在笼子里翻腾跳跃，那只狗突然像没了魂似停下脚步，盯住你。无论他怎样拉它，唤它，它都无动于衷。起先它只站着看，后来索性走上前卧下看你。他有点尴尬地冲我笑笑。我提起装你的笼子，准备离开。那只绅士狗风度全失，狂吠起来，惹得好几只狗围过来一起叫。

你吓得弓起身子，向后退缩。我只好又坐回原地。狗立即安静了，重新卧下，温柔地饶有兴致地观赏着你的一举一动。他也只得顺其自然，坐到我旁边。我们聊了一个下午。

后来，他每次打电话找我时，都会诡异地说："我的狗想你的松鼠了。"

选　择

铁笼使你远离了自由，也不可否认地把危险挡在外面。

你渐渐觉得唯一可做的事情就是睡觉，醒了自然有美食供上。你懒散地卧着，即使我揪你的毛，你也只是不耐烦地抬一下眼皮，又沉沉睡去。原来，只要我的脚步声一响，你就会跳起来，机敏地左顾右盼。你完全丧失了生活的激情，不紧张，更不快乐。恒稳的心跳使你的生活简化成一条直线。我把一道清泉围住，变成一潭死水。

是分离的时候了。

如果把你放到荒僻的山上，你还会跑会跳吗？你能赶上同伴的步伐吗，你能吸引一只漂亮的母松鼠吗？你会不会失去方向感，毫无警惕地睡去，做了猛兽的美餐？没有了面包和奶油，你能觅到野果和泉水吗？还有，我舍不得你。我知道开启笼子那瞬间的含义，就是此生永不能再见。听过我的笑，看过我的哭，帮我找回生命的重量，帮我把心中的天使带到身边的吉米，你用衰弱的体质和退化的本领在山野里的艰难求生将永远是我的心悸。

如果早知道是这样，我定会就地放了你。可当时的我是多么好奇和欣喜啊！难道现在，留着你，放了你，你都不能快乐如意？是不是从你被捕捉的那一刻起，悲剧就注定了。真是无法挽救的错！

我进退两难，忧心忡忡。吉米，用你的心告诉我，你想要哪一种活法？

诀　别

我带你去香山小庄。招待所依山傍水。打开窗户，天空碧蓝，

芳草如茵，鲜花成霞。空气清新甘甜，你不再贪睡，精神焕发地蹦着。

"我们去爬山，放了它。"几个朋友再次劝我，"我在香山见过好多松鼠，它一定能找到幸福。"

是的，我下决心今年夏天要给你自由，可到关键时刻，自私之鬼又占了上风。我自欺欺人地告诉自己，你也不想离开我，你怕觅食的辛苦。我不敢正视你迫不及待想奔出来的眼神。你比我刚见时大了一圈，四肢也粗壮了，笼子对于你显得更狭窄压抑了。我也心疼你，可我好怕突然失去你的空虚。

傍晚，喂饱你，我把笼子拎到桌子上，和朋友们去打台球。

没过两个小时，我就跑回来看你。打开门的瞬间，我呆住了，笼子歪在地上，小闸门敞着，你早已不知去向。那不亚于商人突然发现了敞开的空保险柜，我陷进了万丈深渊。我拼命地找遍了房间的每一个角落，床底下，柜子里，垃圾筒……等我大汗淋漓地猛然抬头，不禁哑然失笑，窗户大开着。

我缓缓地蹲下，捧起被摔得略微变形的笼子。一定是你的不断挣扎使笼子滑到地上，碰巧磕开了笼门。你这个无情的小东西，走得这么干净，这么坚决，这么匆忙。我频频拭泪，心里充满怨愤。真不敢相信，傍晚我抚摸你柔软的小鼻头，竟是最后一次。

你盼这一天，已经盼了太久，终于义无反顾地奔向了你已陌生却深爱着的大地。那才是你真正的家，你最终的归宿！我太轻看动物了，以为安逸的生活就能满足它们。其实，和人一样，自由对于它们也是高于一切的。我把你囚禁在身边，一厢情愿地不安地爱了你一年。现在，我懂了，爱，不一定要靠近。

是的，不再见你，仍惦记着你，祝福着你。吉米，今天，我才算真正地爱你。

说吧，记忆

张立宪[*]

大学时代的那些词语，是我们青春期的魔鬼词典，属于20世纪80年代校园的民间语文。

点 名

大学里的成绩分两项：考试成绩和考勤成绩。后者是老师保证其课程上座率的有效武器，经常在出其不意的时候拿出点名册。对于"兄弟同心，其利断金"的同学们来说，是不忍心让在宿舍酣睡的同胞受到课堂上的戕害的，于是，代答"到"的义举此起彼伏。有人上课勤，兼之义薄云天，就练了好几种发声方式，以便用不同的口音替逃课的哥几个喊"到"；对于那些人缘好的同学来说，老师一念到他的名字，经常会从教室的不同方位传来好几声"到"；在床上睡觉的人也并不轻松，等大家下课后，一旦得知今天点名了，他就要请替他答"到"的人吃饭。

电教室

电教室属于教室的一种，因其中有电视机及闭路电视或录像播放设备而得名。电教室是衡量一个学校教学条件的重要指标，一些重点大学吹嘘的往往不是他们有几位大师级教授，而是有多少设备一流的电教室。这里也成为录像厅兴起之前大学生获得影视娱乐的主要阵地，大家借口练习英语口语和听力，心安理得地在里面狂看外国电影，而琼瑶、周润发更是令人趋之若鹜。不过我经历的最兴

---

[*] 中国人民大学新闻学院1987级本科生。

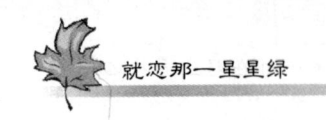

奋的一次是看到说电教室要放两集《教父》（当时第三集还没有拍出来），简直是举校若狂，提前两天就占不上座了。不过占上座的同学也没什么好果子吃，他们并没有看到《教父》，倒是从别人嘴里第一次听到一个词儿：愚人节。

对讲机

不要误会，这玩意指的并不是警匪片中的手上砖头，而是连在各宿舍门顶的小喇叭，呼叫一端则在楼下传达室。谁要是来了电话，会被值班大爷在喇叭里呼喝，被呼叫者就以"迅雷不及掩耳盗铃"之势奔下楼，气喘吁吁地说上几句。

久而久之，家庭条件好、父母能经常打电话过来的人练就了爬楼梯绝技和超大肺活量。而那些接完电话后带着一脸傻笑回到宿舍，躺在床上开始背诗或无病呻吟的人，则是明确无误地告诉大家：这小子恋爱了。如今的大学，各学生宿舍都通了电话，许多学生还有手机，对讲机该绝迹了吧？许多东西来得太容易，那种类似亲人来探监的幸福也就越来越淡了。

二锅头

二锅头是北京白酒地头蛇中的龙头老大，啤酒则是燕京。京城最流行喝的是二两装小瓶二锅头，简称"小二"，但学生当然只能喝大瓶装的，因为算下来更省钱，简称为"二锅"。二锅头不仅是北京的酒，更是北京这座城市的性格体现——在人民大会堂的国宴上摆着，也不显得寒碜，在小巷深处的小酒馆喝着，也不显得突兀，这种出得厅堂入得厨房的做派，是很北京的。在北京，你可以穿着布鞋背着军挎进国际俱乐部，另一边簋街里光着膀子喝啤酒的那个粗汉，没准就是齐秦，这统统可以称之为"二锅头风格"。遗憾的是，许多在北京上过大学的人对二锅头很是过敏，闻之欲呕。

究其原因，无非是上学时逢"二"必醉，给喝伤了。

魂斗罗

　　垄断产生暴利，而对于当年几乎只有这一款电子游戏可玩的魂斗罗来说，垄断产生的是狂热的迷恋。有多少人将战场上所有的草丛都翻遍，有多少人用所有的武器分别过关。技术派在传授调出三十条命的窍门，唯美派只要死一次就按键重来，一定要用一条命打到底……闭上眼睛，是什么在响？没错，魂斗罗的音乐。那个年代，许多家庭第一次购买彩电，淘汰下来的黑白电视成为魂斗罗的战场，乃至许多人根本就不知道，这是一款 16 色彩色游戏。

金　健

　　意气风发的人经常被一个落魄老者教训："小子，当年我在江湖上混的时候，你还正给人家刷厕所呢。"如果"金健"牌香烟见到眼下红得发紫的"中南海"，也完全有资格这么说。当年，这可是北京市面上（至少是大学校园里）牛气冲天的牌子，与它哥哥"金桥"一起，独执混合型香烟之牛耳，而烤烟型则被黄、白二"红梅"占据，至于"阿诗玛"、"红塔山"之类贵族，太过曲高和寡，而"万宝路"、"KENT"等洋烟，只是男生为了在女孩面前树立形象而攒许久钱换来的面子烟，一旦恋爱成功，马上消费不起。奇怪的是，不带过滤嘴的"春城"一直很吃香，个中缘由只有打麻将的人才能体会出来。这种短粗型香烟很容易伪装成烟屁股，一开始不被人注意，最后大伙都没烟的时候则用来救急。

军　训

　　军训是上大学的第一课，除了国防意义外，还至少具备有下列优点：第一，野蛮其体魄，那些在太阳底下踢正步时被晒昏的情景

成为当事人的青春期割礼。第二,丰富其情感,特别是那些女生,军训结束时跟训练她们的军人哭得鼻涕眼泪一大把,"以后谁还帮我叠被子啊"。第三,充实其谈资,一些男生如今会摸着已经谢顶的脑袋,看着当年的秃头照片说:"那会儿的头发真好啊"。第四,提高其食欲,那个能吃啊,回到学校的第一餐,许多人能把猪肉大葱馅包子连吃九个,外加两饭盆西红柿鸡蛋汤。第五,增强其欲望,这也是最重要的收获。那些没考上大学的朋友往往对你嗤之以鼻:"瞧你们女生那模样,亏你们还有心思谈恋爱,切——!"他并不知道,军训时对男女生分而训之,男兵营里别说女人,就连女字旁的汉字都看不到,能不着急吗?

劳 动

所谓劳动,指的是大学四年中,必须要有一周去密云植树,许多学校还为此在大山深处建了设备齐全的基地,由于每一年的安排是固定的,所以老是一块去密云的两个系就容易产生世仇,本来没什么事儿,只不过是听师兄们提到上一年的战斗,也要找碴儿再打一架。除了滋生世仇,劳动的另一个好处是让你知道了自己到底有多么能吃。几乎每个系都举行过吃饭比赛,先在旁边的饭桌上吃够八两,然后再坐到中间的桌子上参加决赛,经常有女生都能通过资格赛的。如今,尽管还有沙尘暴,但北京的漫天风沙确是比当年少多了,其中可有我们栽下的那棵树在栉风沐雨?

粮 票

对一所学校而言,其食堂印制的菜票往往成为校内的第二种货币,你甚至可以用它去给自行车补胎。而粮票,则是凭证供应时期适用范围更广的一般等价物,在高教区的几乎所有集贸市场上通用。这种货币非常坚挺,价格稳定了很长一段时间,只不过全国粮票比北京市的地方粮票要稍稍值钱一些。同学们用吃不完的粮票换来许多生活用品，而进入到流通渠道的粮票也满足了早期"北漂"们的果腹要求——否则他们就买不到米和面。曾有一度，连糖、肉、纸都凭证供应，于是父母拿着我们带回家的糖票向邻居炫耀，而女生则向男生讨要纸票以购买手纸。

霹雳舞

随同名电影的风靡一时，霹雳舞在中国大地处处开花。但这种舞姿更主要是在社会上流行（所以后来被称为更恰当的"街舞"），在大学里跳霹雳舞的同学往往是跟社会接触比较多的人，属于那种很能"混"的类型，既能博得女生喝彩，又能博得男生惧怕。在大多数同学只能穿"梅花"牌运动衣和"回力"牌球鞋的时候，这些身穿迷彩，头绷裹布，脚踩"高耐"（高帮耐克运动鞋）的人实在是引人注目。他们不仅身体柔若无骨，还特讲义气，经常帮班里同学打架。如今在同学聚会时也张罗得最勤，但请注意，同学聚会时干什么都行，千万不要重温当年的动人舞姿。你的老胳膊老腿已经禁不起那种折腾了。

勤工助学

这个听起来很文雅的词其实指的就是学生经商。但当年市场经济并不发达，参与者往往还在"君子耻于言利"的传统伦理中挣扎疑惑，所以成功者寥寥，最后只不过是倒卖酸奶的人赚了一肚子酸奶，零售"北冰洋"汽水的人一说话就打嗝，出售明信片的人的所有相识都能收到他卡轻情重的温馨祝福——往往是过了时的滞销货。但有一个行业除外，就是出租武侠小说的同学。在他们心目中，金庸古龙梁羽生萧逸卧龙生们不止是文豪，更是财神爷，当然，还有兰陵笑笑生这位古人，号称"绝对足本"的洁本《金瓶

梅》令出租者过上了西门庆般的有钱生活。

生活委员

谁是大学里最可爱的人？生活委员啊！各班的生活委员多由女生担任，即使她长得不漂亮，也成为所有男生心目中的女神，因为，每个月的副食补贴就是由她发到大家手里（再往前推几年，还有助学金），那可是除了父母外唯一的经济来源。在我上大学的那四年，每个月的副补从9元开始，跳了几次台阶，最后变成23元，这笔钱的步步高，从一个侧面反映了物价的上涨。副补越涨，父母越为物价发愁，那时候，老百姓的心理承受能力真低啊。

拖拉机

全中国的大学生都在玩着这种把戏，只有农业机械系同学的玩法不同。这种由一副扑克牌发展来的游戏后来疯狂扩张到三副牌、四副牌，也酝酿出系与系之间、宿舍与宿舍之间、牌友与牌敌之间、牌友之间说不尽的恩怨。由于这种游戏不宜带什么彩头，所以也有人喜欢玩"拱猪"或"敲三家"，输方要出钱请参战者到校门口吃炸麻雀（如今大家衣食足而知环保，居然热爱起小动物来），或接受赢方安排，在楼道里歇斯底里地大吼"我是猪"，而如果你在冬天的楼道里看到有人裸奔，也千万不要吃惊。

外　号

如果一个上过大学的人没有被人叫过外号，那简直是很没面子的事儿，而一个人要是有好几个外号，那就说明，此君交游广阔，属于交际花，还是大朵儿的。除了酸溜溜的中文系（比如他们叫皮肤白皙的李姓女生为"李太白"，又叫身宽体胖的大胖子为"肚子美"，属于拾古人牙慧，毫无趣味），大学里的外号多从家畜、家禽、蔬菜、农作物和身体部位（与形容词相伴）类别中汲取灵感。比如你给对门宿舍的小顾起了个外号叫"骡子"，他当然不能接受这种否定人家生育能力的称谓。不要着急，你只需在夜深人静的时候，冲对门喊一声："顾骡子！我这儿有一盒绿摩尔，来抽不抽？"对门马上冲出一条黑漆漆的身影："人在人在！哪儿呢哪儿呢？"

卧谈会

有人说大学是一个人培养人生观的关键时期，而培养人生观的关键场所，就是在熄灯后的床上。同宿舍的人海阔天空地聊着，各种观点的交流，不同性格的碰撞，最后结出成熟的人生果实。黑暗是欲望的催化剂，所以卧谈会往往离不开"食色性也"的主题。但食色的顺序是颠倒的，大家先是聊着某某与某某的隐秘感情、男性与女性的下三路话题，然后转到吃上。在饥肠辘辘声中，各自交流着对家乡美食的深刻思念和色香味俱全的细致描述，最后在这种残酷的自虐中沉沉睡去。这样的卧谈会使得许多人成为空头美食家，工作后出差，只要是去室友的家乡，总能将那里的特产美食说得头头是道。

献 血

可以肯定的是，义务献血的最大来源是高校，因为大学里响应献血号召的人是如此踊跃（他们毕业上班后却变得推三阻四，即使有高薪长假诱惑）。献血不仅可以得到一笔对学生而言不小的补助，可以在献血专灶吃到大块而结实的牛羊肉，并且可以堂而皇之地不上课。献血的附加好处是：向心爱女生炫耀自己的超强体力，所以经常有人故意要在献过血后马上帮老师搬家，而知道自己的血型后，就可以在算命书上按图索骥，并且，以后再跟别系打架，要有人失血过多，就知道谁是万能输血者了。而献血真正的好处要在工作后才能体现出来：单位分房子时，献过血的人还可以加分，前提

是你还保存着当年的献血证。

校　花

关于这个字眼，说出来就那么动人，引人遐思。但那个时代的校园并没有规范的选美机制，所谓"校花"只是民间的自发评选，标准不一，结果不一，于是一个可怕的规律显现出来：甲系将乙系的某美女评为校花，整天拿着望远镜对着楼下瞄，对着人家流哈喇子，并对能与美女相伴的乙系男生充满艳羡。直到有一天他们与乙系搭咕上，才发现自己系里的某女生却被乙系的男生评为校花，整天拿着望远镜对着人家流哈喇子，并对能与美女相伴的他们充满艳羡。最终，双方均对己方的女生被评为校花感到不可理解，然后继续这山望着那山高，美女美女，就是因为没在你身边，所以才美。

信

那个年代没有网络，电话也不普及，所以大家就有心情写信，于是书报委员成为与生活委员同样受欢迎的干部，于是谁一天接到几封信成为比吉尼斯纪录还令人骄傲的成果，于是大家热衷于交流信纸有几种叠法邮票有几种贴法，又分别代表什么意思。有经验的父母不用拆信，隔着信封一揣厚薄就知道吉凶，那种薄信是让他们如释重负的平安信，那种厚厚的信则让他们心惊肉跳，抒发过洋洋万言的父母恩情后，最后会怯怯地加一句："您再给汇一百元钱吧。"而对于曾经谈过惊心动魄恋爱、写过火辣肉麻情书、犯过彻夜失眠癔症的你来说，如今，爱情没有了，信还留着。对，你还练了一手好字。这就是爱情给你的遗产。

友好宿舍

这个名词大多出现在大一、宿舍里的哥儿几个都没有女友的情况下。如果有人坠入情网，就会变得离亲叛众，很难再有统一行动。寻找友好宿舍的手段有两种，一是某人的高中女同学在另一所大学，经这两人提议友好起来，二是径直去女生宿舍楼（本校或邻校），敲同房号的门，说明来意，友好起来。结交友好宿舍的目的绝不仅在于"友"，而一旦有人得手，众"电灯泡"往往就识趣地减少集体活动。但由于大学里美丽女生出现的几率实在太低，所以靠友好宿舍发展爱情的希望就像中国足球队冲出亚洲一样渺茫。理想女孩和甜蜜爱情还得靠广种薄收，友好宿舍的真正结果是让你认识到，女孩也可以成为你的哥们。

鱼香肉丝

如果有曾经上过大学的人混在群众堆里难以分辨，你只要说出四个字——"鱼香肉丝"，看谁在咽口水，去抓那馋货肯定没错，这种条件反射比贪官听到"钱"、股民听到"牛市"还要强烈。"鱼香肉丝"单从字面上来理解，已经可以归为海鲜一类了，却又物美价廉。对于有钱的学生来说，在食堂要个小炒，点的多是这个菜；而对于没钱的学生来说，下馆子也多是点这个菜，因为特下饭，能让你就着菜把米饭吃饱。

占　座

对于学习纪律抓得不是很严的 80 年代来说，如果是小课，根本不用占座（考前辅导例外），需要占座的多是播放热门影片的电教室、广受欢迎的讲座，以及比较动听的公共课，这一行为往往成为仅次于食堂加塞的打架由头，因为后来者很难分清座位上的那张纸是垃圾还是占座用的，所以经常出现一座占两人的局面，然后一场恶战使胜者有座败者贼。而对于占座者来说，也很不容易，他被众人委以重任，要将包里的东西拆出尽可能多的零件来用，于是经常

是饭盆、勺子都搁在被无数屁股亲密接触过的座位上,等战友驾到,他抄起家伙就去馄饨摊,很香甜地吃将起来。

张科长

该名词可随姓氏不同而变化,但中心词"科长"则不变。科长者,学生宿舍管理科领导之谓也,其主要工作是将违反校纪打麻将的学生抓入法网并予以法办,故成为众多麻将爱好者的噩梦,担任我们学校这一职务的是《关于麻将的记忆碎片》中提到的张科长,所以他也成为聚会时麻协会员经常挂在嘴边的名词。隋朝百姓吓唬不愿意睡觉的孩子说"麻叔谋来了",而如果想为精神萎靡的麻将战士提个神,喊一声"张科长来了"肯定立竿见影。他任职期间,栽在其手里的学生不计其数,被其没收的麻将也多过拉斯维加斯所有赌场的筹码,所以经常有人建议,张科长百年后为其塑像,基座可用麻将牌砌成。

回　家

胡苏莞[*]

在出站口踮起脚尖找爸爸妈妈的时候，我觉得自己是世界上最幸福的女儿。我看见了爸爸的大手，于是冲了上去。

大同好冷啊，呼吸时面前都能看见一团团的雾气。可是我心里却异常地暖，像晴天里拉开帘子的窗，九月以来最明媚的阳光照了进来。

妈妈一如既往地劝说爸爸一起去早市买菜，正准备苦口婆心、语重心长。没想到爸爸这次答应得十分爽快！而且还在采购过程中表现积极。他一直攥着我的手，拉着我跑东跑西。

我就这么乐呵呵地望着他，这个从不轻易表达情感的胖乎乎的父亲……

妈说我瘦了，说我爱吃茴香的饺子，说要给我做几顿好饭，说最近家里的小故事……熟悉的声音和语调就那么自然地和市场上的乡音融在了一起，真好听。

我看见自己走在那市场里，一直在笑。

我看见自己像蜷缩的叶片渐渐舒展，用柔和的绿光迎着家乡的朝阳。

我觉得自己像斯佳丽，在自己的土地上，就可以找到方向和力量。

去看奶奶的时候，姑姑问我："怎么样，在北京过惯了就不想回来吧？"刚考上大学那会儿，她就如此预言过。我惊讶地望着她，突然说不出话，只是僵笑。

---

[*] 中国人民大学新闻学院 2003 级本科生。

是啊，这座又小又脏的城市。路又窄，人又多，夏天里满街的垃圾，冬日里不见蓝的天。

还有它慢得像蜗牛一样的发展速度，十年来没什么变化。还有它那些总是土了叭叭的儿女，暴发了就四处张扬……北京呢，首善之区吧，祖国心脏吧，国际都会吧……

可是姑姑不明白，就是在这座小城里，永远不会寂寞。即使一个人也不会。就在这街上走走吧，最好是在炎热的夏天，下午4:00的时候，迎着落日余晖，在那个破败的广场上走，随便哼唱些什么，或者沉默，不寂寞。

秋天的阳光里，我又走在了自己的土地上。电影院旁边那个报亭的老板又笑呵呵地叫我姑娘，给我留着好几个月前的杂志；那个卖运动服的女孩儿一定没我大，她嘴可真甜，总说我长得好看；还有，还有……大西街胡同里的小吃店还在啊，还是那些我百吃不厌的美味，好久不来了。还有十八校一进门的那棵杏树，竟然已经开始落叶了。

楼房、车辆、树木、公路……我的土地上，所有的东西都认识我，所有的东西都会讲我的故事，所有的东西都明白我。我喜欢奶奶美美地说："大同是福地宝城！"这样神奇的土地，我怎么舍得远离，怎么能不想回来？

爷爷吵着要回老家，终于得到了全家的批准。偏挑了一个阴天，雨下个不停。进山的时候，泥汤漫了车轮，全车的人提心吊胆，怨爷爷回的不是时候。可是爷爷却抑制不住，喜滋滋的。

他看见我手中的数码相机，拉我到一座用作储藏室的破平房，表情严肃地认真选好一个角度站定："来，给爷爷在出生的房子前面照一张！"我躲在镜头后面偷偷掉泪了。

当天晚上，我在QQ上遇到了哥哥。这小子在澳大利亚过得竟然乐不思蜀了。"有什么好？"他回答说：物质丰富、城市环境好、签证好办可以到处跑……真是外语！不明白。

有什么不明白的，我跳出来反驳自己。我也曾经在漆黑的冬天夜里，坐在爸爸的自行车后座上，大声说："等我长大了，带你们去美国！"我也曾经设想着自己的未来，绕着地球到处跑。在某一个地方，找某一个更好的城市，让爸爸妈妈住下。

又要去北京了。昨夜风真大，叶子落了一地，这城市突然变老了。我捧着热茶注视着窗外的一切，忽然发现原来我们都是顽皮好动不安分的孩子，回家是偶然，远行才是注定。

可是我们这群孩子总摔跤，总迷路，更多的时候，可能根本不知道自己该去哪儿，能去哪儿……

那就回家吧！记着家的样子，记得她的声音，气味，记住她的脉搏频率，就能找到回去的路。一定可以。

在家里，饭菜有造型是件不容易的事情，造型是个大大的体力活，因此，菊花鱼就真成了饭桌上的贵族，一年到头才出现一次，今年吃完了便只能眼巴巴地盼明年。就这么年复一年，那时候还很傻的我根本就以为这是个中华民族过年才吃的传统菜肴，不知道其实它原本是为了纪念屈原先生像菊花一样的高风亮节而产生的，平时也是可以吃的。

还有另外一道和黑鱼有关的菜让我产生了类似的幻觉，那就是水煮财鱼。

我们那里流行吃水煮财鱼，各种小餐馆前都会挂一个小牌子，上面写着"特色水煮财鱼"，不写的也会做，就像现在水煮鱼在北京一样红火。等我到了北京，在各处见到水煮鱼的招牌，心里涌起一阵幻觉的自豪感：呵！原来我们那小地方的菜在首都这么火！

等见到菜，就傻眼了，鱼是草鱼，用油煮的，居然还放豆芽而不是酸菜！现在细想起来，大约水煮财鱼的本质应该是酸菜鱼。

于是我爸开始练习做水煮鱼，依然固执地使用黑鱼做原料。黑

鱼肉硬，所以吃起来永远不如餐馆里的水煮鱼滑嫩鲜美，我爸宁可想尽各种办法让它变滑，也绝不肯使用草鱼这种"低等鱼"。在用各种办法实验了三四次后，我爸赢了，往鱼肉上抹淀粉是个常胜的办法。宿舍同学西西吃过后赞说这是她吃过的最好的水煮鱼，这回该不是幻觉了吧？

后来我发现，这种由于常年积累而产生的幻觉还真不少，比如西西就以为全国人民过年都吃蛋糕。

惊 蛰

王以培[*]

　　列车一出北京就进了山洞,洞里黑糊糊、凉丝丝、静悄悄的,仿佛只住着我一个人;这是春天的山洞,树根在黑暗中蔓延,散在空中,与我的思绪相连——春天,你潜入泥土、春梦;这个梦由来已久,每年春天都像森林一样复活。

　　一夜春雨,熄灭了北方的沙尘暴——前些日子,新绿的杨柳在细沙中狂舞;春雨不知什么时候轻轻降临,清晨起床,雨停风静。我正走出门,忽然间一阵明亮的大风吹来江岸山坡,森林郁郁,江水悠悠,它们来自四月的晴空。

　　还没到四月,我必须上路,春色已从南方远道而来迎接我;走在西三旗的楼群中,我分明看见了江上春色。

　　"春风又绿江南岸",也润湿了北方干渴的云朵;我在云中的思想已渐渐成熟,信心瓜熟蒂落。

　　我的信心分明来自冬天的土壤,春天的微风;心微微一动路就走远了,想也不用想就买了车票,转眼间列车已钻进山洞。

　　像一条虫子遇上惊蛰,你在春天的山洞里惊醒了自我。金蝉脱壳;"我"脱去世俗的重负。

　　去看看长江吧,看看鱼嘴如何开口,移民为何沉默;去看看三峡吧,看看西陵峡的秭归是否有先人归来,巫峡中的大宁河,两岸猿声如何啼破春色,看看瞿塘峡的白帝城,春天的白帝,是否也在月夜把酒临风……

　　三只燕子飞过华北平原的绿色旷野;一支笔还像从前那把鹤嘴

---

[*] 中国人民大学文学院教师。

锄；那个坐在田埂上休息的农妇，好像在冬天见过。

虫子被土中渗出的温泉浸湿，你被光中涌出的春色淹没——一出山洞，片片油菜花，点点梨花，仿佛冬天与春天在原野上携手欢歌。

夕阳从棕红的野树上越过邢台，树间尽是北方的村落，橙红的水塘映着晚霞、山丘。这个春天，你要为亲人朋友做些什么？

夜里醒来，躺在中铺上正好看见月亮，银白的月光照亮千里沃野，整个世界是倒过来的。据印度传教士说，现实世界是佛国的倒影，果真如此，今夜我看见了佛国——油菜花在月亮上流动，暗蓝的原野波涛汹涌。无数次的旅途中你看见同一个月亮，从四面八方，他乡异国，无数次因此成为一次，一次生命，一次旅途。而今夜，你走向另一个春天——仿佛所有的种子都在今夜破土，所有悲哀冰雪消融。

月亮掉进一个池塘，列车又钻进一个山洞。春夜静寂无言，我又听见一首熟悉的歌：

> 天朗朗大美，从不曾说话，
> 地沉沉宽广，把霜雪融化。
> 歌依依隽永，唱谁的心胸？
> 山巍巍高峨，岿然不动。

> 风猎猎飞舞，吹响着空穴。
> 烟袅袅飘摇，缭绕不绝。
> 花翩翩袭人，怒放又寂灭，
> 江滔滔奔流，永不停歇。

> 莺燕燕归来，悦然而优雅。

弓弯弯张满，引而不发。
路漫漫修远，望不到天涯。
心陶陶欢喜，却催人泪下。

空旷的天上有一片白云，
不朽的长夜有一轮明月。
漆黑中有一盏不灭的灯火，
不朽的长夜有一轮明月……

这样的夜晚我不得不起床，清心沐浴，借着模糊的微光写作；这样一写，汉字又来找我，"神佑福祉"的清歌在旷野上唤醒了一支古老的民族。

凌晨的启示准确无误，原来这个春天为祈祷上路，为祝福上路。我的祝福在黎明前的原野上得到大地的应和——山林水泽间的坟墓都插满花枝，挂着红白灯笼。据今天（2002年3月31日）《楚天都市报》记载："昨日风和日丽，江城约10万市民前往扁担山、九峰山、玉笋山、石门峰等墓区扫墓、踏青，形成第一个扫墓高峰。"我也算是其中的一个。自从那一夜，我的坟墓无处不在，我无处不在扫墓。春天到了，我该为长眠地下的亲人做些什么？我只能轻轻对他们说：你们知道么？眼前的江水流动着嫩绿的春色。

如果说冬天的长江像一幅水墨画，而春天的江水出现了水彩的光影，薄雾在阳光中飘飘忽忽，让人昏昏沉沉，不知是春梦还是春困。

天上飘着白纱，水面闪着金沙——一到宜昌你就换上快船，转眼已来到云阳。一切都来得太快，昨晚刚突发奇想，今夜已坐在去年夏天喝醉的地方——云阳广场。

云阳旧城的广场，三面环山，一面临江。山不见山，只见黑洞洞的旧楼房；江还是江，在夜色中流淌。竹竿挑起明灯，支撑着倾

斜的竹棚。烟雾腾腾，各种烧烤熏香诱人。男女老少从去年夏天坐到今年春天，除了天气不像从前那样炎热，什么都没变。

可是今天白天乘船逆流而上，我看见秭归旧城，从前经过的楼房已经倒塌；泄滩的村落已不复存在，只剩下几棵老树矗立在断墙瓦砾间。春天的江岸比冬季更加寂寞。你再回来看什么？为什么？

什么也不看，什么也不为，我回来就坐在这里，云阳广场。在这临江的春夜，我想不出这世界还有更好的地方——我在这里饮酒，在白炽灯下的小摊，移民们中间。时候近了，他们还没有搬迁。而这里似乎没有明天，这里只有今夜：人群在夜里跳舞、喝酒、打麻将；流浪儿沿街乞讨，少女手捧鲜花；小蒲扇在烟雾中飞转；星星月亮咫尺天涯。假如这不是梦，梦在何处呢？这不是欢乐，欢乐在哪里呢？——乐极生悲，我在夜里暗想：白天，当我满心欢喜地在云阳下船，抬头一望，春光里的石阶如此空旷，所有的旅客都走了，再过一个月，这里的人也要走光；所有的竹棚，连同旧城和云阳广场都将沉入江底，直到地老天荒。

沉默的祈祷

方 叕[*]

这是个有些破旧的教堂，外面灰墙上弯弯绕绕地爬着藤蔓，风吹的时候就像波浪一样起伏。尽管现在小花园里没有花朵锦绣，草地也是一片枯黄，可我竟然看见整个建筑，不只是尖塔、回廊、镂空花纹，甚至包括入口处四个各守护一方的圣徒浮雕，门楣上十二个振翅欲飞的天使，都沐浴在清冽的微白的光线下，在清晨濛濛的雾气中熠熠生辉，仿佛头顶上的光环也笼罩住了你和我。我用指尖在你胸口虚虚地划了个十字，你微微一撮唇，成群结队的鸽子瞬即随着口哨声飞向天空，拂过你的头发盘旋而去。

我听见宏大的声响缓缓震荡开。这是歌颂，是咏叹，是深入心魂的祈祷，高入天空的呼告。我听得懂曲调和唱腔，却听不到任何字词。这是我唯一能感觉到的声音，盛大且辽阔，好像充盈在每一丝气息中，让其他所有响动都显得沉寂。我确定我就是因此指引而来。

我仰望着小天使微笑的面容，好像声音是发自他嘴角上的刻痕。空气中始终蒸腾着清亮而温湿的云气，连歌声也如水雾般晶莹饱满。音线从四面八方紧紧勒住我，一条条旋律交织成宽广的和声，将我稳稳托起，越过鸟群，升入天空，升到疏淡的云彩之间，晕染的太阳之上，似乎我从不曾被月牙形的拱门挡住视野。

我一阵恍惚，周围影影绰绰的幻象，以猝不及防的速度席卷而来。那是我所有曾经梦境的总和，未知梦境的预设，所有惊愕和恬静的梦境，喜悦和忧伤的梦境，艳丽和素淡的梦境，空芜和满溢的

---

[*] 中国人民大学文学院 2005 级本科生。

梦境，舒缓和急促的梦境，晦暗和明晰的梦境，所有早就遗忘的梦境和所有一直牢记的梦境，都融在一起，浩浩荡荡冲打着我，我辨认不明，无法站立也无法漂浮。

而你似乎看出我的分心，轻轻摇了摇我左手小指，像是魔法棒一触，火光四溅，纠缠着我的迷蒙立时消尽，我就这么一下子被轻而易举地拉回到地面。我跺了下脚，用力凝凝神，便和平常一样，跟你走进深深的门洞。那一路风吹过门的斜面，吹过一层层累累堆砌的雕饰，像是把一切铭镌过的故事都吹到里面；也如一阵骤风般，叮叮咚咚击入我内心，仿佛我是一只见证过奇迹的信鸽飞到这里，仿佛我是为了履行前世的应许才走进这里。

大厅是狭长的，而且摆满了椅子，我并不觉得窄，反而有一种无穷无尽的繁复感觉。声音回荡在其中，被每一块砖以微小的角度反射到斜对面，向前推进又推进，会聚成越来越嘹亮的交响。可声源有时似乎就在手边，有时似乎又在背后，我分辨不出方向，只能听凭飘忽的判断。来回奔跑时，高大的立柱在两旁晃动，参天大树般浓茂，忽地让我感觉置身丛林。音调不断上扬再上扬，我随即抬头看过去，果然有卷曲的枝条和细碎的叶片，交杂覆盖成穹顶上厚密的毫无罅隙的树冠。

沿着回廊绕了很多遍，我才突然发现唱诗堂的席位是空着的，旁边也只放着一架掉了漆的羽管键琴，一卷摊开了的羊皮纸乐谱。小尘埃在轻烟般的光线中飞扬，似乎我无意间闯入了镇封千年的禁地。可声音却越来越近，明白无误地直入耳膜，我连一个颤抖一个震动都能清楚体察。那是滴落的叹息，燃烧的想望，是卑微的告解和不敢许的心愿，是呜咽的隔距，呢喃的思念，是连绵飘洒的低语和浅笑。我这才意识到这声音是源自于你，你的任何悲喜，是所有带着气流抚摸过我脸颊的呼吸，那么熟稔有如从来就存在，那么贴近有如你从未远离。

我不再转圈，径直穿过中间长长的通道走向你。迎面一束宽大的光线均匀穿过玫瑰花窗，变成斑驳陆离的颜色打在地面上，和我的脚面上，我像是站进了挤满七彩花的斑斓草原。原来这里不只是森林，还是我历经的所有风景的总和，亲身走过的或者梦见过的、幻想过的。圣坛闪耀像我攀过的所有冰山，烛光明灭像我数过的所有星辰，时钟滴答像我淋过的所有雨雪，投影阴深像我度过的所有傍晚，银灯飞腾像我点过的所有火焰，线脚纤盈像我喂过的所有鸟雀。而你对着我的背面，焕发着乳白色的清辉，正像我所有日日夜夜等待的期盼，像我所有这些感知的唯一缔造者。

　　当我站到你身边时，那声音才终于在几近无休无止的膨胀后爆裂开来，就如无数溪流同时汇入海洋，和天空连成没有止境的肃穆与平和。你双唇紧闭不发一言，眉心深敛，神情凛然如同刚从壁龛中走下的一座雕像。可你静默的祷告仍然是我耳畔轰鸣不绝的回音，强大得让我也不由自主跪下。

　　你拉住我的手高高举起，似乎我虚虚实实的梦境和幻觉都被你握在手中，似乎我悬于一线的生命被你放飞到天际。我只能用仅存的微弱理智祈求，这一切都是真实的存在，而不是转眼就会消失的错觉。我不知道你能否听到，就像我听到你一样听到。我只感觉你的力气越来越大，攥得我开始有些疼。我模糊地记起，梦里是没有色彩也没有知觉的。而你以颜料描绘我黑白的翅膀，以芒针刺破我麻木的穴位，来唤醒我遥遥无期的沉睡。

桥

康子兴[*]

碧波轻舟渔父，青山落霞孤鹜。

夕阳无限好，我与母亲驻在桥头，凭栏而望。

桥很普通，由四块水泥板筑成的桥面已被多种运输工具破坏成坑洼的月球表面。桥的两旁焊上了铁栏，由于经历多年的风吹雨打，栏杆早已本色全无，锈迹斑斑。同雄伟的立交桥、现代化的钢铁大桥比起来，它只不过是个可怜的东西，在繁华的大都市里，找不到它的立锥之地。

桥很破了，但却依然顽强地架在河面上。就像当地的老农，被生活的重担压得身形佝偻、皱纹满面、白发苍苍，却依然硬挺着在田间劳作，为了儿女而四处奔波。

桥下的河面很宽，河水正急着流出这穷乡僻壤。它虽然灌溉了这儿的农田，养育了一乡人民，但这里的萝卜白菜不值得留恋，这里的土坯房、泥瓦屋也不值得留恋。它义无反顾地流走，去寻找一个更好的所在。

河是两个县的分界线，走过这座桥也就走出了生我养我的贫穷的家乡——衡山县了。

刚从县教育局的表彰会上回来，妈就把我拉到了这座桥上。此刻的我，手捧名牌大学的录取通知书，头顶"高考状元"的光环，内心的兴奋难以形容。这里的景物是我再熟悉不过了的，但我却依然看得很有兴致。我即将走入一个很大的城市，这里的一切也将要变成我的记忆。

---

[*] 中国人民大学国际关系学院 2001 级本科生。

"妈妈,到学校后,我一定要去那儿的桥上走走,好好看看。"

妈妈点点头,我却发现她满脸严肃地望着河面,我不知道她是不是为了那高昂的学费担忧。河上正有一个戴斗笠的老渔父在撒网捕鱼。网收了上来,却只有几只小鱼在里边蹦跳,他轻轻地摇着头,又撒下一网,浸在水中的夕阳被捣成碎片。

"都不容易啊",她轻轻地叹息。我收回视线,妈妈的白发在风中扬起,<u>丝丝白发,历历在目</u>;残阳照着满脸皱纹,沟沟坎坎,触目惊心。才四十出头的母亲竟这般苍老!

她伏在桥栏上,拱成一座桥。"我是踩着这座桥走入大学之门的吗?"我静静地看着母亲,心脏扑通扑通地跳动。

面朝黄土背朝天,披星戴月地劳作是她的家常便饭,目的只是让她的三个儿女能上学,有出息。每到"双抢"时节,勤劳的父母便会早早地忙完自家的活儿,而后给那些忙不过来的人家打工卖苦力,顶着烈日在田里打禾插秧,常常顾不上吃午饭。这一段时间过后,他们总会在床上躺上几天,因为累得实在挺不起腰来。也就因为这个,妈妈落下了个腰疼的毛病。

想到此,我不禁叫了一声"妈妈"。她回过头来。看着我说:"孩子,这张通知书来得不容易呀"。我重重地点了点头。她又说:"乡亲们都瞅着你呢,你是大家的希望啊。在你去开会的时候,他们都送钱来借给我们,你的学费凑齐了。我们这里是穷,大学生毕业了也没有谁愿意来这地方,你可不能辜负了大家。"

我忽然觉得妈妈在心中已经为我架好了一座桥,连着家乡和我的将来。

含羞草的蜕变

李若宁[*]

萍水相逢,缘来缘去。

这本是再平常不过的事了。但是我的心中常常浮现出这样一个念头,如果我能主动与他交谈十分钟,仅仅是这么短的时间,事情会发生奇妙的变化——或许从此我的生命中就多了一个朋友而非一个匆匆过客。

这份勇气是当初封闭的我不敢奢望的:空间的隔离,阅历的差异将一道天然的鸿沟横在陌生人中间,少有人曾试图在两岸主动架起一座桥——偏偏我的一个挚友就是这少而又少中的一个。

她有一张极其生动的面孔,一腔极其火暴的热情,一份极其到位的体贴,这些活跃的元素构成她惊人的亲和力。在此不妨举个例子,假如我俩走进一个电梯,电梯里只有一位面无表情的管理员在机械地按着电钮。对于我来说,这便是一分钟枯燥的等待,而她则很可能向管理员送去一声关切的问候:"您忙了一天了吧,这工作是不是挺累人的?"那管理员到底不是个机器人,他会愣一下,随即应道:"习惯了。"接着,他俩你一言我一语,饶有兴味地讲起电梯中的人和故事……

起初,我常告诫她少和陌生人搭讪,后来有一天她出其不意地问我:"你见过含羞草吗?"

"见过,怎么了?"

"其实人有时候很像一株含羞草呢!"她煞有介事地告诉我:"当你读别人的眼神时,你认定从中读到了怀疑和隐隐的敌意,于是你高度戒备起来,拿出一副刀枪不入的神情,把自己藏在壳里,

---

[*] 中国人民大学国际关系学院 2000 级本科生。

就如同含羞草合拢了叶片，久而久之，含羞草式的自卫就成了你的习惯，殊不知，一株含羞草总是碰到了另一株含羞草呢！"

她的话向来只有一半可信，但这一次我却莫名其妙地动了心，我决定卸下盔甲，试着主动结交一个朋友。

一天，不远处走来了一个荷重的女孩，她像芦苇一样纤细，此时却提着个硕大的箱包，豆大的汗珠挂在脸上，整个人都摇摇欲坠——我认得她，她是隔壁寝室的成员之一。整整一个学期，我们一天要遇到好几次，却始终漠然地，宛如两条异面直线。而今天，就在此刻，深呼吸，鼓足勇气径直迎了上去，微微牵起嘴角，发自内心地问道："是不是很沉？需要我帮忙吗？"她猛地抬起头，四目相接，一对明亮的眸子里的含义被我逐一解读：惊异、疑虑、理解、欣喜。在她把手伸给我的一刹那，我的心一阵狂喜，以后的日子嘛，自然是山高水长，万紫千红了。

一切如高山流水般自然：用我的关心融化你的冰心，用我的诚心换取你的真心。为何要如此害羞？为何不做一棵迎风招展的草？既然我们近在咫尺，就不必让友谊沦落天涯！

梦

文湘慧[*]

做梦的开始

走到第 N 个岔路口的时候，我遇见了一个女巫。

人们都说"第一"是难忘的，你看姑娘们真提起自己的第一次爱情时，一轮弯弯眉就像拉着的手风琴时而展开时而收拢，弹不完的曲调。而那个迈出第一步的地方，我却忘得稀里糊涂。可以肯定的是，从那里开始我就一直处于流水潺潺、山峦绵绵的行走中，自然而然避免不了无数的右转左拐。遇见分叉就选择一个比较中意的方向，继续行走，有时是听从指路人的好心帮助，有时完全是顺着自己心思的随意一指。

走到第 N 个岔路口的时候，无数的方向已如野马般从我身边奔腾而过。就在这时，我遇见了一个女巫，她披着一件幽绿的衣衫，挂着叮当作响的铜铃，牵着一头瘦削的骆驼，漫天的飞沙如霓裳拂地起舞。她的眼睛诡异，我在脑海中一遍遍涂改，试图有个满意的描述；犀利，可以看到沙丘的背后的沙丘的背后的沙丘的背后，不管怎么样，我喜欢上了她的眼睛，恨不得住在里面。

我走到她的眼睛跟前，像请求神示般喃喃说了一些语言。大致意思是，我不大记得自己的前生今世了，我猜。

"你看你身上的尘土，带着它们你走了太远，却把你的梦忘在最初的地方了。沿着这条路，当你遇见一个空谷，就停下脚步来开始做梦。"我怀疑这样的语言在梦里是否是真实地存在过。但我还

---

[*] 中国人民大学毕业生，作品摘自《春笋集》。

是顺从了她的谕示，继续向前走，找那个需要我停下来开始做梦的地方。毕竟，我已经这样没完没了地走了很长一段时间。

也许，我可以把这个梦作为任何一部小说的开始，在这里，它是做梦的开始。

孩子的相遇

我在梦里时常见到一个人，尽管我望着他的时候总暗自努力记住他的模样，可当我醒来的时候他的面孔总如玻璃窗上挂了一层霜。

第一次见到他的时候，我走在一段迂回曲折的盘山路上，每走一步都让我惊诧不已，这分明不是我在走着，而是一个神秘的精灵调皮地占用了我的身体，我只能眼睁睁地看着！行走如踩在了雪橇上的红舞鞋，很快就把一段蜿蜒的山路抛在身后。

在山腰处，我带着看杂耍戏的好奇揣摩着，这个家伙的下一步会让我走多远。

这一步，我路过一个陌生的男子，他终于出场了，整条山路，除了我，就是他，我停下脚步，回头想看自己走了多远，于是看到他，正侧过身对我微笑。

"我刚才那一步远吗？"

"还不错。"接着，他用手指量了一段距离。

我站在路旁，对自己刚走过的那一段距离不够满意，脸上的失望直闹别扭。

他依旧带着那种配他刚刚合适的笑容，"我认识你……"

我的失望一下子转为了惊诧，情绪在外表是平静，在内心却迅速扩张。我望着他，想听他继续说下去。

他本来已经说出一两个字，却偏偏又戛然而止，把所有的字词收了回去，留下一个神情，像是说"算了，你以后会知道的"。

我没有追根究底，既然一切有个预言，那自然也会有大悟，那

一步的距离刚刚合适，不短也不长，不管是对于往回走还是继续往前走。

果然，后来我就接二连三地梦见他。

有时候他很亲切，笑起来那种可爱那种怜爱，就像我小时候无数次渴望过的兄长。深夜公路上的车辆拖着霓虹灯的尾巴疾驰而过，我和他站在公路旁边，他弯下身子，示意我跳上去。我趴在他的背上，踩着月亮的霓裳，和他一起过马路。他扬起脸庞回过头跟我说话的样子，像极了某样我熟悉已久的东西，我却使劲心思回想不起来，只能对着当时的月亮痴笑。

有时候他却脾气古怪得很，故意跟我闹得不欢而散，丢下我像小孩子独自哀伤。我们在深夜的河滩上玩一种奇怪的游戏，用一只手不停地抓沙子，然后将对方的手埋进去，抓住一把沙子让它们缓缓地从手缝落下，落在对方的手背上。我们一声不吭地，不知这样重复了多少次，渐渐的，我们的那一只手被对方撒下的沙子全部埋没。透明的月光下，他的脸庞被什么遮住了。

"我们已经是大人，还是只是孩子？"

"孩子。"

我喜欢重复问他这个问题，在不同的月光下。而他的回答让我不由得在梦里背起诗来："我们学完了爱的全部……但是在彼此的眼睛里，却看见一种无知比童稚更加神圣，彼此相对，都是孩子。"

重复的错过

有好几次我梦见自己，神色慌乱步履仓皇地赶一趟火车，有时是一个人，有时与人同行，有时焦灼地在行李里翻车票，有时突然忘了车站的地址，有时被半路杀出来的人与事给耽搁了，有时因为丁点儿的差距大声叫喊着火车停下，每次明明都早计划好了，却鬼使神差般每次毫无例外地急急忙忙、跌跌撞撞，当我气喘吁吁地赶到车站时，只剩下一片空荡荡，于是下一次又在梦里紧张地奔跑。那好像是我这一生非赶上不可却总也赶不上的火车。导演每次讲述着不同的故事与场景，却早设计好同一段历程同一个结果。

　　这个晚上，我梦见自己提着行李，他和她在身边陪伴同行，尽管如此，我内心的不安与担忧仍无法得到安抚，我拽着行李，握着他的手，带着她在人群中冒失地穿梭。明明知道火车几点出发，却总觉着时间的流逝在意料之外；明明知道车站在哪里，却总隔着那么一段距离催促我奔跑。我不停地奔跑，朝着眼看就要到的车站拼命地奔跑，甚至除了奔跑其余的好像都被我忘了，这回总该不会错过了吧？可当我终于跑在那条长长的月台上，看见火车又一次离我远去。我停下来大口大口地喘气，这才发现，那明明握在手心里的手怎么不见了呢？而行李、她又是在什么时候与我走散了呢？

　　这样的重复让我在清晨醒来，眼睛里仍是梦里呆呆望着火车离去时的悲伤。我自作聪明地揣摩，是不是自己曾经很努力地追赶过一趟火车，与时间抗争，与空间抗争，最后却只是眼睁睁地看它离去，那种心伤和遗憾直到如今仍缠绕着我心底的最隐秘处，以至我在梦里也无法停下奔跑的步伐，带着孤独的紧张与害怕？

　　然而梦不需要我用猜测与深意来点缀，素面朝天，一切照旧。

等 火 车

文湘慧*

又一次走进车站,这次没有人送行,没有人同行。我一个人提着行李,抬头看见"长沙火车站"几个大字,大钟上的火炬永远不变地朝着天空的方向。

候车室里坐着的、站着的、挤着的全是等火车的人。耳边不断传来熟悉的乡音,而我却来不及反应便用普通话回答一个故乡人的提问:"火车什么时候进站?"这显得我身单影只。还有一段不长的时间了,而我却被某种依恋和害怕紧紧地揪着,幻想不断地拉长这条等待的队伍。

家门口那条铁路是不是很久没有火车开过了,听见火车"轰隆隆"的声音总是隐隐约约地从远处传来。

那个小小的货运站,曾是我们每个孩子好奇和向往的地方,站在铁路边听见越来越响的火车声音,女孩子用小手捂住耳朵,男孩子欢乐地大喊着。所有的孩子睁大眼睛看那个冒烟的火车头拖着几节车厢的货品,转动着笨重的铁轮,越来越近,最后在站台里缓缓停下。小时候,每次看见火车进站,院落子里的小孩都会立刻欢呼雀跃起来,在我们这些幼小的心灵看来,火车车厢里总是装着无数的宝贝,货运站每一个仓库都是神秘的宝地,我们跟着火车跑到站台的铁门口,看卸货工人往车厢里进进出出,扛着一袋袋或一箱箱的货品,然后眼巴巴看着那些货品被放进仓库里,等货卸得差不多,工人也差不多都离开了,早已迫不及待的我们以百米赛跑的速度冲向月台,那里总会为我们留下一些残余的礼物,比如坏的苹

---

* 中国人民大学毕业生,作品摘自《春笋集》。

果。大家蹲下来,撅着小屁股,认真地挑一些还算比较好的带回家,很少吃到零食的我们,亮出白白的牙齿,即使口中咬着的只是半个好苹果也仍感觉到一种奢侈。

我们脚上鞋的尺码越来越大,那个小小的货运站在我们眼里却越来越小了,来这里的火车也越来越少了,很多卸货工人都找了其他的工作,而我们吃的也是从大街上买回来的苹果,即使有个小小印疤,也会忍不住撅着嘴挑剔一会儿。我们开始很少跑到月台上激动地等待,而更多的是搭着公交车往大街上跑,坐着火车往大城市跑。

如果可以,我希望所有的路程都是走过来的。关于走路,最长的记忆就是在铁路上,抑扬顿挫般地踏着一根一根的枕木,颤颤巍巍地踩在长长的铁轨上。

刚入小学时,班主任向每一个孩子询问:"你家住哪儿?"轮到我时,就眨眨眼睛,带着害羞说:"沿着铁路一直往前走,就会看见一个货运站,那就要到我家了。"老师听完摸摸我的额头,带着和蔼的语气说:"那你家真远呀。""嗯",我这下害羞地脸红了,但那"嗯"字里却充满了骄傲。在我看来,能走这么远的铁路去上学的小孩真是了不起!那条铁路对于一个孩子真的算是很长了。

沿着铁路一直往前走便会来到一个岔路口,有另一条铁路与它在那里交汇。那可能是一条更长的铁路吧,我好奇的眼睛对它充满了揣测,它像是永远也看不到尽头。就是这条漫长的铁路日后带着我离开了一个又一个留恋的地方。

家门口那条铁路,到货运站最里边的仓库就是尽头了,而这条铁路却是伸向无边的望不到的两端,从它上方呼啸而过的火车也像是长得数不过来,里面装的往往不是一箱一箱的货物,而是一张一张陌生的面孔。第一次听到不远处火车的鸣笛声,我就开始用力跑,想赶在火车开来之前先横过铁路,每次也总是能成功地跑到铁

路的另一边,在背后听到火车呼啸而过的声音。渐渐地,我便习惯了这样小小的冒险。

有一次,火车眼看就要开过来。我稍稍犹豫,还是决定冲过去,就是那次火车差点擦着我的肩膀呼啸而过。轰隆隆的鸣笛震耳欲聋,脚板清楚地感觉到地面颠簸着我的心脏,这才感觉到害怕,一种对生命或许会失去的恐惧,要是慢了一步,我就……

以后我便学会了耐心等待火车的开过,看着车厢里的人,坐着的,站着的,睡着的,走着的,每个人的面孔和姿势都不一样,偶尔里面的人也会向车窗外望,也许有人会恰巧看到我这个向车窗里望的小孩。

那时候我充满猜测地幻想,会不会有人记住这个站在铁路旁看火车开过的小姑娘。在路旁的我,看着火车越来越向远方开过去,直至连车尾都消失不见,听不到轰隆隆的声音,我的脑海又充满疑惑:火车会把他们带去一个什么样的地方?铁路的尽头会是什么样子?会不会就像门前那条铁路,有的只不过是一个平凡无奇的尽头?

那远方的远方一直在隐隐地揪着我那瘦小敏感的心灵。某个下午我带着一个人的幻想,沿着那条铁路往前走,不停地往前走,沿途会看见什么样的风景,碰到什么样的人,遭遇什么样的事情,还没有像如今这般盘旋在我的脑海。那时我只是单纯好奇,单纯地想走下去,那冒险的心又开始直痒痒。

可是,我所走过的只不过是一段微不足道的路程。还远远不曾走出这个小小的城市。因为在天黑前我必须赶回家,我的爸妈虽然总忙于生计,但仍有足够的时间来担心我,他们的担心把我永远地牵在他们的手心,即使走远了,他们轻颤的一唤,我便还是回来了。

在我生长的那个小城市里,我做得最多的事情是上学。每次上学我都要走一条长长的铁路,就那样踏着一根一根的枕木向前走,走了十几年,我已经长成一个喜欢走路的人。一个人大步地向前走,没有人能够窥伺到我走路时怀揣的世界,我随着步子不停地幻想,幻想像风车悠悠地旋转。那个时候,倘若有同学坐在火车里发现了正走在路上的我,他们总会略带夸张地描述我走路时神情的奇特。

后来,正如大部分读书孩子所想要的,我考上了大学。我坐在长长的车厢里,成了那里面的一名乘客。火车经过那个岔路口,我从前总站在那里,看火车带着无数张陌生的面孔开过,如今轮到我坐在车厢里面,却没有人站在那里,看火车带着我开过。当火车越走越远,旅途也似乎越来越长,我越来越害怕,越来越后悔。从前我那颗冒险的心总是想知道火车会把人带到一个什么样的地方,铁路那遥远的一端长得会是什么样子,而当我被抛入更漫长无尽的路途,走过的路,见过的人,熟悉的一切,都渐渐背我而去,我的好奇和新鲜一度干巴得令人厌恶慌张和抗拒,劳而无功地敲打着那轰隆隆的声音。

我幻想火车能够突然倒过去,把我带回原来的地方。铁路却是一条永远无法倒头的单行道,火车只是依旧向前开,把我带到现在生活的都市。坐火车的第一次痛苦经历,让我想起中学时代读过的席慕容的诗:会有那么一次,在你一放手,一转身的一刹那,有的事情就完全改变了。迈出登上火车的那一步后,有些事也就跟着改变了。火车开走了,也永远不会倒回原处。

听到火车进站的声音了,车站工作人员开始安排这条长长的队伍进站。我跟着拥挤的人群走到月台,所有等待的脚步顷刻匆忙起来,提着行李努力地往车厢里挤。我迈着步子穿梭在没有人张望的人群里,开始莫名地迟疑和害怕起来,放慢了脚步想回头寻找或等待什么。我只是一个人,在许多双无暇顾及的眼睛里放慢步子孤独地走着,仿佛走进生命本身的旅程,在不停地上车下车之后,偶有抱怨那总是在奔波的人群,然而握着票根,清楚地明了以后的以后

还会有为了什么跋山涉水的时候。

　　我回过头张望，不知道望向什么地方，但总是在望着什么地方，转过身，随着人群上车，在车厢里艰难地挪动，偶然一个抬头，却看到车窗外那个站在铁路旁静静看火车开过的小女孩。

后　记

纪宝成校长莅任之初，即提出了编辑一套"人大文化丛书"的建议，目的是展现中国人民大学师生员工在"铸造伟业的历史进程中的昂扬向上的精神风貌和多姿多彩的生活情趣"，"努力营造具有鲜明时代特色、浓郁馨香的校园文化氛围"（《求是园诗词选集·序》）。五年前，作为"求是园文化丛书"的第一种，《求是园诗词选集》出版。今天，当中国人民大学喜迎七十周年校庆之际，我们又选编了这本《求是园散文选集》。

这本散文集共收文章120余篇。作者有在职或已经离退休的教师，有在校生，也有校友，绝大多数人都不是专业作家，散文不过偶尔为之，或因物起兴，或触景生情，或遇事抒怀，无不"情动于中而形于言"，有不得不发者，必吐之而后快。因而其文章，尽管题材或有宏大与琐细、严肃与轻松之不同，文笔或有老到与稚嫩、飞扬与沉实之差异，但却绝无无病之呻吟，而俱见真情之流露；绝无矫揉造作之浮词，而俱见社会人生之本色。

本书的选编，最基础也最费时的工作是征稿。衷心感谢文章的作者们，无论教师、学生，还是校友，听说为了校庆要编这样一本散文集，都给予了热烈的响应与支持，否则，是很难在短时间内汇聚到那么多稿件的。校工会的同志在征稿过程中，联系作者，誊录来稿，核实情况，付出大量辛苦。之后，选择用稿，商榷框架，斟酌体例，也是由校工会总其责，而由文学院和经济学院的几位教师任其事的。人大出版社的同志也参与了选稿，他们还承担了最后的审读稿件、文字校订、版式设计等等工作。总之，本书之成，凝聚了众多人大人的心血。

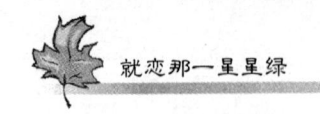

尽管所有参与选编的同志都精益求精，但是与我们的初衷相比，本书仍有不足。特别是由于时间匆迫，征稿不甚广泛。如果假以时日，将会征到更多精彩的稿子，而尽可能少一些遗珠之憾。

本书虽未能尽如人意，但我们仍然非常珍视它。我们愿意把它当做一束鲜花，敬献给所有深爱着人大的人们，愿意把它当做一份薄礼，敬献给人大的七十华诞。

图书在版编目（CIP）数据

就恋那一星星绿：求是园散文选集/纪宝成主编．
北京：中国人民大学出版社，2007
（求是园文化丛书）
ISBN 978-7-300-08601-9

Ⅰ．就…
Ⅱ．纪…
Ⅲ．散文-作品集-中国-当代
Ⅳ．I267

中国版本图书馆 CIP 数据核字（2007）第 155753 号

求是园文化丛书
就恋那一星星绿
——求是园散文选集
纪宝成 主编

出版发行	中国人民大学出版社		
社　　址	北京中关村大街 31 号	邮政编码	100080
电　　话	010－62511242（总编室）	010－62511398（质管部）	
	010－82501766（邮购部）	010－62514148（门市部）	
	010－62515195（发行公司）	010－62515275（盗版举报）	
网　　址	http://www.crup.com.cn		
	http://www.ttrnet.com（人大教研网）		
经　　销	新华书店		
印　　刷	河北涿州星河印刷有限公司		
规　　格	148 mm×210 mm　32 开本	版　次	2007 年 10 月第 1 版
印　　张	15.375 插页 2	印　次	2007 年 10 月第 1 次印刷
字　　数	381 000	定　价	29.00 元

版权所有　　侵权必究　　印装差错　　负责调换